Alison Belsham begann ihre Autorenkarriere als Drehbuchschreiberin und war für den Orange Prize für Drehbücher nominiert sowie in der engeren Auswahl eines Drehbuchwettbewerbs der BBC. Mit ihrer Thrilleridee zu *Der Tattoosammler* gewann sie 2016 einen Wettbewerb auf dem Bloody Scotland Crime Writing Festival.

Der Tattoosammler in der Presse:

»Unheimlich und süchtigmachend – eine ausgezeichnete neue Thrillerstimme!«
Daily Mail

Besuchen Sie uns auf www.penguin-verlag.de
und Facebook.

Alison Belsham

DER TATTOO SAMMLER

Thriller

Aus dem Englischen
von Kristina Lake-Zapp

PENGUIN VERLAG

Die englische Originalausgabe erschien 2018 unter dem Titel *The Tattoo Thief*
bei Trapeze Books, Orion Publishing Group Ltd., London.

FSC www.fsc.org MIX Papier aus verantwortungsvollen Quellen FSC® C014496

Verlagsgruppe Random House FSC® N001967

PENGUIN VERLAG

1. Auflage 2020

Covergestaltung: Favoritbüro
Covermotiv: cover artwork/design by Kishan Rajani (Orion Books)
Redaktion: Barbara Raschig
Satz: Uhl + Massopust, Aalen
Druck und Bindung: GGP Media GmbH, Pößneck
Printed in Germany
ISBN 978-3-328-10384-4
www.penguin-verlag.de

Dieses Buch ist auch als E-Book erhältlich.

Für meine strahlenden Jungs
Rupert und Tim

Eins und zwei, führ ich mein Werk herbei,
drei und vier, entfern ein Stück Tattoo auch hier,
fünf und sechs, ein blutiger Reflex,
sieben und acht, die Klinge schneidet sacht.

Ich schäle das blutdurchtränkte T-Shirt vom Rücken des bewusstlosen Mannes und enthülle ein spektakuläres Tattoo. Die Fotokopie, die ich aus meiner Tasche ziehe, ist zerknittert, aber dennoch gut genug, um das Bild darauf mit dem auf seiner Haut abzugleichen. Im trüben Licht der Straßenlaterne erkenne ich, dass es sich um dasselbe Motiv handelt. Ein rundes polynesisches Tattoo in tiefschwarzer Tinte schmückt die linke Schulter des Mannes, in dessen Mitte ein kompliziertes, finster blickendes Stammesgesicht prangt. An den Seiten breiten sich zwei stilisierte Flügel aus, einer erstreckt sich über das Schulterblatt des Mannes, der andere über die linke Brusthälfte. Alles ist voller Blut.

Die Bilder sind identisch. Ich habe den richtigen Mann erwischt.

Der Puls an seinem Hals ist noch zu spüren, aber er schlägt so schwach, dass er mir sicher keine Probleme bereiten wird. Ich muss meine Arbeit unbedingt erledigen, solange sein Körper noch warm ist. Kühlt er ab, verliert die Haut an Elastizität, und das Fleisch wird starr. Das erschwert die Arbeit, und ich kann mir keine Fehler erlauben. Natürlich fließt beim Häuten eines lebenden Körpers sehr viel mehr Blut als bei einem toten, aber das macht mir nichts aus.

Mein Rucksack liegt ganz in der Nähe, ich hatte ihn abgesetzt, bevor ich den Mann ins Gebüsch zerrte. Ich hatte leichtes Spiel –

wie immer war der kleine Park um diese Uhrzeit menschenleer. Es brauchte nur einen einzigen Schlag auf den Hinterkopf, und er ging in die Knie. Kein lautes Geräusch. Kein Tumult. Keine Zeugen. Ich wusste, dass er hier vorbeikäme, sobald er den Nachtclub verließ, denn ich hatte ihn zuvor dabei beobachtet, seine Gewohnheiten ausspioniert. Die Leute sind so dumm. Er ahnte nichts, selbst dann nicht, als ich auf ihn zuging, einen Schraubenschlüssel in der Hand. Sekunden später spritzte sein Blut aus einer Wunde an der Schläfe auf den Boden. Der Anfang war gemacht, und zwar höchst zufriedenstellend.

Nachdem er in die Knie gegangen war, packte ich ihn unter den Achselhöhlen und schleifte ihn so schnell ich konnte über die Pflastersteine. Ich wollte ihn zwischen die Sträucher schaffen, damit wir nicht gesehen wurden. Ein schwieriges Unterfangen, aber ich bin stark, und es gelang mir, ihn durch eine Lücke zwischen zwei Lorbeersträuchern zu ziehen.

Jetzt bin ich vor lauter Anstrengung außer Atem. Ich strecke die Hände aus, die Handflächen nach unten. Sie zittern leicht. Ich balle die Fäuste, dann öffne ich sie wieder. Beide Hände flattern jetzt wie Mottenflügel, genau wie mein Herz, das wie verrückt gegen meine Rippen schlägt. Ich unterdrücke ein Fluchen. Meine Aufgabe erfordert eine ruhige Hand. Ich muss das Zittern stoppen. Die Lösung dafür steckt in einer Seitentasche meines Rucksacks. Eine Schachtel Tabletten, eine kleine Flasche Wasser. Propranolol – der beliebteste Betablocker der Snooker-Spieler. Ich schlucke zwei Tabletten, schließe die Augen und warte darauf, dass sie Wirkung zeigen. Als ich das nächste Mal auf meine Hände blicke, ist das Zittern weg. Ich bin bereit zu beginnen.

Ich hole tief Luft, greife in die Rucksacktasche und taste nach meiner Messerrolle. Ein Gefühl der Zufriedenheit breitet sich in mir aus, als ich das weiche Leder berühre und die Umrisse aus Stahl spüre, die sich darunter abzeichnen. Gestern Abend habe ich die Klingen mit großer Sorgfalt geschärft. Anscheinend ahnte ich, dass heute der Tag kommen würde.

Ich lege die Rolle auf den Rücken des Mannes und löse die Schnüre. Das Leder entrollt sich, leise klackert Metall auf Metall. Die Klingen fühlen sich kalt an unter meinen Fingerspitzen. Ich wähle das kurzklingige Messer für die ersten Schnitte aus, mit denen ich den Umriss des Hautstücks markiere, das entfernt werden soll. Für die anschließende Häutung werde ich ein Messer mit einer längeren, nach hinten gekrümmten Klinge verwenden. Ich kaufe diese Messer in Japan, sie kosten ein kleines Vermögen. Aber das ist es mir wert. Sie werden nach derselben Methode hergestellt wie Samurai-Schwerter. Gehärteter Stahl ermöglicht es mir, schnell und präzise zu schneiden, als würde ich Skulpturen aus gefrorener Butter schnitzen.

Ich lege die restlichen Messer auf den Boden neben seinen Körper und fühle erneut seinen Puls. Noch schwächer als zuvor, aber er ist noch am Leben. Blut sickert aus seinem Kopf, langsamer jetzt. Zeit für einen kurzen, tiefen Testschnitt in seinen linken Oberschenkel. Er zuckt nicht zusammen oder schnappt nach Luft. Keine Regung, außer dem beständigen Sickern des dunklen, glitschigen Blutes. Gut. Er darf sich auf keinen Fall bewegen, während ich schneide.

Der Moment ist gekommen. Mit einer Hand straffe ich seine Haut, dann setze ich zum ersten Schnitt an. Zügig ziehe ich die Klinge von der Schulter über die vorstehenden Kanten seiner Schulterblätter, den Umrissen des Motivs folgend. Ein roter Streifen folgt meiner Klinge, warm läuft das Blut auf meine Finger. Ich halte den Atem an, während sich das Messer seinen Weg bahnt, genieße den Schauder, der mir das Rückgrat entlangläuft, spüre die Erregung, die mich durchfließt.

Der Mann wird tot sein, wenn ich fertig bin.

Er ist nicht der Erste. Und er wird auch nicht der Letzte sein.

1

Marni

Die Nadeln durchstachen die Haut schneller, als das Auge es mitverfolgen konnte, brachten dunkle Tinte in die Dermis ein und hinterließen blühende blutige Rosen auf der Oberfläche. Marni Mullins wischte die kleinen Tropfen alle paar Sekunden mit einem zusammengefalteten Küchenpapier ab, damit sie die Umrisse auf dem Arm ihres Kunden sehen konnte. Ein Tupfer Vaseline, dann bohrten sich die spitzen Nadeln erneut ins Fleisch und schufen eine weitere schwarze Linie, die für immer bleiben würde. Die Alchemie von Haut und Tinte.

In ihrer Arbeit fand Marni Zuflucht, das Summen und die leichte Vibration des Tätowiereisens in ihrer Hand beruhigten sie. So konnte sie vorübergehend den Erinnerungen entkommen, die sie plagten, den Dingen, die sie niemals vergessen würde.

Schwarz und rot. Das Zeichen, das sie in die nachgebende Haut stach. Ihr Kunde zuckte zusammen unter dem Druck der Nadelköpfe, obwohl Marni mit ihrer Wischhand seinen Arm festhielt. Sie kannte den Schmerz, unter dem er litt, nur allzu gut. Hatte sie nicht selbst viel zu viele Stunden die Nadeln der Tätowiermaschine ertragen? Sie fühlte mit ihm, aber das war nun mal der Preis, den man zahlen musste – ein Augenblick des Schmerzes für etwas, was ein Leben lang halten würde. Etwas, was einem niemand mehr wegnehmen konnte.

Sie strich sich mit dem Unterarm eine dunkle Locke aus der Stirn und fluchte leise, als sie ihr erneut über die Augen fiel. Mit geschürzten Lippen blies sie die Haare zur Seite und tauchte das mit sieben Nadeln bestückte Modul in einen kleinen Becher Wasser, um die Farbe der Tinte von Schwarz zu Schiefergrau zu ändern.

»Marni?«

»Ja. Wie geht's, Steve?«

Er lag mit dem Gesicht nach unten auf ihrer Massagebank. Jetzt drehte er den Kopf zu ihr, blinzelte und schnitt eine Grimasse. »Können wir eine Pause machen?«

Marni warf einen Blick auf die Uhr. Sie arbeitete seit drei Stunden durchgehend an ihm. Plötzlich spürte sie die Spannung, die sich in ihren Schultern aufgebaut hatte.

»Klar, sicher doch.« Drei Stunden waren eine lange Sitzung, selbst für einen Stammkunden wie Steve. »Du steckst das weg wie ein Profi«, fügte sie hinzu und legte die Tätowiermaschine zu den anderen Utensilien auf eine Ablage neben ihrem Stuhl. Diese Worte sagte sie immer zu ihren Klienten, ganz gleich, ob sie tatsächlich durchhielten wie ein Profi oder nicht – was Steve mit seiner Zappelei und Stöhnerei ganz bestimmt nicht tat.

Aber sie brauchte ebenfalls eine Pause, denn langsam, aber sicher fing sie an, sich klaustrophobisch zu fühlen. Das war immer so bei Tattoo-Messen – Hallen mit Kunstlicht, abgestandener Luft und lärmigen Menschenmassen. Da es keine Fenster gab, konnte man nicht sagen, ob es draußen hell war oder dunkel, und Marni musste den Himmel sehen, ganz gleich, wo sie war. Hier drinnen war es heiß und stickig, die Halle gesteckt voll mit tätowierten Menschen und Horden von Voyeuren, die die Künstler bei der Arbeit begafften. Das Ganze wurde untermalt von plärrender Rockmusik und dem kontinuierlichen Surren der Tätowiereisen auf blutiger Haut.

Sie holte tief Luft und ließ den Kopf kreisen, um die Spannungen in ihrem Nacken zu mildern. Der scharfe Geruch nach Tinte, vermischt mit Blut und Desinfektionsmitteln, hing in der Luft. Sie streifte die schwarzen Latexhandschuhe ab und schleuderte sie in einen Müllsack. Steve streckte sich, spannte und lockerte die Armmuskeln, dann ballte er die Faust und streckte die Finger wieder, damit das Blut zirkulierte. Er war blasser als zu Beginn ihrer Sitzung.

»Zieh los und hol dir etwas zu essen. In einer halben Stunde geht's weiter.«

Marni wickelte das blutige Motiv rasch in Frischhaltefolie ein, dann deutete sie in Richtung Cafeteria. Als Steve weg war, drängte sie sich durch eine Gruppe von Leuten zur Treppe, um ins Erdgeschoss zu gelangen und durch den Notausgang ins Freie zu stürmen. Draußen zog sie tief die kalte Luft in ihre Lunge und stellte fest, dass sie sich keinen Augenblick zu früh davongemacht hatte. Den Rücken gegen die kühle Betonwand gelehnt, schloss sie die Augen und konzentrierte sich darauf, den Druck zu mindern und die Last sowohl der Menschen als auch des Gebäudes loszuwerden.

Sie öffnete die Augen und blinzelte. Das gleißende Kunstlicht in der Halle wurde nun ersetzt durch strahlenden Sonnenschein. Möwen kreisten laut kreischend am Himmel, weiter unten, am Ende der menschenleeren Seitenstraße, schimmerte einladend ein Scheibchen Meer. Marni kostete die salzige Luft, dann drückte sie den Rücken durch, bis es schmerzte. Die Knochen knackten und knirschten, als sie die Schultern kreisen ließ. Unwillkürlich fragte sie sich, ob sie nicht langsam zu alt fürs Tätowieren wurde. Aber es gab nichts anderes, was sie tun konnte – und ehrlich gesagt, wollte sie auch gar nichts anderes tun. Seit sie achtzehn war, übte sie sich in dieser Kunst – neunzehn lange Jahre, in denen sie Tausende Quadratmeter Haut tätowiert hatte.

Sie schob die Hand in ihre Tasche, um sich zu vergewissern, dass sie ihre Zigaretten bei sich hatte, dann setzte sie sich in Bewegung und schlenderte durch das Gewirr der schmalen Gassen, das die Brighton Lanes bildete. Es war ein langes Wochenende, da der Montag auf einen Feiertag fiel, und die Touristen drängten sich in den Gassen wie die Elstern, angezogen von den Läden mit Vintage-Schmuck und Antiquitäten, wenn sie nicht gerade in den Chichi-Boutiquen nach dem perfekten Hochzeitsoutfit oder den perfekten Budapestern suchten. All ihre Lieblingscafés waren hoffnungslos überfüllt, aber das war ihr egal. Heute würde sie ihren Koffeinschuss unter freiem Himmel zu sich nehmen, deshalb bog sie von den Lanes in die North Street ein und ging zu dem Café in den Pavilion Gardens.

Vor der Ausgabe stand eine lange Schlange, was bedeutete, dass sie wahrscheinlich zu spät zu Steve zurückkehren würde, aber ein paar zusätzliche Minuten an der frischen Luft waren es ihr wert.

Sie blickte zum Himmel hinauf. Blassblau. Nicht das strahlende Azur eines Sommertags, sondern ein sanftes Lavendel, aufgelockert durch sich auflösende Wolkenfetzen, die am diesig grauen Horizont mit dem Meer verschmolzen. Perfekt für ein verlängertes Wochenende im Frühling.

»Was darf's sein?«

»Einen doppelten Verlängerten, schwarz, bitte.«

»Kommt sofort.«

»Und einen Muffin«, fügte sie nach kurzem Überlegen hinzu. Niedriger Blutzucker. Nicht gerade die beste Wahl für eine Diabetikerin, aber sie konnte ihr Insulin später entsprechend dosieren.

Aus dem Royal Pavilion strömten plaudernde Touristen, erstaunt über das, was sie drinnen gesehen hatten. Der Pavilion war ein Disney-Palast, erbaut während der Regentschaftszeit – ein Bauwerk wie eine Hochzeitstorte mit Zwiebelkuppeln, spitzen Türmen und cremefarbenem Stuck, das Marni stets an Scheherazade und *Tausendundeine Nacht* denken ließ. Sie hatte sich gleich an ihrem allerersten Tag in Brighton in diesen Ort verliebt. Seufzend sah sie sich nach einem Sitzplatz um. Sämtliche Bänke waren besetzt, die Leute streckten sich auf den Rasenflächen aus, aßen und tranken, lachten oder lagen friedlich in der Sonne.

Dann sah sie ihn, und ihr Magen zog sich zusammen. Hastig drehte sie sich zur Ausgabe um und hoffte, dass er sie nicht gesehen hatte. Sie war heute Morgen nicht in der Stimmung für einen Zusammenstoß mit ihrem Ehemann. Ihrem Ex-Ehemann, um genau zu sein. Eine solche Begegnung war im günstigsten Fall unberechenbar, auf alle Fälle aber eine Herausforderung hinsichtlich der gemischten Gefühle, die er in ihr hervorrief. Sie hatten geheiratet, als sie achtzehn war, und sich vor zwölf Jahren getrennt, doch es verging kein einziger Tag, an dem sie nicht an ihn dachte. Ihre gemeinsame Elternschaft verkomplizierte die Beziehung, auf die am ehesten die Bezeichnung »Hassliebe« passte.

Sie riskierte einen verstohlenen Blick und sah, wie Thierry Mullins mit großen Schritten den Rasen überquerte. Ein aufgebrachter Ausdruck verfinsterte seine Züge. Was machte er hier draußen? Er sollte doch in der Messehalle sein – immerhin gehörte er dem Organisatorenteam der Brighton Tattoo Convention an.

»Zwei Pfund vierzig, bitte.«

Marni bezahlte ihren Kaffee, nahm den Pappbecher und schlängelte sich zwischen den Tischen hindurch zur gegenüberliegenden Seite des Gartencafés, damit Thierry sie nicht entdeckte. Ihre Hände zitterten vor Adrenalin, als sie sich eine Zigarette anzündete. Wieso übte er noch immer eine solche Wirkung auf sie aus? Sie waren schon länger geschieden, als sie verheiratet gewesen waren, aber er sah immer noch genauso aus wie damals, als sie ihm zum ersten Mal begegnet war. Groß und schlank mit einem aparten Gesicht, die dunkle Haut noch dunkler durch die Tattoos, die ihre lebenslange Faszination für diese lebenden Kunstwerke ausgelöst hatten. Sosehr sie sich bemühte, ihm aus dem Weg zu gehen, sosehr fühlte sie sich zu ihm hingezogen. Bei mehreren Gelegenheiten wären sie beinahe wieder zusammengekommen, doch dann hatte ihr Selbsterhaltungstrieb sie zurückgehalten. Aber die Beziehung hinter sich lassen? Sie hatte die Hoffnung nie aufgegeben. Marni zog an ihrer Zigarette und inhalierte tief. Koffein, Nikotin, tief durchatmen. Mit geschlossenen Augen wartete sie darauf, dass die chemischen Substanzen ihre Wirkung entfalteten.

Nach einer Weile ließ sie den Zigarettenstummel in den

Bodensatz ihres Kaffees fallen und sah sich nach einem Mülleimer um. Ein Stück abseits des bestuhlten Bereichs, hinter dem Café, entdeckte sie einen grünen Plastikcontainer. Sie ging darauf zu und trat mit dem Fuß auf das Pedal, um den Deckel zu heben. Als sie den Becher hineinwarf, schlug ihr ein überwältigender fauliger Gestank entgegen. Ein Gestank, der sehr viel stechender war als der übliche unangenehme Geruch eines Mülleimers in einem öffentlichen Park an einem milden Tag. Galle stieg ihr in der Kehle auf, als sie in das dunkle Innere des Containers spähte und sich augenblicklich wünschte, sie hätte es nicht getan.

Zwischen zerdrückten Coladosen, ausrangierten Zeitungen und Fastfood-Verpackungen konnte sie etwas sehen. Bleiche Umrisse, die sich prompt in einen Arm, ein Bein, einen Torso verwandelten. Ein menschlicher Körper, zweifelsohne tot. Fassungslos starrte sie in den Container. Auf einmal bemerkte sie eine hektische Bewegung – eine Ratte, die am Rand einer schwarzen Wunde nagte. Gestört von dem plötzlichen hellen Tageslicht, verschwand sie mit einem Quieken zwischen dem Müll.

Marni sprang zurück, der Deckel knallte auf den Container.

So schnell sie konnte, floh sie aus den Pavilion Gardens.

2

Francis

Francis Sullivan schloss die Augen. Mit unter dem Gaumen klebender Hostie versuchte er, sich auf das Gemurmel der Zelebranten und der Gemeinde um ihn herum zu konzentrieren, wenngleich er in Gedanken ganz woanders war.

Detective Inspector Francis Sullivan.

Er ließ sich die Worte stumm auf der Zunge zergehen. Das würde er sein, morgen, an seinem ersten Tag im Job. Die Blitzbeförderung hatte ihn im Alter von neunundzwanzig Jahren zum jüngsten DI der Polizei von Sussex gemacht, und er war nervöser als an seinem ersten Tag auf der weiterführenden Schule. Es war eine gute Sache, wenngleich ziemlich Furcht einflößend, weil es zeigte, was für ein gewaltiges Vertrauen seine Vorgesetzten ihm entgegenbrachten. Sicher, er hatte die erforderlichen Prüfungen mit Bravour bestanden, hatte sich hervorragend vor dem Einstellungsgremium geschlagen. Aber warum beförderte man ihn so früh, zumal er noch relativ wenig praktische Erfahrung sammeln konnte? Weil sein Vater ein gefeierter Kronanwalt war? Er verabscheute diese Vorstellung.

Sein neuer Chef, Detective Chief Inspector Martin Bradshaw, hatte wenig begeistert gewirkt, als er Francis über die Beförderung informierte. Er hatte ihm auch nicht gratuliert. Francis fragte sich, ob DCI Bradshaw vollkommen hinter der Entscheidung gestanden hatte oder ob seine Beförderung von den anderen Mitgliedern des Einstellungsgremiums durchgedrückt worden war.

Ihm drehte sich der Magen um, als seine Gedanken zu Rory Mackay schweiften. Detective Sergeant Rory Mackay. Bei der Beförderung übergangen und nun sein Stellvertreter. Francis hatte Mackay letzte Woche kennengelernt. Eine formelle Vorstellung im Büro des Chefs, in deren Verlauf der weitaus erfahrenere DS klargestellt hatte, dass er nicht beeindruckt war. Er hatte den Gesichtsausdruck eines Mannes zur Schau getragen, der soeben die verbliebene Hälfte einer Made in dem Apfel gefunden hatte, den er gerade aß. Francis hatte die Ruhe bewahrt und war ihm mit höflicher Reserviertheit begegnet – er war sich der Risiken bewusst, die ein allzu kumpelhafter Umgang mit seinem Team mit sich brachte –, aber er konnte spüren, dass dies eine heikle Beziehung werden würde.

Der Mann wünschte sich, dass er versagte. Und Francis wusste, dass er damit nicht der Einzige war.

»Das Blut Christi.«

Francis schlug die Augen auf und hob den Kopf, um einen kleinen Schluck Wein aus dem Abendmahlkelch zu nehmen.

»Amen«, murmelte er.

So sei es.

Aber war es zu früh? Während des Auswahlverfahrens hatte er sich ruhig und zuversichtlich gefühlt. Prüfungen waren nie ein Problem für ihn gewesen. Hatte sein Erfolg auf dem Papier Erwartungen geschaffen, die er im Job nur schwer erfüllen konnte? Die Gefahren einer so zeitigen Beförderung waren bei der Einheit nahezu mythisch. Er hatte in der Cafeteria jede Menge Geschichten darüber gehört – ob belegt oder nicht, blieb dahingestellt. Den zweiten Schritt vor dem ersten tun. Keine Erfolge vorweisen können. Es würde keines katastrophalen Fehlers bedürfen, um an diesem Punkt aus dem Rennen geworfen zu werden, nur ein, zwei schwierige Fälle, die ungelöst blieben. Kalte Fälle.

Furcht trübte die Freude über das, was er erreicht hatte. *Detective Inspector Francis Sullivan.* Er hatte nicht mehr geschlafen, seit man ihm die Nachricht übermittelt hatte. Die mentale Fokussiertheit, die er so dringend benötigte, war verpufft. Verdammt. Er mochte zwar ein Grünschnabel sein, aber er war nicht dumm. Das Team, dessen Leitung er übernahm, traute ihm den Job nicht zu. Sie glaubten nicht, dass er bereit dafür war. Er müsste sie gleich am allerersten Tag, beim allerersten Fall auf seine Seite ziehen, ansonsten würden alle sich bestätigt sehen, dass er seinem neuen Posten nicht gewachsen war. Bestimmt würde man ihm Steine in den Weg legen. Bradshaw und Mackay würden ihn beobachten und abwarten. Und Wege finden, ihn zu Fall zu bringen, davon war er überzeugt.

Er schaute zu der geschnitzten Jesus-Figur an ihrem Kreuz über der Kanzel auf. Der Sohn Gottes warf ihm einen vorwurfsvollen Blick zu, und Francis senkte rasch wieder den Kopf. Er murmelte ein kurzes Gebet und bekreuzigte sich, dann stand er auf, um in seine Bankreihe zurückzukehren, wobei er sich selbst für seine Zerstreutheit tadelte.

Wie auf Autopilot sang er das letzte Lied, ohne sich der

Bedeutung der Worte bewusst zu sein, bevor er niederkniete, um zu beten. Für ein paar Minuten konzentrierte er sich wieder auf den Grund, aus dem er hier war – ein Gebet für seine Mutter, eine Fürbitte für seine Schwester. Einen Segen für ihre Pfleger. Nichts für seinen Vater.

Das Handy in seiner Hose vibrierte, doch er war nicht schnell genug, um dem Piepston, der den Eingang einer Nachricht ankündigte, zuvorzukommen. In der stillen Kirche kam er ihm länger und lauter vor als sonst. Köpfe drehten sich zu ihm um, eine Frau zischte missbilligend. Francis warf Pater William einen verstohlenen Blick zu und beeilte sich, das Telefon leise zu stellen, dann senkte er reuevoll den Kopf und las eilig die eingegangene Textnachricht.

Sie war von DS Mackay.

Arbeitsbeginn einen Tag früher. Leichenfund gemeldet. Pavilion Gardens.

Francis wartete voller Ungeduld, dass der Gottesdienst endete. Sobald die Besucher sich anschickten aufzustehen, verließ Francis die Bankreihe und strebte auf das offene Portal an der Rückseite der Kirche zu. Pater William, der bereits unter das Vordach getreten war, schürzte die Lippen.

»Francis.«

»Ich kann mich gar nicht genug entschuldigen, Pater. Ich dachte, ich hätte mein Handy ausgeschaltet.«

»Darum geht es mir gar nicht. Du wirktest aufgewühlt während des Gottesdienstes. Möchtest du darüber reden?«

»Das würde ich gern«, erwiderte Francis, und das meinte er ernst. »Aber ich muss los. Eine Leiche wurde gefunden.«

Pater William bekreuzigte sich mit einem stummen Gebet, dann legte er eine Hand auf Francis' Unterarm. »Die Welt ist reich an Bösem. Ich mache mir Sorgen wegen deiner Arbeit, Francis. Du wandelst stets am Rande der Verzweiflung.«

»Aber auf der Seite der Gerechtigkeit.«

»Gott ist der oberste Richter, denke daran.«

Eine Frau mittleren Alters rempelte Francis mit dem Ellbogen an. Er nahm den Vikar ungebührlich lange in Anspruch.

Der oberste Richter. Francis dachte über diese Formulierung nach. Im Himmel mochte das vielleicht zutreffen, hier unten auf der Erde dagegen fiel es Leuten wie ihm zu, das Böse zu verfolgen. Es war sein Job, Mörder zu stellen und vor Gericht zu bringen. Gerade hatte man ihm die erste Aufgabe übertragen, und er war fest entschlossen, sie zu lösen, so wahr ihm Gott helfe.

Und wenn von oben keine Hilfe käme, dann würde er es eben allein schaffen.

3

Francis

Francis kämpfte sich mit seinem Wagen Zentimeter für Zentimeter über die New Road. Am Feiertagswochenende war sogar mit Blaulicht kein Durchkommen durch die Menschenmengen. Verdammte Mischverkehrsfläche – das bedeutete doch nur, dass niemand wusste, welches Stück Straße ihm gehörte, und jeder nahm an, dass er Vorrang hatte. Er stellte kurz die Sirene an, um eine langsam dahinschlendernde Familie dazu zu bewegen, den Weg freizumachen, doch die starrte ihn nur mit hochgezogenen Augenbrauen an.

Bei einer Reihe von Bänken vor den Pavilion Gardens hielt er am Bordstein an. Eine Frau, die ihren Kindern ein Eis gekauft hatte, warf ihm finstere Blicke zu, weil er mit dem Wagen dorthin fuhr, wo sie spazieren ging, doch die meisten Schaulustigen der kleinen Menschenmenge waren viel zu sehr damit beschäftigt, sich die Hälse zu verrenken und die Polizeiarbeiten auf der anderen Seite der Absperrung zu verfolgen, als dass sie Notiz von seiner Ankunft genommen hätten. Erleichtert stellte er fest, dass das Gebiet weiträumig abgesperrt war und mehrere uniformierte Polizisten die Absperrung bewachten.

Er zeigte seinen Dienstausweis und wurde eilig durchgewinkt. Rory Mackay sah ihn auf Anhieb und kam auf ihn zu. Sein beleibter Körper war in einen weißen Papieranzug gehüllt.

»Sergeant Mackay«, sagte Francis mit einem Nicken. »Geben Sie mir doch bitte einen kurzen Überblick über das, was wir haben.«

»Sie müssen erst einen Anzug überziehen, Chef«, entgegnete der Detective Sergeant und warf ihm einen vernichtenden Blick zu. »Ich habe einen Ersatzanzug im Kofferraum.«

Francis folgte Mackay zu einem silbernen Mitsubishi, der gleich auf der gegenüberliegenden Seite der Parkanlage neben anderen Fahrzeugen stand. Insgeheim verfluchte er sich dafür, dass er nicht daran gedacht hatte, einen entsprechenden Anzug einzupacken, um den Tatort nicht zu kontaminieren. Genauso wenig wie er daran gedacht hatte, von dieser Seite zu kommen, wo man viel besser parken konnte.

»Ich hatte angenommen, Sie würden schneller hier sein, vor allem in Anbetracht der Tatsache, dass das hier Ihr erster Fall ist.«

Francis spürte, wie sich seine Schultern verspannten. »Ich war in der Kirche, Mackay. Ich hätte die Nachricht eigentlich gar nicht bekommen dürfen oder zumindest erst nach dem Gottesdienst.«

»Da haben Sie recht.«

Ein kurzes Grinsen huschte über das Gesicht des Sergeants, was Francis nicht entging.

Mackay öffnete den Kofferraum seines Wagens und reichte Francis einen Anzug. Während Francis ihn überstreifte, warf er einen Blick auf den Inhalt des Kofferraums.

Drei Kästen Stella und zwei Paletten Heineken-Dosen. Grillkohle. Es war nicht schwer zu erraten, wie Mackay seinen Sonntag verbringen wollte.

»Dürfte Ihre Größe sein, aber ziehen Sie ihn vorsichtig an – die Dinger reißen schnell.«

»Ich hab schon mal so einen angehabt«, entgegnete Francis ruhig.

Der Anzug war eine Nummer zu klein, die Hosenbeine zu kurz. Rory lehnte sich an den Wagen und vertrieb sich das Warten mit einer E-Zigarette.

»Dann mal los«, sagte Francis und zog die Ärmel zurecht.

Mackay knallte die Kofferraumklappe zu, dann machten sie sich auf den Weg zurück zum Café.

»Der diensthabende Polizist hat um 11.47 Uhr einen Anruf bekommen, bei dem eine Leiche in einem Müllcontainer hinter dem Pavilion Gardens Café gemeldet wurde. Keine weiteren Details.«

»Wissen Sie schon, von wem der Anruf kam?«

»Nein, nur dass es sich um eine weibliche Stimme handelte. Die Frau hat aufgelegt, bevor der Kollege sie nach ihrem Namen fragen konnte.«

»Aber wir haben die Nummer?«

»Sie hat mit einem Prepaid-Handy angerufen.«

Das war das Erste, was sie verfolgen mussten.

»Der Leichnam?«, fuhr Francis fort.

»Männlich, nackt. Der Mann hat offensichtlich einen Schlag auf den Kopf bekommen und außerdem eine große Wunde an der linken Schulter und am Oberkörper. Wir konnten ihn noch nicht identifizieren, aber er hat eine Reihe von Tätowierungen, die uns dabei helfen dürften.«

»Haben Sie sonst noch etwas gefunden?«

»Wir durchsuchen den Container, sobald die Leiche abtransportiert ist – wir warten noch auf Rose.«

Rose Lewis, die forensische Pathologin. Eine zuverlässige Person – Francis hatte während seiner Zeit als Detective Constable bei mehreren Fällen mit ihr zusammengearbeitet.

»Gut.« Francis nickte. »Dann sehe ich mir das Ganze jetzt mal an.«

Kurz vor dem Café klingelte Rorys Handy. Er nahm den Anruf entgegen. »Ja, Sir, er ist jetzt da, Sir … Ich habe das Gebiet abgesperrt und die Spurensicherung bestellt. Die Gerichtsmedizinerin ist informiert, ja …«

Rory schwieg einen Augenblick, dann nickte er. »Ja, ich denke, er hat das Telefon jetzt eingeschaltet. Er war in der Kirche.«

An Rorys Tonfall konnte Francis hören, was dieser davon hielt. Er beschleunigte seinen Schritt – das war nicht gerade der Start, den er sich für seinen ersten Fall als Detective Inspector gewünscht hatte.

Rory führte ihn über den Rasen und um das Café herum zur Rückseite, wo ein grüner Plastikcontainer stand. Als sie näher kamen, stieg Francis der Gestank in die Nase. Sofort fing er an, durch den Mund zu atmen. In seiner Mundhöhle sammelte sich Speichel. Unauffällig kämpfte er gegen einen Würgereiz an. Die Techniker der Spurensicherung, ebenfalls in weißen Papieranzügen, suchten den Boden ab, maßen Distanzen aus und machten Fotos.

»Macht mal auf«, sagte Rory.

Detective Constable Tony Hitchins stand neben dem Container Wache. Als Francis und Rory davor stehen blieben, trat er auf das Fußpedal, um den Deckel zu heben, den

Blick abgewandt. Francis zog ein Paar Latexhandschuhe an und trat an den Container.

Hitchins wich merklich die Farbe aus dem Gesicht. Francis sah, wie der DC die Lippen zu einer schmalen Linie verkniff.

»Sehen Sie zu, dass Sie den Tatort verlassen, bevor Sie sich übergeben, Hitchins.«

Francis fing den Deckel des Containers auf, den Hitchins abrupt losließ und sich eiligen Schrittes über den Rasen entfernte. Er schaffte es gerade noch, sich unter dem blau-weißen Polizeiband hindurchzuducken, dann krümmte er sich zusammen und erbrach das, was von seinem Sonntagsfrühstück übrig geblieben war, ins Gras.

»Um Himmels willen«, sagte Francis, und Rory schüttelte den Kopf, doch sie sahen einander nicht an. Es gab keinen Polizisten bei der Einheit, der sich bei der Sichtung einer Leiche nicht irgendwann übergeben hatte, auch wenn das keiner zugeben wollte.

Francis wandte sich wieder dem Container zu und wappnete sich gegen den Anblick, der ihn erwartete. Hoffentlich würde ihm nicht der gleiche Fauxpas passieren wie Hitchins. Nicht heute.

Und da war sie. Seine Leiche. Sein erstes Opfer als leitender Ermittler. Seine erste Begegnung mit einem Individuum, das er während der kommenden Wochen und Monate extrem gut kennenlernen würde, sozusagen ein Blind Date. Vermutlich erführe er mehr über das Opfer, als er über die Mitglieder seiner eigenen Familie wusste – zudem würde er aller Wahrscheinlichkeit nach auf Geheimnisse stoßen, die die Familie des Opfers bis ins Mark erschütterten. Doch im Augenblick war der Mann vor ihm ein Fremder. Grau, gekonnt gehäutet und teils verwest, vergammelte er wie der Müll um ihn herum. Mithilfe seines Teams würde Francis sein Inneres nach außen kehren, um herauszufinden, wie er getickt hatte und warum man ihn lieber tot sehen wollte als lebendig.

Francis prägte sich das schockierende Bild ein. Verdrehte Gliedmaßen, Haut wie Spachtelmasse, rot-schwarzes Fleisch, wo Gesicht und Torso als Rattenfutter gedient hatten. Selbst die eigene Mutter würde den Mann nicht erkennen. Der Anblick entfachte Francis' Wut und würde dafür sorgen, dass er sich voll und ganz auf den Fall konzentrierte.

»Sergeant Mackay? Sergeant Mackay?«, fragte eine Stimme hinter Francis.

Er drehte sich um. Rory ging bereits zur Absperrung, wo ein Mann mit einer Kamera um den Hals stand. Presse.

»Tom«, sagte Rory mit einem Nicken. »Ich dachte mir schon, dass Sie früher oder später hier aufschlagen.«

»Ja ja, ich weiß, ich habe Ihnen gerade noch gefehlt«, erwiderte der Mann grinsend. »Was haben Sie für mich, Mackay?«

»Für Sie gar nichts«, gab Rory zurück. »Wir geben erst Informationen an die Presse, wenn wir es für richtig halten, vorher nicht. Und jetzt ziehen Sie Leine.«

Er drehte sich um und kehrte zu Francis zurück. »Nehmen Sie sich vor dem in Acht. Tom Fitz vom *Argus*. Der ist immer zuerst am Tatort.«

»Wie kriegt er so schnell raus, wohin er muss?«, wollte Francis wissen.

Rory zuckte die Achseln. »Hört den Polizeifunk ab, gibt den Polizisten Drinks aus.« Er wirkte ganz und gar nicht beeindruckt.

»Nun, halten Sie ihn sich warm«, riet Francis. »Man kann nie wissen, wann einem die Presse von Nutzen ist.«

»Rose ist da«, unterbrach Rory abrupt. Offensichtlich hatte er kein Interesse daran, Zugeständnisse an Reporter zu machen.

»Detective *Inspector* Sullivan«, rief eine freundliche Stimme.

Francis drehte sich um und sah sich Rose Lewis gegenüber, die einen halbwegs wiederhergestellten Hitchins anwies, mehrere Taschen mit ihrer Ausrüstung in der Nähe abzustellen. Sie war so klein und zierlich, dass selbst der kleinste Papieranzug an ihr schlackerte und sie sich auf die Zehenspitzen stellen musste, um über den Containerrand zu spähen.

»Igitt, ekelig«, sagte sie und wandte sich zu Hitchins um. »Können Sie eine Leiter holen, damit ich Fotos machen kann?«

»Jawohl, Ma'am.«

»Ich nehme an, ich darf gratulieren?«, fragte Rose, als der DC loszog, um seine Aufgabe zu erledigen.

»Ja, danke«, antwortete Francis. »Genießen Sie das lange Wochenende?«

»Jetzt ja. Ihre erste Leiche als leitender Ermittler?«

Er nickte.

»Dann sollten Sie den Fall besser schnell lösen, nicht wahr?«

Das war ihm bewusst, und zwar mehr als deutlich.

Genau wie er sich der Konsequenzen bewusst war, falls er versagte.

4

Marni

Der Anruf hatte Marnis ganzen Mut erfordert. Zu wissen, dass sie mit einem Polizisten am anderen Ende der Leitung sprach, hatte sie fast genauso aufgewühlt wie die Entdeckung der Leiche. Sie hatte es kurz gemacht und sich geweigert, ihren Namen zu nennen. Alles, was mit der Polizei zusammenhing, versetzte sie noch immer schlagartig in eine Zeit zurück, die sie am liebsten vergessen würde. Sie hatte sich geschworen, dass sie nie wieder, für den Rest ihres Lebens nicht, etwas mit den Cops zu tun haben wollte.

Als sie zur Tattoo-Messe zurückkehrte, wartete Steve bereits eine halbe Stunde auf sie, und es dauerte eine weitere halbe Stunde, bis ihre Hände aufhörten zu zittern und sie ihn weitertätowieren konnte. Er hatte nicht verärgert reagiert, als sie ihm zögernd erzählte, was passiert war. Was nicht weiter überraschte, da er sich brennend für ihre Entdeckung interessierte.

»Ich habe noch nie einen Toten gesehen. Riecht das wirklich so schlimm, wie immer behauptet wird? Ist die Polizei sofort gekommen?«

Marni bekam Kopfschmerzen, weshalb sie ihren letzten Termin an diesem Tag absagte. Als die Brighton Tattoo Convention am Abend ihre Pforten schloss, fühlte sie sich ausgepowert und aufgewühlt. Andauernd trat ihr das Bild des leblosen Körpers vor Augen, und sie hatte immer noch den Gestank in der Nase. Wäre sie doch bloß nicht in die Pavilion Gardens gegangen! Mit der Polizei zu telefonieren, hatte ihre Ängste nur bestärkt, denn dadurch drängten die Erinnerungen, gegen die sie so sehr angekämpft hatte, lediglich zurück an die Oberfläche.

Nachdem sie ihr Equipment für den nächsten Tag verstaut hatte, spazierte Marni die Promenade entlang, um ihren Kopf freizubekommen. Sie konnte nicht aufhören, an das zu denken, was sie gesehen hatte. Die Art und Weise, wie die Haut des Mannes geglänzt hatte, als das Licht darauf fiel. Und diese dunklen Flecken! Zunächst hatte sie sie für Verletzungen gehalten, bis ihr klar wurde, dass es sich um Tattoos handelte. Der Anblick war wie ein Standbild, das hinter ihren Augenlidern festklebte – und jedes Mal, wenn sie es betrachtete, wurden die Details klarer. Die Tätowierung auf der rechten Seite seines Torsos – ein Paar betende Hände. Auf einem seiner Oberschenkel eine Skizze des heiligen Sebastian in Schwarz und Grau, die Wunden der Pfeile rot hervorgehoben.

Sie versuchte, die Gedanken an den Leichnam aus ihrem Kopf zu verdrängen und sich auf den Weg zu konzentrieren. Die Promenade war voller Menschen, es herrschte dichter Verkehr. Hinter ihr wurde ein schrilles Heulen immer lauter. Sie drehte sich um und sah etwa zwanzig bis dreißig Motorroller auf der Straße, jeder mit Spiegeln, Waschbärenschwänzen, Wimpeln und Flaggen geschmückt. Die Mods kamen über das verlängerte Wochenende in die Stadt. Die Fahrer in ihren Parkas und Nadelstreifenblazern sahen genauso unverwechselbar aus wie ihre Motorroller, Hush-Puppies- und The-Who-Memorabilien. Der Lärm der vorbeifahrenden Mopeds ging ihr auf die Nerven.

Es wurde dunkel. Das natriumgelbe Licht der Straßenlaternen tauchte alles in einen wohltuenden Bernsteinton, aber Marni sehnte sich nach einem Ort, an dem es dunkler war, ruhiger. Die kühle Luft vom Meer genießend, sprang sie geräuschlos die Steinstufen zum Strand hinunter.

Es war Ebbe, und sie ging über den knirschenden Kies zum Wasser. Hier unten war es kalt und dunkel, die Kakophonie vom Pier wurde übertönt vom Tosen und Rauschen der Wellen. Das Geräusch wirkte so hypnotisierend wie das Surren der Tätowiermaschine. Sie atmete tief die salzhaltige Luft ein und massierte beim Gehen die überstrapazierten Muskeln ihres rechten Arms. Morgen lag ein weiterer langer Tätowiertag vor ihr.

Sie sah den menschenleeren Strand hinunter. Ihr Blick blieb an einem baufälligen Gusseisenkoloss hängen, der gut zweihundert Meter vom Ufer entfernt im Meer stand.

Das war alles, was vom West Pier geblieben war. Eine dunkle Silhouette vor der dunklen See, dem Verfall anheimgegeben, seit der Pavillon darauf von einem Feuer zerstört worden war. Nicht länger mit der Küste verbunden, war er nun eine Insel, heimgesucht von den Geistern lang vergessener Urlauber und unbedeutender Kleinkrimineller.

Ihre Gedanken kehrten zu dem Leichenfund zurück. Was wäre aus dem Mann im Container geworden, wenn sie ihn nicht entdeckt hätte? Wäre er irgendwo auf einer Mülldeponie gelandet, wo er langsam verrottete, bis keine Spur mehr von ihm übrig blieb, abgesehen von seinen Knochen und Zahnfüllungen? Auch seine Tattoos würden zusammen mit seinem Körper verschwinden, wenn die Ratten an ihm nagten. Ob ihnen Fleisch mit Tinte anders schmeckte? Oder den sich windenden Maden, fett und weiß, die sich in das ungeschützte rote Fleisch bohrten? Eine schauderhafte Vorstellung.

Wer immer den Mann in den Container geworfen hatte, war mit ziemlicher Sicherheit für seinen Tod verantwortlich. Sie hoffte bei Gott, dass die Polizei in der Lage war, den, der das getan hatte, ausfindig zu machen und festzunehmen. Es war ein beunruhigender Gedanke, dass ein solches Verbrechen in unmittelbarer Nähe geschehen war.

Marni fröstelte. Sie war hierherspaziert, um vor dem Schlafengehen zur Ruhe zu kommen, aber das würde ihr wohl kaum gelingen. Sie zog ihre leichte Strickjacke enger um die Schultern und kehrte um zu den Lichtern des Palace Pier, der so lebendig und geschäftig wirkte wie der West Pier tot war. Der Wind ließ nach, und für einen kurzen Augenblick konnte sie ihre eigenen Schritte auf dem Kies hören. Der Strand, an dem es bei Tage von Menschen wimmelte, war um diese Uhrzeit ein einsamer Ort.

Plötzlich schrie eine Frau.

Marni bekam eine Gänsehaut. Ihre Brust zog sich zusammen, als sie herumwirbelte und angestrengt in die Dunkelheit starrte.

Eine Sekunde später war Gelächter von derselben Frau zu hören, in das ein Mann mit einfiel. Marni holte tief Luft und versuchte, sich zu beruhigen, aber ihr Herz hämmerte. Am Strand war niemand zu sehen, als sie quer über das breite Kiesstück zu der Steintreppe an der Promenade hastete.

Sie warf einen Blick auf den Palace Pier. Schemenhafte

Gestalten bewegten sich zwischen den dicken Stahlträgern, mit denen der Pier verankert war. Männerstimmen schallten durch die gischthaltige Luft zu ihr herüber.

»Bist du allein, Süße?«

Marni wandte sich ab. Zur Hölle mit dem Kerl.

»Komm schon, wir können ein bisschen Spaß haben.« Eine andere Stimme, diesmal näher.

Sie ging nicht darauf ein, sondern stieg so schnell sie konnte die Stufen zur Promenade hinauf.

Als sie durch das nächtlich stille Kemptown nach Hause ging, kehrten ihre Gedanken zu etwas zurück, was ihr schon die ganze Zeit über durch den Kopf ging: das Tattoo des heiligen Sebastian auf dem Oberschenkel des Mannes. Sie wusste, warum. Es erinnerte sie an Thierrys Arbeit, vor allem die Art und Weise, wie die roten Pfeilwunden gestochen waren. *Thierry.* Warum war Thierry in den Pavilion Gardens gewesen, wenn er eigentlich auf der Tattoo-Messe hätte sein sollen?

Bitte, lieber Gott, mach, dass nichts dahintersteckt.

Konnte die Tätowierung auf dem Körper des Mannes tatsächlich von Thierry stammen? Unwahrscheinlich, und wenn doch, hatte es vermutlich nichts zu bedeuten. Natürlich nicht. Sie stellte Bezüge zur Vergangenheit her, die nicht rational waren. Doch wenn es um Thierry ging, war sie niemals rational. Er hatte einen emotionalen Einfluss auf sie, der nur noch stärker zu werden schien, je mehr sie versuchte, ihn zu leugnen. Selbstverständlich bestand keinerlei Zusammenhang zwischen Thierry und der Leiche in dem Müllcontainer. Es war lediglich ihre Besessenheit, die Thierry in alles miteinbezog, was ihr widerfuhr.

Als sie in die Great College Street einbog, konnte sie im

Wohnzimmer an der Vorderseite ihres Hauses Licht sehen. Alex war daheim. Ein achtzehnjähriger Junge musste seine Mutter nicht unbedingt in einem Zustand wie diesem sehen. Sie holte tief Luft, um sich zu beruhigen, und zog ihr Handy aus der Tasche. Obwohl sie die meiste Zeit über versuchte, ihm aus dem Weg zu gehen und ihre Gefühle für ihn zu unterdrücken, schien es doch immer Thierry zu sein, den sie in einem Krisenmoment brauchte. Sie wählte, wartete darauf, dass er dranging, hoffte auf seinen Zuspruch.

»Thierry?«

Sie hörte nichts als Rauschen. Dann Baulärm.

»Marni?« Sein französischer Akzent veränderte den Klang ihres Namens.

»Ja, ich bin's.«

»Marni! Ich bin mit den Jungs in der Bar. Komm doch auch! Charlie und Noa würden sich freuen.«

Charlie und Noa waren Thierrys Kollegen beim Tatouage Gris, Brightons einzigem französischem Tätowierstudio. Sie konnte ihre Stimmen im Hintergrund hören, außerdem Frauengelächter. Zweifelsohne Tattoo-Groupies, die wegen der Messe in der Stadt waren. Thierry musste verrückt sein zu glauben, sie hätte Lust, sich ihnen anzuschließen.

»Nein, komm du her – ich muss mit dir reden.« Plötzlich sehnte sie sich verzweifelt danach, ihn zu sehen, wofür sie sich im selben Augenblick hasste. Er war eine Sucht, die sie einfach nicht loswurde.

»Worüber?«

»Ich hatte einen wirklich üblen Tag.«

Sie hörte Thierry seufzen.

»Thierry, ich habe eine Leiche gefunden.« Ihre Stimme schraubte sich eine Oktave höher. »Ich hab Angst ...«

»Wow, nun mal langsam. Wovon redest du? Hast du die Polizei angerufen?«

»Selbstverständlich. Trotzdem muss ich etwas mit dir besprechen.«

»Nein. Ich bin müde, *chérie,* und tote Menschen gehen mich nichts an.«

»Komm schon, Thierry. Was, wenn es jemand war, den wir kannten? Was, wenn es Alex war?«

»Es war nicht Alex. Ich hab vor einer Stunde mit ihm telefoniert. Er war dabei, Pepper zu füttern. Ihr habt übrigens kein Hundefutter mehr.«

Pepper. Ihre Bulldogge.

»Bitte, Thierry.«

Thierry gab das stimmliche Äquivalent zu einem gallischen Achselzucken von sich, ein nonchalantes Grunzen, das sie einst geliebt hatte. »Wenn das ein Trick ist, um mich zu verführen …«

»Ach, Scheiße noch mal!« Sie legte auf und ging ins Haus.

»Mum!« Alex kam in den Flur und begrüßte sie mit einer Umarmung. »Wie war dein Tag?«

Marni straffte die Schultern und lächelte. »Super. Hab gute Arbeit geleistet bei einem meiner Stammkunden und mehreren Laufkunden. Und was hast du gemacht?«

Alex zog die Schultern hoch und ließ sie wieder sinken. »Ach, nichts Besonderes. Hab noch den Stoff für die letzte Prüfung wiederholt. Abi machen ist echt nervig.«

Einen Teller Pasta und ein Glas Wein später sank Marni aufs Sofa, um die Nachrichten zu sehen. Alex wollte auf Fußball umschalten, aber sie hatte die Fernbedienung. Im Nachhinein wünschte sie sich, sie hätte klein beigegeben.

… bittet die Polizei die anonyme Anruferin, die den Leichenfund

in den Brightoner Pavilion Gardens gemeldet hat, sich an die nächste Dienststelle zu wenden, um bei der Aufklärung des Falles behilflich zu sein. Der Mann, der in einem Müllcontainer entdeckt wurde, konnte noch nicht identifiziert werden …

»Na schön, Alex, dann lass mal sehen, ob schon ein Tor gefallen ist.« Sie warf ihm die Fernbedienung zu und versuchte, das plötzliche Zittern ihrer Hände zu verbergen.

»Nein, warte mal – da ist jemand ermordet worden, in Brighton. Hier passiert doch nie was.«

Aber Marni wollte nichts davon hören. »Du wirst noch ein Tor verpassen«, hielt sie dagegen.

Da es nur wenige Fakten mitzuteilen gab, wandten sich die Nachrichten kurz darauf einem anderen Thema zu, und Alex zappte durch die Kanäle. Es stellte sich heraus, dass das Spiel ziemlich langweilig war; sie hatten kein Tor verpasst.

Alex wurde unruhig. »Wie lief's heute?«

»Gut. Dein Vater hat seine Sache gut gemacht – die Tattoo-Messen in Brighton sind immer die besten.«

»Mum, denkst du, du kommst jemals wieder mit Dad zusammen?«

Marni verschluckte sich an ihrem Wein. Hustend schüttelte sie den Kopf. »Wie kommst du denn darauf?«

»Ihr hängt doch immer noch aneinander, wenn ihr zusammen seid.«

»Klar.« In seinem Alter schien das alles so einfach zu sein.

»Außerdem weiß ich, dass Dad das gern wollte.«

Tatsächlich? Hatte er als Single nicht viel mehr Spaß in einem Beruf, der jede Menge Gelegenheiten zum Flirten bot? Marni seufzte. »Das Problem mit deinem Vater ist, dass er die Vorstellung nicht mag, verheiratet zu sein. Die praktische Seite der Ehe umzusetzen, zählt nicht gerade zu seinen Stärken.«

»Niemand ist perfekt, Mum. Nicht einmal du.«

Marni Mullins träumte nicht. Sie konnte es sich nicht erlauben zu träumen – Träume waren zu schmerzhaft. Stattdessen lag sie einfach nur wach, die Augen weit offen in der schwarzen Leere. An Schlaf war schon lange nicht mehr zu denken, aber ihre Gedanken wanderten, ungebunden, unkoordiniert. Alex' Worte hallten in ihren Ohren nach.

Hier passiert doch nie was.

Nur dass jetzt etwas passiert war und sie hineingezogen wurde. Ein Mann war tot. Ein Mann, der etwas an sich hatte, was aus irgendeinem Grund an die finsteren Untiefen ihrer Seele rührte. Etwas Vertrautes. Aber was war die Verbindung? Wenn er ein Einheimischer war, der sich hier hatte tätowieren lassen, würde sie ihn wahrscheinlich kennen. Nein, doch eher nicht. Tausende Menschen in Brighton hatten Tattoos. Und selbst wenn Thierry ihn tätowiert hatte, na und? Das bedeutete noch lange nicht, dass er etwas mit seinem Tod zu tun hatte.

Marni knipste die Nachttischlampe an. Das Licht blendete sie. Sie drückte die Augen zu und kämpfte gegen das Schluchzen an, das in ihrer Brust aufstieg. Es konnte keine Verbindung bestehen. Das war bloß ihre Fantasie, die ihr in dem Schwebezustand zwischen Wachsein und Schlaf etwas vorgaukelte. Sie setzte sich auf. Der Raum drehte sich. Galle stieg in ihrer Kehle auf.

Würgend rannte sie ins Badezimmer und beugte sich mit zusammengebissenen Zähnen über die Toilettenschüssel. Speichel flutete ihren Mund, und sie musste tief durchatmen, um ihre Gefühle endlich wieder unter Kontrolle zu bringen. Nach einer Weile sackte sie auf dem Fußboden zusammen, Tränen in den Augen. Sie blinzelte. Auf den weißen Fliesen waren Blutspritzer. In der Ferne hörte sie das kreischende Knirschen von zufallenden Metalltüren. Sah Ziegelwände in Anstaltsgrau. Ihr Bauch und ihre Brüste spannten im letzten Stadium der Schwangerschaft. Schritte auf dem Gang, ihr Blut gefror, eine Explosion aus Schmerz. Krämpfe. Sie kauerte sich zusammen, blutete, schrie um Hilfe. Bekam bloß einen weiteren Tritt in den Bauch …

Sie öffnete die Augen, und das Blut war verschwunden. Die Leiche und das Tattoo des heiligen Sebastian hatten diese Erinnerungen ausgelöst. Sie musste wissen, so oder so, ob die Tätowierung des toten Mannes von Thierry stammte. Hoffentlich nicht, denn dann könnte sie die ganze Sache vergessen.

Zurück in ihrem Schlafzimmer, suchte sie nach ihrem Smartphone und googelte die Nummer der Brighton Crimestoppers, einer gemeinnützigen Organisation zur Verbrechensbekämpfung, die eng mit der Polizei zusammenarbeitete.

Es läutete. Und läutete. Und läutete.

Marni wartete. Sie wusste nicht, warum. Es war zwanzig vor drei am Morgen, es war bestimmt niemand da, der ihren Anruf entgegennehmen würde.

Schlussendlich gab sie auf. Sie schleuderte das Handy zur Seite, warf sich rücklings aufs Bett und wartete darauf, von ihren Ängsten übermannt zu werden.

5

Rory

Der ranzige Gestank des Todes stach Rory in die Nase, noch bevor er es durch die Türen der Gerichtsmedizin geschafft hatte. Binnen Sekunden verwandelte sich der Geruch in Geschmack, der seinen Mund ausfüllte. Er fing an zu husten und strebte schnurstracks zu der Stelle, an der Rose Lewis ihr Wick VapoRub aufbewahrte. Laute Chormusik wummerte wie ein Sperrfeuer auf seine Ohren ein. Rose Lewis' Arbeitsplatz war definitiv kein Ort für Katerstimmung – das wusste er vom letzten Mal.

»Morgen!«, rief Rose über den Lärm hinweg, dann beugte sie sich wieder über den Leichnam eines nackten Mannes, ein Skalpell in der Hand.

Rory nickte ihr zu und verteilte die durchsichtige Salbe zwischen Oberlippe und Nase, um den Gestank der Balsamierflüssigkeit, die nach fauligen Äpfeln roch, und der scharfen Essignote des Formaldehyds zu überdecken.

»*Membra Jesu Nostri*«, sagte Francis, der Rory gefolgt war und nun darauf wartete, dass er die VapoRub-Dose wieder zuschraubte.

Rory hatte keinen blassen Schimmer, worüber er sich ausließ.

»Verdammt, Sie sind gut, Sullivan«, sagte Rose, ging zu ihrem Soundsystem und drehte die Lautstärke herunter. »Komponist?«

»Buxtehude.«

»Richtig. Eignet sich besonders gut zum Arbeiten. Das Libretto widmet sich den einzelnen Körperpartien des leidenden Jesus. Aber das wissen Sie ja bereits.«

Rory reichte Francis kommentarlos die VapoRub-Dose. Diese Intellektuellen, die sich voreinander wichtigmachten. Es schien ein Spiel zu sein, das sie beide gern spielten, um herauszufinden, wer von ihnen der Cleverste war. Doch so löste man keine Fälle, und wenn Sullivan glaubte, er könne Rory damit beeindrucken, dann hatte er sich geschnitten.

Wenn er ehrlich war, zählte die Gerichtsmedizin nicht gerade zu Rorys Lieblingsorten, daher versuchte er, so wenig Zeit wie möglich dort zu verbringen. Es war nicht so, dass er Rose nicht mochte – sie verhielt sich ihm gegenüber stets ausgesprochen höflich, wenn auch ein wenig herablassend –, aber ihre Selbstsicherheit im harschen Gleißlicht des polarweißen Umfelds führte dazu, dass er sich mitunter etwas klein vorkam. Natürlich war die Arbeit, die Rose leistete, wichtig, aber DNA-Spuren und Blutspritzer waren nicht alles, sondern lediglich Teil des Gesamtbilds. Die Tendenz, bei der Lösung eines Falles die Wissenschaft für das A und O zu halten, nahm deutlich zu, doch in Wirklichkeit war sie lediglich ein Hilfsmittel, um die solide Polizeiarbeit zu unterstützen.

Rory zog ein Paar Latexhandschuhe an und folgte seinem Chef zu Roses Arbeitsplatz.

Im Augenblick war nur ein einziger Leichnam zu sehen, aber er wusste, dass in den Stahlschubladen an einer der

Wände noch weitere lagen. Rose und ihr Team arbeiteten fleißig eine Leiche nach der anderen ab und setzten anhand der Geheimnisse, die Blut, Fleisch, Knochen und Zähne preisgaben, die verschiedenen Lebensgeschichten zusammen. Er fragte sich, was sie ihnen wohl über den Mann aus dem Müllcontainer erzählen würde.

Der Tote auf dem Obduktionstisch vor ihnen war zum Teil mit einem weißen Gummilaken bedeckt. Er lag auf dem Rücken, ein Schnitt erstreckte sich von seinem Sternum bis zum Schambein; Rose hatte bereits begonnen, die Organe zur weiteren Untersuchung zu entnehmen. Rory betrachtete den Leichnam, der deutliche Verwesungsspuren aufwies. Die Gesichtszüge waren unscharf. Die Ratten hatten sich an Haut und Fleisch gütlich getan – ein Teil der Lippe fehlte, die Nase war abgekaut, beide Wangen waren zerfleischt. Am restlichen Körper wirkte die Haut grau. Rory hatte über die Jahre hinweg zu viele Leichen gesehen, um entsetzt zurückzuzucken, aber er warf einen verstohlenen Seitenblick auf Francis. Es wäre nicht ganz fair zu behaupten, er sehe fassungslos aus – in Wirklichkeit blickte er nämlich eher interessiert. Trotzdem war sein Kiefer angespannt, was Rory vorher nicht aufgefallen war.

Rose hatte den Leichnam bestimmt schon fotografiert und vermessen, außerdem die Rückstände unter den Fingernägeln entfernt und sämtliche Wunden und Tätowierungen mithilfe ihres kleinen Aufnahmegeräts dokumentiert. Vermutlich hatte sie sogar auf die Musik verzichtet, um jedes Detail aufzuzeichnen. Im Augenblick untersuchte sie mit behandschuhten Fingern die Mundhöhle des Toten. Als Nächstes – die entwürdigendste Prozedur bei ungeklärter Todesursache – würde sie sich seinen Anus vornehmen und nach Hinweisen auf kürzlich erfolgten Sex oder sexuellen Missbrauch suchen.

Die beiden Polizisten sahen ihr schweigend zu, bis sie schließlich ihr Diktiergerät zückte und zu ihnen aufsah.

»Irgendwelche Erkenntnisse, Rose?«, fragte Francis.

Sie stellte die Musik ab. Gott sei Dank. Der Lärm ging ihm allmählich auf die Nerven.

»Erkenntnis Nummer eins: Ich werde Probleme mit Mike bekommen, weil ich am Montag des verlängerten Wochenendes arbeite.«

Francis zuckte die Achseln. »Wenn es nach mir ginge, würden Mörder ausschließlich montags bis freitags zwischen neun und siebzehn Uhr zuschlagen.«

Rose lachte.

»Apropos Überstunden«, sagte Rory. »Wie geht es Laurie?«

»Die Frage ist durchaus berechtigt. Pluspunkt für dich, weil du daran gedacht hast, Rory. Es geht ihm gut. Er hat mit der Oberschule begonnen, und er fühlt sich dort wohl.«

»Und was ist mit dem hier?« Francis deutete mit dem Kinn auf den Toten, um aufs Thema zurückzukommen.

Binnen einer Sekunde war Rose wieder durch und durch professionell.

»Richtig. Also, was haben wir bisher? Ich schätze, der Tod trat vor vierundzwanzig bis achtundvierzig Stunden ein, aber ich kann euch nicht genau sagen, ob er tot oder lebendig war, als er in den Müllcontainer geworfen wurde. Euer Team wird bestimmt in Erfahrung bringen, wann der Container zuletzt geleert wurde.«

»Hollins checkt das«, bestätigte Rory.

»Was ist mit der Überwachungskamera in der New Road?«

»Da ist Hitchins dran«, antwortete Francis.

»Die Tweedles«, sagte Rose. »Ihr solltet besser dranbleiben – die zwei können mitunter ein bisschen langsam sein.«

»Als ob ich das nicht wüsste«, murmelte Rory.

Tweedledum und Tweedledee, wie Hitchins und Hollins im Präsidium genannt wurden. Die beiden sahen einander verblüffend ähnlich; beide hatten widerspenstiges braunes Haar und eine Figur, die verriet, dass sie gern einen Donut zu viel aßen.

Rose sah Francis an, dann Rory.

»Sie haben Glück, einen solchen Stellvertreter zu haben, Francis.«

Francis nickte, aber er sagte nichts.

Schafft er es nicht mal, ihr beizupflichten?, fragte sich Rory.

»Rory ist einer unserer erfahrensten Männer«, fuhr Rose fort. »Er weiß, was er tut, also nutzen Sie seine Fähigkeiten.«

Der Chef runzelte die Stirn. Rory unterdrückte ein Grinsen – das war nicht gerade ein Vertrauensbeweis, Roses Einschätzungsvermögen betreffend.

»Ich bin mir sicher, Rory wird es mich wissen lassen, wenn ich etwas falsch mache«, sagte Francis. In seiner Stimme klang Schärfe mit.

Rory schnaubte. Plötzlich fühlte er sich genauso unbehaglich wie der Chef wegen des Verlaufs, den das Gespräch nahm. Rose stichelte, und Rory fragte sich, warum. Was bezweckte sie damit?

»Der Schlag auf den Kopf hat ihn nicht gleich getötet«, sagte sie nun und wandte ihre Aufmerksamkeit glücklicherweise wieder der Leiche zu.

»Sind Sie sicher?«, fragte Francis und betrachtete die teilweise rasierte Schädeldecke. Rose drehte den Kopf leicht zur Seite, damit sie die blutige Delle im Schädel sehen konnten.

»Absolut. Die Wunde war nicht ausschlaggebend für seinen Tod; der Schlag hat ihn bewusstlos gemacht und hätte schlimmstenfalls einen bleibenden Gehirnschaden verursacht.«

»Also, was hat ihn dann umgebracht?«, wollte Rory wissen.

»Das war eine Kombination aus mehreren Faktoren«, antwortete Rose. Ihre Stimme triefte vor Zufriedenheit über das, was sie herausgefunden hatte. »Nach dem Schlag auf den Kopf war er bewusstlos. Ich nehme an, dass er noch lebte, als er entsorgt wurde. Er hat viel Blut verloren, was ihn, zusammen mit einer starken Unterkühlung, umgebracht hat.«

»Blutverlust wegen der Kopfwunde? Die sieht gar nicht so groß aus«, wunderte sich Francis.

»Zum Teil deswegen, doch hauptsächlich wegen dieser Wunde hier.« Sie deutete auf die große blutige Fläche auf der Schulter und im Brustbereich des Mannes, wo die Haut fehlte.

»Ich dachte, das wären die Ratten gewesen, post mortem«, sagte Rory.

»Nicht ganz. Und hier wird es interessant, deshalb hab ich euch auch so schnell herbestellt.«

Rory betrachtete die blutige Masse.

»Sehen Sie ruhig genauer hin«, drängte Rose. Sie drehte sich zu der Ablage hinter ihr und nahm eine Lupe zur Hand, die sie Francis reichte. »Sehen Sie? Dort sind Schnittspuren, die meiner Meinung nach von einer kurzen, extrem scharfen Klinge stammen.«

Francis beugte sich vor und untersuchte die Stelle, auf die sie deutete, mit behandschuhter Hand. »Ich sehe, was Sie meinen.«

Er reichte Rory die Lupe und trat einen Schritt zurück. Rory betrachtete die Wunde. Rose hatte recht. Es waren unverkennbar Schnitte im Fleisch zu sehen, und die konnten unmöglich von Tieren stammen.

»Jesus!«

Er sah, wie sein Chef bei seiner Wortwahl zusammenzuckte. Ausgerechnet er musste mit diesem religiösen Fanatiker zusammengespannt werden!

»Glauben Sie, die Schnitte wurden vor oder nach dem Schlag auf den Kopf ausgeführt?«, wandte er sich an Rose.

»Was das betrifft, kann ich nur Vermutungen anstellen, aber ich würde sagen, danach«, antwortete die Gerichtsmedizinerin. »Die präzisen Schnitte legen nahe, dass sich das Opfer zum Zeitpunkt der Ausführung nicht gewehrt hat. Aber die Schnitte sind nicht tief. Sie sollten den Mann nicht umbringen. Es sieht eher danach aus, als habe jemand wohlüberlegt Haut und Fleisch vom Körper gelöst. Doch das lässt sich nur schwer mit Sicherheit sagen. Es gibt genauso viele Bissspuren wie Schnitte.«

Rory untersuchte weiter das freiliegende Fleisch. »Die Schnitte scheinen um die Wunde herumzuführen.«

»Die perpendikularen Schnitte, ja«, sagte Rose. »Aber hier und auch hier im Zentrum sind einige horizontale Schnitte in der Dermis zu erkennen.«

Rory kniff die Augen zusammen und blinzelte konzentriert. Er konnte lediglich ein paar kleine, gerade Linien in der schmutzigen breiigen Masse erkennen. Sein Magen zog sich zusammen, und für einen kurzen Moment musste er die Kiefer fest zusammenpressen, bis das Übelkeitsgefühl nachließ.

»Lassen Sie mal sehen«, sagte Francis.

Erleichtert reichte Rory ihm die Lupe.

»Was hat das zu bedeuten?«, fragte der DI und schaute angestrengt durch das Vergrößerungsglas.

»Das bedeutet, Francis, dass Ihr Opfer gehäutet wurde. Wahrscheinlich während es noch lebte, dem hohen Blutverlust nach zu urteilen.«

6

Francis

Schwarze Jeans, schwarze T-Shirts, rasierte Köpfe oder Dreadlocks. Kahl. Tätowiert. Haut. Um Francis herum floss literweise Tinte in lebendes Fleisch, so schnell, dass er die Bilder kaum erkennen konnte. Tiefschwarze, schmutzig blaue oder leuchtend bunte Zeichen. Was zum Teufel hatte er am Montag des verlängerten Wochenendes auf der Brighton Tattoo Convention verloren? Er hatte einen grummelnden Mackay zurück an den Leichenfundort geschickt, damit er die Gegend noch einmal nach Fingerabdrücken absuchen ließ und Ausschau hielt nach Fleischstücken, die womöglich aus dem Körper des Mannes geschnitten worden waren. Er wollte in der Zwischenzeit die mysteriöse Anruferin ausfindig machen, deshalb war er hier. Das Handy, von dem der Anruf getätigt worden war, gehörte einer hiesigen Tattoo-Künstlerin. Ihre Website verriet ihnen, dass sie auf der Messe war. Aller Wahrscheinlichkeit nach würde sie weitere Informationen für sie haben. Francis wollte unbedingt herausfinden, warum die Frau so ausweichend gewesen war und ihren Namen für sich behalten hatte.

Er fühlte sich schmerzlich verunsichert, als er die

Haupthalle des Brighton Centre, des großen Veranstaltungs- und Kongresszentrums an der Kings Road, betrat. Offenbar war er der einzige Mensch im ganzen Gebäude, der keine Tätowierung hatte – und vermutlich der einzige, der einen Anzug trug.

Er holte tief, wenngleich widerwillig Luft, dann stürzte er sich ins Gedränge.

Die Leute wimmelten um ihn herum, schoben und stießen ihn zur Seite, traten ihm auf die Zehen und verrenkten sich die Hälse, um in die Standnischen zu blicken. Und dann war da der Lärm. An jedem Messestand dröhnte laute Heavy-Metal-Musik, die jeweils die der Nachbarstände zu übertönen versuchte.

Noch lauter aber war ein unablässiges, schrilles Geräusch. Er konnte die Quelle nicht ausmachen, bis seine Augen an dem nackten Rücken eines Mannes hängen blieben. Eine Frau tätowierte ihn – der Lärm stammte von dem kollektiven elektrischen Surren der Tattoomaschinen. Blut sickerte aus den schwarzen Linien, die sie in die Haut stach. Ein unangenehmer Geruch nach Kupfer hing in der Luft.

Es war stickig in der Halle und viel zu warm. Francis drängte sich bis zum Ende des Gangs, verzweifelt darum bemüht, eine freie Fläche zu finden. Er verstand nicht, warum man sich tätowieren ließ, und die Begeisterung der Massen verstand er erst recht nicht. Mit Sicherheit hatten all diese Menschen besser ausgesehen, bevor sie ihre Körper für immer verunstaltet hatten. Das Ganze hatte etwas von einem Stammesritual an sich. Aber welcher Stamm hielt ein solches Ritual ab, und welche Bedeutung hatte es?

»Entschuldigung?«

Er tippte einem vorbeigehenden Jugendlichen auf die

Schulter. Der junge Mann drehte sich zu ihm um. Auf die linke Seite seiner Stirn war ein blaues Spinnennetz tätowiert, das unter seinem Haaransatz verschwand.

»Ja?«

»Ich suche eine Tattoo-Künstlerin namens Marni Mullins.«

Der Jugendliche zog ein zusammengefaltetes Blatt Papier aus der Gesäßtasche seiner Jeans. Darauf abgebildet war der Grundriss der Kongresshalle mit den nummerierten Messeständen. Er drehte das Blatt um und ging die Liste mit Tattoo-Künstlern durch.

Als er den Kopf senkte, konnte Francis unter seinem kurzen blonden Haar den Rest des Spinnennetzes erkennen, außerdem die dunklen Umrisse eines Wortes. Er kniff die Augen zusammen, aber er konnte nicht erkennen, was dort stand.

»Marni …?«, fragte der Blonde.

»Mullins.«

»Stand achtundzwanzig.«

»Danke«, erwiderte Francis.

»Keine Ursache, Kumpel.« Der junge Mann verschwand im Gewimmel, noch bevor Francis ihn fragen konnte, wo genau sich Stand achtundzwanzig befand. Egal. Vermutlich waren die Stände numerisch geordnet. Seufzend begab er sich erneut in die Menge.

Drei Mädchen in trägerlosen Fünfzigerjahrekleidern, die Haare frisiert wie Marilyn Monroe, trieben ihn vorwärts und hüllten ihn in eine süßliche Parfümwolke. Ihre Arme, Schultern und Dekolletés waren mit Blumen, Vögeln und Herzchen in leuchtenden Farben verziert. Er ließ sich zurückfallen, um ihrem lauten Gegacker zu entkommen, und fand sich gleich darauf inmitten einer anderen Gruppe wieder: Goths mit pechschwarzen Haaren, genauso schwarz wie ihre Tätowierungen. Er warf einen Blick auf die Standnummern und drängte sich zur nächsten Reihe durch.

Francis setzte seine Ellbogen ein, bahnte sich einen Weg durch die Mitte und schaute suchend von einer Seite zur anderen. Ein Mädchen lag so gut wie nackt auf einem Massagetisch, während zwei stark tätowierte Männer gleichzeitig an einem spektakulären chinesischen Motiv arbeiteten, das ihren ganzen Rücken bedeckte. Ein Mann saß stumm da, die Augen geschlossen, Tränen liefen über seine Wangen, während eine junge Frau geschickt die Striche eines geometrischen Musters um seinen Oberarm ausführte. Am selben Messestand tätowierte ein Mann den Schädel eines anderen Mannes. *Mein Gott, das muss doch furchtbar schmerzhaft sein!,* dachte Francis, aber der Kerl, der tätowiert wurde, zuckte nicht mit der Wimper.

Endlich kam er zu Messestand Nummer achtundzwanzig. Eine Tattoo-Künstlerin war dabei, eine Kundin zu bearbeiten, die viel zu jung aussah für eine Tätowierung. War das die Frau, deren Handy sie zurückverfolgt hatten? Klein und drahtig saß sie auf einem Hocker und konzentrierte sich auf ein riesiges Chrysanthemen-Tattoo in Lila und Pink auf dem Bein des jungen Mädchens vor ihr. Ihr unbändiges dunkles Haar war zu einem Pferdeschwanz zurückgebunden, aus dem sich der Großteil der Strähnen schon wieder gelöst hatte. Sie trug eine verwaschene Jeanslatzhose und ein ärmelloses weißes Rippenhemd; ihre muskulösen Arme waren der Länge nach mit blauen und grünen Wirbeln verziert.

Francis betrachtete sie einen Moment lang. Würde sie der

Polizei helfen, oder hatte sie etwas zu verbergen? Ein gewisser Teil der Öffentlichkeit schien es reizvoll zu finden, an der Aufklärung eines Mordes beteiligt zu sein, aber nicht diese Frau. Sie hatte unbedingt anonym bleiben wollen.

Er hustete laut, um ihre Aufmerksamkeit zu erwecken. »Sind Sie Marni Mullins?«

Die Frau arbeitete weit oben an der Schenkelinnenseite ihrer Kundin. Das Mädchen zappelte unruhig mit dem anderen Bein, kleine Seufzer drangen über ihre Lippen, eine Mischung aus Genuss und Schmerz. Unbeirrt fuhr Marni Mullins damit fort, die Blütenblätter mit tiefrosa Tinte zu schattieren.

Francis sprach sie erneut an, und diesmal nahm sie die Tätowiermaschine von der flaumigen Haut und hob den Kopf, um zu sehen, wer sie angesprochen hatte.

»Das bin ich.«

Er stellte fest, dass sie älter war als erwartet – Mitte, Ende dreißig, kleine Krähenfüße waren in ihren Augenwinkeln zu erkennen.

»Ich bin für den Rest des Nachmittags ausgebucht«, sagte sie und senkte den Blick wieder auf ihre Arbeit.

»Ich bin nicht wegen eines Tattoos hier.«

Marni Mullins sah ihn erneut an, diesmal aufmerksamer, dann schüttelte sie den Kopf, als würde ihr soeben klar, dass sie einen Fehler gemacht hatte.

»Nein, offensichtlich nicht. Was wollen Sie?«

»Mein Name ist DI Francis Sullivan. Ich ermittle in einem Vorfall, der sich gestern in den Pavilion Gardens zugetragen hat. Es wäre sehr freundlich von Ihnen, wenn Sie Ihre Tätowierpistole einen Moment zur Seite legen und mit mir reden könnten.«

»Maschine.«

»Wie bitte?«

»Das hier ist eine Tätowiermaschine, auch Tätowiereisen genannt. Den Begriff ›Tätowierpistole‹ verwenden wir nicht.«

»Dann eben Tätowiermaschine, wie auch immer. Auf alle Fälle muss ich mit Ihnen reden.«

»Und warum?« Ihr Ton klang feindlich.

»Ich habe Grund zu der Annahme, dass Sie die Leiche gestern entdeckt und Ihren Fund mit einem anonymen Anruf der Polizei von Brighton gemeldet haben. Ist das der Fall?«

Das Mädchen, das tätowiert wurde, richtete sich interessiert auf, um zu sehen, mit wem Marni sprach.

»Du kennst jemanden, der ermordet wurde?«, fragte es neugierig. Francis stellte fest, dass es lispelte.

»Nein«, entgegnete Marni. »Das ist eine lange Geschichte.«

»Die ich lieber persönlich mit Ihnen besprechen würde«, fügte Francis hinzu.

Marni Mullins legte die Stirn in Falten. »Geben Sie mir eine Stunde, wenn Sie unbedingt allein mit mir reden wollen. Ich kann meine Arbeit nicht mittendrin unterbrechen.«

»Sie behindern eine polizeiliche Ermittlung.«

»Und Sie kosten mich Geld und meinen Ruf. Ich bin in einer Stunde fertig, und wenn das nicht genügt, dann müssen Sie mich eben verhaften.«

Das wäre nicht unbedingt die Art und Weise, eine Zeugin zur Kooperation zu bewegen, weshalb er es mit einem versöhnlicheren Ton versuchte. »Okay. Wir reden in einer Stunde. Wo?«

»Im Büro im Erdgeschoss. Bringen Sie Kaffee mit.«

Das Mädchen grinste ihn an. »Vielleicht bleibt ja noch Zeit für ein kleines Tattoo.«

Francis ignorierte sie. »Wir treffen uns in einer Stunde unten im Büro«, sagte er zu Marni.

»Uncool«, murmelte das Mädchen und legte sich zurück auf die Massagebank.

»Polizisten«, erwiderte Marni Mullins, der es offensichtlich gleich war, dass sich Francis noch immer in Hörweite befand. »Sie kapieren es nicht. Da versucht man, ihnen zu helfen, und sie glauben, sie können einen schikanieren. Verfluchte Scheißkerle.«

7

Marni

Zwei Stunden später stieß Marni die Tür zu dem winzigen Messebüro auf und fragte sich, ob es wirklich richtig gewesen war, die Polizei zu rufen. Der Auftritt des schlaksigen jungen Inspectors von der Mordkommission an ihrem Messestand hatte sie nervös gemacht, und sie war gar nicht glücklich über die Aussicht, das Ganze noch einmal durchzukauen, von Angesicht zu Angesicht. Sie trat ein und stellte fest, dass das Büro noch kleiner wirkte als sonst, jetzt, da Francis Sullivan seine langen Beine unter Thierrys Schreibtisch zusammenfaltete.

Prall gefüllte Aktenordner, stapelweise Unterlagen, schwankende Kistenstapel mit Messeprogrammen, halb leere Kaffeebecher und ein überquellender Mülleimer – das alles war ihr nur allzu vertraut. Marni beäugte Francis misstrauisch, nahm einen Stapel Papiere von dem Stuhl ihm gegenüber und setzte sich. Er sah jung aus für einen Detective Inspector – und vollkommen deplatziert. Niemand trug auf einer Tattoo-Messe einen Anzug. So etwas kam einfach nicht vor. In ihrer Welt bedeuteten Männer in Anzügen für gewöhnlich nichts Gutes.

Und dennoch – er hatte einen gewissen jungenhaften

Charme an sich. Er sah interessant aus: rotblonder Igelschnitt, ein leicht schiefer Mund, die Nase gebogen, was sie ein bisschen an einen Habicht erinnerte. Er hatte lange auf sie warten müssen, was seine Laune nicht gerade verbessert hatte. Mit finsterem Blick sah er sie über den Schreibtisch hinweg an.

»Tut mir leid, dass es länger gedauert hat«, sagte sie, wenngleich sie bezweifelte, dass ihre Worte überzeugend klangen.

Er nickte knapp, dann deutete er auf einen von zwei To-go-Kaffeebechern.

»Sie haben die Leiche entdeckt, ist das richtig?« Sein Ton stellte klar, dass es sich nicht wirklich um eine Frage handelte.

Marni trank etwas von dem Kaffee. Er war kalt.

»Ich hab den Fund gemeldet.«

»Sie haben Ihren Namen nicht genannt.«

»Was anscheinend keinen Unterschied macht. Sie wissen ohnehin, wer ich bin. Woher?«

DI Sullivan blickte sie mit gefurchter Stirn an.

»Ich könnte Sie unter Anklage stellen, weil Sie die Polizei Zeit und Geld gekostet haben. Es hat mich einen halben Tag gekostet, Sie anhand Ihrer Handynummer aufzuspüren.«

Das war typisch. Natürlich war er nicht hergekommen, um sich bei ihr zu bedanken, dass sie ihre bürgerliche Pflicht erfüllt hatte. Es war der übliche Mist – sie hatte etwas falsch gemacht, und es war sein Job, sie deshalb zurechtzuweisen. Sie verschwendete hier nur ihre Zeit, während draußen ihre Kunden warteten.

»Tut mir leid«, sagte sie, schob ihren Stuhl zurück und stand auf, um zu gehen.

Sullivan war schneller als sie, sprang auf und verstellte ihr die Tür.

»Ich war noch nicht fertig«, sagte er. »Ich möchte ganz genau erfahren, wie Sie auf den Leichnam gestoßen sind. Wir können das hier hinter uns bringen, oder ich kann Sie ins Präsidium vorladen.«

Marni setzte sich wieder. Verdammt! Sie würde es nicht über sich bringen, eine Polizeistation zu betreten. Warum war sie gestern bloß in den Park gegangen?

»Was wollen Sie wissen?«

Auch Sullivan nahm wieder Platz.

»Alles«, sagte er, »von Anfang an, und lassen Sie bitte nichts aus.« Er nahm sein Smartphone aus der Brusttasche und einen Touchpen, bereit zu schreiben.

Marni nahm einen Schluck von ihrem kalten Kaffee, schnitt eine Grimasse, weil kein Zucker darin war, dann berichtete sie detailliert, wie sie den toten Mann entdeckt hatte. Es dauerte bloß drei Minuten – sie hatte sich einen Kaffee geholt, eine Zigarette geraucht, den Müllcontainer geöffnet –, doch er schrieb jedes Wort mit. Dass sie sich im hinteren Bereich des Gartencafés herumgedrückt hatte, um Thierry aus dem Weg zu gehen, verschwieg sie ihm.

»Haben Sie irgendwelche Tätowierungen an der Leiche bemerkt?«, fragte er.

»Ja … vage. Aber ich kann mich nicht mehr daran erinnern, wie sie aussahen.«

Der Inspector legte die Hand auf einen braunen Umschlag auf dem Schreibtisch.

»Er hatte ziemlich viele Tattoos, und ich muss wissen, wer sie gemacht hat.«

»Warum?« Ihr Herz fing an zu hämmern.

Sullivan nahm den Umschlag zur Hand, zog mehrere 20x25-Zentimeter-Fotos heraus und breitete sie auf dem vollgepackten Schreibtisch aus. Es handelte sich um Schwarz-Weiß-Aufnahmen von Tätowierungen – dem heiligen Sebastian, einem Paar betender Hände, einem Adler auf einem Totenkopf. Um den Oberarm des Mannes wand sich ein tätowierter Stacheldraht. Marni beugte sich vor, um die Bilder genauer zu betrachten.

»Sieht aus, als sei der Kerl ein Sammler gewesen«, sagte sie.

»Ein Sammler?«

»Ein Tattoo-Sammler«, erklärte sie. »Sehen Sie, die stammen alle von verschiedenen Künstlern.«

»Und das können Sie erkennen?«

Nun war es an ihr, ihm einen verwunderten Blick zuzuwerfen. »Jedes einzelne hat einen völlig anderen Stil. Überwiegend gute Arbeit, aber es ist ein ziemliches Sammelsurium.«

Marni nahm sich Zeit, die einzelnen Motive eingehend zu betrachten. Die betenden Hände waren gut, sehr gut. Er musste einen ordentlichen Preis dafür bezahlt haben. Sie ließ das Foto sinken und griff zum nächsten. Der Anblick traf sie wie ein Vorschlaghammer zwischen die Augen. Marni war sich beinahe sicher, dass sie ein Tattoo betrachtete, das von ihrem Ex-Mann stammte. Der heilige Sebastian trug eindeutig Thierrys Handschrift – genau wie sie vermutet hatte.

»Sie kennen die Tätowierung?«

Eilig schüttelte Marni den Kopf. Zu eilig.

»Bitte, Miss Mullins. Es könnte wichtig für den Fall sein.«

Marni spürte, wie Angst in ihrer Brust aufstieg. Sie wollte

nichts mit der Polizei zu tun haben, nicht wieder, und das könnte nur zu leicht passieren, wenn Thierry tatsächlich auf irgendeine Art und Weise involviert war. Sie schüttelte den Kopf und schwieg, wobei sie sich inständig wünschte, Sullivan würde sie in Ruhe lassen.

»Wenn Sie mir etwas verschweigen, was für meinen Fall relevant ist, werde ich Sie wegen Behinderung der Polizeiarbeit festnehmen«, drohte er noch einmal. »Also: Sollten Sie wissen, wer die Tätowierung gemacht hat, wäre es in Ihrem eigenen Interesse, mir dies mitzuteilen.«

Marni schloss die Augen und schürzte die Lippen. Konnte das Tattoo tatsächlich etwas mit dem Tod des Mannes zu tun haben?

»Sieht nach der Arbeit meines Ex-Manns aus.« Ihre Stimme war kaum mehr als ein Flüstern.

»Was haben Sie gesagt?«

Marni schluckte. Ihr Mund war trocken.

»Mein Ex-Mann. Das Tattoo könnte von ihm stammen.« Diesmal sprach sie laut genug.

»Name?«

»Thierry Mullins. Aber Sie glauben doch nicht, dass er deshalb etwas mit der Sache zu tun hat? Der Mann hatte viele Tätowierungen von verschiedenen Künstlern.«

Er ignorierte ihre Frage.

»Können Sie mir sagen, wo ich Thierry finden kann? Ich muss ihn dringend sprechen – vielleicht kann er bei der Identifizierung des Mannes behilflich sein.«

»Wir sitzen in seinem Büro«, antwortete Marni tonlos.

Ein paar Minuten später wurde die Tür von außen mit dem Fuß aufgestoßen, und Thierry Mullins trat ein, augenscheinlich wenig erfreut darüber, in sein eigenes Büro beordert worden zu sein. Er blickte finster von Marni zu DI Sullivan und verschränkte abwehrend die Arme vor der Brust.

»Egal worum es geht – ich habe keine Zeit dafür.«

Es war das erste Mal seit mehreren Monaten, dass Marni persönlich mit ihm redete. Obwohl sie sich das Sorgerecht für einen Teenager teilten und eine gemeinsame Vergangenheit hatten, versuchte sie für gewöhnlich, direkten Kontakt zu vermeiden – der Sonntagabend stellte eine absolute Ausnahme dar. Doch jetzt war er hier, und sie nahm seinen Anblick begierig in sich auf. Sie konnte seinen Schweiß riechen, vermischt mit dem Duft seines Eau de Cologne. Er sah müde aus, in seinen Haaren war mehr Grau als damals, als sie noch zusammen gewesen waren. Ihre Augen glitten über die dunklen Tattoos auf seinen muskulösen Armen, dann riss sie ihren Blick los.

Zumindest für kurze Zeit war er ein ausgezeichneter Ehemann gewesen, hatte ihr während ihrer turbulenten Anfangszeit unerschütterlich zur Seite gestanden, hatte sie geheiratet, als sie feststellten, dass sie schwanger war, hatte ihr über das Trauma hinweggeholfen, das sie erlitten hatte, hatte sich um Alex gekümmert, als sie dazu nicht in der Lage gewesen war … Aber das war lange her. Sie waren gerade mal sieben Jahre verheiratet gewesen, als er anfing, sich nach anderen Frauen umzusehen.

Natürlich war er Alex nach wie vor ein großartiger Vater – das würde sie niemals leugnen. Und er hatte auch seine guten Seiten, war ein Bonvivant, der Schwung in jede Party brachte, war humorvoll, gutherzig, großzügig mit Lob, auch wenn er mitunter zu schnell aufbrauste. Außerdem war er ein brillanter Tätowierer, der sich auf religiöse Ikonografie spezialisiert hatte, und die große Tattoo-Messe, die er organisatorisch zu verantworten hatte, war ein Erfolg. Trotzdem hasste sie ihn. Zumindest redete sie sich das ein – und zwar zu ihrem eigenen Schutz. Es gab zu viel Dunkles in ihrer gemeinsamen Vergangenheit. Sie musste nur seinen französischen Akzent hören, und schon dachte sie an Dinge, die ihr unanständig erschienen, selbst wenn sie in die Zeit fielen, in der sie noch verheiratet gewesen waren.

»Marni?« Thierry sah sie besorgt an.

Francis Sullivan ergriff das Wort und hielt Thierry das Foto mit dem Tattoo des heiligen Sebastian entgegen.

»Stammt diese Tätowierung von Ihnen?«

Thierry warf einen Blick auf die Aufnahme, dann wanderten seine Augen zurück zu Marni.

»Was soll das?« Die Frage war unmissverständlich an sie gerichtet.

»Mr. Mullins …«

»Sie sind von der Polizei, hab ich recht?«

»Ja.«

Er machte Anstalten, das Büro zu verlassen, dann drehte er sich noch einmal um. »Wenn Sie hier sind, um meine Frau zu schikanieren, würde ich mir das an Ihrer Stelle sehr gut überlegen.«

»Thierry.« Marni streckte die Hand aus und berührte ihn am Arm. »Warte.«

»Komm, Marni, lass uns gehen.«

»Wenn Sie das tun, Mr. Mullins, komme ich Ihnen mit einer richterlichen Anordnung. Und jetzt beantworten Sie bitte meine Fragen. Haben Sie diese Tätowierung gemacht?« Der DI hielt immer noch das Foto in der Hand.

Thierry trat einen Schritt nach vorn. Er war mehrere Zentimeter größer als der Inspector und muskelbepackt.

»Und was, wenn?« Seine Stimme erinnerte an ein Knurren.

»Wir versuchen, eine Leiche zu identifizieren. Können Sie uns dabei helfen?« Francis' Stimme hatte einen überdrüssigen Ton angenommen.

Thierry sah Marni an.

»Irgendwer muss doch wissen, was mit diesem Mann passiert ist«, sagte sie, erneut gepackt von Entsetzen wegen dem, was sie gesehen hatte, und nickte Thierry zu, damit er das Foto in die Hand nahm.

Er betrachtete es ausgiebig.

»Das könnte sein«, antwortete er schließlich.

Marni streckte die Hand nach Thierrys Laptop aus, der am Rand des Schreibtischs stand.

»Warum siehst du nicht nach? Wenn du das Tattoo gemacht hast, müsste sich ein Bild in deinem Archiv finden.«

Thierry beugte sich über den Schreibtisch und fuhr seinen Computer hoch. Schweigend warteten Francis und Marni, während er die Dateien durchsuchte. Endlich klickte er einen Dateiordner an, der »Tattoos, nach Themen geordnet« benannt war. Der Ordner enthielt eine Liste von alphabetisch sortierten Dateien, darunter *J* wie »Jungfrau Maria«, *L* wie »Luzifer« oder *R* wie »Racheengel«. Jetzt öffnete er eine Datei, die mit *S* wie »St. Sebastian« überschrieben war. Eine Reihe von Tattoos mit Motiven des heiligen Sebastian erschien auf dem Bildschirm. Thierry scrollte mehrere durch, aber jedes wies deutliche Unterschiede zu der Tätowierung auf dem Foto auf – mal waren die Pfeile im Torso des Heiligen anders platziert, mal neigte er den Kopf zur anderen Seite.

»Warte mal«, sagte Marni plötzlich. »Das ist es. Geh mal zurück.«

Thierry scrollte weiter hinauf.

»Du hast recht«, sagte er. »Die beiden sind identisch.«

»Wie hieß der Klient?«, fragte Sullivan.

»Ich erinnere mich nicht an den Namen jedes Kunden, den ich tätowiert habe. Das müssen Hunderte sein.«

»Was ist mit dem Datum?«, fragte Marni. »Die Archivbilder sind datiert – dann könntest du den entsprechenden Tag in deinem Auftragsbuch nachschlagen.«

Thierry klickte durchs Dateiverzeichnis.

»4. Mai 2010.«

Marni und Francis warteten schweigend, während er seinen Terminkalender aufrief. Das einzige Geräusch in dem kleinen Büro war das Klackern der Tastatur.

»Evan Armstrong. Jetzt erinnere ich mich. Ein großer Kerl. Der Bastard ist abgehauen, ohne zu bezahlen.«

»Ja«, bestätigte Francis, »der Tote war fast eins neunzig.«

»Er hatte bereits ein paar Tattoos, als ich an ihm gearbeitet habe«, fuhr Thierry fort.

Francis nutzte die Gelegenheit, ihm den Rest der Fotos hinzuschieben. »Das sind die anderen Tätowierungen. Haben Sie eine davon gemacht?«

Marni schüttelte den Kopf, aber Thierry nahm sich die Zeit, eine Aufnahme nach der anderen gründlich zu betrachten.

»Nein. Den Stacheldraht hatte er bereits. Beschissene Arbeit.« Er kam zu den betenden Händen. »Das hier ist sehr viel besser …«

Er blätterte die Fotos weiter durch. Marni warf ebenfalls einen Blick darauf.

Als sie zum letzten Bild kamen, schnappte sie nach Luft. Thierry fluchte leise auf Französisch. Sie starrten auf eine

Farbaufnahme des Oberkörpers. Die gesamte linke Schulter war eine blutige Sauerei. Die Wunde erstreckte sich über den Rücken des Mannes und um seine Brust herum. Francis riss Thierry das Foto aus der Hand.

»Entschuldigung. Das war nicht für Ihre Augen bestimmt.«

»Ratten?«, fragte Thierry.

»Ja, aber …« Francis holte tief Luft. »Wir glauben, dass jemand ein Stück Haut herausgeschnitten hat.«

Marnis Kopf schnellte hoch. Sie starrte den DI fassungslos an. »Lassen Sie mich noch mal sehen.«

Er reichte ihr die Aufnahme, und diesmal sah sie genauer hin. Alle Farbe wich ihr aus dem Gesicht. Sie fuhr den Umriss der Wunde mit einem Finger nach, dann wischte sie sich mit der Hand über die Augen, als versuche sie, das Bild auszuradieren.

»Ich weiß, was das ist«, sagte sie bedächtig und tippte auf die Wunde. »Seht euch mal die Form an – sie ist symmetrisch. Jemand hat ein Tattoo von seinem Körper entfernt.«

Ich liebe es, mit lebendem Fleisch zu arbeiten.

Das leise Schaben, wenn ich die Klinge über das Fleisch ziehe. Der Kupfergeruch. Scharlachrot. Das warme, frische Blut, das zwischen meinen Fingern hindurchrinnt.

All dies vermisse ich.

Die Haut stirbt, wenn ich sie vom Körper entferne, doch eine Zeit lang ist sie noch warm und geschmeidig. Auf einer Seite klebrig vom klumpenden Blut. Die andere Seite ist glatt oder behaart. Weich, wenn die Haut von einer Frau stammt, bei einem Mann für gewöhnlich etwas rauer. Aber nicht immer. Manche Männer haben sehr weiche Haut.

Es ist Zeit, nach meinem nächsten Opfer Ausschau zu halten. Zeit, die Klingen zu schärfen. Zeit, mich erneut an die Arbeit zu machen. Die Liste ist noch lang.

8

Francis

Zurück in seinem Büro fragte sich Francis, ob er es wagen sollte, sich selbst zu diesem vielversprechenden Anfang zu gratulieren. Die schnelle Identifizierung des Leichnams war oftmals entscheidend für die Lösung eines Mordfalls – die meisten Mörder standen auf irgendeine Art und Weise mit ihrem Opfer in Verbindung.

»Rory!«, rief er, als er sich setzte.

Der Detective Sergeant erschien an seiner Bürotür.

»Ist schon bestätigt, dass es sich bei unserer Leiche tatsächlich um die Person handelt, die Mullins uns genannt hat?«

»Ja«, antwortete Rory und streckte seinem Chef einen Stapel Fotos entgegen. »Die hab ich auf Evan Armstrongs Facebook-Seite gefunden. Er ist zweifelsohne unser Mann – die geposteten Tattoos stimmen mit denen an der Leiche überein.«

Francis betrachtete die Fotos, mehrere Urlaubsschnappschüsse von Evan Armstrong in Shorts und T-Shirt.

»Sie brauchen noch eine offizielle Identifizierung des Opfers durch einen Angehörigen«, erinnerte ihn der Sergeant.

»Ja, vielen Dank, Rory. Daran hab ich schon gedacht.«

Das war die Schattenseite, der schlimmste Teil des Jobs, wenn man eine Leiche identifiziert hatte. Eine Aufgabe, die Francis nicht an ein Mitglied seines Teams delegieren konnte – es war seine Pflicht, der Familie die Nachricht zu überbringen. Eine solche Aufgabe durfte man nicht einfach abwälzen, denn es war in der Tat grauenvoll, trauernde Eltern oder Partner zu bitten, sich den Toten anzusehen, um zu bestätigen, dass es sich tatsächlich um den geliebten Menschen handelte.

Francis hatte die Höllenqualen einer Frau miterlebt, die man gebeten hatte, ein junges Mädchen zu identifizieren, das vergewaltigt und umgebracht worden war und das man für ihre Tochter hielt. Sie war zusammengebrochen, als sie dem Mädchen ins Gesicht geblickt und festgestellt hatte, dass eine Fremde vor ihr lag. Sie war darauf vorbereitet gewesen, ihre Tochter zu sehen, doch der schale Trost, dass sie nicht das Opfer war, zählte nur wenig, da sie mit einem Schlag in den Mahlstrom der Ungewissheit zurückgerissen wurde. So etwas wollte er nicht noch einmal erleben.

Und diesmal würde es auch nicht passieren. Evan Armstrong war tot, daran bestand kein Zweifel, und seine Angehörigen hatten ein Recht darauf, dies zu erfahren.

Als Francis im Wagen saß und zu seiner Familie nach Worthing fuhr, hatte er das Gefühl, eine schwarze Wolke hinter sich herzuziehen. Einen schweren Schleier aus Schmerz, der sie in naher Zukunft umhüllen würde. Der einzige Trost würde es sein, Evans Killer seiner gerechten Strafe zuzuführen.

»Wissen sie schon etwas?«, fragte Angie Burton, die ihn in ihrer Rolle als Opferschutzbeamtin begleitete.

»Es gibt keine Vermisstenanzeige, daher ist es schwer zu sagen, ob sie überhaupt bemerkt haben, dass er nicht mehr unter den Lebenden ist.«

Angie schwieg, aber sie zeigte keinerlei Anzeichen von Nervosität. Sie hatte ein attraktives, offenes Gesicht und war ein lockerer, umgänglicher Mensch. Ihre Aufgabe war es, sich im Augenblick der Verzweiflung um die Angehörigen zu kümmern, die nicht bemerken sollten, dass sie ihnen in Wirklichkeit Informationen über das Opfer und sein Leben entlocken sollte.

»Wir sind da«, sagte Francis und hielt am Bordstein vor einer im Tudorstil erbauten Doppelhaushälfte aus den 1930er Jahren mit imitierten Kassettenfenstern an.

Angie schüttelte traurig den Kopf, als sie die Stufen vor der Eingangstür hinaufstieg und auf die Klingel drückte.

»Er heißt Evan, richtig?«, flüsterte sie, an Francis gewandt.

Francis nickte. Von drinnen näherten sich Schritte.

Als sie mit einer Tasse starkem Tee mit ziemlich viel Milch Platz genommen hatten, konnte Francis es nicht länger vor sich her schieben. Evans Eltern – Rentner – waren beide zu Hause und sahen ihn mit besorgter Erwartung an. Evans Mutter sah aus, als würde sie jeden Moment in Tränen ausbrechen, obwohl er noch gar nichts gesagt hatte. Das Schweigen im Raum dehnte sich.

»Du sagst, sie sind von der Polizei?«, fragte Evans Vater seine Frau.

»Das sind wir«, antwortete Francis an Miss Armstrongs Stelle. »Ich bin Detective Inspector Francis Sullivan, und das ist Detective Constable Angela Burton.«

»Angie«, fügte sie hinzu.

Francis zögerte und blickte aus dem Fenster auf die Schrebergärten, die an den Garten der Armstrongs angrenzten. Eine ältere Frau grub kraftlos mit einer Spatengabel die Erde um. Einen Augenblick starrte er sie wie hypnotisiert an.

Lass sie nicht länger warten. Nein, gib ihnen noch ein paar Sekunden, bevor du ihr Leben torpedierst …

Er schluckte, dann fing er an zu sprechen. »Mr. und Mrs. Armstrong, wann haben Sie Evan das letzte Mal gesehen oder von ihm gehört?«

Das genügte. Evans Mutter krampfte die Hand um die Knopfleiste ihrer Bluse und stieß einen erstickten Schrei aus, dann sackte sie auf dem Sofa zusammen wie ein Ballon, dem die Luft entwich.

»Er hat am Wochenende nicht angerufen. Ich hab gleich gesagt, da stimmt was nicht«, sagte sie zu ihrem Mann, der haltgebend den Arm um sie legte.

»Warte, Sharon. Lass den Mann ausreden.« Sein Gesicht war aschfahl geworden, und Francis hörte ein Zittern in seiner Stimme.

»Am Sonntagmorgen wurde ein männlicher Leichnam in den Pavilion Gardens in Brighton gefunden. Wir haben Grund zu der Annahme, dass es sich um Evan handelt.« Er verschwieg die Tatsache, dass man den toten Mann in einem Müllcontainer entdeckt hatte.

»Deshalb hat er nicht angerufen«, stammelte Sharon Armstrong. »Er muss schon tot gewesen sein, als ich versucht habe, ihn zu erreichen.« Ihre Stimme war hysterisch schrill geworden, ihre Blicke schossen durchs Zimmer, doch Francis bezweifelte, dass sie irgendwen oder irgendetwas wahrnahm.

Angie ging zu ihr, kniete sich neben sie und legte ihre Hand auf Sharons zitternde Hände.

»Sind Sie sicher, dass er es ist?«, fragte Evans Vater mit brechender Stimme.

Jetzt kam das Schwierigste. Francis erklärte so behutsam er konnte, dass Evans Gesichtszüge kaum noch zu erkennen waren. Die Ratten erwähnte er nicht. Dafür teilte er den beiden mit, dass es dem Mörder womöglich um die Tätowierungen ihres Sohnes gegangen sein könnte, und erkundigte sich nach dem fehlenden Tattoo auf Schulter und Oberkörper.

Hinterher konnte sich Francis an kein einziges Wort erinnern, nur die Fakten, die ihm die Armstrongs nannten, waren ihm im Gedächtnis geblieben. Eine Tasse Tee wurde umgestoßen, und Angie holte ein Glas Wasser für Sharon, als diese in Ohnmacht zu fallen drohte, während Dave Armstrong mit versteinertem Gesicht schwieg, nachdem er sich die Fotos der verbliebenen Tattoos angesehen hatte.

»Ich wusste, dass es ein Fehler war, sich diese Tätowierungen stechen zu lassen«, sagte Sharon, die das Glas Wasser so fest umklammerte, dass ihre Fingerknöchel weiß hervortraten. »Man hat ihn umgebracht, oder?«

»Das kannst du doch gar nicht wissen«, widersprach ihr Mann. »Oder wissen Sie es schon?«, wandte er sich an Francis.

»Im gegenwärtigen Stadium der Ermittlungen können wir nur spekulieren. Wir kennen weder das Motiv noch können wir Genaueres über den Tathergang sagen. Sie wissen, dass er eine Tätowierung auf der linken Schulter hatte?«

Dave nickte. »Irgendein Stammesmotiv. Zog sich von der

Schulter über Brust und Rücken. Das hatte er sich zuletzt stechen lassen – soweit ich weiß, erst vor ein paar Monaten. Er hat uns ein Foto davon geschickt.«

Francis' Herz setzte einen Schlag aus, als er das Bild betrachtete. Es zeigte Evan Armstrong mit freiem Oberkörper und war schräg von hinten aufgenommen worden. Das komplizierte geometrische Muster erstreckte sich von seiner linken Schulter über die hinteren Rippen. Dieses Tattoo hatten sie nicht in seiner Facebook-Galerie gefunden. Francis konnte auf einen Blick erkennen, dass der Umriss mit der Wunde auf dem Leichnam übereinstimmte. Er musste die Aufnahme unbedingt Rose Lewis zeigen, und dann würde er herausfinden müssen, welches Monster das getan hatte und warum. Was in Evan Armstrongs Leben hatte dazu geführt, dass er ermordet und in den Müll geworfen worden war? In den sozialen Medien fand sich kein Hinweis darauf, dass er in eine kriminelle Sache verstrickt gewesen war, allerdings musste das nicht zwangsläufig den Tatsachen entsprechen. Hoffentlich würden die Armstrongs ein wenig Trost finden, ganz gleich, wer ihn spendete – Angie, Gott oder welche Reserven auch immer, die sie in sich selbst mobilisieren konnten.

Er verabschiedete sich von Evans Eltern und verließ das Haus. Draußen warf er einen Blick auf sein Handy. Mehrere Anrufe in Abwesenheit und eine Sprachnachricht von einer unbekannten Nummer auf seinem Anrufbeantworter. Er rief die Nachricht auf und lauschte.

Hallo, DI Sullivan. Mein Name ist Tom Fitz, ich arbeite für den Argus. *Darf ich Sie kurz sprechen wegen des Leichenfunds hinter dem Pavilion Gardens Café? Soweit ich weiß, sind Sie in dem Fall der leitende Ermittler. Wir möchten morgen einen Artikel darüber brin-*

gen, und ich würde gern wissen, um wen es sich bei dem Opfer handelt und was ihm Ihrer Meinung nach zugestoßen ist. Sie können mich unter folgender Nummer erreichen …

Francis löschte die Nachricht. Keine Chance.

In gedrückter Stimmung fuhr er zurück ins Büro, die uralte Frage im Kopf: Warum hatte Gott eine Welt mit so viel Bösem darin erschaffen? Warum schnitt jemand eine Tätowierung vom Körper eines Mannes und überließ ihn anschließend dem Tod? Handelte es sich um eine Strafe oder einen Racheakt? Oder hatte das Ganze womöglich etwas mit einem Kult, einem Ritus zu tun? Vielleicht hatte das Tattoo eine geheime Bedeutung … Francis war ratlos. Als er seinen Wagen hinter dem Präsidium abstellte, stellte er die ersten Ansichten eines veränderten Gesichtsfelds fest, die eine Migräne ankündigten. Wo zum Teufel würde er die Antworten auf seine Fragen finden?

9

Francis

Detective Chief Inspector Martin Bradshaw rief das gesamte Team im zur Einsatzzentrale umfunktionierten Besprechungsraum zusammen, um die Fortschritte zu erörtern, die sie in dem Fall bislang gemacht hatten. Francis kam zu spät. Das war etwas, was er bei anderen nur schwer ertragen konnte, deshalb ärgerte es ihn umso mehr, dass ihm das nun selbst passierte, vor allem, weil sein neuer Chef das Treffen einberufen hatte. Er gab sein Bestes, um geräuschlos und möglichst unbemerkt in den Raum zu schlüpfen.

»Gut, dass Sie kommen, DI Sullivan.« DCI Bradshaws Stimme hallte von den Wänden des Besprechungsraums wider und klang in Francis' Brust nach. »Ich nehme an, es gibt einen Grund für Ihr Zuspätkommen?«

Jemand gab einen übertriebenen Seufzer von sich, und Francis hörte, wie einer der DCs einem Kollegen zuflüsterte: »Damit würden wir niemals durchkommen.« Es wäre ein langer, steiniger Weg, bis er sich den Respekt des Teams verdient hätte, so viel stand fest.

»Ich habe der Familie des Opfers die Nachricht überbracht, Sir.« Es war, als würde er wieder die Schulbank drücken.

»Nun, ich hoffe, Sie haben uns nützliche Informationen mitgebracht.« Ein schiefes Grinsen trat auf Bradshaws Gesicht, das seine Züge noch hässlicher machte, als sie es ohnehin waren.

»Ich denke ja, Sir.« Es fiel ihm ausgesprochen schwer, den Sarkasmus aus seiner Stimme herauszuhalten. »Jetzt habe ich tatsächlich Informationen, das Opfer betreffend.«

»Gleich, Sullivan. Fahren Sie fort, Rory.«

Aha. Seine Verspätung bedeutete also, dass Francis seine Position vorübergehend an seinen Untergebenen abgetreten hatte. Das durfte er nicht zulassen.

»Soll ich …«, meldete er sich zu Wort und trat hinter DC Hitchins hervor, damit der Chief Inspector ihn richtig sehen konnte.

»Wissen Sie denn, wo Rory stehen geblieben ist?«

Francis schüttelte den Kopf.

Bradshaw zog die Augenbrauen hoch und nickte Rory auffordernd zu.

»Rose Lewis hat die Obduktion durchgeführt und sollte uns morgen Nachmittag die Testergebnisse zukommen lassen«, teilte der Sergeant den Anwesenden mit. »Die Untersuchung der Spurensicherung hat ergeben, dass das Opfer in der Nähe des Cafés überwältigt und außer Sichtweite hinter die Sträucher gezerrt wurde. Damit kennen wir nun auch den Tatort.«

»Was ist mit dem ungefähren Todeszeitpunkt?«

»Irgendwann zwischen Mitternacht und sechs Uhr am Sonntagmorgen. Die Obduktionsergebnisse sollten Rose helfen, den Zeitpunkt weiter einzugrenzen.«

»Ich habe auf dem Rückweg mit Rose telefoniert«, ließ sich Francis vernehmen.

Bradshaw bedeutete ihm mit einem Nicken, fortzufahren.

»Sie legt den Todeszeitpunkt auf 2.15 bis 2.45 Uhr fest, wobei sie sich auf die Körperkerntemperatur sowie das Ende der Leichenstarre bezieht. Die Hitze in dem Plastikcontainer hat die Leichenstarre verkürzt und den Körper längere Zeit warmgehalten. Sie hat erste Anzeichen von Verwesung entdeckt, ebenfalls beschleunigt durch die hohe Temperatur.«

»Sonst noch etwas?«

»Es war ein ausgeprägtes Muster aus Totenflecken zu erkennen, als wir die Leiche vom Fundort entfernt haben. Sie passen zu der Position, in der der Tote gefunden wurde, was wiederum bedeutet, dass er entweder kurz vor oder binnen einer Stunde nach seinem Tod in den Container geworfen wurde.«

Francis sah sich in dem großen Raum um, aber niemand aus dem Team begegnete seinem Blick.

»Na schön, dann lassen Sie uns jetzt über das Opfer sprechen«, schlug Bradshaw vor. »Rory?«

»Der Name des Opfers ist Evan Armstrong.«

»Ja, das wissen wir inzwischen alle. Warum wurde er umgebracht, und wer könnte eine solche Tat begangen haben?«

Francis nutzte die Gelegenheit. Immerhin war das seine Ermittlung.

»Die Form der Schulterwunde legt nahe, dass man ihm ein Tattoo vom Körper geschnitten hat. Ich habe gerade ein Foto von seinen Eltern bekommen, das diese Annahme bestätigt.«

»Gibt es irgendeine Vermutung, warum jemand so etwas tun sollte?«

Francis schüttelte den Kopf. »Bislang nicht.«

»Diese Frau, die Tattoo-Künstlerin, konnte Ihnen auch nichts dazu sagen?«

»Die Theorie ist noch ganz frisch, Sir. Ich würde gern das Team daransetzen.«

»Nun, dann tun Sie das doch endlich! Auf geht's! Wir müssen alles über diesen Armstrong in Erfahrung bringen – Adresse, Job, wer seine Freunde waren, was er in seiner Freizeit gemacht hat. Kommen Sie, Sullivan, Sie wissen doch, wie so was läuft.«

Und ob er das wusste – außerdem wäre er längst dabei, müsste er nicht seine Zeit mit Besprechungen wie dieser verschwenden.

»Ja, Sir. Burton ist bei den Eltern. Sie versucht, den beiden so viele Informationen wie möglich zu entlocken.«

»Und was ist mit den Überwachungskameras an der New Road und in der Nähe des Pavilion Garden Cafés? Haben die Aufnahmen etwas Interessantes ergeben?«

»Hollins?«, fragte Francis den DC, entschlossen, Bradshaw zu zeigen, dass sein Team längst an der Sache dran war.

»Hitchins«, sagte Hollins.

DC Hitchins sah von Francis zu Bradshaw.

»Nichts, was auf den ersten Blick mit dem Verbrechen in Verbindung stehen könnte«, antwortete er dann. »Samstagabend war viel los. Ganze Pulks von Leuten, die zur Tattoo-Messe angereist waren. In den Clubs muss es hoch hergegangen sein – jede Menge Betrunkene auf der Straße, jede Menge Typen in Kapuzenjacken …«

»Das genügt nicht«, sagte Francis. »Fragen Sie Armstrongs Freunde, was er an jenem Abend vorhatte, wo er unterwegs war, dann nehmen Sie sich die Aufnahmen noch einmal vor.«

»Wurde er als vermisst gemeldet?«, erkundigte sich Bradshaw.

»Bislang nicht, Sir«, antwortete Rory.

»Warum überrascht mich das nicht?«, knurrte Bradshaw. »Na schön, bleiben Sie dran. Bis morgen Mittag will ich Verdächtige an dieser Tafel hängen haben.« Er klopfte mit den Knöcheln aufs Whiteboard. »Eine Sache noch: Wer hat mit der Presse gesprochen? Der *Argus* hat heute Morgen einen Artikel gebracht – alles reine Spekulation. Da sollte man schnellstmöglich einen Deckel draufsetzen.«

Er stieß den Zeigefinger in Francis' Richtung. »Und Sie, Sullivan, kommen in mein Büro. Jetzt gleich.«

»Jawohl, Sir.«

Francis folgte Bradshaw durch den Korridor und die Treppe hinauf, bis sie zu seinem Büro im ersten Stock gelangten. Er fürchtete, noch weiter heruntergeputzt zu werden, als hätte die Abkanzelung in der Einsatzzentrale nicht genügt. Der DCI winkte ihn ungeduldig herein und bot ihm keinen Sitzplatz an, obwohl er sich mit einem hörbaren Seufzer auf seinen eigenen Stuhl fallen ließ. Francis blieb in Habachtstellung vor dem Schreibtisch stehen und wartete auf das Unvermeidliche.

»Hör mal zu, Junge, ich will dich nicht vor deinem Team bloßstellen, aber du solltest es eigentlich besser wissen. Ich habe dich für diese Beförderung vorgeschlagen, weil ich dachte, du würdest das packen. Es war ein Risiko.«

»Ich weiß, Sir, und ich bin ausgesprochen dankbar …«

»Ich scheiß auf deine Dankbarkeit! Ich habe dir mein Vertrauen geschenkt, und bislang hab ich dafür nichts zurückbekommen. Es gibt zu viele unbeantwortete Fragen. Was ist das Motiv? Ein misslungener Raubüberfall? Anscheinend habt ihr keine Brieftasche bei der Leiche gefunden, sonst hättet ihr sie schneller identifiziert. Hast du mit den uniformierten Kollegen gesprochen, die am Sonntag vor Ort waren? Schnapp dir den zuständigen Polizisten, der in jener Nacht Dienst hatte, und bitte ihn um eine Liste mit den gemeldeten Zwischenfällen.«

Bradshaw war ein Mann, der sich selber gerne reden hörte, und Francis wusste aus Erfahrung, dass es das Beste war, ihn so lange palavern zu lassen, bis ihm nichts mehr einfiel.

»Was haben Sie sonst noch von der Frau erfahren, die den Leichnam gefunden hat?« Er war also wieder beim Sie. »Konnte sie Ihnen nähere Details nennen? Raus mit der Sprache – was haben Sie für mich?«

»Nein, Sir, sie war ausgesprochen wortkarg. Bei der Leiche wurde tatsächlich keine Brieftasche gefunden. Allerdings hatte das Opfer eine beträchtliche Menge Bargeld in seiner Jeanstasche, daher glaube ich nicht, dass Raubmord das Motiv war. Hitchins spricht mit den Uniformierten, und Angie Burton befragt die nächsten Angehörigen.«

»Was ist das Problem mit Ihrer Zeugin? Warum hat sie keinen Namen genannt?«

»Sie scheint der Polizei eher feindlich gesinnt zu sein.«

Bradshaw verdrehte die Augen.

»Dann finden Sie heraus, warum. Vielleicht ist es wichtig für den Fall. Für gewöhnlich sind die Leute nicht ohne Grund schlecht auf uns zu sprechen.«

Francis fragte sich, ob er noch einmal auf seine Vermutung, jemand habe dem Opfer das Tattoo vom Körper geschnitten, zu sprechen kommen sollte. Allerdings hatte Bradshaw ohnehin schon einen roten Kopf, und Francis war sich nicht sicher, ob sein Blutdruck dann nicht in einen gefährlichen Bereich anstieg.

»Der Ehemann. Hatte wenigstens er etwas Sinnvolles zu sagen?«

»Nicht unbedingt, allerdings hat er erwähnt, dass das Opfer ihn um die Bezahlung für die Oberschenkeltätowierung geprellt hat. Obwohl das schon länger zurückliegt.«

Während er sprach, runzelte Bradshaw die Stirn und richtete sich auf seinem Stuhl auf.

»Das Opfer schuldet diesem Mann Geld und wird dann tot aufgefunden? Verdammt, das ist unser erster Verdächtiger auf dem Whiteboard! Schaffen Sie ihn her und befragen Sie ihn! Und verschwenden Sie nicht noch mehr von meiner kostbaren Zeit – ich bin schließlich nicht dafür da, Ihren verfluchten Job zu machen. Wenn Sie das nicht packen, übernimmt Rory, und Sie werden für den Rest Ihrer Karriere Streife fahren!«

Es dauert nur Sekunden, dann habe ich eine Einschätzung vorgenommen. Es wird besser sein, den Kopf vom Körper abzutrennen, damit ich ungestört arbeiten kann. Skalpieren ist eine unglaublich heikle Angelegenheit. Um den Kopf im Freien zu entfernen, benötigt man eine Säge, außerdem ist ein hoher Blutverlust zu erwarten. Er ist noch bewusstlos, sein Atem geht rasselnd – ein Geräusch, das beruhigend auf mich wirkt, als ich die Logistik durchdenke.

Nicht hier, in der Tiefgarage, wo ich mein Opfer mit einem äthergetränkten Lappen von hinten überrascht habe. Nicht in meinem weißen Transit-Van ohne Kennzeichen. Nicht auf der Farm – ich habe keine Lust, die Spuren zu beseitigen und anschließend die Leiche zu entsorgen. Allerdings würde ich meiner Lieblingsstadt gern eine weitere kleine Empfehlung hinterlassen. Das erste Mal habe ich die Pavilion Gardens dafür gewählt, vielleicht sollte ich diese Leiche unter dem Palace Pier verstecken. Es gibt dort dunkle Ecken, die perfekt sind für eine Leiche, und das Blut würde bei Sonnenaufgang ohnehin weggespült sein. Niemand würde etwas bemerken – und wenn man den Toten in irgendeiner düsteren Nische entdeckte, wäre nichts mehr da, was eine Verbindung zu mir oder dem Van oder zur Farm herstellen könnte.

Der Junge – sehr viel mehr ist er nicht – ächzt leise, was mir sagt, dass die Wirkung des Äthers nachlässt. Rasch schraube ich den Deckel der braunen Glasflasche auf und tränke den Lappen. Mit einem Seufzer atmet er den Äther ein, als wäre ihm die Wirkung vertraut, und ich kann mit meiner Planung fortfahren.

Im Van liegt eine Fleischsäge, die kurzen Prozess mit seinem Hals machen dürfte. Ich werfe einen Blick auf die Uhr. Kurz vor zwei. Noch genügend Zeit. Ich könnte noch vor Anbruch der Morgendämmerung zurück in meiner Werkstatt sein, und wenn der Kopf noch warm ist, dürfte es ziemlich leicht sein, das Tattoo abzuziehen, bevor die Haut starr wird. Seinen Kopf anschließend zu entsorgen, hätte keine Eile.

Mein Plan steht; Zeit, mit der Arbeit zu beginnen. Ich sichere seine Hand- und Fußgelenke mit Kabelbindern – falls er wieder zu sich kommt, bevor ich mit ihm fertig bin. Danach schlinge ich ein großes Badetuch um seinen Kopf und befestige es im Nacken mit einem dicken Knoten. Seine Kopfhaut darf nicht verletzt werden – tote Haut heilt nicht, und jede noch so kleine Blessur wird für immer ein Makel auf dem präparierten Tattoo sein.

Vierzig Minuten später fahre ich über den Madeira Drive, ein kleines Stück vorbei am Eingang zum Pier Richtung Kemptown. Kein anderes Fahrzeug ist auf der Straße unterwegs. Zum Glück ist heute Nacht kein Mond zu sehen, nur samtige Schwärze, die uns verschlucken wird, wenn wir am Strand sind. Ich biege auf einen menschenleeren Parkplatz in der Nähe des Palace Pier ein und halte den Van an. Ein paar Minuten lang bleibe ich lauschend im Wagen sitzen, aber alles ist totenstill. Um diese Stunde geht niemand mit seinem Hund spazieren. Ich muss sicher sein, dass ich allein bin.

Der Junge fängt an zu stöhnen und windet sich voller Entsetzen im Laderaum. Der Gestank nach Pisse und Angst bereitet mir Vergnügen, und ich spiele mit der Idee, ihn wach bleiben zu lassen, bis ihn das Sägeblatt in die Dunkelheit zurückbefördert. Allerdings gibt es keinen Grund, einen Kampf zu riskieren, bei dem er sich womöglich seinen kostbaren Kopf anstößt. Eine Minute später, als der Äther ihn wieder fügsam gemacht hat, öffne ich die Türen an der Rückseite des Vans. Niemand sieht, wie ich ihn übers Pflaster und auf den Kies zerre. Niemand sieht, wie ich an der Wasserkante unter dem Pier in die Hocke gehe und zu sägen beginne. Niemand hört das schmatzende Geräusch meiner gezahnten Säge, die das Fleisch durchtrennt, oder das lautere Raspeln, sobald sie auf Knochen trifft. Die tosenden Wellen kümmern sich um das Blut. Wir sind ganz allein, als sein Körper ins seichte Wasser sackt. Niemand ist da, der die blutigen Rinnsale ins schwarze Wasser des Ärmelkanals fließen sieht. Niemand außer einer einsamen Möwe, die Ausschau nach Junkfood hält. Und natürlich außer mir.

In meiner Werkstatt betrachte ich den abgetrennten Kopf auf meiner Werkbank. Die braunen Augen sind geöffnet. Im leblosen Zustand sehen sie aus, als seien sie aus Glas. Das Spinnennetz auf der linken Seite seiner Stirn ist gut zu sehen, doch die feinen Stoppeln auf dem Kopf verwischen den Umriss der gigantischen Spinne, die oben auf seinem Schädel hockt. Ich streiche über seinen Kopf und genieße das raue Schaben des geschorenen Haars an meinen weichen Fingerkuppen. Die Stoppeln werden natürlich nicht bleiben – sie werden während des Gerbungsprozesses chemisch entfernt. Sein Kopf ist noch warm, die Haut weich und elastisch. Ich drehe den Schädel um und lese den Schriftzug, eingearbeitet in die Fäden, die die Spinne mit ihrem Hinterleib spinnt.

Belial

Der Name des Teufels in geschwungener gotischer Schrift windet sich um die Rückseite seines Schädels.

»Was für ein Einklang herrscht zwischen Christus und Belial?

Was hat ein Gläubiger mit einem Ungläubigen gemeinsam?«, flüstere ich leise und greife zu meinem Messer. Einer meiner Lieblingsverse aus dem zweiten Brief an die Korinther. Ich werde es dem Bastard zeigen, der nicht an mich geglaubt hat. Ich werde ihm zeigen, wozu ich fähig bin. Wenn dein eigen Fleisch und Blut dich verschmäht, lodern die Flammen des Ehrgeizes umso heller. Man will sich bewähren, in einem Akt der Rache.

Nun muss ich nur noch damit beginnen, langsam das Fleisch vom Knochen zu lösen.

10

Rory

Rory Mackay war in seinem Element. Er freute sich darüber, dass der Chef bei der Einsatzbesprechung ins Schwitzen geraten war. Sein verspätetes Erscheinen hätte ihm bei Bradshaw erste Negativpunkte eingetragen, und seine Antworten hatten weitere hinzugefügt. Rory dagegen hatte dafür gesorgt, dass jedem seiner Schritte, und sei er auch noch so klein, die gebührende Aufmerksamkeit zuteilwurde, und mit ein bisschen Glück würde Sullivan seinen ersten Fall nicht überdauern.

Doch erst einmal musste das Team seinen Job machen, und wenigstens handelte es sich – ausnahmsweise – bei dem Opfer weder um ein Kind noch um eine sexuell ausgebeutete junge Frau. Dieser Fall dürfte nicht allzu schwer aufzuklären sein. Wenn es sich nicht um einen Raubmord handelte, dann vielleicht um ein Zerwürfnis unter Gaunern, und Rory kannte die meisten Ganoven, die sich in Brighton herumtrieben, ganz genau. Er würde sogar Geld darauf wetten, dass der Mord mit Bandenkriminalität in Verbindung stand, aber der neue Chef war ja noch grün hinter den Ohren und würde diesen Zusammenhang vermutlich nicht erkennen. Wenn Sullivan die Ermittlung vollends in den Sand setzte, würde Rory übernehmen und selbst zum DI befördert werden, daran bestand kein Zweifel.

Trotz Bradshaws Nörgeleien war es gar nicht so schlecht, was sie binnen sechsunddreißig Stunden zusammengetragen hatten. Am Whiteboard in der Einsatzzentrale hingen Fotos von der Leiche, dem Leichenfundort sowie dem Tatort, und mittlerweile war das Opfer sogar identifiziert. Sobald sie ein bisschen in Evan Armstrongs Vergangenheit stocherten, würden sie sicher auch eine Liste mit Verdächtigen erstellen können.

»Mackay. Auf ein Wort.«

Rory, der an seinem Schreibtisch saß, schaute auf und sah DI Sullivan an der Tür stehen.

»Chef«, sagte er und stand auf.

Er folgte dem DI in den besseren Taubenschlag, den dieser seit seiner Beförderung sein Eigen nannte. Der abgenutzte Teppich hatte jede Menge Brandlöcher aus den Zeiten, in denen es noch erlaubt gewesen war, bei der Arbeit zu rauchen, aber der jüngste DI bei der Polizei von Brighton würde kaum ein Eckbüro mit Aussicht zugeteilt bekommen.

Das hätte mein Büro sein sollen.

Francis nahm hinter dem Schreibtisch Platz, Rory ihm gegenüber. Der Sergeant sagte nichts, stattdessen sah er zu, wie der Inspector seinen Stuhl zurechtrückte und die Kante einer Aktenmappe aus Manila-Karton in seinem Posteingangskorb befingerte. Er sah aus wie ein Schuljunge, dem man die Leviten gelesen hatte. Auf seinen Wangen waren rote Flecken.

»Also, wir bestellen Marni und Thierry Mullins offiziell zur Vernehmung ein. Setzen Sie gleich das Team daran. Ich möchte die beiden noch heute Abend hier sehen, bevor sie Zeit haben, ihre Alibis abzusprechen.«

Ihre Alibis? Meinte der das ernst?

»Klar, Chef. Glauben Sie, die zwei haben etwas mit der Sache zu tun? Beide? Ich dachte, sie seien geschieden.«

»Das sind sie auch. Allem Anschein nach.« Im Büro des Kongresszentrums hatte er definitiv eine Verbindung zwischen Marni und Thierry Mullins gespürt, eine enge Verbindung.

Rory warf ihm einen fragenden Blick zu.

»Es ist ziemlich unwahrscheinlich, dass einer von ihnen in den Fall involviert ist«, räumte Francis ein. »Allerdings sollten wir sämtliche Möglichkeiten ausschließen. Evan Armstrong wurde eine Tätowierung vom Körper geschnitten, weshalb dieser Fall für höllisch viel Pressewirbel sorgen wird. Wir können es uns nicht leisten, irgendetwas zu übersehen.«

Für Rory klangen Francis' Worte wie ein Echo von Bradshaw.

»Mit anderen Worten: Wir ermitteln ins Blaue hinein.«

Der DI legte seufzend den Kopf schräg.

»Bekommen wir dafür Überstunden, Chef?«, fragte Rory, der ganz genau wusste, dass das nicht der Fall wäre.

»Legen Sie einfach los. Ich werde mit Bradshaw reden, sollte es ein Problem wegen der Überstunden geben.«

Interessant. Der Junge war ein Hitzkopf, und es sah ganz danach aus, als scheue er nicht davor zurück, sich mit dem Chief Detective Inspector anzulegen.

»Und behalten Sie die Information für sich – ich möchte sie nicht morgen im *Argus* lesen können.«

Seine Worte klangen wie ein Vorwurf. So viel zu seinem Vorsatz, sich die Presse warmzuhalten.

Es war nach zweiundzwanzig Uhr, als Rory einen Blick durch das rechteckige Fenster in der Tür des Vernehmungsraums warf, in dem die Zeugin saß. Das war eine wohlüberlegte Taktik – man befragte die Zeugen, wenn sie müde und dadurch verletzlicher waren. Eine kleine dunkelhaarige Frau saß am Tisch und zwirbelte nervös an den Ärmeln ihrer Strickjacke. Ihr Gesicht hatte den schuldbewussten Ausdruck eines Menschen, der nur unschuldig sein konnte.

Er öffnete die Tür und betrat den Raum.

»Marni Mullins, richtig?«

Sie funkelte ihn an, ohne etwas zu sagen.

»Ich würde Ihnen gern ein paar Fragen zu den Ereignissen am Sonntag in den Pavilion Gardens stellen.«

»Ich habe bereits mit Ihrem DI gesprochen und dem nichts weiter hinzuzufügen.«

»Das mag ja sein, aber ich brauche trotzdem Ihre offizielle Aussage.«

Er zog ein Notizbuch aus der Tasche und leckte die Bleistiftmine an. »So, Miss Mullins, erzählen Sie mir bitte ganz genau, was passiert ist, als Sie am Sonntag in die Pavilion Gardens gegangen sind.«

»Haben Sie nicht etwas vergessen?«

»Hab ich?«

»Sie haben mir nicht meine Rechte vorgelesen.«

»Weil ich nicht vorhabe, Sie zu verhaften. Sie sind hier, um eine Zeugenaussage zu machen.«

Die Frau stand auf und schob ihren Stuhl zurück. »Dann steht es mir ja frei zu gehen.«

Eine Feststellung, keine Frage.

Rory stand ebenfalls auf. »Miss Mullins, es wird uns allen das Leben erleichtern, wenn Sie einfach eine Aussage machen und freiwillig ein paar Fragen beantworten. Wir müssen Sie dringend darum bitten, und sollten Sie sich weigern, werden wir uns eine richterliche Anordnung besorgen.«

»Sagen Sie mir nur eine Sache, Sergeant. Stehe ich unter Verdacht oder nicht?«

Sie mochte zwar keine Verdächtige sein, aber sie überschlug sich auch nicht gerade vor Hilfsbereitschaft. Dabei war es schließlich nicht so, als hätte sie ihm nichts Nützliches zu erzählen.

»Sie stehen nicht unter Verdacht. Allerdings ist ein Mann ermordet worden, und Sie haben den Leichnam gefunden. Alles, was Sie uns diesbezüglich mitteilen, könnte Licht auf die Sache werfen und uns helfen, den Täter zu fassen, auch wenn es Ihnen womöglich unwichtig erscheint. Bitte setzen Sie sich wieder, damit wir das Ganze so schnell wie möglich hinter uns bringen können.«

Zögernd nahm Marni Mullins Platz. Irgendetwas verriet Rory, dass sie sich mit polizeilichen Befragungen auskannte, was gar nicht so ungewöhnlich war in der Welt, in der sie sich bewegte.

»Erzählen Sie mir, was am Sonntag passiert ist«, forderte er sie auf.

»Ich bin auf einen Kaffee in die Pavilion Gardens gegangen. Dort habe ich eine Leiche in einem Müllcontainer gefunden und anschließend die Polizei gerufen.«

Die erste Runde ging definitiv an Marni Mullins.

Rory setzte sich auf seinem Stuhl zurecht. »Die Kurzversion. Nett. Und nun erzählen Sie mir bitte bis ins kleinste Detail, wie Ihr Sonntagmorgen verlaufen ist.«

Er brauchte sechs Anläufe, dann hatte er das Gefühl, ihr

alles entlockt zu haben, was für die Ermittlungen von Bedeutung sein könnte. Sie sah erschöpft aus, als sie endlich fertig waren.

»Danke für Ihre Kooperation, Miss Mullins. Sie können gehen.«

Sie stand auf, ohne ihm in die Augen zu blicken.

Rory erhob sich ebenfalls und ging ihr voran zur Tür, um sie hinauszulassen. Die Hand auf der Klinke, zögerte er und drehte sich zu ihr um.

»Eine letzte Sache noch«, sagte er. »Wo waren Sie am Sonntagmorgen zwischen ein und fünf Uhr?«

Marni trat einen Schritt zurück und stützte sich mit der Hand am Tisch ab. »Das dürfen Sie mich nicht fragen.«

»Doch, sicher darf ich das. Wo waren Sie am Sonntagmorgen zwischen ein und fünf Uhr?«

»Ich bin keine Verdächtige.«

Rory blieb an der Tür stehen. Er konnte sie atmen hören, flach und schnell. Sie hatte Angst.

»Ich war in meinem Bett und habe geschlafen. Zu Hause.«

»Mit Ihrem Ehemann?«

»Ex-Ehemann. Und nein, ich wäre die Letzte, mit der er das Bett teilen wollte.«

Ihre Stimme brach, und sie griff nach dem Pappbecher mit Wasser, der auf dem Tisch stand. Als sie ihn an die Lippen hob, zitterte ihre Hand so sehr, dass der Großteil des Wassers auf den Resopaltisch spritzte.

Rory war zufrieden mit sich. Hoffentlich würde sich Sullivan, der nebenan via Video zugeschaltet war, etwas von seinen Befragungsmethoden abschauen. Als er Marni Mullins aus dem Vernehmungszimmer und zum Ausgang führte, begegneten sie auf dem Gang ihrem Ex-Mann, der zu seiner Befragung eskortiert wurde. Inzwischen war es nach eins, und vermutlich hatte das stundenlange Warten nicht gerade dazu beigetragen, seine Laune zu verbessern.

»*Merde*«, knurrte Thierry und warf Marni einen finsteren Blick zu.

Sie wandte sich ab, ohne ein Wort zu sagen.

»Nette Art und Weise, seine Frau zu begrüßen«, stellte Rory fest. »Kein Wunder, dass Sie ihn abserviert haben.«

Der Blick, den sie ihm zuwarf, war genauso feindlich wie der Blick, mit dem Thierry seine Ex bedacht hatte. Die beiden hatten definitiv etwas gegen die Polizei, zumindest das hatten sie gemeinsam. Rory führte Marni Mullins durch den Empfangsbereich zum Haupteingang und fragte sich, wie die Beziehung der beiden wohl aussehen mochte.

»Kann ich jetzt gehen?«, fragte sie.

»Ja. Allerdings könnte es sein, dass wir noch einmal mit Ihnen reden müssen.« Das hing natürlich davon ab, was Thierry Mullins ihnen bei der Befragung erzählen würde, aber das musste er Marni ja nicht auf die Nase binden.

Rory nahm Sullivans Platz als Beobachter ein, während der DI das Vernehmungszimmer betrat, um sich Thierry vorzuknöpfen.

»Wo waren Sie am Sonntagmorgen zwischen eins und fünf?«, fragte Sullivan ohne Vorrede.

Bam! Gleich mittenrein, ohne jedes Feingefühl. Ohne den Verdächtigen in falscher Sicherheit zu wiegen. *Idiot.*

»Da hab ich fast die ganze Zeit geschlafen.«

Sullivan starrte ihn an, bis er den Blick abwandte. Mullins war berechtigterweise empört gewesen, weil sie ihn einbestellt hatten, nachdem er sie bei der Identifizierung des

Opfers unterstützt hatte, aber das schien den Chef nicht zu interessieren.

»Sie haben also ›die meiste Zeit geschlafen‹. Und was haben Sie gemacht, wenn Sie nicht geschlafen haben?«

»Da hab ich im Bett gelegen.« Thierry Mullins wollte offenbar nicht auf Sullivans Frage eingehen.

»Wo?«

Langes Schweigen. Zumindest wusste der Knabe, dass er seinen Verdächtigen nicht bedrängen durfte.

»Ich hab ein Mädchen aufgerissen. Bin mit zu ihr gegangen. Keine Ahnung, wo genau sie wohnte.«

»Wo haben Sie sie kennengelernt?«

»Im Heart & Hand.«

Ein schäbiges Pub in der North Road. Rory kannte es zur Genüge, obwohl er dort nicht hinging, um etwas zu trinken. Der Ort zählte nicht unbedingt zu denen, an denen Polizisten gern gesehen waren.

»Wie hieß das Mädchen?«

Mullins schaute ihn verwirrt an und zuckte die Achseln. »Linny? Lizzy? Irgendetwas in der Art.«

»Mr. Mullins, würden Sie sie erkennen, wenn Sie sie wiedersehen?«

»Selbstverständlich. Sie hatte eine Meerjungfrauen-Arschvignette. Keine große Sache. Ich war betrunken, deshalb erinnere ich mich nicht an die Details.«

»Es tut mir leid, aber wir werden das näher überprüfen müssen.«

»Warum? Glauben Sie, ich habe etwas mit dem Tod von Evan Armstrong zu tun? Verdächtigen Sie mich etwa?« Mullins spuckte die Worte förmlich aus.

»Er hat Ihnen Geld geschuldet, oder nicht?«

Der Tätowierer stöhnte und setzte sich seitlich, um den DI nicht ansehen zu müssen. Mit anderen Worten: Francis hatte es vermasselt. Er hatte Thierry Mullins' ohnehin geringe Kooperationsbereitschaft verspielt und würde nichts Nützliches mehr aus ihm rausbringen.

»Ohne meinen Anwalt beantworte ich keine weiteren Fragen.«

Das hier führte zu nichts mehr. Als Rorys Handy klingelte, nahm er das Gespräch ohne Bedenken an.

Ein Kollege war am anderen Ende der Leitung. Er klang, als sei er ziemlich außer Atem.

»Mackay? Wir haben hier eine Leiche. Ist gerade gemeldet worden. Unten am Strand, unter dem Palace Pier.«

II

Francis

Die Chancen, in jener Nacht noch etwas zu schlafen, gingen gegen null, dachte Francis, als sie mit hoher Geschwindigkeit die Old Steine entlangrasten. Rory fuhr in einem illegalen Manöver mitten über das leere Rondell und hielt auf der großen asphaltierten Fläche vor dem Eingang zum Palace Pier an. Es waren bereits zwei Streifenwagen vor Ort, ein Krankenwagen stand mit laufendem Motor auf dem Fußgängerüberweg auf dem Madeira Drive.

»Die Truppe kann sich genauso gut verziehen«, sagte Rory, als sie zu den Steinstufen joggten, die von der Promenade zum Strand führten.

Francis war ganz seiner Meinung. Eine Ambulanz war hier definitiv fehl am Platz. Den Ort zu sichern und auf Spuren zu untersuchen, würde mehrere Stunden dauern, anschließend würde der Leichnam direkt in die Gerichtsmedizin gebracht.

»Es sei denn, Hitchins muss medizinisch versorgt werden, nachdem er sich die Seele aus dem Leib gekotzt hat«, fügte Rory mit einem schiefen Grinsen hinzu.

Sie gingen über den Kies Richtung Pier.

»Setzen Sie uns ins Bild, Sergeant«, bat Francis, als ihnen

ein Riese von Mann in Polizeiuniform den Weg verstellte, zückte dann seinen Ausweis und stellte DS Mackay vor.

»Leiche unter dem Pier, vor einer Stunde hat ein junges Paar angerufen«, sagte der Riese.

»Definitiv tot, als ihr ihn gefunden habt? Oder ist es eine Sie?«

»Ein Er. Sein Kopf fehlt.«

Ja, definitiv tot.

»Dann werfen wir mal einen Blick darauf.«

Der Sergeant schaltete seine Taschenlampe an und führte Francis und Rory in die tintenschwarze Dunkelheit unter dem Pier. Mehrere Polizeibeamte in Uniform, ebenfalls mit Taschenlampen in den Händen, waren damit beschäftigt, blau-weißes Absperrband um die gigantischen Pfeiler zu wickeln, die die Eisen-Stahl-Konstruktion über ihren Köpfen trugen.

»Was hatte das Pärchen hier zu suchen?«, fragte Francis.

Rory lachte laut auf.

»Sie waren auf dem Heimweg von einem Nachtclub«, erwiderte der Sergeant, ohne die Miene zu verziehen.

Der Groschen fiel, und Francis spürte, wie ihm das Blut in die Wangen schoss.

Sein Kollege sagte nichts. Das war auch gar nicht nötig. Er nahm eine schwarze E-Zigarette aus der Tasche und zog daran, als er dem Riesen zusammen mit Francis folgte.

Der Tote lag in der Nähe der Wasserkante, mit der Körpervorderseite nach unten. Sein Hals war ein blutiger Stumpf, der im Schein der Taschenlampe schwarz wirkte. Der Mann war von der Taille aufwärts nackt, doch er trug noch immer seine blutbefleckte Jeans und Turnschuhe. Seine Gesäßtasche war ausgebeult, als stecke eine Brieftasche darin. Einer seiner Füße wurde von den Wellen umspült.

»Haben wir Ebbe oder Flut?«, erkundigte sich Francis.

Rory betrachtete für einen Augenblick den dunklen Strand.

»Flut, Chef, allerdings sieht es so aus, als hätten wir bald den höchsten Stand erreicht.«

»Wenn das Wasser noch höher steigt, könnte es die Arbeit der Spurensicherung beeinträchtigen. Wir müssen schnell sein.« Francis sah sich um. »Okay, niemand darf hinter die Absperrung, es sei denn, er gehört zum Team. Rory, wir brauchen Schutzanzüge. Sergeant, finden Sie bitte heraus, wie lange die Kriminaltechniker brauchen, um vor Ort zu sein, und sorgen Sie dafür, dass endlich Scheinwerfer aufgestellt werden!«

Rory machte sich auf den Weg zurück zum Wagen.

»Und leiten Sie die Suche nach dem Kopf in die Wege«, fügte Francis an den Sergeant gewandt hinzu.

Als Rose Lewis zehn Minuten später auftauchte, trug Francis seinen Schutzanzug und hatte die Situation unter Kontrolle. Das Team der Spurensicherung stellte riesige LED-Strahler auf, sodass Francis und Rose den Leichnam genauer inspizieren konnten. In dem gleißenden Licht nahm die Haut des Mannes einen grünlichen Ton an, die Farbe des Halsstumpfes wechselte von schwarz zu einem dunklen, glänzenden Rot. Wabbelige Blutklumpen klebten an dem zerfleischten Gewebe wie dicke Brocken aus Wackelpudding. Die Haut am Rand war zerfetzt, vermutlich von dem Werkzeug, mit dem der Hals abgetrennt worden war. Der Torso des Toten war stark tätowiert, genau wie die Arme – dunkle Umrisse, die für Francis aus seinem Blickwinkel keinen Sinn ergaben. Rose wies einen der Techniker an, Fotos zu machen, während sie die Körpertemperatur maß und anschließend die Boden- und Lufttemperatur, was ihr dabei half, den Todeszeitpunkt einzugrenzen.

Mit einer Einwegpinzette aus Roses Equipment zog Francis dem Toten das Portemonnaie aus der Gesäßtasche. Das braune Leder war durchweicht und schwer. Mit behandschuhten Händen suchte Francis nach dem Personalausweis. Im Portemonnaie war Geld, außerdem ein Haufen Quittungen, aber nichts, was irgendeinen Hinweis auf die Identität des Besitzers lieferte.

Er verwahrte die Brieftasche in einem Beweismittelbeutel. Wenn die Quittungen nicht allzu aufgeweicht waren, würden sie ihnen vielleicht weiterhelfen.

Nachdenklich betrachteten Rory und Francis den Leichnam.

»Tätowierungen«, sagte Rory. »Jede Menge.«

»Die hier sind intakt«, stellte Rose fest, die seinem Gedankengang folgte.

»Ja, und das bedeutet, dass wir ihn vermutlich in unseren Datenbanken haben. Manche davon sehen aus, als wäre er Mitglied einer Gang gewesen.«

Für Rory waren Tattoos gleichzusetzen mit kriminellen Verbindungen. Francis ertappte sich dabei, dass bis vor Kurzem für ihn das Gleiche gegolten hatte – doch nun war er sich nicht mehr so sicher. Die Überprüfung von Evan Armstrong hatte keinerlei Hinweise auf kriminelle Aktivitäten ergeben.

»Ich lasse ihn in die Gerichtsmedizin bringen. Es ist besser, wenn ich dort seine Fingerabdrücke nehme«, sagte Rose. »Ich möchte ihn so schnell wie möglich von hier weghaben – wer weiß, welche Schäden das Wasser anrichtet. Der Fundort ist absolut instabil.«

»Wurde er hier umgebracht oder bloß abgelegt?«, erkundigte sich Francis.

»Das kann ich noch nicht sagen. Bei einer Enthauptung fließt jede Menge Blut, es sei denn, der Kopf wurde post mortem abgetrennt.«

»Und, wurde er das?«

Rose beugte sich konzentriert über den Stumpf und leuchtete ihn mit einer kleinen Taschenlampe an. Einen Moment lang sagte sie kein Wort. Plötzlich wurde sich Francis des Geräuschs der Wellen bewusst, die im Kies unter seinen Füßen ausrollten. Er musste einen halben Schritt zurück machen, wenn er keine nassen Schuhe bekommen wollte. Ja, der Fundort war in der Tat instabil. Alles war instabil. Da dachte man, man habe sein Leben im Griff, und doch wurde es immer wieder unterspült …

»Nein. Der Bursche hier wurde bei lebendigem Leibe enthauptet – es ist deutlich zu erkennen, dass er sehr viel Blut verloren hat, und das hätte er nicht, wäre er schon tot gewesen.«

12

Thierry

Er hatte genug von der Polizei, und zwar für den Rest seines Lebens! Thierry Mullins fluchte leise vor sich hin, als er die John Street entlangging, weg vom Präsidium. *Merde!* Er bog in die Edward Street ein und wäre beinahe mit einer alten Frau zusammengestoßen, die einen Einkaufswagen vor sich her schob, aber er war viel zu aufgebracht, um stehen zu bleiben und sich zu entschuldigen. Er war auf einer Mission, und wenn es irgendeiner Entschuldigung bedurfte, dann in umgekehrter Richtung. Seine verfluchte Ex-Frau! *Putain!* Irgendwie holten einen die alten Fehler immer wieder ein.

Knapp elf Stunden in einer Zelle. Er warf einen Blick auf seine Uhr, die ihm der diensthabende Polizist gerade erst zurückgegeben hatte. Kein Anruf, keine Chance, mit einem Anwalt zu sprechen. *Sie sind nicht verhaftet, weshalb brauchen Sie einen Anwalt?,* hatten sie ihn gefragt. Aber er kannte seine Rechte, verdammt noch mal, und seine Rechte waren soeben verletzt worden. Verfluchte *flics.*

Aus einem Take-away schlug ihm der Duft von heißem Gebäck entgegen. Thierry blieb stehen. Sie hatten ihn förmlich ausgehungert. Die trockenen Weißbrot-Sandwiches mit stinkendem Thunfisch, die sie ihm während der Nacht mehrfach angeboten hatten, waren ungenießbar gewesen, sodass er den Pappteller jedes Mal weit von sich geschoben hatte. Seit gestern Abend hatte er nichts als ihren beschissenen Kaffee zu sich genommen.

Dann, als klar war, dass sie ihn entweder freilassen oder unter Anklage stellen mussten, hatte dieser dämliche Sergeant den Vernehmungsraum betreten und ihm mitgeteilt, dass es ihnen gelungen war, sein Alibi zu verifizieren. Sie hatten eine junge Frau namens Lisa mit einer Meerjungfrauentätowierung ausfindig gemacht, die nach einigem Druck zugab, in der Nacht von Samstag auf Sonntag einen Mann mit in ihre Wohnung genommen zu haben, der bis gegen neun Uhr am Sonntag bei ihr gewesen war. Der Sergeant schien es ausgesprochen ulkig zu finden, dass sie sich nicht an seinen Namen erinnern konnte, genauso wenig wie er sich an ihren.

Thierry verließ den Laden, ein Wurstbrötchen in der Hand. Es war beinahe Mittag, und er hatte den ganzen Morgen verschwendet. Zwei seiner Termine im Atelier waren geplatzt – ihm war Geld durch die Lappen gegangen, Geld, das zu verlieren er sich kaum leisten konnte. Hoffentlich hatten Charlie oder Noa die Kunden übernommen, aber das half ihm im Grunde auch nicht.

Die Edward Street ging über in die Eastern Road. Als er am Brighton College, einer Privatschule mit exzellentem Ruf, vorbeikam, fragte er sich, ob dieser schwachköpfige Emporkömmling von DI seine prägenden Jahre in diesen roten Backsteingebäuden verbracht hatte. Er überquerte die Straße und bog auf den College Place ein, dann ging er weiter über die Great College Street. Marnis Haus – genauer gesagt: *sein* Haus –, lag auf halber Straßenhöhe auf der rechten Seite. Er klopfte an die Tür und widerstand dem Drang, einen Blick durchs Fenster zu werfen. Er hätte seine Hausschlüssel nie abgeben sollen, obwohl es ihm damals als das Richtige erschienen war. Jetzt hatte Marni das Haus *und* Alex, während er allein in einer armseligen Einzimmerwohnung mit Schimmel im Bad wohnte.

Er betrachtete wütend die Haustür, die einst seine eigene gewesen war, und sein Zorn loderte immer stärker auf, während er darauf wartete, dass sie geöffnet wurde. Doch erst, als er laut rief und mit dem Fuß gegen die Tür trat, machte Marni endlich auf.

Sie sah ihn mit halb zugekniffenen Augen an, in ihrem Gesicht stand Panik. Verwirrt trat sie einen Schritt zurück.

»Marni?« Sein Ärger verpuffte, der alte Beschützerinstinkt übernahm, zumal er so viele Jahre genau darauf gepolt gewesen war.

»Thierry.« Sie versuchte, ihm die Tür vor der Nase zuzuschlagen, aber er hatte schon den Fuß darin.

»Augenblick mal.«

»Du hast mir Angst gemacht.«

»Und du hast mich da reingezogen.« Er konnte sich denken, wovor sie sich fürchtete. Wann würde sie die Vergangenheit hinter sich lassen?

»Sag mir, was dir Angst gemacht hat, Marni.«

»Nichts. Ich war bloß nervös. Das Ganze … wühlt die Vergangenheit wieder auf.«

Er hatte recht gehabt. Sie schaute ihm direkt ins Gesicht, und er stellte fest, dass sie müde aussah. Er wusste, was das bedeutete – sie konnte nicht schlafen, und vermutlich aß sie auch nicht richtig. Allein kam sie gar nicht gut klar.

Aber bedeutete das zwangsläufig, dass sie ihn in ihrer Nähe brauchte? Und wäre er bereit, sich noch einmal darauf einzulassen?

»Du weißt, dass Paul noch immer im Gefängnis ist. Es gibt nichts, weswegen du dir Sorgen machen müsstest.« Sein Ton wurde sanfter.

»Er mag vielleicht hinter Gittern sitzen, trotzdem hat er Möglichkeiten, an mich ranzukommen.«

Das war nicht der Grund, warum er zu ihr gekommen war, und er hatte keine Lust, mit ihr in Dingen zu wühlen, die am besten in Vergessenheit blieben. »Du hättest dich nicht an die Polizei wenden dürfen, Marni. Ich kann mir weitere Zusammenstöße mit den Cops einfach nicht leisten.«

Sie seufzte. »Ich weiß. Tut mir leid.«

»Sie haben mich die ganze Nacht über festgehalten.«

Sie starrte ihn schockiert an. »Willst du einen Kaffee?«

Er schüttelte den Kopf. »Davon hatte ich schon genug. Eher was zum Runterkommen.«

»Vielleicht einen Wein?«

Das war das Mindeste, was sie für ihn tun konnte. »Hast du einen offen?«, fragte er.

»Einen Côtes de Blaye.«

Thierry rümpfte die Nase. Der Côtes de Blaye zählte nicht gerade zu seinen Lieblingsweinen.

»Okay, sobald du dich bei mir entschuldigt hast.« Er sah sie mit schräggelegtem Kopf an.

»Wofür?«

»*Merde!* Ich habe deinetwegen geschlagene elf Stunden im Präsidium verbracht!«

»Sie haben dich gerade erst gehen lassen?«

»*Oui.* Vielen Dank für deine Anteilnahme.«

Marni zuckte die Achseln. »Woher hätte ich wissen sollen, dass sie dich so lange festhalten?«

»Sie scheinen davon auszugehen, dass ich ihn umgebracht habe, weil er mir Geld schuldete.« Er seufzte. »Warum musstest du ihnen auch sagen, dass das Tattoo auf seinem Bein von mir ist?«

»Ach komm schon, Thierry.« Marni schüttelte trotzig den Kopf, aber sie trat zur Seite, um ihn einzulassen. »Ich hab die Polizei anonym angerufen. Herrgott, ich hatte einen Toten entdeckt! Hätte ich das einfach ignorieren sollen?«

»Klar. Der wäre früher oder später sowieso gefunden worden.«

Er folgte ihr in die Küche. In *ihre gemeinsame* Küche, die er geplant und zusammen mit Charlie gebaut hatte. Das waren die schönsten Zeiten in ihrer Ehe gewesen. Sie hatten ihre Probleme in Frankreich zurückgelassen und in Brighton ein neues Leben begonnen. Marnis Wunden hatten langsam zu heilen begonnen, sie hatte sich um ihren kleinen Sohn gekümmert, und für eine kurze Zeit hatte Thierry geglaubt, sie hätten eine unbeschwerte Zukunft vor sich.

Marni zog den Korken von einer halb vollen Flasche Rotwein und schenkte zwei Gläser ein.

»Denk dran«, sagte sie und reichte ihm ein Glas. »Ich muss unserem Sohn ein Vorbild sein. Für dich ist es vielleicht in Ordnung, vor deiner Verantwortung davonzulaufen, aber einer von uns beiden muss schließlich die Erwachsenenrolle übernehmen.«

»Was für eine Verantwortung?«

Marni verdrehte die Augen. »Zum Beispiel deinen Sohn zu versorgen.«

Thierry stöhnte. Dieselbe alte Leier. Das hatte er sich schon viel zu oft anhören müssen, und es gab nichts weiter dazu zu sagen.

»Trink deinen Wein und hau ab, Thierry. Ich bin zu müde für diesen Scheiß.«

Er steckte seine Nase ins Glas.

»Der Wein ist gekippt«, stellte er achselzuckend fest. »Und hör auf, dich in die Sache mit Paul hineinzusteigern. Du brauchst etwas Schlaf.«

Marnis Blick war so scharf wie die Sabatier-Messer, die er in der Küchenschublade zurückgelassen hatte.

»Er hat mir einen Brief geschickt.«

»Wann?«

»Vor ein paar Monaten.«

Damals hatte sie ihm nichts davon erzählt, was ihm einen Stich versetzte.

»Was stand drin?«

»Ich hab ihn nicht aufgemacht.«

Erneut trat ein Ausdruck von Furcht auf ihr Gesicht, und plötzlich wünschte er sich nichts mehr, als die Dinge für sie ins Reine zu bringen. »Du weißt, dass das nichts zu bedeuten hat, Kleines. Er spielt mit dir. Paul sitzt im Knast und kommt nicht an dich ran.«

»Aber der Brief «, entgegnete sie.

Er hob beschwichtigend die Hand.

»Hast du ihn noch? Kann ich ihn sehen?«

»Ich hab ihn weggeworfen.«

Er wusste, dass sie log, aber er war zu erschöpft, um mit ihr zu streiten.

»Okay. Dann gehe ich jetzt.«

Als er durch den Flur zur Haustür ging, erschien Alex

auf der Treppe, noch immer im Pyjama. Schlaftrunken starrte er Thierry an.

Merde.

»Dad? Was machst du denn hier?«

»Dein Vater will gerade gehen«, sagte Marni.

Sie trat auf Thierry zu und drängte ihn zur Haustür.

»Lass mich in Ruhe, Thierry. Komm nicht wieder. Du erinnerst mich zu sehr an Paul.«

Wenn es Worte in ihrem Arsenal gab, die ihn wirklich verletzten, dann diese. Wenn sie so von ihm dachte, würden die Dinge zwischen ihnen niemals in Ordnung kommen. Er spürte, wie sich ein Kloß in seiner Kehle bildete, und wandte das Gesicht ab.

Marni öffnete die Tür und schob ihn auf die oberste Stufe.

»Wer ist Paul?«, hörte er Alex von der Treppe aus fragen.

Die Tür schlug zu, und er war allein.

Es ist ein festgelegter Prozess. Häuten. Aushärten. Weichen. Hautaufschluss im Äscher mit Kalkmilch. Entfleischen. Entkälken. Beizen. Entfetten. Pickeln. Gerben. Abwelken. Dickenregulierung. Nasszurichtung. Ausrecken. Trocknen. Konditionieren. Stollen, Millen und erneut Trocknen. Jeder Schritt ist wichtig, um am Ende das weichste, geschmeidigste Leder zu erhalten.

Die Leute können sich menschliche Haut nicht als Leder vorstellen, aber man muss wissen, dass sie sich zu einem wundervollen Produkt verarbeiten lässt. Vor allem tätowierte Haut. Es überrascht mich immer wieder, dass man keine Tiere tätowiert, die man wegen ihrer Haut tötet. Die Ergebnisse wären sicherlich ausgesprochen ansehnlich und einzigartig.

Diese Kopfhaut mit ihrem verworrenen Spinnennetz wird ein besonders außergewöhnliches Stück ergeben. Die Kopfhaut zu entfernen ist eine unglaublich heikle Angelegenheit. Man muss langsam arbeiten, damit die Haut nicht einreißt. Sie ist sehr anfällig, bevor sie gegerbt ist. Gleichzeitig muss man jedoch schnell sein. Warme Haut ist flexibel, dehnbar – kalte Haut dagegen wird starr, was die Arbeit erschwert. Es hat mich zwei Stunden gekostet, vorsichtig die Haut des Jungen von seinem Schädel zu trennen, da ich mich Zentimeter für Zentimeter vorarbeiten musste – schneiden, zurückziehen, schneiden, zurückziehen …

Jetzt weicht sie in Lauge ein, um zu konservieren, doch das ist lediglich die erste Station auf ihrer Reise von Haut zu Leder. Das Salz entzieht der Haut die Feuchtigkeit und tötet die Bakterien. Die abgelöste Kopfhaut windet sich unter der Wasseroberfläche wie ein fetter Koi-Karpfen.

Ich habe eine spezielle Aufgabe. Ein wahres Privileg. Der Sammler gestattet mir, diese Häute für ihn zu präparieren, weil er erkennt, dass ich ein einzigartiges Talent besitze.

Mein eigener VERFLUCHTER VATER hat das nie erkannt.

Warum fällt mir das mit einem Mal ein? Während der Arbeit sollte ich meinen Vater besser nicht in meinen Kopf lassen. Wenn er in meinem Gehirn herumspukt, zittern meine Hände. Ich verliere den Fokus. Und je mehr ich versuche, ihn aus meinen Gedanken zu verbannen, desto mehr spüre ich seine Präsenz – er untergräbt mich, macht mich klein, bestätigt meine schlimmsten Selbstzweifel.

Ich schließe die Augen und atme mehrfach tief durch. Dann konzentriere ich mich wieder auf den Sammler.

Der Sammler hat die Versäumnisse meines Vaters wettgemacht. Des Mannes, der mich so oft im Stich gelassen hat. Während mein Vater in mir einen Versager gesehen hat, sieht der Sammler das Gute in mir. Er hat meiner Arbeit einen Sinn gegeben. Die Haut glätten. Weich machen. Streicheln. Sie in etwas verwandeln, das so viel schöner ist als am lebendigen Körper. Ich ziehe sie einem Lebewesen ab und verwandle sie in ein Kunstwerk. Kunst ist wichtiger als Leben.

Meine Aufgabe hat etwas ausgesprochen Wohltuendes.

13

Francis

Francis wusste, dass er richtig war, als er das Schild oben auf der Ladenfront entdeckte. »Celestical Tattoo« stand in schwarzer Kursivschrift auf einer Explosion von roten und knallrosa Chrysanthemen, ganz ähnlich der, die Marni Mullins ihrer Kundin ins Bein tätowiert hatte. Hier arbeitete sie also, wenn sie nicht auf der Messe tätig war. Er starrte durch die Fenster in das dunkle Studio und konnte einen kleinen Ladentisch mit einer Reihe zusammengewürfelter Stühle davor erkennen. Die Wände waren wie erwartet voller Tattoo-Designs. Hinter dem Ladentisch stand ein Regal mit mehreren Reihen von Kerzen, ein paar Büchern und einer Vielzahl anderer Objekte, die er im Halbdunkel nicht richtig erkennen konnte.

Obwohl innen an der Tür ein »Geöffnet«-Schild hing, hatte es den Anschein, als sei das Studio geschlossen. Francis klemmte seine ramponierte Dokumententasche unter den Arm, drückte die Nase ans Glas und schirmte mit den Händen das Gesicht ab, um besser sehen zu können. Im hinteren Teil des Studios befand sich eine Tür, durch die Ritzen fiel Licht. Vielleicht war sie dort.

Er klopfte an die Glastür, dann drückte er probehalber

die Klinke. Die Tür schwang mit einem lauten Quietschen auf.

»Hallo?«

Er trat ein. Ein knurrendes Etwas aus Fell und gefletschten Zähnen stürzte durch die Tür an der Rückseite des Studios und warf sich auf ihn. Er taumelte zurück gegen das Glas, das unter seinem Gewicht zerbarst, roch den heißen, stinkenden Atem eines Raubtiers und spürte gierige Kiefer, die sich um seinen Arm schlossen. Die Zähne der Bestie zerrissen den Stoff seines Anzugärmels. Sullivan schnappte nach Luft und versuchte mit rudernden Armen, sich loszureißen.

»Wer ist da?«

Über ihm ging eine Lampe an.

»Wer ist da?« Marni Mullins' Stimme klang panisch.

»Francis Sullivan.«

»Wer?«

»DI Sullivan!«

»Herrgott! Pepper! Komm her!«

Die geifernde Bulldogge ignorierte sein Frauchen und fuhr fort, Francis' Ärmel zu zerreißen.

Noch immer außer Atem, sah Francis auf und erblickte Marnis Silhouette vor der hell erleuchteten Tür an der Rückseite des Studios.

»Haben Sie den Köter nicht unter Kontrolle?«, blaffte er, darum bemüht, seinen Ärmel zu befreien.

»Pepper!«

Francis kämpfte sich in eine sitzende Position und drückte Pepper die freie Handfläche auf die Schnauze. Dann beugte er sich vor, bis sein Gesicht direkt an Peppers Ohr war. Der Hund gab ein tiefes Knurren von sich und grub die Zähne nur noch fester in den Stoff. Francis warf Marni einen wütenden Blick zu, dann biss er entschlossen in die dünne Haut von Peppers Ohrmuschel.

Die Bulldogge jaulte überrascht auf und ließ Francis' Ärmel los. Das kräftige Tier versuchte, den Kopf zu schütteln, aber Francis hielt das Ohr nach wie vor mit den Zähnen gepackt.

»Um Himmels willen, was machen Sie da?« Marni fasste Peppers Halsband. Francis ließ los, dann schnitt er eine Grimasse und wischte sich den Mund ab.

»Sie sollten den Hund in die Hundeschule bringen, Miss Mullins.«

Francis rappelte sich hoch, wobei er darauf achtete, nicht in die Glasscherben um ihn herum zu fassen, und hob die Dokumententasche auf. Marni schleifte die Bestie durchs Studio und schob sie durch die offene Tür an der Rückseite, die sie mit einem lauten Knall schloss. Erst dann schien sie den Schaden an der Eingangstür zu bemerken. Erschrocken schlug sie die Hand vor den Mund.

»Es tut mir leid«, stieß sie kopfschüttelnd hervor. »Sind Sie verletzt?«

Francis tastete seinen Hinterkopf ab, der gegen die Glastür geprallt war. Er fühlte eine Beule und etwas Feuchtes. Als er die Hand zurückzog und seine Finger betrachtete, war Blut dran.

»Natürlich«, sagte er und drehte die Hand so, dass sie das Blut sehen konnte. »Sie können von Glück sagen, dass nichts Schlimmeres passiert ist. Was den Anzug betrifft – der ist hin.«

»Ich werde ihn ersetzen«, versicherte Marni eilig. Ihre Stimme zitterte.

»Allerdings! Sie müssen Ihrem Hund einen Maulkorb besorgen. Oder noch besser: Sehen Sie zu, dass Sie ihn loswerden!«

Marni bückte sich und fing an, die größten Scherben vom Boden aufzuheben.

»Er ist ein Wachhund.«

»Was, wenn ein Kind durch die Tür gekommen wäre?«

Er spürte, wie ihr unbehaglich wurde.

»Unwahrscheinlich. Das hier ist ein Tattoo-Studio.«

»Könnte ich ein Glas Wasser haben, bitte? Ich schmecke immer noch Hund.«

Sie ging zur hinteren Tür. Francis folgte ihr. Marni wirkte belustigt, als er zögernd davor stehen blieb.

»Oh, machen Sie sich keine Gedanken wegen Pepper. Wenn ich Sie hereinbitte, ist er ganz brav.«

Francis setzte vorsichtig einen Fuß in den angrenzenden Raum. Als er sicher war, dass die Bulldogge keine Anstalten machte, sich erneut auf ihn zu stürzen, trat er ein und sah sich um. Marnis Atelier. Es sah fast genauso aus wie der vordere Raum: Die Wände hingen voller Bilder, die ihre Werke zeigten – manche davon waren Skizzen oder Aquarelle, andere Nahaufnahmen fertiger Tätowierungen. Der Raum war völlig überladen – genau wie ihr Schreibtisch in der Ecke. Francis sah eine Massagebank und einen großen, altmodischen Frisierstuhl. In einer Eckvitrine stand eine Sammlung von Kristallschädeln, auch einige echte menschliche Schädel waren darunter, manche bemalt wie die Zuckerschädel am *Dia de los Muertos* in Mexiko.

»Setzen Sie sich«, sagte sie und deutete auf den Frisierstuhl. »Whisky?«

Francis schüttelte den Kopf. »Ich trinke nicht im Dienst.«

Er trank ohnehin so gut wie keinen Alkohol, aber das ging sie nichts an.

Während Marni die Tür ausmaß und telefonierte, um jemanden herzubestellen, der die kaputte Tür mit Brettern vernagelte, trank Francis sein Wasser und betrachtete nachdenklich den Hund. Die Bulldogge beäugte ihn ihrerseits misstrauisch, doch sie blieb ausgestreckt auf einem schmuddeligen Kissen unter dem Schreibtisch liegen. Ab und an strich sie sich mit der Pfote über das Ohr, in das Francis gebissen hatte. Nach einer Weile stand sie auf und beschnupperte Francis' Hosenbein mit ihrer platten Nase.

Als Marni ins Hinterzimmer zurückkehrte, lag der Hund auf dem Rücken und hatte den Kopf auf Francis' Füßen platziert.

Sie musterte ihn argwöhnisch. »Sie mögen Hunde?«

»Nein.«

Er öffnete seine Ledertasche und zog ein großes Hochglanzfoto heraus.

»Was können Sie mir darüber erzählen?«, fragte er und hielt ihr das Bild hin.

Die Aufnahme war eine Vergrößerung der Tätowierung, die man aus Evan Armstrongs Oberkörper herausgeschnitten hatte. Marni nahm das Bild und betrachtete es prüfend.

»Das ist von dem Kerl aus dem Müllcontainer, stimmt's?«, fragte sie.

Francis nickte.

»Polynesisches Motiv, was nicht bedeutet, dass es dort gestochen wurde. Das hätte er sich überall tätowieren lassen können. Gute Arbeit. Wissen Sie, wer es gemacht hat?«

Jetzt, da sie sich auf die Tätowierung konzentrierte, schien sie ruhiger zu werden.

»Ich hatte gehofft, Sie könnten mir diese Frage beantworten. Seine Eltern haben uns das Foto gegeben, aber sie wissen nichts über seine Tattoos. Genauso wenig wie über sein Privatleben.«

Marni runzelte die Stirn. »Man kann nicht einfach einen Blick auf eine Tätowierung werfen und sagen, wer sie gemacht hat. Wissen Sie nicht, dass es auf der Welt Zehntausende von Tattoo-Künstlern gibt, wenn nicht gar mehr?«

»Das ist mir durchaus bewusst, trotzdem …«

»Außerdem ist es nicht so, dass wir unsere Werke signieren.«

»Nicht einmal mit Initialen?«

»Es gibt vielleicht ein, zwei Künstler, die das tun – aber das sind bloß die Selbstverliebten. Egomanen gibt es überall.« Sie reichte ihm das Foto zurück. »Nein, die meisten Tätowierer verspüren keinerlei Bedürfnis, ihren Namen auf der Haut eines Fremden zu hinterlassen. Es ist schon Privileg genug, die Leute zu tätowieren.«

»Aber Sie haben erkannt, dass der heilige Sebastian eine von Thierrys Arbeiten war?«

Marni stemmte sich hoch und setzte sich mit baumelnden Beinen auf die Massagebank. »Ich kenne Thierrys Stil ganz genau.«

»Aber den Stil dieses Tätowierers kennen Sie nicht?« Er tippte auf die Vergrößerung. »Dann ist der Künstler womöglich gar nicht von hier.«

»Vermutlich nicht. Allerdings bin ich nicht so bewandert, was Tribal- oder indigene Designs anbetrifft.«

Sie schwiegen.

»Warum ist das wichtig?«, fragte Marni nach einer Weile.

»Was?«

»Wer das Tattoo gemacht hat? Könnte das zur Aufklärung des Falles beitragen?«

Könnte es? Francis hatte keinen blassen Schimmer. Er griff nach jedem Strohhalm, um einen Anhaltspunkt zu finden.

»Zum jetzigen Zeitpunkt der Ermittlungen kann ich das nicht ausschließen.«

»Verdächtigen Sie Thierry?«

»Darüber darf ich nicht sprechen.«

Das konnte er auch gar nicht, denn er hätte nicht gewusst, was er ihr hätte antworten sollen. Francis warf einen Blick auf seine Uhr. Wenn sie ihm nicht helfen konnte, war es ohnehin Zeit zu gehen.

Er stand auf und stellte sein Wasserglas auf den Schreibtisch.

»Wenn Sie mir das Foto dalassen, werde ich mich für Sie umhören.« Sie sprang von der Massagebank und nahm ihm die Vergrößerung aus der Hand. »Wird der Künstler unter Verdacht gestellt?«

»Fällt Ihnen irgendein Grund ein, warum jemand dem Opfer die Tätowierung vom Leib geschnitten hat?«, fragte Francis, ohne Marnis Frage zu beantworten. »Gibt es so was tatsächlich?«

Er musste verstehen, was dahintersteckte.

»›So was‹?« Marnis Augenbrauen schossen in die Höhe. »Was meinen Sie damit?«

»Einen Vergeltungsakt in der Tattoo-Welt oder irgendein seltsames Sektenritual? Keine Ahnung, was euresgleichen so treibt.«

»*Unseresgleichen?*« Marni schüttelte empört den Kopf. »Sie halten uns für eine *Sekte*? Zum Teufel, nein, Menschen ihre

Tätowierungen aus dem Fleisch zu schneiden, ist nicht gerade unser Ding.«

Pepper stellte die Ohren auf, als er mitbekam, wie die Stimme seines Frauchens in die Höhe schnellte.

»Jetzt hören Sie mir mal zu: Sie möchten vielleicht kein Tattoo haben und stehen auch nicht darauf, das ist okay.« Sie funkelte ihn wütend an. »Aber ganz ehrlich, Sie haben ein ordentliches Problem mit Ihrer Einstellung. Menschen mit Tätowierungen sind nicht gleichzusetzen mit Mitgliedern einer Sekte. Es sind einfach nur Menschen – die auf Tattoos stehen. Das ist alles, was uns verbindet. Zwanzig Prozent der Erwachsenen in diesem Land, um genau zu sein.«

Francis hob beinahe flehend die Hände. »Tut mir leid. Das war nicht so gemeint. Ich versuche nur, mich langsam vorzutasten …«

Er hatte einen Nerv getroffen. Irgendetwas oder irgendjemand hatte Marni Mullins verletzt.

»Oh, das haben Sie durchaus so gemeint, sonst hätten Sie es nicht gesagt.«

Die Mauer stand zwischen ihnen. Francis sah sich auf der Suche nach einer Eingebung im Raum um, aber er fand nichts, womit er die Mauer wieder einreißen konnte.

»Es tut mir leid. Ehrlich.«

Marni lehnte sich gegen die Massagebank. »Was für ein Problem haben Sie mit Tattoos?«

»Ich habe kein Problem mit Tattoos«, entgegnete er bedächtig. Das stimmte nicht ganz, aber er brauchte ihre Hilfe. »Auch wenn ich mir keins machen lassen möchte. Ich meine, warum sollte jemand meinen Körper für die Ewigkeit zeichnen? Das ergibt für mich keinen Sinn.«

»Selbstdarstellung«, erwiderte sie schlicht.

Francis verstand nicht wirklich, was sie damit meinte.

»Meine Mutter hat immer gesagt, Tätowierungen sind der äußere Ausdruck von innerem Schaden«, stieß er hervor.

Marni sah ihn wütend an. Offensichtlich hatte er nicht die richtigen Worte gewählt.

»Das glauben Sie doch nicht ernsthaft.«

»Nein ... Aber warum lässt man sich dann tätowieren?«

»Tattoos können tatsächlich ein Zeichen für seelische Verletzungen sein – aber für gewöhnlich sind sie Ausdruck von etwas Positivem ... Sie geben Kraft, drücken Hoffnung aus, Entschlossenheit, stark zu sein.« Sie senkte für einen kurzen Moment den Blick, dann sah sie ihn direkt an. »Ich habe ein Kind verloren. Die Tätowierung auf meinem Rücken ist eine Erinnerung an dieses Kind, meine Art, den Kleinen für immer bei mir zu haben.«

»Es tut mir leid«, sagte Francis, der sich vorkam wie ein Schnüffler, der seine Nase in Dinge steckte, die ihn nichts angingen.

»Noch häufiger allerdings lassen sich die Leute aus schlichten ästhetischen Gründen tätowieren«, fuhr sie fort, »oder weil all ihre Freunde Tattoos haben, manchmal auch als Ausdruck ihrer Liebe oder ihres Respekts. Wir sind nicht alle gleich, daher haben wir auch nicht alle aus den gleichen Gründen ein Tattoo.«

»Ja, das kann ich nachvollziehen. Im Grunde ist es mir schon auf der Messe klar geworden.« Er sah sie verlegen an. »Also, werden Sie mir helfen?«

Ihr Blick blieb kühl. »Ich werde tun, was ich kann, und mich für Sie umhören. Aber erwarten Sie nicht zu viel, Frank.«

»Francis«, sagte er mit zusammengebissenen Zähnen.

Anscheinend war sie eine Frau, die ihre eigenen Vermutungen anstellte. Wie dem auch sei – sie war sein einziger Zugang zur Welt der Tätowierungen. Er brauchte sie, sollte das Motiv tatsächlich in dem fehlenden Tattoo zu suchen sein, was der gehäutete Schulterbereich von Evan Armstrong durchaus nahelegte. Und nun hatten sie einen zweiten Toten gefunden, der genauso stark tätowiert war.

Er brauchte sie, wenn er den Fall lösen wollte, bevor es ein weiteres Opfer gab.

Ich werde berühmt! Sie haben einen Artikel über mich in der Lokalzeitung geschrieben. Natürlich kennen sie nicht meinen Namen oder wissen, wer ich bin. Aber meine Aktivitäten rufen so einige Aufregung hervor – und in der Gemeinde macht sich mehr als nur ein bisschen Furcht breit, zumindest hoffe ich das. Ich frage mich, ob der Sammler alles über mich gelesen hat, und ich frage mich, ob er stolz ist …

Ich weiß, dass manche Mörder auf Publicity aus sind, an die Presse schreiben und Nachrichten an die Polizei schicken. Allerdings glaube ich nicht, dass ich das tun werde. Mein Auftrag ist auch so lohnend genug, und letztendlich sind es immer diese Schreiben, die dazu führen, dass man diese Idioten schnappt. Ich werde der Polizei bestimmt nicht ihren Job erleichtern. Viel lieber lese ich im Argus *über meine Heldentaten.*

Es ist ärgerlich, dass so viele Details missverstanden werden, doch andererseits bin ich der Einzige, der weiß, was jedem meiner Opfer wirklich zugestoßen ist. Sie dagegen können nur raten und die Lücken mit ihrer Angst und Sensationsgeilheit füllen.

Ich frage mich, ob sie eines Tages ein Buch über mich schreiben werden.

Selbstverständlich bin ich der Einzige, der meine Geschichte ak-

kurat erzählen kann. Wie mir mein Bruder Marshall mein Geburtsrecht gestohlen hat. Dabei hätte er eigentlich gar nicht zur Welt kommen sollen – meine Mutter hätte beinahe eine Fehlgeburt erlitten. Sobald er gehen und sprechen konnte, wurde er der Liebling. Er war jünger als ich, aber er war schlau. Er lernte, wie er mich vorführen und mir die Schuld für seine kleinen Missetaten in die Schuhe schieben konnte. Ich hatte den Kuchen aus der Speisekammer genommen. Ich hatte die schwarze Tinte auf den cremefarbenen Teppich gespritzt. Ich hatte die Köpfe vom Lauch und allen Rosen in Mutters Garten abgeknipst. Wegen seiner engelsgleichen Erscheinung glaubte man ihm bereitwillig, und er machte sich hinter dem Rücken meiner Eltern über mich lustig und mir das Leben zur Hölle.

Er brachte meinen Vater gegen mich auf und übernahm anschließend die Leitung des Familienunternehmens. Leder Kirby. Gegründet vom Urgroßvater vor über hundert Jahren. Die Firma hätte an mich gehen sollen. Ich hätte unser Familienunternehmen erfolgreich geführt, sodass es sich noch heute in unserem Besitz befunden hätte. Aber nein. Es ging an meinen Bruder. Daddys Liebling.

Aber das ist erst der Anfang meiner Geschichte.

14

Rory

Rory konnte Whisky im Atem des Mannes riechen, und zwar auf Anhieb. Er umklammerte den To-go-Kaffee, den Rory ihm anbot, mit seiner runzeligen Klaue. Die langen Nägel waren grau vor Schmutz, die Haut so gelb wie seine Augäpfel.

»Danke«, stieß er hervor. Seine Stimme war wenig mehr als ein heiseres Krächzen.

Rory ließ sich neben ihn auf die schmale Bank an der Bushaltestelle fallen. Es war nach zwei Uhr morgens, und es fuhren nur vereinzelte Nachtbusse. Unwahrscheinlich, dass sich jemand an der Bushaltestelle zu ihnen gesellte.

»Wie ist es dir so ergangen, Pete?«

»*Comme ci, comme ça*«, antwortete der Mann mit einem durchdringenden Lachen. »Sie wissen doch, wie's ist.«

Rory nickte. Die Geschichte von Männern wie Pete war immer dieselbe. Ein Kampf um Arbeit, ein Kampf um Geld, ein Kampf um Schnaps.

»Hältst du die Ohren weiterhin aufgesperrt?«, fragte Rory.

Pete sah sich argwöhnisch um, obwohl weit und breit keine Menschenseele in Sicht war.

»Die Sache ist die …«

»Du weißt, dass ich bezahle, wenn du etwas für mich hast.«

Pete schwieg, aber seine Augen hellten sich auf, als Rory Geld erwähnte.

»Hör zu«, sagte Rory, »vielleicht kannst du mir helfen. Gestern Morgen wurde eine Leiche gefunden. Kleinerer Mann, ziemlich jung, Knast-Tattoos. Hast du was darüber gehört?«

»Wo hat man ihn gefunden?«

»In der Nähe der Promenade.« Rory wollte ihm nicht zu viele Details nennen. Pete war so löchrig wie ein Sieb und würde sich nichts dabei denken, Informationen an die Gegenseite zu verkaufen, sobald sich eine Gelegenheit dazu ergäbe.

»Ich hab gehört, dass letztes Wochenende ein paar Deals über die Bühne gehen sollten. Angeblich ist dabei irgendwas schiefgelaufen. Kommt der Zeitpunkt hin?«

Rory zuckte die Achseln.

»Zwischen wem sollten die Deals über die Bühne gehen?«

Pete rieb Zeigefinger und Daumen aneinander und warf Rory einen vielsagenden Blick zu.

Rory hatte geahnt, dass das kommen würde, fischte eine kleine Rolle Banknoten aus seiner Hosentasche und zog einen Zwanziger heraus. Pete sah ihn ungläubig an – für zwanzig würde er nicht den Mund aufmachen.

Rory schüttelte den Kopf und steckte das Geld wieder ein. »Ich brauche Namen, Pete.«

Pete seufzte theatralisch. »Dann sorgen Sie dafür, dass es sich für mich lohnt.«

Vierzig Pfund wechselten den Besitzer, und Pete spulte eine Litanei ortsansässiger Dealer herunter. Rory kannte sie alle, und er wusste, dass ein paar von ihnen im Gefängnis saßen.

»Komm schon, Pete. Das ist Bullshit. Gib mir was Besseres, oder ich verlange mein Geld zurück.«

Pete hob defensiv die klauenartigen Hände. »Okay, jetzt mal im Ernst: die Collins-Brüder. Da braut sich seit einiger Zeit Ärger zusammen.«

»Zwischen den Collins-Brüdern und wem?«

»Eine Bande von Rumänen versucht, in ihrem Revier zu wildern.«

Das war zwar keine bahnbrechende Neuigkeit, aber sie könnte den Leichnam unter dem Pier erklären.

Auf dem Heimweg freundete er sich mehr und mehr mit dieser Theorie an. Revierkriege zwischen hiesigen Drogengangs waren nichts Neues und machten einen großen Teil der Gewaltverbrechen in der Stadt aus. Die Information war bei Weitem keine vierzig Pfund wert, aber so konnte er sich Pete warmhalten. Ab und an brachte das nämlich doch etwas.

Als er am nächsten Morgen Francis seine Theorie im Präsidium darlegte, blieb der Chef skeptisch, so viel war klar.

»Handelt es sich um eine Vermutung Ihres Informanten, oder konnte er Ihnen etwas Handfestes liefern?«

»Er hält sich nicht gerade an die Beweisregeln«, sagte Rory, »aber immerhin gibt er uns etwas, dem wir nachgehen können. Schließlich ist der Typ voller Knast-Tattoos – daher ist es nur folgerichtig, wenn wir davon ausgehen, dass er einer der Gangs angehört und dass dieser Mord – wenn nicht gar sogar beide – auf einen Bandenkrieg zurückgeht.«

»Wir gehen von gar nichts aus.« Der Ton des Chefs klang scharf. Die Tatsache, dass Rory eine Spur gefunden hatte, passte ihm gar nicht.

»Dann lassen Sie uns herausfinden, ob Ihre Tätowiererin Licht auf die Frage werfen kann, wo sonst er seine Tattoos hat machen lassen.«

Rorys selbstgefällige Zufriedenheit darüber, seinem Boss zuvorgekommen zu sein, sollte von kurzer Dauer sein. Die Tür zur Einsatzzentrale wurde geöffnet, und Hollins begleitete Marni Mullins in den Raum.

»Danke, dass Sie gekommen sind«, sagte Francis und ging zu ihr, um sie zu begrüßen.

»Blieb mir eine Wahl?«, fragte sie unwirsch. »Dabei habe ich Ihnen wirklich alles gesagt, was ich weiß.«

»Das ist mir klar, und dafür sind wir Ihnen dankbar. Ich würde Ihnen lediglich gern ein paar Fotos von Tätowierungen zeigen in der Hoffnung, dass Sie mir etwas dazu erzählen können.«

Sie zuckte die Achseln. »Sicher.«

Francis führte sie zu einem unbenutzten Schreibtisch am hinteren Ende des Raums und breitete eine Auswahl von Fotos darauf aus, Nahaufnahmen von Tattoos auf blasser, blutleerer Haut. Am Hintergrund konnte Rory erkennen, dass sie in der Gerichtsmedizin aufgenommen worden waren.

»Dieser Mann wurde am Dienstagmorgen tot aufgefunden. Wir vermuten, dass einige der Tätowierungen Gangsymbole sind.«

Marni beugte sich über die Fotos. Nachdem sie sie etwa

eine Minute lang konzentriert betrachtet hatte, schob sie sie so zusammen, dass der Körper erkennbar wurde: Torso, Arme und Beine, die überzogen waren mit schlecht ausgeführten, an den Konturen unscharfen schwarzen Tattoos – Symbole, Nummern, Schädel.

»Wurde er ermordet?«, fragte Marni.

Francis nickte. »Enthauptet.«

Marni Mullins fasste die Tätowierungen erneut ins Auge, dann deutete sie auf eines der Fotos.

»Manche von denen sind ausgesprochen interessant.« Sie klang nicht länger nervös.

»Es ist ziemlich offensichtlich, dass er in einer Gang ist«, schaltete sich Rory ein. »Wir vermuten, dass ein Drogendeal schiefgelaufen ist. Das ist doch alles reine Zeitverschwendung. Seine Fingerabdrücke dürften uns sehr viel mehr erzählen als ein paar Tattoos.«

Der Chef funkelte ihn an, dann richtete er seine nächste Frage an Marni, die ein Bild herauspickte.

»Miss Mullins, haben einige dieser Tätowierungen eine spezielle Bedeutung, die wir kennen sollten?«

Marni deutete auf das Foto vor ihr.

»Das«, sagte sie. »Das ist ein klassisches Gang-Symbol.«

Das Tattoo, auf das sie zeigte, war eine fünfzackige Krone.

»Was hab ich gesagt?«, fragte Rory.

Marnis Kopf fuhr zu ihm herum. »Sie kennen es?«

»Eine Gang ist eine Gang – und in Brighton hat man da nicht allzu viel Auswahl.«

Marni seufzte. »Das ist kein Tattoo aus einem der hiesigen Gefängnisse. Die Krone steht für die Latin Kings, eine Bande, die von Chicago aus operiert. Die fünf Zacken zeigen den Zusammenschluss mit der People Nation Gang an. Soweit ich weiß, hat keine dieser Banden Verbindungen nach Brighton. Noch etwas: Die Krone wurde mit einem elektrischen Tätowiereisen gestochen. Knast-Tattoos macht man für gewöhnlich mit spitz gefeilten Kugelschreiberminen und Schuhcreme.«

Francis Sullivan verkniff sich ein hämisches Grinsen. Arroganter Bastard, dachte Rory.

»Ein paar von denen sind selbst gemacht«, fuhr Marni fort und deutete auf zwei, die gröber ausgeführt waren, »aber das heißt nicht, dass sie im Gefängnis gestochen wurden. Die Punkte und die Nummer vierzehn – das ist alles amerikanischer Gang-Kram. Drei Punkte bedeuten *mi vida loca* – ›mein verrücktes Leben‹. Fünf Punkte besagen, dass jemand im Gefängnis gesessen hat; sie symbolisieren die vier Ecken der Zelle mit dem Insassen darin. Und die Nummer vierzehn zeigt an, dass jemand Mitglied der Nuestra-Familia-Bande in Nordkalifornien ist.« Sie wandte sich Francis zu. »Ich denke, Sie haben hier einen ausgesprochen verwirrten Möchtegern vor sich. Wahrscheinlich ist er genauso weit davon entfernt, Mitglied einer Gang zu sein, wie ich.« Ihr Blick schweifte zu Rory. »Mit anderen Worten: Wenn Sie denken, dass es sich hierbei um einen Mord im Untergrundmilieu handelt, Sergeant, dann liegen Sie falsch.«

Wieso kennt sie sich so gut aus?, fragte sich Rory gereizt.

»Und was ist damit?« Sullivan zeigte auf die Tätowierung eines zähnefletschenden Wolfs an der Außenseite der rechten Wade des Opfers.

Marni betrachtete sie ein paar Minuten lang, wobei sie die Konturen mit dem Zeigefinger nachfuhr.

»Ah, das ist eine schöne Arbeit. Er dürfte ordentlich was dafür hingeblättert haben. Das Tattoo hat nichts mit Gefängnissen oder Gangs zu tun. Es ist außerdem noch ziemlich neu. Er entwickelt Geschmack. Nein, er *entwickelte.«*

»Woran erkennen Sie, ob eine Tätowierung von Hand oder mit der Maschine gestochen wurde?«, erkundigte sich Francis.

»Amateur-Tattoos aus dem Gefängnis oder von zu Hause sind leicht auszumachen«, erklärte Marni. »Die Linien sind dicker, die Ausführung ist recht grob. Zudem neigen sie dazu, an den Rändern zu verschwimmen. Sehen Sie hier …« Sie deutete auf die Krone auf dem Oberkörper des Mannes und anschließend auf das Wort HASS, das zwischen die Fingerknöchel seiner linken Hand gestochen war. »Hier erkennt man den Unterschied sehr gut. Knast-Tattoos sind immer schwarz, weil die Häftlinge keinen Zugang zu farbiger Tinte haben.«

Rory täuschte Desinteresse vor, was ihm einen ungehaltenen Blick von seinem Chef eintrug.

»Das ist durchaus wissenswert, Sergeant«, sagte er. »Tätowierungen kommen inzwischen immer häufiger bei Fällen vor.«

»Ja, Chef«, erwiderte Rory mit zusammengebissenen Zähnen.

»Danke, dass Sie ins Präsidium gekommen sind«, sagte Sullivan zu Marni. »Ich bin mir sicher, dass uns diese Informationen weiterhelfen werden.«

Rory bezweifelte das. Die Aussagen der Tätowiererin brachten sie nicht weiter, während eine Gang-Hinrichtung eine absolut annehmbare Theorie war.

Marni sah zu, wie Francis die Fotos zusammenschob.

»Auf Wiedersehen, Miss Mullins«, sagte er und brachte sie zur Tür.

»Marni«, sagte sie. »Ich bin schon seit fünfzehn Jahren nicht mehr Miss Mullins.«

»Okay, dann nenne ich Sie von jetzt an Marni«, erwiderte Francis.

Ekelhaft. Allerdings sah es gut aus, wie sich die Wangen seines Chefs verfärbten, dachte Rory und heftete die Fotos ans Whiteboard.

15

Francis

Francis folgte Marni, die sich direkt vor ihm durch die Menge schlängelte. Sie konnten nicht nebeneinander gehen – der Gehsteig war voller Menschen, die es eilig hatten, aus dem kräftigen Regenguss herauszukommen, der gerade auf sie herabprasselte. Sie brachte ihn zu einem anderen Tätowierer, einem Mann namens Ishikawa Iwao, der Tattoo-Historiker und obendrein ihr Mentor war. Vielleicht wusste er Näheres über die Tätowierung auf Evan Armstrongs Schulter. Weiß Gott, ob er ihm helfen könnte, aber Francis gingen langsam die Ideen aus. Bradshaw hatte die Mittagspause dazu genutzt, ihm Druck zu machen, und nun musste er zusehen, wie er dem nach Tabak stinkenden Atem seines Vorgesetzten entkommen konnte. Sobald er wieder in seinem Büro war, hatte er Marni angerufen und sie erneut um Hilfe gebeten.

»Hier ist es«, sagte Marni über die Schulter.

Sie huschte aus dem Regen in einen Hauseingang, drückte die Tür auf und betrat ein Treppenhaus, dessen Wände und Decken schwarz gestrichen waren. Der Teppich auf den Stufen war so alt und abgetreten, dass Francis unmöglich seine ursprüngliche Farbe erraten konnte. Er stieg hinter Marni die Treppe hinauf, die nach der Hälfte eine abrupte Kehrtwende machte. Ein dünnes Mädchen in einem schwarzen Minikleid drückte sich an die Wand, um ihnen Platz zu machen.

»Bulle«, zischte sie in Francis' Ohr, als er an ihr vorbeiging.

Woher in Gottes Namen wussten die Leute das bloß? Sie wussten es immer. Verströmte er einen bestimmten Geruch oder lag es am Schnitt seines Anzugs? Oder hatte er einen speziellen Schimmer in den Augen, der ihn verriet?

»Ich bin nicht deinetwegen da, Süße«, murmelte er, als sie die Stufen hinabsprang.

Marni drehte sich fragend zu ihm um. Er zog die Augenbrauen hoch.

Die Treppe führte zu einem schmalen Korridor mit Türen zu beiden Seiten. Die Luft war stickig und roch schwer nach Weihrauch und Patschuli, das einzige Licht kam von einer roten Glühbirne über ihren Köpfen. Musik spielte, und hinter einer der Türen sang eine Frau mit hoher, schriller Stimme eine orientalische Melodie. Bordell oder Opiumhöhle? Francis konnte förmlich Sherlock Holmes vor sich sehen, der sich in einer goldenen Wolke verlor.

Marni klopfte an eine der Türen. Ohne auf eine Antwort zu warten, schob sie sie auf und trat ein, wobei sie Francis bedeutete, ihr zu folgen. Er wusste nicht, was ihn erwartete – auch wenn ihm unweigerlich eine finstere, heruntergekommene Schreckenskammer vor Augen trat. Doch stattdessen betrat er ein geräumiges, helles, tadellos aufgeräumtes Studio, durchflutet von Tageslicht. An der gegenüberliegenden Wand befand sich eine lange Reihe hoher Fenster, die auf einen bunten Streifen ungepflegter Gärten hinausging. Im Gegensatz dazu war im Studio alles gepflegt und modern – die Tätowierstühle und -liegen waren teure Konstruktionen aus Stahl, Leder und Holz, Einrichtung und Beleuchtung erinnerten ihn an eine luxuriöse medizinische Einrichtung.

Aber das war es nicht, was Francis' Aufmerksamkeit erregte. Etwas saß auf einem der Tätowierstühle aus weichem Leder und starrte ihn aus grünen Augen feindselig an. Auf den ersten Blick meinte er, ein abgemagertes, verletztes, nacktes Baby zu sehen – ein Schock, der ihm einen Schauder über den Rücken jagte. Doch die Kreatur war eine Katze, völlig ohne Haare und so dürr, dass man jeden Knochen sah. Das Verstörendste allerdings war, dass es sich bei den dunklen Stellen, die er für Verletzungen gehalten hatte, in Wirklichkeit um Tätowierungen handelte. Rücken, Hals, Brust und Beine der Nacktkatze waren mit dunkelblauen japanischen Piktogrammen bedeckt. Das Tier zeigte ihm fauchend die Zähne.

Francis sah Marni an, als erwarte er eine Erklärung, dann streckte er die Hand nach der Katze aus. Die machte einen Buckel, bevor sie mit einer Pfote nach seiner Hand schlug und ihre Krallen über die Seite seines Daumens zog.

»Was zum Teufel –«

Das Geräusch einer sich öffnenden Tür hinter ihm ließ Francis verstummen. Er steckte den blutenden Daumen in den Mund und drehte sich um. Ein gertenschlanker Japaner betrat das Studio. Er trug einen dunkelblauen Leinenkimono. Sein extrem kurz geschnittenes Haar war schneeweiß, aber sein Gesicht war faltenfrei, was es schwer machte, sein Alter zu schätzen. Er wirkte nicht erfreut darüber, dass er Besuch hatte.

Der Mann nickte, als er Marni erkannte, aber sein Blick verfinsterte sich, als er Francis musterte. Er machte eine tiefe Verbeugung, und Marni tat es ihm nach, dann schnipste sie mit den Fingern, um Francis zu bedeuten, das Gleiche zu tun.

»*Konnichiwa*«, stieß der Mann mit hoher Stimme hervor.

»*Konnichiwa, sensei*«, antwortete Marni.

Er richtete sich auf und wandte sich Francis zu.

»*Konnichiwa*«, sagte er dann und verbeugte sich erneut.

Francis erwiderte seine Verbeugung, unsicher, was er antworten sollte.

Als sie beide wieder aufrecht standen, wandte sich der Mann direkt an Marni und sagte etwas auf Japanisch zu ihr. Für Francis hörte es sich so an, als sei er verärgert, und was immer er sagte, ließ Marni die Stirn runzeln.

»Ja, ich habe einen Fremden hergebracht«, erwiderte sie auf Englisch. »Bitte verzeih mir, Meister. Wir benötigen deine Hilfe.«

»Ich sehe dich ein ganzes Jahr nicht, und dann kommst du bloß, weil du etwas von mir willst.«

Francis wusste nicht, ob er es ernst meinte oder nur Spaß machte.

»Entschuldige, Iwao«, sagte Marni mit einer weiteren angedeuteten Verbeugung. »Es tut mir leid – ich weiß, dass ich öfter kommen sollte.«

»Das solltest du in der Tat. Du bist meine Lieblingsleinwand, und du hast noch freie Hautstellen. Außerdem musst du noch sehr viel lernen.« Dann entspannte sich sein Gesicht und verzog sich zu einem Lächeln. »Wie geht es Thierry?«

Marni erwiderte sein Lächeln. »Es geht ihm gut. Vollbringt momentan ein paar großartige Werke.«

»Sag ihm, er soll bald mal vorbeikommen. Er ist genauso schlimm wie du, wenn es darum geht, seine Freunde zu ignorieren.« Er blickte zu Francis. »Wie ich sehe, hast du einen Besucher mitgebracht. Wer ist er?«

Marni drehte sich zu Francis um. »Iwao, das ist Francis Sullivan.« Sie wechselte ins Japanische, und die beiden tauschten ein paar schnelle Worte aus. Als sie wieder schwiegen, musterte Iwao Francis. Die Katze fauchte, sprang vom Stuhl und stolzierte durch den Raum und zu der Tür hinaus, durch die Iwao eingetreten war.

»Sie sind von der Polizei?«, fragte Iwao.

Francis nickte.

»Raus.«

Marni trat einen Schritt vor und legte dem Mann eine Hand auf den Arm. »Nein, bitte, Iwao. Es ist wichtig.«

Er schüttelte ihre Hand ab. »Das bringt Pech. Bitte gehen Sie.«

Francis sah Marni an, die verlegen wirkte, also wandte er sich an Iwao. »Mr. Ishikawa, wir ermitteln in einem Mordfall und benötigen Ihre Fachkenntnis, Tätowierungen betreffend. Wenn ich Ihnen ein paar Fotos zeigen darf, sind wir gleich wieder verschwunden.«

Iwao schnitt eine Grimasse. Er flüsterte Marni etwas auf Japanisch zu. Sie nickte langsam, aber ihre Wangen wurden flammend rot.

»Geben Sie mir die Fotos«, forderte er Francis auf.

Francis öffnete seine Dokumententasche und zog die Aufnahme von Evan Armstrongs Schulter heraus.

»Wir versuchen herauszufinden, wer diese Tätowierung gestochen hat.«

Iwao nahm ihm das Bild aus der Hand und ging quer

durchs Zimmer zu einem makellos aufgeräumten Arbeitstisch. Dort hielt er das Foto ins Licht einer starken Schreibtischlampe und gab ein leises, klickendes Geräusch von sich, als er es durch eine Lupe ins Auge fasste.

Francis betrachtete die Bilder an der Wand. Sie waren alle im japanischen Stil gehalten, was wenig überraschend war, und selbst aus Laiensicht war klar, dass sie etwas Besonderes waren.

»Sind die alle von Iwao?«, fragte er Marni mit leiser Stimme.

Sie nickte. »Er hat meinen Rücken tätowiert«, sagte sie.

»Ich weiß, von wem das ist«, ließ sich Iwao vernehmen.

Er legte das Foto auf seinen Arbeitstisch und zog einen Ausstellungskatalog aus einem in der Nähe stehenden Bücherregal, dann blätterte er durch die Seiten, bis er fand, wonach er suchte.

Francis ertappte sich dabei, dass er den Atem anhielt, und als er zu Marni hinüberschaute, stellte er fest, dass sie das Gleiche tat.

»Ja, hier ist es.« Iwao legte den aufgeschlagenen Katalog neben das Foto, damit Francis und Marni etwas sehen konnten. »Diese beiden sind sich sehr ähnlich, vermutlich stammen sie von ein und demselben Künstler. Die Dreiecke hier zeigen alle leicht in eine Richtung. Die Linien sind gleich dick. Die Muster sind in einem ähnlichen Maßstab ausgeführt und ähnlich komplex …«

Francis sah genauer hin und konnte die Ähnlichkeit in den von Iwao benannten Details erkennen.

»Und?«, drängte Marni.

»Diese Arbeit stammt von Jonah Mason. Ich habe ihn in meine Ausstellung aufgenommen – was eine große

Ehre für ihn ist. Allerdings sticht seine Arbeit wirklich hervor.«

»Ich dachte mir schon, dass es Jonah gewesen sein könnte«, sagte Marni, »aber ich war mir nicht sicher. Ich wollte wissen, ob du derselben Ansicht bist.«

»Ist er noch als Tätowierer tätig?«, wollte Francis wissen.

Iwao zuckte die Achseln. »Er hat die letzten fünfzehn Jahre über in Kalifornien gelebt – dort habe ich ihn auch kennengelernt –, und ja, er ist noch aktiv.«

Iwao schloss den Katalog und stellte ihn zurück ins Regal. Als er den Arm ausstreckte, rutschte der Ärmel seines Kimonos bis zum Ellbogen zurück, und Francis konnte einen flüchtigen Blick auf dunkle, verschlungene Tinte auf seinem Unterarm werfen.

»Du sagst, das Tattoo sei einem Mann vom Körper geschnitten worden?«, fragte Iwao an Marni gewandt.

»Kannst du dir irgendeinen Grund vorstellen, warum jemand so etwas tun sollte?«, wollte Marni wissen.

Iwao holte tief Luft und wartete einen kurzen Moment, bevor er ausatmete und sich mit seinen feingliedrigen Fingern übers Kinn strich.

»So etwas kommt in Japan vor«, sagte er, »aber nicht so. Leute mit *irezumi,* für gewöhnlich Yakuza …«

»*Irezumi?*«, fragte Francis dazwischen.

»Ganzkörpertätowierungen. Wenn ein Yakuza stirbt, hinterlässt er mitunter die Anweisung, dass sein Tattoo von seinem Körper entfernt und präpariert werden soll. Einige Beispiele sind im Bunshin Tattoo Museum in Yokohama ausgestellt. Soweit ich weiß, hat auch die Universität von Tokio eine Sammlung.«

»Aber es werden keine Menschen wegen ihrer Tätowierungen umgebracht, oder?«

Iwao schüttelte den Kopf. »Davon hab ich noch nie gehört – weder in Japan noch sonst wo. Und nun ist es Zeit, dass Sie gehen.«

Er machte auf dem Absatz kehrt und verließ den Raum, ohne sich zu verabschieden. Francis und Marni verließen das Studio und gingen durch das schwarze Treppenhaus zurück auf die Straße. Als sich die Haustür hinter ihnen geschlossen hatte, sah Francis Marni an.

»Was hat er gesagt, als Sie ihn gebeten haben, sich die Fotos anzuschauen?«

Marni wandte den Blick ab, und wieder verfärbten sich ihre Wangen.

»Ach, nichts. Er wollte mich nur an etwas erinnern.«

Francis fragte sich, worum es dabei wohl gehen mochte, doch ihr Benehmen ermutigte ihn nicht gerade, genauer nachzufragen. Schweigend gingen sie den Gehsteig entlang.

Francis' Handy vibrierte in seiner Tasche. Er zog es hervor, warf einen Blick darauf und sah, dass eine Textnachricht von Rory eingegangen war.

Warum ist Marni Mullins wohl eine solche Expertin, wenn es um Knast-Tattoos geht? Weil sie selbst gesessen hat.

Ich habe schon etliche Tattoos besorgt. Ich verwandle sie in Leder – mache sie haltbar. Sie stammen von verschiedenen Leuten – die jetzt selbstverständlich tot sind –, und sie befinden sich allesamt in verschiedenen Stadien des Gerbungsprozesses. Ich mache schon seit Jahren Leder haltbar. Keine menschliche Haut, natürlich nicht – das ist noch etwas relativ Neues. Aber Tierhäute. Und obwohl Sie es vermutlich nicht glauben, ist das Prozedere exakt dasselbe. Es gibt keinen Unterschied, und menschliches Leder ist genauso weich wie jedes andere.

Die Kopfhaut des Jungen weicht zum Beispiel gerade in Kalkmilch ein, um die behaarte Oberhaut zu entfernen und das Fett zu lösen. Das stinkt, ist aber ein essenzieller Teil des Prozesses. Unterdessen arbeite ich an einer anderen Haut, entferne mit einer stumpfen Klinge Haare und verrottendes Fleisch von einem eleganten Sleeve-Tattoo, wie man die Tätowierungen nennt, die den ganzen Arm oder das ganze Bein umhüllen. Ich erinnere mich genau an die Frau, von der ich es habe. Mein erstes Opfer. Ich war furchtbar nervös, aber sobald ich angefangen hatte, ihre Haut einzuschneiden und abzuziehen, kehrte mein Selbstvertrauen zurück. Sie war eine nette Frau – ich habe mich mit ihr unterhalten, bevor ich sie tötete – und selbst dann noch reizend, als ihr aufging, was gleich passieren würde. Erst im Augenblick des Todes sah ich die Furcht in ihren Augen und roch ihren Schweiß.

Am glücklichsten bin ich, wenn ich mit Häuten arbeiten kann. Das begriff ich, als ich für Ron Dougherty tätig war. Er erkannte mein spezielles Talent. Er hätte der beste Tierpräparator im ganzen Land werden können, als ich bei ihm in die Lehre ging, aber er war mehr als glücklich, diese Verantwortung an mich weiterzugeben, als ich meine Fertigkeiten verfeinerte. Doch mehr als das zählte, dass wir ein Team bildeten und er für mich wie ein Vater war.

Er übernahm meine Ausbildung und Erziehung dort, wo mein Vater aufgehört hatte, und er war mir in so vielen Punkten ein besserer Vater, dass ich sie gar nicht alle aufzählen kann. Ich wüsste nicht mal, wo ich anfangen sollte. Als Daddy mich aus dem Nest stieß, da ich seine Erwartungen nicht erfüllen konnte, nahm Ron seinen Platz ein und sammelte die Scherben zusammen. Die Scherben meiner selbst. Und während der nächsten zehn Jahre setzte er diese Scherben wieder zusammen und lehrte mich mein Handwerk.

Ron gab mir ein Zuhause, einen Job und vieles mehr. Ich arbeitete für ihn in seiner Werkstatt.

Er ließ mich mit Ratten und Mäusen anfangen. Man kann sie überall lebend kaufen – um Schlangen zu füttern oder für Laborexperimente –, daher hatten wir permanent Nachschub. Sie sind so billig, dass es gleich war, wenn ich einen Fehler machte, obwohl ich ohnehin nur sehr wenige beging. Sobald ich die Grundfertigkeiten des Häutens, Haltbarmachens und Ausstopfens verinnerlicht hatte, ließ er mich das Erlernte an Vögeln und Eichhörnchen, Hamstern und schließlich an jungen Katzen erproben. Als ich so weit war, erlaubte er mir, an größeren Tieren zu arbeiten. Nur sehr wenige unserer Kunden wollten wissen, woher diese kamen. Den Hauptteil machten die Kunden aus, die ihre verstorbenen Haustiere, Ponys oder preisgekröntes Vieh ausstopfen ließen. Manchmal wurden wir gebeten, Tableaus anzufertigen – die Kunden wünschten sich, dass wir eine Szene aus ihrem Lieblingsbuch oder -film mit toten Mäusen und Vögeln nachstellten.

Mein Lieblingsstandbild war das einer als Don Quichotte verkleideten Ratte, die auf dem Rücken eines Stacheltiers auf eine Windmühle zupreschte. Ich fertigte es für eine alte Dame aus Brixham an, die sich an ein solches Tableau aus ihrer Kindheit erinnerte.

Ron starb vor ein paar Jahren. Es ist wirklich schade, dass er tot ist. Ich habe seine Haut behalten und gegerbt – meine erste Erfahrung mit menschlicher Haut. Ich trage stets ein Stück von Rons Haut bei mir, in meiner Tasche oder an die Innenseite meiner Kleidung geheftet, damit ich es spüren kann. Auf diese Weise sind wir für immer zusammen. Sind niemals getrennt.

Ron war der Beste. Deshalb musste er gehen.

Laut dem Sammler bin jetzt ich der Beste.

16

Francis

Francis Sullivan starrte ungläubig auf seinen Computermonitor und fluchte leise. Nichts. Da war gar nichts. Nicht das kleinste bisschen über eine Marni Mullins in der Datenbank der Polizei von Sussex. Vielleicht wurde sie dort unter einem anderen Namen geführt, aller Wahrscheinlichkeit nach unter ihrem Mädchennamen. Wie zur Hölle war Rory darauf gekommen, dass sie im Gefängnis gesessen hatte? Francis hatte ihn direkt danach gefragt, aber er hatte nur etwas von »unbestätigten Gerüchten« gemurmelt, was vage war, äußerst vage. Francis grübelte, was sie wohl verbrochen haben mochte. Ladendiebstahl? Drogenhandel in geringen Mengen, genau wie Thierry? Ihr Ex-Mann war mehrfach verwarnt worden. Vielleicht Einbruch? Frauen konnten wahrhaft perfide Einbrecherinnen sein. Er würde seine Suche auf die nationale Datenbank ausweiten müssen.

Auch wenn er wusste, dass er das eigentlich nicht tun sollte. Er hatte Marni Mullins nicht für eine einzige Minute als Verdächtige im Mordfall Evan Armstrong in Betracht gezogen, und sie hatten keinen konkreten Anlass, den Mord mit der enthaupteten Leiche unter dem Pier in Verbindung zu bringen. Sicher, beide Opfer waren tätowiert, aber das war mindestens die Hälfte aller jungen Männer aus Brighton, und die waren schließlich noch am Leben. Außerdem war der Modus Operandi völlig verschieden. Aus rein persönlichem Interesse Auskunft über Marni Mullins einzuholen, wäre unprofessionell. Das könnte er seiner skrupellosen Nummer zwei überlassen, und er hegte keinerlei Zweifel, dass Rory genau das tun würde. Francis wagte kaum zu fragen, wie er an die Information über ihre Gefängnisstrafe gekommen war.

In seinem Posteingang erschien eine E-Mail, und Francis wandte seine Aufmerksamkeit den beiden vorliegenden Fällen zu. Die Mail war von Angie Burton, die ihm die Ergebnisse ihrer Recherche schickte. Er hatte sie gebeten, sich bei der SCAS – der *Serious Crime Analysis Section*, einer Abteilung zur Analyse schwerer und organisierter Kriminalität – umzuhören, ob ähnliche Verbrechen vorlagen, bei denen Häutungen vorgenommen oder Tätowierungen entfernt wurden. Er nahm einen Schluck Kaffee und überflog Burtons E-Mail.

Nichts Auffälliges. Tätowierte Opfer tauchten in allen möglichen Zusammenhängen auf – bei Raubüberfällen, Kneipenschlägereien, häuslicher Gewalt –, aber die meisten Fälle waren inzwischen gelöst, und bei keinem einzigen hatte die SCAS das Tattoo als Motiv ausgemacht. Die Liste der tödlichen Verletzungen war grauenvoll zu lesen, aber Häutung war nicht darunter – meistens handelte es sich um Stichwunden oder Einwirkung stumpfer Gewalt. Einer Frau war der Arm abgehackt, eine andere vor einen Zug gestoßen worden, außerdem fanden sich mehrere tödliche Schussverletzungen auf der Liste. Ein Mann wurde mit einer Tätowiermaschine in den Hals gestochen und überlebte, obwohl die Nadeln eine der Halsschlagadern verletzt hatten.

Francis kam zu Angies Zusammenfassung.

… keine offensichtliche Verbindung zum Tod von Evan Armstrong. Bei genauerer Analyse könnte sich eventuell ein Zusammenhang ergeben. Diese würde jedoch einen beträchtlichen Mehraufwand voraussetzen …

Mit anderen Worten: Angie hatte keine Lust darauf, was Francis ihr nicht zum Vorwurf machen konnte. Die Datenanalyse nahm einen immer größeren Teil der Arbeit ein, aber sie war nicht der Grund dafür, warum die meisten Kollegen zur Abteilung gestoßen waren. Sie interessierten sich für die praktischen Ermittlungen und saßen nicht gern hinter einem Schreibtisch. Doch wenn tatsächlich etwas an der Sache dran war, musste er dem nachgehen – gerade weil es sich um seinen ersten Fall nach seiner Beförderung zum DI handelte.

Er griff zum Telefon.

»Hollins, kommen Sie bitte in mein Büro.«

Zwei Minuten später erschien Hollins an der Tür.

»Kann das noch eine Sekunde warten, Chef? Angie hat Geburtstag, und sie will gerade den Kuchen verteilen.«

Kein Problem! Da draußen läuft ein Irrer mit einem Enthäutungsmesser durch die Gegend, aber wir unterbrechen die Ermittlungen, um ein Stück Kuchen zu essen …

»Selbstverständlich.« Er stand von seinem Schreibtischstuhl auf und folgte Hollins zur Einsatzzentrale. »Wo ist denn das Geburtstagskind?«

Zehn Minuten später, nachdem er mit den anderen »Happy Birthday« geschmettert und ein hauchdünnes Stück Erdbeerbiskuit gegessen hatte, kehrte er in sein Büro zurück und wurde auf dem Weg dorthin von Angie abgefangen, die scherzhaft einen Geburtstagskuss einforderte. Er drückte ihr einen Schmatzer auf die Wange, was genügte, um ihm die Röte in die Wangen zu treiben. Aus dem Augenwinkel sah er, wie Kyle Hollins nach einem dritten Stück Kuchen griff. Kein Wunder, dass seine Wampe über den Hosenbund hing.

»In mein Büro, Hollins.«

Rory leckte sich Erdbeermarmelade von den Lippen und folgte ihnen. »Chef? Haben Sie kurz Zeit?«, fragte er krümelspuckend.

Francis runzelte die Stirn. »Geben Sie mir eine Minute.«

Er wandte sich an Hollins. »Ich habe Ihnen einen SCAS-Bericht geschickt, der uns helfen soll, auf Parallelen zum Mord an Armstrong zu stoßen. Ich möchte, dass Sie ihn gründlich unter die Lupe nehmen. Halten Sie Ausschau nach allem, was mit Haut zu tun hat – Abschürfungen, Schnittverletzungen und Ähnlichem. Erstellen Sie Querverweise zu Örtlichkeiten und potenziellen Verdächtigen. Ich möchte wissen, ob es irgendwelche Zusammenhänge gibt.«

»Aber …«

»Kein Aber. Ziehen Sie einfach ab und tun Sie, was ich sage.«

Hollins machte auf dem Absatz kehrt und verließ mit unglücklichem Gesicht Francis' Büro.

Rory schaute ihm amüsiert nach. »Er wollte Ihnen gerade mitteilen, dass Bradshaw ihn bereits auf etwas angesetzt hat, das er ums Verrecken zu Ende bringen soll, aber jetzt hat er sich wohl doch nicht getraut.«

Francis zog fragend eine Augenbraue in die Höhe. *Der*

Chief Inspector umging ihn und setzte sein Personal ein, ohne ihn zu informieren?

»Ja, das Leben ist schwer. Apropos Bradshaw, wo steckt er eigentlich? Haben Sie ihn heute schon gesehen?«

»Heute ist Mittwoch. Er spielt Golf mit dem Superintendenten. Klettert die Karriereleiter hinauf.«

»Aha. Was haben Sie für mich?«

Rory setzte sich auf den leeren Stuhl auf der anderen Seite von Francis' Schreibtisch.

»Folgendes zuerst: Tom Fitz vom *Argus* sitzt am Empfang und behauptet, er würde erst gehen, wenn er ein Interview mit Ihnen bekommt.«

Francis seufzte. Gibt der verdammte Kerl denn niemals auf?

»Sagen Sie dem zuständigen Beamten, er soll ihn rauswerfen. Was gibt es sonst noch?«

»Der kopflose Leichnam wurde identifiziert. Ich hatte recht – wir haben seine Fingerabdrücke im System.«

»Und?«

»Jem Walsh, kleiner Fisch. Nicht gerade der Gangster, für den ich ihn gehalten habe.« Zumindest hatte der Sergeant Sinn für Selbstironie. »Nur eine Spritztour mit einem geklauten Wagen. Einheimischer angehender Tattoo-Künstler. Ziemlich unwahrscheinlich, dass der in Drogenkriege involviert war.«

»Gibt es irgendeinen Hinweis auf das, was passiert ist?«

Rory machte eine kurze Pause, dann sagte er: »Er hatte eine Tätowierung auf dem Kopf …«

Francis drehte sich der Magen um. »Und jetzt ist sein Kopf weg.«

»Sie denken dasselbe wie ich.«

»Vielleicht – aber wirklich nur vielleicht – haben die beiden Fälle doch etwas miteinander zu tun.« Ihre Augen begegneten sich über dem Schreibtisch. Sie müssten sehr gründlich ermitteln, bevor sie irgendwelche Schlüsse ziehen konnten, aber Francis' Herz hämmerte. »Wissen wir, um was für eine Tätowierung es sich handelt?«

»Ein Spinnennetz, das die gesamte Schädeldecke überzieht. Außerdem ein Name, Bel-irgendwas. Belial.«

»Der Teufel. Woher wissen wir das?«

»Fotos von seinen Eltern, Chef.«

Einen Moment lang saßen beide wortlos da, jeder auf seiner Seite des Schreibtischs. Das Schweigen dehnte sich über eine halbe Minute, dann fingen beide gleichzeitig an zu reden.

»Sie zuerst«, sagte Francis, der den Puls an seinem Hals pochen spürte und plötzlich fröstelte.

»Glauben Sie …?« Rorys Augen weiteten sich.

Weitere fünf Sekunden Schweigen. Keiner von ihnen wollte das aussprechen, was nur folgerichtig war.

Endlich riss sich Francis zusammen.

»Noch so ein Mord, und wir wissen sicher, dass wir es mit einem Serienmörder zu tun haben.«

17

Rory

Sie konnten sich nicht sicher sein, obwohl sie die ihnen bekannten Fakten noch eine weitere Stunde lang durchkauten und ihre eigenen Theorien mitleidlos verwarfen. Trotz der Faszination der Öffentlichkeit, Serienkiller betreffend, gab es nur sehr wenige davon, sodass sie auf keinen Fall voreilige Schlüsse ziehen durften.

»Vielleicht ist der Kopf ja inzwischen aufgetaucht«, gab Rory zu bedenken. »Außerdem handelt es sich um zwei gänzlich verschiedene Morde, verschiedene Todesursachen, es gibt keine uns bekannte Verbindung zwischen den Opfern.«

»Um ehrlich zu sein, haben wir uns noch gar nicht näher damit befasst. Schließlich haben wir Walsh gerade erst identifiziert«, räumte Sullivan ein. »Außerdem: Wie groß ist die Wahrscheinlichkeit, dass zwei Mörder zweimal am selben Ort in derselben Woche zuschlagen?«

»Serienkiller fangen langsam an. Zwischen diesen beiden Morden liegt so gut wie kein zeitlicher Abstand.«

»Das ist wahr.« Sullivan zögerte und öffnete eine seiner Schreibtischschubladen. »Könnten die Tätowierung von Evan Armstrong und der Kopf von Jem Walsh als Trophäen gelten?«

Gedankenverloren starrte er auf den Notizblock auf seinem Schreibtisch. Rory saß ihm gegenüber und zog eine schlichte schwarze E-Zigarette aus der Tasche. Das leise schmatzende Geräusch, das er machte, als er an der Zigarette zog, riss Francis aus seinen Überlegungen.

»Legen Sie das weg, Sergeant. Sie wissen genauso gut wie ich, dass das Rauchen im Präsidium nicht gestattet ist. Das gilt auch für E-Zigaretten.«

Rory bedachte Francis mit einem finsteren Blick, aber er schob die Zigarette zurück in seine Hosentasche. Gott, er hasste Paragrafenreiter, und genau als solcher entpuppte sich sein neuer Vorgesetzter. Es würde nicht gerade leicht werden mit DI Sullivan.

»Es ist noch zu früh, dem Ganzen ein Etikett aufzudrücken oder die beiden Mordfälle offiziell in Verbindung zu bringen.«

Der Chef hielt sich wieder einmal streng an die Regeln, dabei wussten sie beide genau, was los war.

»Dann geben wir also vor, wir hätten es nicht mit einem Serienmörder zu tun, und verschwenden kostbare Zeit?«, fragte Rory skeptisch.

»Das ist ja wohl kaum der Punkt«, blaffte Francis. »Wir werden uns so weit vorwagen, wie wir können, allerdings ermitteln wir so lange in zwei voneinander unabhängigen Fällen, bis wir auf etwas stoßen, was das Gegenteil beweist.«

»Oder bis ein weiterer Leichnam auftaucht«, sagte Rory.

»Sprechen Sie mit den Uniformierten und teilen Sie ihnen mit, dass da draußen ein Mörder herumläuft – vielleicht sogar zwei. Wir brauchen mehr Streifenpolizisten, zumal beide Morde direkt hier, im Stadtzentrum, passiert sind …«

Das Gespräch wurde unterbrochen von dem aufdringlichen Klingeln von Sullivans Handy.

»Bradshaw«, sagte er zu Rory, dann nahm er den Anruf entgegen.

»Sir?« Francis nickte mehrmals mit ernstem Gesicht. »Jawohl, sofort.«

Er wischte über die Aus-Taste und schob seinen Stuhl zurück.

»Kommen Sie, wir sollen Bradshaw Bericht über unsere Fortschritte erstatten.«

»Das dürfte nicht lange dauern«, sagte Rory, stand ebenfalls auf und folgte ihm aus dem Zimmer.

»Genau das ist das Problem.«

»Haben Sie vor, unsere Theorie anzusprechen?«

»Dass wir es mit einem Serienmörder zu tun haben? Ich denke nicht. Nicht bevor wir mehr in der Hand haben. Das würde Bradshaw ja doch bloß auf etwas heiß machen, was wir nicht liefern können.«

Da hatte der Chef definitiv recht.

Detective Chief Inspector Bradshaws Büro befand sich nur ein Stockwerk höher, doch zwischen den beiden Etagen lagen Welten. Auf seinem Teppich fand man keine Flecken, und in seinem Zimmer gab es genügend Platz für einen Sessel, ein Bücherregal und diverse Aktenschränke, die zusammengeschoben vermutlich größer gewesen wären als die Schuhschachtel, die Sullivan sein Büro nannte.

Sullivan hatte geklopft und war eingetreten, ohne auf eine Antwort zu warten. Rory folgte ihm hinein, dann standen sie beide wartend vor Bradshaws Schreibtisch, der soeben ein Telefongespräch beendete. Auf dem Schreibtisch lagen keinerlei Unterlagen, doch es fanden sich mehrere gerahmte Fotos darauf, die nicht etwa lächelnde Kinder, sondern den Chief Inspector auf verschiedenen Golfplätzen zeigten. Rory stellte sich neben Sullivan, wobei er darauf achtete, ein kleines Stück hinter seinem Chef zu bleiben. Dieses Gespräch dürfte interessant werden.

»Setzen Sie sich«, bellte Bradshaw. Sein Gesicht war gerötet, wahrscheinlich vom Wind auf dem Golfplatz, noch wahrscheinlicher allerdings vom anschließenden Kneipenbesuch. Er blickte erwartungsvoll von Rory zu Sullivan, die seiner Aufforderung nachkamen und Platz nahmen.

»Sir …«, fing Sullivan an.

»Der Armstrong-Fall. Haben Sie schon jemanden festgenommen?«

»Nein, Sir.«

»Irgendwelche Namen?«

»Nein, Sir.«

»Was ist mit Mullins? Ich dachte, wir hätten ihn festgenagelt.«

»Er hatte ein Alibi«, teilte Rory ihm mit. »Wasserdicht.«

»Sie sitzen seit vier Tagen an dem Fall und haben keinerlei Fortschritte gemacht? Wollen Sie mir das sagen?«

»Nicht unbedingt, Sir«, entgegnete Sullivan.

Bradshaws Gesicht verfinsterte sich.

»Dann bringen Sie mich bitte schön auf den neuesten Stand«, knurrte er unwirsch.

Es gab nur wenige Momente, in denen Rory Francis Sullivan nicht um seinen Job als DI beneidete, aber dieser zählte definitiv dazu. Bradshaw Bericht zu erstatten, war kein Zuckerschlecken.

»Es ist uns gelungen, die beiden Opfer zu identifizieren, Sir.«

»Ach, und wer ist das zweite? Besteht irgendeine Verbindung, die darauf schließen lässt, dass wir es mit ein und demselben Täter zu tun haben?«

»Wir sind dabei, dem nachzugehen.«

Bradshaw seufzte. »Also bislang nichts Konkretes?«

»Der Abgleich der Fingerabdrücke ist erst vor einer halben Stunde reingekommen, Sir«, sagte Rory.

»Er ist vorbestraft, oder?«, fragte Bradshaw. »Ich nehme an, Sie haben vor, sämtliche Mittäter zu befragen?«

»Außer einer vier Jahre zurückliegenden Anklage wegen einer Spritztour in einem gestohlenen Wagen liegt nichts gegen ihn vor«, antwortete Sullivan. »Soweit wir wissen, gab es keine Mittäter und seitdem auch keinen weiteren Konflikt mit dem Gesetz.«

»Herrgott noch mal, Sie treten tatsächlich auf der Stelle. Da draußen ist ein Killer, wenn es nicht sogar zwei sind, und Sie haben nichts, aber auch gar nichts in der Hand!«

»Fairerweise sollte erwähnt werden, dass DI Sullivan eine Theorie hat«, schaltete sich Rory ein und bemerkte, wie ein Muskel an Sullivans Wange zu zucken begann. Vielleicht hätte er lieber nichts sagen sollen.

»Raus damit, Sullivan«, forderte ihn Bradshaw ungeduldig auf.

»Das ist reine Spekulation, Sir. Zum jetzigen Zeitpunkt ist es noch zu früh, um Genaueres darüber verlauten zu lassen.«

Bradshaw funkelte ihn an. Sullivans Wangen röteten sich.

»Es handelt sich eher um eine Diskussion, die wir vorhin geführt haben, als um einen konkreten Arbeitsansatz.«

Sullivan blickte auf seinen Schoß. Ein Ausweichmanöver – auch wenn er wusste, dass er schlussendlich mit der

Sprache herausrücken musste. Als er wieder aufsah, begegnete er dem zornigen Blick seines Vorgesetzten. Rory war beeindruckt.

»Evan Armstrong wurde eine Tätowierung vom Körper entfernt«, fing Sullivan an. »Er wurde sozusagen gehäutet.«

»Das weiß ich. Kommen Sie zum Punkt.«

»Das zweite Opfer, Jem Walsh, hatte ein Tattoo auf der Kopfhaut, das den größten Teil seines Schädels bedeckte. Bislang haben wir seinen Kopf nicht gefunden. Das bedeutet, dass zwei Tätowierungen verschwunden sind, woraus wir wiederum schließen, dass es sich bei unserem Mörder – sollten wir es denn wirklich mit ein und derselben Person zu tun haben – um einen Trophäenjäger handelt.«

Bradshaw stützte die Ellbogen auf den Schreibtisch und legte die Fingerspitzen beider Hände zusammen, dann schloss er die Augen. Für Rory sah es so aus, als würde er beten oder meditieren.

»Nein.« Er machte sich nicht mal die Mühe, seine Augen zu öffnen.

»Sir?«, fragte Sullivan.

Bradshaw schlug die Lider auf.

»Das ist absoluter Unsinn, Sullivan. Es gibt keinen gottverdammten Serienmörder, der auf Trophäen aus ist. Ich bezweifle, dass die Morde von nur einem Täter begangen wurden, also verschwenden Sie nicht Ihre Zeit und mein Budget mit absurden Theorien.« Er stand auf. Seine Augen funkelten. »Kapieren Sie's nicht? Wir haben es mit zwei Opfern zu tun, die mit einem Fuß im Kriminellenmilieu standen, und ich kann Ihnen garantieren, dass Sie genau dort die Antworten finden.«

»Wir bleiben in alle Richtungen aufgeschlossen und

gehen jeder denkbaren Möglichkeit nach, Sir«, wandte Sullivan ein.

»Und genau das ist Ihr verfluchtes Problem. Viel zu viel Gewese und nicht genügend Fokus. Finden Sie etwas über das soziale Umfeld der Kerle heraus, dann wissen Sie, warum sie getötet wurden. Sobald Sie das Motiv haben, dürfte der Rest ein Kinderspiel sein.«

»Ja, Sir.«

»Bringen Sie mich nicht dazu, dass ich Sie durch einen erfahreneren Ermittler ersetze, Sullivan. Das wäre für uns beide eine ordentliche Pleite. Was mich anbetrifft: Bei mir gibt es keinen Misserfolg.«

»Bei mir auch nicht, Sir«, erwiderte Sullivan ruhig und schob seinen Stuhl zurück.

»Wir werden Ihnen den Mörder bringen, Sir«, fügte Rory hinzu. »Und sollten es doch zwei sein, dann bringen wir eben beide.«

18

Francis

Das Erste, was Francis auffiel, nachdem er die Tür zur Wohnung seiner Schwester aufgeschlossen hatte, war die Staubschicht auf dem Flurspiegel. Sofort überkamen ihn Schuldgefühle. Robins Apartment war für gewöhnlich tadellos sauber, weshalb dies nur eines bedeuten konnte – einen neuerlichen Schub. Er hatte Robin seit Wochen nicht gesehen.

»Bist du's, Francis? Ich bin im Wohnzimmer.«

Francis ging durch und sah seine Vermutung bestätigt. Seine ältere Schwester saß in ihrem Lieblingssessel, eine Decke über den Knien, doch er entdeckte sofort die Krücken, die an der Rückseite lehnten. Robin, fünf Jahre älter als er, gebildet und in seinen Augen schön, war Francis' Vorbild, eine Frau, zu der er weit mehr aufblickte als zu Lydia, ihrer Mutter. Heute allerdings sah seine Schwester müde aus und geschwächt, ihr Mund war schmal.

»Robin, du dummes Gänschen, du hättest es mir sagen sollen!«

Er beugte sich vor, um sie auf die Wange zu küssen, und nahm den Geruch der Krankheit wahr, der an ihren locker sitzenden Klamotten haftete.

»Warum?«, fragte sie. »Damit du mir Trost und Rat spendest? Das ist kaum das, was ich will.«

»Hm. Was *ich* jetzt will, ist eine Tasse Tee.«

Er nahm ein Tablett vom Couchtisch und räumte die Küche auf, während er darauf wartete, dass das Teewasser zu kochen anfing.

»Hast du Mum gesehen?«, fragte sie, als er ins Wohnzimmer zurückkam und das Tablett auf den Tisch stellte, auf dem nun zwei Tassen, die Teekanne und ein Teller mit Keksen standen.

Er schüttelte den Kopf.

Sie seufzte. »Komm schon, Fran. Es ist okay, wenn du dich nicht um mich kümmerst – ich hab genügend Freunde, die für mich da sind. Bei Mum ist das etwas anderes. Du weißt, dass du ihr einziger Besucher bist.«

Francis machte es nichts aus, sich von Robin herunterputzen zu lassen – er hatte es verdient.

»Ich muss arbeiten«, sagte er und schenkte Tee ein.

»Die Ausrede gilt nicht«, sagte seine Schwester.

Sie streckte die Hand aus, um sich einen Keks zu nehmen, und ihm entging nicht, wie schwer es ihr fiel, ihn zu greifen. Die Multiple Sklerose griff ihre Muskeln an, beeinträchtigte ihre Koordination, ihr Sehvermögen und gelegentlich auch ihr Sprachzentrum, wenn es sich um einen schwerwiegenderen Schub handelte. Er hasste es, was die Krankheit mit ihr machte, und er wusste, dass er jetzt besser nicht widersprechen sollte.

»Ich weiß.«

»Ich nehme an, du hast nach wie vor kein Sozialleben?«

Francis zuckte die Achseln. Robin hatte schon immer die Nase in sein Privatleben gesteckt.

»Du wirst keine Frau finden, wenn du keine um ein Date bittest.«

Wieso war sie so versessen darauf, ihn zu verheiraten?

»Die Arbeit ist wichtiger. Ich versuche, Karriere zu machen.«

»Dann erzähl mir davon.«

Das war der Grund, warum er sich endlich die Zeit genommen hatte, sie zu besuchen. Robin war von jeher sein Sounding Board gewesen. Sie konnte um die Ecke denken und Schlüsse ziehen, zu denen er oder der Rest des Teams selbst dann nicht gelangen würden, sollte man sie direkt darauf stoßen. Als sie ihren Tee tranken, berichtete er ihr bis ins kleinste Detail von den beiden Morden und vergrub anschließend bekümmert den Kopf in den Händen.

»Ich komme einfach nicht von der Stelle«, sagte er, »dabei ist die Sache wirklich wichtig für mich.«

»Jeder Mord ist wichtig«, stellte Robin klar.

»Ich weiß. Aber ich habe noch dazu einen Vorgesetzten, der nicht an mich glaubt, und ein Team, das mich für einen arroganten Emporkömmling hält. Ich muss mich ganz schön beweisen.«

»Wie üblich. Lass mich nachdenken.«

»Tu dir keinen Zwang an.«

»Auf den ersten Blick sieht es nicht danach aus, als hättet ihr es mit einem Serienmörder zu tun«, sagte Robin bedächtig, nachdem sie stumm drei Kekse verspeist hatte.

»Unterschiedliche Modi Operandi, zu geringer zeitlicher Abstand. Klar. Kein Serienmörder«, pflichtete Francis ihr bei. »Trotzdem ist etwas an den beiden Morden seltsam. Keine Verbindung zu irgendeinem Verbrechen, kein Raubüberfall, kein sexuelles Motiv.«

»Das heißt nicht zwingend, dass die Fälle in Zusammenhang stehen.«

»Na prima. Dann habe ich es also mit zwei Killern zu tun.«

Robin ignorierte seine Bemerkung und beugte sich über die Fotos, die Francis ihr mitgebracht hatte.

»Das hier«, sagte sie und deutete auf Evans großflächig gehäuteten Schulterbereich, »sieht definitiv so aus, als habe jemand eine Trophäe erbeutet.«

»Und was ist mit dem Kopf von Walsh? Er hatte einen tätowierten Schädel.«

»Das weiß ich. Aber wenn der Killer lediglich auf ein Tattoo als Trophäe aus war, hätte er doch jede Menge Auswahl gehabt, oder nicht? Eine Tätowierung vom Schädel zu lösen, dürfte kein leichtes Unterfangen sein.«

»Deshalb musste er ja vermutlich den ganzen Kopf mitnehmen.«

»Und warum hat er sich dann nicht zum Beispiel für den Wolf auf seinem Bein entschieden?«

Darauf wusste Francis keine Antwort. Ratlos kehrte er in die Küche zurück, um die restlichen Hobnobs zu holen.

»Sieh dir das mal an«, sagte er, als er den leeren Teller nachgefüllt hatte, und streckte ihr ein Bündel mit zusammengehefteten Blättern entgegen.

»Was ist das?«, wollte Robin wissen.

»Das hat uns die SCAS geschickt – Details von ähnlichen Verbrechen, die uns möglicherweise Anhaltspunkte liefern, um eine Verbindung herzustellen. Allerdings finden sich darunter keine anderen Morde, bei denen Tätowierungen vom Körper gelöst wurden.«

Robin überflog die Seiten.

»Mit diesen Unterlagen lassen sich deine beiden Morde also nicht in Zusammenhang bringen, hab ich recht? Einmal fehlt ein Tattoo, beim anderen Mal der Kopf. Kann ich bitte noch Tee haben, Fran?«

Während er den Kessel erneut aufsetzte, dachte Francis über Robins Worte nach. Die Morde an Evan Armstrong und Jem Walsh mochten zwar nicht denselben Modus Operandi aufweisen, aber sie hatten trotzdem etwas gemeinsam.

»Gib mir den Bericht«, sagte er, sobald er ihnen frischen Tee eingeschenkt und die Kanne auf dem Couchtisch abgestellt hatte.

Robin reichte ihm die Unterlagen, und er ließ sich damit aufs Sofa fallen und ging die Informationen zum x-ten Male durch.

»Wonach suchst du eigentlich?«, erkundigte sich Robin.

Francis schüttelte den Kopf. »Ich weiß es selbst nicht. Aber irgendetwas muss darin doch zu finden sein.«

Etwas, das er mindestens fünf Mal übersehen hatte. Wieder schweifte sein Blick zum Anfang der Seite.

Und dann entdeckte er es. »Ja! Hier!«

»Was denn?«, fragte Robin.

Ihr Bruder zog bereits sein Handy aus der Tasche.

»Rory? Rory, werfen Sie doch mal einen Blick in den SCAS-Bericht und gehen Sie die Angaben zu Giselle Connelly durch – eine Frau, die tot auf einem Golfplatz aufgefunden wurde. Ein Arm fehlte und konnte trotz intensiver Suche nicht gefunden werden. Überprüfen Sie bitte, ob der verschwundene Arm tätowiert war, und geben Sie mir umgehend Bescheid.«

»Francis, du bist ein Genie«, sagte Robin, nachdem er aufgelegt hatte.

»Da bin ich mir nicht so sicher. Wenn sie nicht tätowiert war – gut. Wenn doch, dann steht ziemlich sicher fest, dass wir es mit einem Serienkiller zu tun haben, der von Tattoos besessen ist.«

»Dann musst du nur noch herausfinden, wer dieser Serienkiller ist.«

»Und das mache ich wie?«

»Indem du herausfindest, warum er die Tattoos stiehlt, ist doch logisch«, antwortete seine Schwester.

Logisch. Na klar. Das lag doch auf der Hand. Oder nicht?

19

Marni

Marni stand vor dem Tatouage Gris und fragte sich, was sie hier eigentlich machte. Brauchte sie wirklich Thierrys Hilfe, um das Sleeve-Tattoo zuordnen zu können, das Francis Sullivan ihr gerade gezeigt hatte, oder war das lediglich ein Vorwand, um ihn zu sehen? Sie legte die Hand auf den Ausdruck des Fotos in ihrer Handtasche, das Francis ihr geschickt hatte. Warum half sie dem Kerl überhaupt? Versuchte sie, ihn zu beeindrucken? Auf diese Fragen wusste sie keine Antworten, doch sie würden ihr auch nicht einfallen, wenn sie noch länger auf dem Gehsteig herumstand.

Entschlossen drückte sie die Tür auf und war nicht überrascht, dass sie mit einem Schwall französischer Schimpfwörter begrüßt wurde.

»*Merde!* Kannst du mich nicht in Ruhe lassen, *connasse*?«

Selbst mit finsterem Gesicht sah Thierry in ihren Augen immer noch gut aus.

»Ich liebe dich auch, Thierry«, sagte sie, seine beleidigenden Worte ignorierend.

Der Laden, in dem ihr Ex-Mann zusammen mit Charlie und Noa plus einer ständig wechselnden Reihe von attraktiven weiblichen Auszubildenden arbeitete, war weit größer als ihr eigener und nicht in einen Vorder- und Hinterbereich unterteilt. Er hätte sogar noch größer gewirkt, wäre nicht die komplette Einrichtung in Schwarz gehalten und die Fläche mit halbhohen Wänden in einzelne Kabinen unterteilt. In einer Ecke stand ein teils auseinandergeschraubtes Motorrad, an dem Charlie herumbastelte, solange sich Marni erinnern konnte.

Hier drinnen wurde nur selten sauber gemacht, eine Vielzahl vertrauter Gerüche hing in der Luft. Curry. Zigaretten. Dope. Desinfektionsmittel.

»Marni!«, rief Noa mit singender Stimme, kam auf sie zu und zog sie in seine Arme. Sein Bart kratzte über ihre Wangen, als er sie küsste, doch seinen warmen, wohlbekannten Geruch einzuatmen, fühlte sich an, als würde sie nach Hause kommen. »Es ist viel zu lange her«, flüsterte er ihr ins Ohr. »Wann kann ich dich endlich entführen?«

Marni lachte. Das war ihr spezieller Scherz gewesen – die Affäre, die niemals zustande gekommen war. Als Noa zu der Zeichnung zurückkehrte, an der er arbeitete, sah sie, dass Charlie, der damit beschäftigt war, ein Oberkörper-Tattoo zu stechen, ihr zuwinkte.

»Charlie«, begrüßte sie ihn mit einem Kopfnicken.

Sie ignorierte die Auszubildende, die in Thierrys Kabine eine Bestandsaufnahme der Tintenflaschen machte. Sie sah aus wie ein punkiges Schulmädchen. Es lohnte sich nicht, sich ihren Namen zu merken. Waren die Mädchen auch nur halbwegs gut, wurden sie bald von der Konkurrenz abgeworben, die sie besser bezahlten, oder sie verabschiedeten sich von selbst wegen ihrer zerbrochenen Liebe zu einem der Jungs. Marni hatte keine Zeit, sich damit zu befassen.

Thierry funkelte sie zornig an, aber sie wusste, dass sie

ihn nicht ernst nehmen konnte. Also hängte sie ihre Handtasche über eine Stuhllehne und zog ihre Jacke aus.

»Was willst du hier?«, knurrte Thierry. »Ich kann echt darauf verzichten, dich jeden Tag zu sehen.«

»Die Polizei braucht unsere Hilfe.«

»Unsere Hilfe?«, fragte Noa.

»Francis hat mir ein Foto von einem Sleeve-Tattoo geschickt. Die Detectives versuchen herauszufinden, wer es gestochen hat, und es ist ziemlich wahrscheinlich, dass wir das wissen.«

»Francis?«, hakte Thierry nach. »Der Mann, der mich verhaftet hat? Jetzt nennt ihr euch schon beim Vornamen?«

»Kann dir doch egal sein.«

Marni spürte, dass sie rot wurde, obwohl sie selbst nicht so genau wusste, warum. Eilig beugte sie sich über ihre Tasche, kramte den zusammengerollten Ausdruck hervor, rollte ihn aus und strich ihn auf einer der freien Massagebänke glatt. Es handelte sich um eine typische Aufnahme aus einem Tattoo-Laden, die einen Frauenarm mit einer beeindruckenden Biomechanik-Tätowierung zeigte.

»Die Frau wurde vor sechs Monaten ermordet«, erläuterte sie. »Man hat ihr den Arm abgehackt.« Sie deutete auf das Tattoo auf dem Foto. »Der Arm wurde nie gefunden.«

Noa kam herüber, um einen Blick auf den Ausdruck zu werfen, und sogar Thierry reckte den Hals, dann stieß er einen leisen Pfiff aus. Marni musterte ihn durchdringend, um seine Reaktion auf das Bild abzuschätzen, doch sein Gesicht verriet nur sehr wenig.

»Irre. Ich kannte einen Typen, der so ein Stück hatte, aber bei ihm sah es so aus, als sei das Fleisch an den Rändern weggerissen«, sagte Noa.

»Das ist ein krasser Effekt«, pflichtete Thierry ihm bei. »Seamus Byrne hat das gestochen, oder?«

»Ja, genau, der hat viel in der Art gemacht.«

»Aber das hier nicht, oder?«, fragte Marni. »Für mich sieht das nicht ganz nach seiner Arbeit aus.«

»Lass mich mal sehen.« Charlie hatte fasziniert sein Tätowiereisen beiseitegelegt und seine Handschuhe ausgezogen und kam nun ebenfalls zu ihnen herübergeschlendert. Das Mädchen auf seiner Massagebank nahm die Gelegenheit wahr, sich zu strecken und einen Schluck Wasser zu trinken.

Während Charlie das Foto betrachtete, unterbrach die Auszubildende ihre Arbeit und trat hinter Thierry. Sie schlang die Arme um seinen Hals und liebkoste seine Schulter. Thierry drehte sich um und küsste sie auf den Mund. Marni wandte den Blick ab. Niemand sah gern dabei zu, wenn der Ex Zungen-Hockey spielte. Es tat weh, aber Thierry war ja schon immer ein unsensibler Mistkerl gewesen.

»He, ihr zwei«, sagte Noa, der Marnis Unbehagen bemerkte.

Thierry schaute von dem Mädchen zu Marni und wieder zurück.

»Später, Süße.«

Marni fragte sich, ob er überhaupt ihren Namen kannte.

»Wie alt bist du?«, fragte sie spitz.

Das Mädchen sah aus wie ein Reh im Scheinwerferlicht.

»*Putain,* Marni. Lass sie in Ruhe.«

Charlie und Noa tauschten einen Blick aus, dann wandte sich Charlie wieder dem Foto zu.

»Das ist gute Arbeit«, sagte er. »Richtig gute Arbeit.«

»Der Killer hat Geschmack«, bemerkte Thierry.

Marni versuchte, sich wieder auf den Grund ihres Besuchs zu konzentrieren und nicht daran zu denken, wie sie Thierry das letzte Mal geküsst hatte. Wann war das gewesen? Vor ein, zwei Jahren, nach einem langen, feuchtfröhlichen Abend auf einer der Tattoo-Messen?

»Das stimmt.« Marni nickte »Evan Armstrongs Tätowierung stammte von Jonah Mason. Er ist einer der Besten, wenn es um schwarze Tribal-Tattoos geht.«

»Ich kannte Evan«, sagte Charlie. »Er war ein netter Kerl.«

»Klar«, spottete Thierry. »Deshalb ist er ja auch abgehauen, ohne zu bezahlen.«

»Man konnte ihn nicht ernst nehmen«, sagte Noa. »Du hättest ihn locker dazu bringen können, dir das Geld zu geben. Du warst bloß zu faul, ihm hinterherzurennen.«

»Vielleicht hat er dich ja auch mit Dope bezahlt«, sagte Marni. »Das haben damals viele gemacht.«

Thierry schüttelte den Kopf, aber er lachte.

»Glaubst du wirklich, die Cops sind an etwas dran? Ein Killer, der den Leuten ihre Tattoos klaut … Ich glaub's nicht«, sagte Noa.

»Wusstet ihr, dass man menschliche Haut gerben kann, genau wie tierisches Leder?«, fragte Marni. »Das macht man in Japan, um die Tattoos der Yakuza zu konservieren.«

»Ekelhaft«, stieß das Schulmädchen hervor.

»Ich mache mal besser weiter«, sagte Charlie und kehrte zu seiner Kundin zurück. »Aber um auf deine Frage zurückzukommen: Weißt du, wer das Tattoo gestochen haben könnte?«

»Wer?«

»Ein Typ aus Polen. Bartosz Irgendwas. Seine Arbeiten sehen ganz ähnlich aus.«

Thierry kehrte an seinen Schreibtisch zurück und öffnete seinen Browser.

»Bartosz? B-A-R-T-O-S-Z?«

»Ja, genau so.« Charlie nickte und streifte ein paar frische schwarze Latexhandschuhe über.

»Bartosz Klem«, bestätigte Thierry ein paar Sekunden später. »Ja, könnte tatsächlich hinkommen.«

Marni trat hinter seinen Stuhl und starrte auf den Monitor. Darauf war eine ganze Reihe von Tattoo-Fotos zu sehen, die man durchscrollen konnte, die meisten davon Biomechanik-Motive und dem auf dem Arm der toten Frau sehr ähnlich.

»Das steht so gut wie fest, würde ich sagen«, murmelte sie.

»Warum will die Polizei wissen, wer die Tattoos gemacht hat?«, fragte Charlie. »Glauben die, die Künstler haben was mit den Morden zu tun? Ich dachte, die Motive stammen alle von verschiedenen Personen …«

»Keine Ahnung«, erwiderte Marni achselzuckend. »Für mich ergibt das auch nicht viel Sinn. Ich glaube, die Cops klammern sich an jeden Strohhalm.«

»Aber sie sind definitiv überzeugt, dass die Fälle etwas mit den Tattoos zu tun haben?«, wollte Noa wissen.

Wieder zuckte Marni die Achseln, dann rollte sie den Ausdruck zusammen.

»Danke, Jungs. Ich werde DI Sullivan Bescheid geben. Soll er entscheiden, was er mit der Information anfängt.«

»Francis.« Thierrys Stimme triefte vor Sarkasmus.

»Ich bin dann mal weg«, sagte Marni, die keine Lust hatte, darauf anzubeißen. Das würde eh nichts bringen, und Thierry hätte die Genugtuung, dass er immer noch wusste, welche Knöpfe er bei ihr drücken musste.

»Komm doch mit ins Pub, *chérie*«, sagte Noa.

»Heute nicht, mein Schatz.«

Marni ließ die Tür hinter sich zufallen. Ein Drink mit Charlie und Noa wäre schön gewesen, aber sie würde den Teufel tun und Thierry dabei zusehen, wie er in einer Ecke mit seiner Auszubildenden knutschte. Manchmal fragte sie sich, ob sie nicht lieber aus Brighton wegziehen sollte, um dem endlosen Hin und Her zwischen ihnen ein Ende zu setzen, doch sie kam immer wieder zum selben Schluss: Das wäre Alex gegenüber nicht fair. Seit Alex sechs war, gab Thierry den Teilzeitvater, und jetzt kam er in ein Alter, in dem der väterliche Einfluss – selbst wenn er so sporadisch war wie der von Thierry – eine wichtige Rolle spielte.

Es war noch nicht ganz dunkel, doch seit die Sonne weg war, hatte der Wind aufgefrischt. Sie zog ihre Jacke enger um die Schultern und fragte sich, ob tatsächlich jemand die Stadt unsicher machte auf der Suche nach herausragenden Tattoos. Genau das war der Punkt: Alle drei Tätowierungen, die Francis ihr gezeigt hatte, waren Meisterwerke. Die Arbeiten von Jonah Mason und Bartosz Klem kannte sie, aber der DI hatte ihr noch ein weiteres Stück gezeigt – ein Spinnen-Tattoo auf dem Kopf des jüngsten Opfers. Auch die Handschrift dieses Künstlers kam ihr bekannt vor.

Sie ging an einem Tattoo-Laden in der St James Street vorbei und spähte hinein. Der Laden war geschlossen, keine Spur von Mandy oder Pepe, den beiden Tätowierern, die hier arbeiteten. An der Innenseite des Schaufensters hing ein zerknittertes, eingerissenes Poster – Werbung für die letzte Tattoo-Messe. Das konnten sie jetzt abnehmen, dachte Marni und setzte sich wieder in Bewegung, um mit großen Schritten nach Hause zu eilen.

Auf dem Rest des Weges ging ihr immer wieder ein und derselbe Gedanke durch den Kopf.

Was war der Zusammenhang zwischen den einzelnen Fällen? Was hatte die drei Opfer zu Zielscheiben gemacht, was hatten sie gemeinsam, abgesehen von den Tätowierungen?

Sie wollte sich nicht noch weiter in die Sache hineinziehen lassen, also sollte sie besser aufhören, sich damit zu befassen. Es gab keinen Grund, sich Sorgen zu machen. Oder doch? Hatte sie vielleicht mehr mit diesen Fällen zu tun als die simple Tatsache, dass sie eine der Leichen entdeckt hatte, auf den ersten Blick vermuten ließ?

20

Rory

»Wir haben Fortschritte gemacht«, sagte der Chef. »Und es gibt keinen Grund, warum wir nicht darauf aufbauen sollten.«

Scheinbar definierte der Chef »Fortschritte« etwas anders als er selbst.

Es war Donnerstagmorgen, und das ganze Team hatte sich zum täglichen Briefing in der Einsatzzentrale versammelt.

Er deutete auf das Whiteboard.

»Wir haben es inzwischen mit drei Morden zu tun, einer davon ist ein ungeklärter Fall von vor sechs Monaten. Giselle Connelly. Die Verbindung zwischen den drei Fällen ist bislang spekulativ, aber wenn sich der Verdacht erhärten sollte, dass sie tatsächlich besteht – und das ist ein großes ›Wenn‹ –, haben wir es vermutlich mit einem Serienmörder zu tun.«

Die Spannung im Raum war greifbar, als er das Wort »Serienmörder« aussprach, vor allem die jüngeren Officer wirkten sichtbar aufgeregt. Schließlich war das der Grund, warum die meisten von ihnen Detectives geworden waren. Rory musste an seinen ersten Serienmörder-Fall zurückdenken. Er war damals noch ein einfacher Detective Constable gewesen, doch er hatte bereits jede Menge Erfahrung, und auch der leitende Ermittler war ein alter Hase, der kurz vor der Pensionierung stand. Selbst mit diesem erfahrenen, mit allen Wassern gewaschenen Team hatte es Monate gedauert, den Fall zu lösen. Francis Sullivan mochte seinen Abschluss vielleicht mit links gemacht haben, aber diese Morde würde er nicht aufklären.

Der Gedanke deprimierte ihn, weshalb er sich wieder auf das konzentrierte, was Francis zu sagen hatte.

»Wir müssen einen Zusammenhang zwischen diesen drei Morden entweder nachweisen oder ausschließen«, teilte der DI seinem Team soeben mit. »Bislang scheint es keinerlei Verknüpfungen zu geben. Evan Armstrong arbeitete in der IT-Branche, hatte keine Vorstrafen und – soweit uns bekannt ist – auch keine Feinde, war heterosexuell, hatte allerdings keine feste Freundin. Giselle Connelly war juristische Referendarin und hatte eine feste Beziehung, zum Zeitpunkt ihrer Ermordung hielt sich ihr Freund außer Landes auf. Und zuletzt wäre da noch Jem Walsh, der eine Ausbildung zum Tätowierer machte. Ich bezweifle, dass sich ihre Wege jemals gekreuzt haben.«

»Aber selbst wenn es sich um einen Serienkiller handelt«, meldete sich Hollins zu Wort, »dann könnte er seine Opfer nach dem Zufallsprinzip ausgewählt haben.« Er wirkte zufrieden über diese Erkenntnis. Rory war schon vorher aufgefallen, dass Hollins den Ehrgeiz hegte, die Karriereleiter hinaufzuklettern.

»Selbstverständlich. Das tun die meisten Serienmörder. Trotzdem suche ich nach einer Verbindung zwischen den Verbrechen. Rose Lewis und ihr Team schließen sich mit sämtlichen Forensikern kurz. Sie werden alle bekannten Fakten über die Opfer auf Querverweise überprüfen – wie sie zu Tode gekommen sind, wo es sie erwischt hat, was sie gemacht haben, bevor sie umgebracht wurden … alles. Wenn es uns gelingt, irgendein Bindeglied zu finden, sind wir ein ganzes Stück weiter. Wenn nicht, dann wissen wir, dass wir es nicht mit einem Serienkiller zu tun haben. Und wenn wir am Ende mit drei verschiedenen Mördern dastehen, müssen wir uns eben dreimal so sehr anstrengen.«

Mit anderen Worten: Im Augenblick wissen wir nichts.

Rorys Handy klingelte. Bradshaw.

»Geben Sie mir eine Minute, Sergeant«, bellte der DCI und legte auf.

Rory spürte, wie seine Brust eng wurde, als er die Stufen zum oberen Stockwerk hinaufstieg. Verdammte Zigaretten. Bradshaws Tür stand einen Spalt auf. Rory trat ein, als der DCI soeben ein Telefonat beendete.

»Ah, Mackay. Ich werde nicht viel von Ihrer Zeit in Anspruch nehmen.«

»Was kann ich für Sie tun, Sir?«

»Das bleibt unter uns«, sagte Bradshaw mit gesenkter Stimme.

Rory schloss die Bürotür, und Bradshaw nickte ihm beifällig zu.

»Ich möchte, dass Sie für mich in der Einsatzzentrale Augen und Ohren aufsperren, Mackay.«

Rory musste erst einmal verdauen, was der Chief Inspector da von ihm verlangte. »Wie meinen Sie das, Sir? Wir bringen Sie täglich auf den neuesten Stand.«

Bradshaw warf ihm einen verschwörerischen Blick zu.

»Was ich brauche, ist sozusagen Einblick von innen. Sie wissen, wie der Hase läuft, wie Sullivan vorankommt. Er ist relativ unerfahren, und es schadet ihm nicht, wenn man ihn wohlwollend im Auge behält.«

Bradshaw wollte tatsächlich, dass er Sullivan ausspionierte.

»Selbstverständlich, Sir. Ich werde Sie über sämtliche Schritte informieren, die er unternimmt.«

Der DCI nickte weise, als hätten sie beide soeben eine wichtige Entscheidung getroffen. »Danke, Mackay. Sie können gehen – ich bin mir sicher, es wartet jede Menge Arbeit auf Sie.«

Eine Stunde später wetzten sich Rory und Tony Hitchins die Schuhsohlen ab, um einer Reihe von Pubs einen Besuch abzustatten, die Jem Walsh laut seinem Bruder regelmäßig frequentiert hatte.

»Ja, er ist hier Stammgast«, teilte ihnen der Wirt des Mucky Duck mit, die Ellbogen auf den rustikalen Holztresen gestützt. »Normalerweise kommt er mehrmals die Woche. Hat er etwas ausgefressen?«

»Leider nicht«, sagte Rory.

Sie zeigten ihm die Fotos von Evan Armstrong und Giselle Connelly.

Der Wirt schüttelte den Kopf. »An die kann ich mich nicht erinnern, aber zu uns kommen jede Menge Touristen und Spontan-Gäste. Ich kann mir nicht alle Gesichter merken.«

Bei den anderen Pubs war es das Gleiche. Niemand, der Jem Walsh kannte, hatte die beiden anderen schon mal gesehen, und als sie später Evan Armstrongs Stammlokale abklapperten, war es genauso. Nur in einem Pub in der Innenstadt konnte sich ein Barmitarbeiter an Jem und Evan erinnern, allerdings hatte er sie nie zusammen gesehen.

»Giselle lebt nicht mal in Brighton, oder?«, fragte Hitchins, als sie sich erschöpft auf den Rückweg zum Präsidium machten.

»Nein. Sie kommt aus Littlehampton.« Rory runzelte die Stirn. »Ich war noch nie in so vielen Pubs, ohne einen einzigen Drink zu bestellen.«

Als sie gerade die Tür zur Polizeiwache öffneten, kam Hollins heraus.

»Hast du was Nützliches entdeckt?«, fragte Rory.

Hollins schüttelte den Kopf. »Absolut nichts. Es gibt keinerlei Überschneidungen, weder bei der Arbeit noch bei Schule, Freunden oder Aktivitäten. Keine Gemeinsamkeiten hinsichtlich der Abende, an denen sie umgebracht wurden. Evan Armstrong war auf dem Heimweg von einem Nachtclub, Jem Walsh hatte einen Freund besucht und Giselle Connelly länger gearbeitet. Ich wollte gerade los, um mit dem Besitzer des IT-Unternehmens zu sprechen, in dem Walsh arbeitete, anschließend hab ich vor, seinem ehemaligen Schulleiter einen Besuch abzustatten.«

Rory entging nicht Hitchins leicht höhnischer Gesichtsausdruck; offenbar amüsierte sich der DC über den Eifer des Kollegen.

»Das ist kein Serienkiller«, sagte Hitchins, als sie die Treppe hinaufstiegen.

»Das kann man so nicht sagen«, widersprach Rory. »Wenn er die Opfer zufällig wählt, gibt es keinen Grund, warum es Verbindungspunkte geben sollte. Gut möglich, dass es Verbindungen zum Mörder gibt, aber untereinander?«

Hitchins warf ihm einen skeptischen Blick zu.

»Ich weiß«, sagte Rory. »Wir brauchen einen Durchbruch. Und zwar nicht in Form einer weiteren Leiche.«

»Auf Twitter gibt es jede Menge Spekulationen«, sagte Hitchins. »Vielleicht sollten wir darauf einen Blick werfen.«

»Ach du Scheiße, auf Twitter?«, knurrte Rory. »Das Schwachsinnsmedium für Verschwörungstheoretiker schlechthin!«

»Aber was, wenn der Killer auch etwas getwittert hat?«

»Na schön, dann finde heraus, ob irgendwer über Insider-Kenntnisse verfügt, die wir nicht an die Öffentlichkeit gegeben haben. Wenn das jemand tut, ist es meiner Meinung nach eher ein indiskreter Constable als der Killer selbst.«

Rory betrat Sullivans Büro, um ihm zu berichten, dass sie keinerlei Fortschritte gemacht hatten.

»Tut mir leid, Chef, aber es gibt keine Verbindung zwischen den Opfern.«

»Und laut Rose auch nicht zwischen den Verbrechen«, sagte Francis. »Sie hat bei der forensischen Untersuchung nicht eine einzige Übereinstimmung gefunden. Kein identisches Tatwerkzeug, keine DNA, Haare oder Fasern. Keine Fingerabdrücke. *Nada.*«

»Also nichts, was die Serienmörder-Theorie stützen könnte?«

»Nein. Ich denke, wir suchen nach verschiedenen Tätern mit verschiedenen Motiven. Die Sache mit den Tätowierungen ist vermutlich nichts als eine falsche Fährte.«

21

Marni

Wie zum Teufel war das passiert? In der einen Minute war er noch ein Baby gewesen, jetzt lag er betrunken auf dem Sofa und schnarchte laut. Marni holte eine Plastikschüssel unter der Spüle hervor und ein großes Glas Wasser, dann schob sie Alex' Füße beiseite, um sich hinzusetzen. Anschließend tippte sie ihm aufs Schienbein, um ihn zu wecken.

»Wie ist die letzte Prüfung gelaufen?«, fragte sie, als er anfing, sich zu regen.

»Was?« Er rieb sich die Augen und sah das Glas Wasser.

Sie wartete, während er es in einem Zug leerte.

»Die letzte Prüfung, Alex? Du erinnerst dich? Heute Morgen, dein Abitur?«

Er ließ das Glas sinken. Ein breites Grinsen ließ seine Mundwinkel in die Höhe schnellen.

Wenn er lächelte, sah er Thierry so ähnlich, dass es ihr fast das Herz zerriss.

»Die hab ich mit links geschafft.«

»Wirklich?« Erleichtert stellte sie fest, dass er gar nicht so betrunken klang.

»Es sind genau die richtigen Fragen drangekommen, alles ist gut.«

»Das hast du weiß Gott weder von deinem Vater noch von mir. Wir haben beide kein Abi.«

»Dad hat sein *baccalauréat,* das ist doch nichts anderes.«

Über Thierry wollte Marni jetzt nicht reden. Sie hatte ihn in den letzten Tagen viel zu oft gesehen, all die widerstreitenden Gefühle waren in ihr aufgewühlt worden, die sie zu vergessen versuchte.

»Wie ist es für Martin und die anderen gelaufen?«

»Auch ganz gut, glaube ich. Liv hat etwas gestöhnt, aber das tut sie immer, und dann ist sie eine der Besten.«

Liv war Marnis Nichte, die dieselbe Schule besuchte wie Alex.

Er hickste. »Wie viel Uhr ist es? Ich muss mich mit den anderen treffen.«

»Kurz nach vier. Warte, du wirst doch jetzt nicht wieder ausgehen? Du bist doch schon betrunken!«

»Mum!« Er schnitt eine Grimasse. »Ich bin nicht betrunken. Wir haben eine Flasche Champagner getrunken, anstatt zu Mittag zu essen. Viele hatten am Nachmittag noch Prüfungen, deshalb beginnt die eigentliche Party erst heute Abend.«

Marni seufzte. Sie war alleinerziehend. Da musste sie gleichzeitig den guten und den bösen Cop spielen.

»Ich mache dir Pasta, bevor du gehst. Komm doch zu mir in die Küche, dann können wir uns unterhalten.«

Das Telefon klingelte, als sie Wasser aufsetzte.

»Marni Mullins?«

»Wer ist dran?«

»Hier spricht Tom Fitz vom *Argus.* Es heißt, Sie haben eine Leiche gefunden …«

Marni legte auf. Wenn es eine Sorte Menschen gab, der

sie noch mehr misstraute als der Polizei, dann waren es Journalisten. *Verdammt* – woher wusste der Typ, dass sie den toten Mann entdeckt hatte? Und wie war er an ihre Nummer gekommen?

Als die Pasta fertig war, war die Spannung zwischen Mutter und Sohn verpufft. Alex war nie ein schwieriger Teenager gewesen, musste sie der Fairness halber einräumen, da hatten ihre Freunde mit ganz anderen Kalibern fertigwerden müssen.

»Erzähl mir von deinem Tag«, sagte Alex, der sich auf einen Hocker an der Frühstücksbar setzte und seine Spaghetti verschlang. »Wen hast du auf immer mit deiner Nadel verunstaltet?«

Marni lachte. Es war ausgeschlossen, dass Alex in die Fußstapfen seiner Eltern trat. Er hatte nichts als Verachtung übrig für Tätowierungen, ganz gleich, welcher Art, was für Marni okay war, zumal sie wusste, dass es Thierry ärgerte.

»Nur eine bedauernswerte Frau, die nicht über die nötige Einsicht verfügte, dass ein Tattoo ihr Leben zerstören wird«, neckte sie ihn.

»Mum, du bist wirklich schrecklich. Du hättest sie warnen müssen. Jetzt fällt sie womöglich diesem Tattoo-Mörder zum Opfer. Du hast gerade den potenziellen Opferpool erweitert.«

»Was weißt du denn darüber?«

Alex zuckte die Achseln. »In der Schule ist das das Hauptthema. Jedes Mal, wenn du jemanden tätowierst, wirfst du dem Kerl frische Beute vor.«

»Ich verstehe nicht, warum er jemanden ermorden sollte, der eins meiner Tattoos trägt.« *Aber nach welchen Kriterien wählte er seine Opfer aus?*

»Warum nicht? Sie sind gut. Wenn ich Leute umbringen würde, um deren Tätowierungen zu sammeln, hätte ich gern eine, die von dir stammt.«

»Das ist lieb von dir, aber du bist voreingenommen. Außerdem glaube ich kaum, dass es ihn interessiert, wer die Tattoos gestochen hat.«

»Hast du nicht gesagt, dein Polizist denkt, es könnte sich um Trophäen handeln? Wenn dem so ist, dann will er doch bestimmt etwas Anständiges haben. Nicht irgendeine Stümperei nach einem Saufgelage an einem Touri-Strand auf Mallorca.«

Marni stellte seinen Teller in die Spülmaschine. Sie wusste, dass sie das nicht für Alex übernehmen sollte, aber wenn sie ihn machen ließ, würde der Teller nie dort landen.

»Das stimmt«, räumte sie ein. »Er hat bislang kein einziges schlechtes gewählt. Die waren alle gut.«

Alex machte sich über eine Packung Eis her, als habe er seit einer Woche nichts mehr gegessen. Anscheinend hatte er das Interesse an dem Gespräch verloren.

An der Küchenwand hinter ihm hing ein Poster von einer Tattoo-Ausstellung. Darauf war eine nackte Frau von hinten abgebildet, deren kompletter Rücken mit einem spektakulären japanischen Backpiece bedeckt war. Die Ausstellung mit dem Titel *Die Alchemie von Blut und Tinte* hatte letztes Jahr in der Londoner Saatchi Gallery stattgefunden, ihr Mentor Ishikawa Iwao war der Kurator gewesen. Alex und sie waren zusammen nach London gefahren, um sie sich anzusehen, auch wenn sich Alex nicht wirklich dafür interessierte. Er hatte ihr eine Freude zum Geburtstag machen wollen. Neben der nackten Frau auf dem Poster war eine Liste mit zehn Namen abgedruckt – die Namen der zehn Tattoo-Künstler, deren Arbeiten ausgestellt wurden.

Rick Glover
Jason Leicester
Ishikawa Iwao
Gigi Leon
Jonah Mason
Polina Jankowski
Vince Priest
Bartosz Klem
Petra Danielli
Brewster Bones

Angeblich die zehn besten Tattoo-Künstler der Welt – was in Marnis Augen Unsinn war, aber dann fiel ihr ein, wie empört Thierry reagiert hatte, weil er nicht dabei sein konnte, wie er getobt hatte, als er das Poster sah. Sie las noch einmal die Namen auf der Liste.

»Ach du lieber Himmel«, hauchte sie dann und griff nach ihrem Handy.

22

Francis

Was mochte so wichtig sein?

Francis marschierte mit großen Schritten die George Street zur Ecke St James Street entlang und ging im Kopf die Nachrichten auf seiner Mailbox durch. Marni Mullins wollte sich mit ihm treffen, ohne ihm zu sagen, warum – doch die Dringlichkeit in ihrer Stimme sprach Bände. Was wusste sie? Was hatte sie entdeckt? Er sollte sich heute Abend eigentlich mit Robin treffen, aber das würde nun bis nächste Woche warten müssen. Er verspürte einen Anflug von Schuldgefühl, weil ihn die Aussicht, sich mit Marni Mullins zu treffen, um einiges mehr reizte, als einen Abend mit seiner großen Schwester zu verbringen.

Ein Obdachloser streckte die Hand nach seinem Bein aus.

»Haben Sie ein bisschen Kleingeld?«

Francis sah den Mann an und wusste sofort, wofür der das Geld ausgeben würde. »Ich kaufe Ihnen etwas zu essen.« Ein paar Läden zuvor war er an einem Lebensmittelgeschäft vorbeigekommen.

»Geben Sie mir einfach das Geld.« Das Gesicht des Obdachlosen wirkte feindselig.

Unbeirrt machte Francis kehrt, ging in den Laden und kaufte Sandwiches, einige Schokoriegel und eine Flasche Wasser, die er vor den Mann hinstellte.

»In der St Peter's Church gibt es eine Nachtunterkunft«, sagte er. »Dort bekommen Sie eine warme Mahlzeit und ein Bett.«

Der Mann murmelte ein Dankeschön und nahm die Sandwiches. Seine dunklen Augen wirkten wie leere Höhlen.

Etwa hundert Meter weiter entdeckte Francis die Tapas-Bar, die Marni in ihrer Nachricht erwähnt hatte, und Sekunden später stieß er die Tür auf. Drinnen war es warm, das Licht gedämpft. Nackte Bodendielen, freiliegendes Mauerwerk und klobiges Holzmobiliar verliehen dem Restaurant ein rustikales Ambiente. Er sah sich suchend um und entdeckte Marni an einem Tisch im hinteren Bereich. Vor ihr stand eine offene Flasche Rotwein, eines der beiden Gläser auf dem Tisch war halb voll.

»Warum hier?«, fragte er, als er sich setzte. »Warum sind Sie nicht ins Präsidium gekommen?«

»Da war ich doch«, sagte sie. »Man wollte mir nicht sagen, wo Sie sind.«

Das machte Sinn – Francis war in der Gerichtsmedizin gewesen und war erst ein paar Minuten auf der John Street, als Marnis Nachricht einging.

»Mit wem haben Sie gesprochen? Mit Rory Mackay?«

Marni schüttelte den Kopf. »Nein, mit einer Frau. Einem Obermiststück, um ehrlich zu sein. Hat sich so aufgeführt, als wären Sie ihr Eigentum oder so ähnlich.«

Er fragte sich, wer das gewesen sein könnte. Angie? Ja, die war manchmal ziemlich patzig.

»Außerdem brauchte ich etwas zu trinken.«

Er sah sie an. Sie wirkte in der Tat ziemlich aufgewühlt.

Marni schenkte ihm Wein ein, bevor er die Chance hatte, sie davon abzuhalten, also ließ er das Glas unberührt.

Ihre Blicke begegneten sich. Er hätte ihren gern länger festgehalten, doch dann sah er zur Seite.

»Dann schießen Sie mal los. Was haben Sie für mich?«, fragte er leicht verlegen.

»Das hier«, antwortete sie und tippte auf etwas, was auf dem Tisch lag – einen Katalog. Er hatte ihn gar nicht bemerkt, als er sich setzte.

Nun nahm er ihn zur Hand und hielt ihn so, dass die Hochglanzblätter vom Licht der Kerze in der Mitte des Tisches erhellt wurden.

Auf dem Cover war der Rücken einer Frau abgebildet, auf den ein prächtiger chinesischer Drachen tätowiert war, dessen leuchtende Farben sich von einem schlichten schwarzen Hintergrund abhoben. Es kam ihm bekannt vor, und dann wurde ihm klar, dass dies genau der Katalog war, den Iwao benutzt hatte, um ihm Jonah Masons Arbeit zu zeigen.

»*Die Alchemie von Blut und Tinte*«, las er laut vor. »*Moderne Meister einer uralten Kunstform.*«

Marni nickte. In ihren Augen spiegelte sich das Kerzenlicht.

»Warum zeigen Sie mir das?«

»Das war eine Ausstellung, letztes Jahr, in der Saatchi Gallery. Schlagen Sie den Katalog mal auf.«

Perplex blätterte Francis durch die Seiten. Fotos von Tätowierungen in unterschiedlichem Stil. Er entdeckte das Bild, das Iwao ihnen gezeigt hatte.

»Jonah Mason. Der Tattoo-Künstler, der Evan Armstrong tätowiert hat.«

»Das ist richtig.«

»Und?«

Sie nahm ihm den Katalog ab, blätterte ein paar Seiten um und deutete auf ein anderes Foto.

»Sehen Sie mal hier.«

Es handelte sich um ein Biomechanik-Motiv, ganz ähnlich dem auf dem fehlenden Arm von Giselle Connelly.

»Bartosz Klem«, las Francis vor.

»Ja. Einer von Thierrys Kollegen hat seinen Stil erkannt, als ich ihm das Foto von dem Sleeve-Tattoo gezeigt habe. Und das hier …«

Sie blätterte zur nächsten Seite, auf der eine Reihe von verschlungenen gotischen Buchstaben zu sehen waren.

»Die sind von Rick Glover, der hier um die Ecke arbeitet. Ich bin mir ziemlich sicher, dass das Wort ›Belial‹ und das Spinnennetz von ihm stammen«, sagte sie, dann schwieg sie erwartungsvoll.

Francis nahm den Katalog, den sie ihm entgegenstreckte, und betrachtete die Bilder.

»Und?«, fragte er nach ein paar Minuten.

»Kapieren Sie's nicht?« Marni wirkte ungeduldig. »Sie wollten einen Zusammenhang zwischen den Morden finden. Da ist er! Alle drei Opfer hatten Tattoos von Künstlern, die in der Saatchi Gallery ausgestellt haben – die besten Tätowierer der Welt. Irgendwer sammelt deren Werke.«

»Verbindung oder Zufall?«

Mit weit aufgerissenen Augen schluckte Marni den verbliebenen Wein in ihrem Glas und schenkte sich nach. »Das ist doch wohl nicht ernst gemeint, oder?«

»Doch, natürlich – ich muss diese Frage stellen.« Francis ballte eine Hand zur Faust. »Sicher, diese Künstler haben vielleicht Evan Armstrong, Jem Walsh und die ermordete Frau tätowiert, was allerdings erst noch bestätigt werden muss. Ja, sie haben alle in dieser Galerie ausgestellt, aber außer ihnen noch mindestens ein halbes Dutzend anderer Tätowierer …« Er blätterte durch die Seiten. »Bislang haben wir keine Leichen mit deren Motiven gefunden – das Ganze bringt mir also im Augenblick nichts.«

»Und was haben Sie bisher in der Hand?«

Um Zeit zu schinden, nahm Francis einen Schluck Wein.

»Sie trinken?«

»Ich bin nicht im Dienst.«

»Trotzdem arbeiten Sie.«

Ein junger Kellner näherte sich ihrem Tisch. Marni bestellte mehrere Tapas, und er entfernte sich wieder.

Francis zog die Augenbrauen in die Höhe. »Wir essen etwas?«

»Das hilft, um den Körper funktionsfähig zu halten.«

Er musste zugeben, dass sie ihm sympathisch war. Sie war wirklich geradeheraus. Völlig klar in dem, was sie mochte und nicht mochte. *Warum zum Teufel ist sie im Gefängnis gewesen?* Er biss sich auf die Zunge, damit er sie bloß nicht danach fragte. Er war auch bei Rory nicht näher auf das Thema eingegangen, damit es nicht so aussah, als habe er mehr Interesse an Marni, als er zugeben wollte.

»Dann lautet Ihre Theorie also, dass sich jemand die Ausstellung angeschaut hat und sich nun seine eigene Sammlung aufbaut? Sie denken, wir haben es mit einer Art Tattoo-Dieb zu tun?«

»Ja, genau das denke ich. Ein Tattoo-Dieb.«

»Ich bin mir nicht sicher, inwiefern uns das weiterhilft.«

»›Uns‹«, wiederholte Marni. Ein zufriedenes Lächeln auf den Lippen, genehmigte sie sich einen weiteren Schluck Wein.

»Sollte Ihre Theorie tatsächlich zutreffen …«

»Es sind meine Leute, die in Gefahr sind, meine Community. Sie sollten das ernst nehmen.«

»Erst wollen Sie nichts damit zu tun haben, jetzt führen Sie einen Kreuzzug?«

»Es gefällt mir nicht, wenn Menschen sterben. Menschen, die ich vielleicht kenne.«

Francis vertiefte sich wieder in den Ausstellungskatalog und blätterte zurück zur ersten Seite.

»Sehen Sie mal«, sagte er und drehte die aufgeschlagene Seite so, dass sie sie sehen konnte.

»Ja?«

»Der Kurator – Ihr Freund Ishikawa Iwao.«

»Ich weiß. Ich war bei der Eröffnung.«

Francis schwieg. Er dachte an die tätowierte Katze, die ihn angefaucht hatte. Wenn Marni recht hatte mit der von ihr hergestellten Verbindung, würden er und sein Team sich auf Tattoo-Diebstahl konzentrieren müssen, aber zumindest hatten sie eine klare Richtung, in die sie ermitteln konnten.

»Essen Sie«, sagte Marni. »Und dann, Frank, erzählen Sie mir, warum Sie Polizist geworden sind.«

»Francis«, korrigierte er sie mit zusammengebissenen Zähnen.

Wenn du mir erzählst, warum du auf die falsche Seite des Gesetzes geraten bist, Marni Mullins.

Eins und zwei, scharfe Messer kommt herbei,
drei und vier, jetzt häuten wir.
Fünf und sechs, ein blutiges Gewächs,
sieben und acht, für die Ewigkeit gemacht.

Meine Arbeit erfordert die schärfsten Klingen, denn nur die gewährleisten absolute Präzision. Ich schärfe sie ausschließlich von Hand und benutze dazu Schleifsteine aus Keramik – niemals ein elektrisches Schleifgerät –, und ich summe dieses Liedchen, um im Rhythmus zu bleiben. Ich kann die Klingen teuflisch scharf machen, und ich schärfe sie regelmäßig nach, für den Fall, dass ich die Chance bekomme, sie zu benutzen. Man weiß nie, wann sich eine Gelegenheit bietet, daher nehme ich sie mir immer wieder vor, egal, ob ich sie benutzt habe oder nicht. Eine stumpfe Klinge wird niemals dein Freund werden.

All meine Messer liegen in der richtigen Reihenfolge auf einem meiner Arbeitstische. Die kurzen Schneidemesser und die längeren, gebogenen Häutungsmesser. Meine Schleifsteine sind in einer Reihe in genau dem richtigen Winkel am Rand des Tisches befestigt, damit ich schnell von einem zum nächsten wechseln kann. Ich verbringe ungefähr eine Stunde mit jeder einzelnen Klinge, summe mein kleines Lied und verliere mich in der Wiederholung.

Das Ganze hat etwas Therapeutisches.

Genau wie das Häuten.

Das Häuten war mir schon immer der liebste Teil des Präparationsprozesses.

Die Haut in einem einzigen perfekten Stück abzulösen, ist eine Herausforderung, und der Lohn liegt im Erfolg. Das hat mich Ron gelehrt. Ich habe alles über das Gerben und Präparieren gelernt, was er mir beibringen konnte. Und so einige Dinge über das Leben. Ich habe alles aufgesaugt wie ein Schwamm, bis er nichts mehr für mich hatte.

So wie ich seine Haut behalten habe, habe ich auch seine Kunden behalten. Auf diese Weise bin ich auch dem Sammler begegnet. Er sammelt Tierpräparate, und Ron und ich waren die Besten in der Branche. Seine Aufträge haben uns jedes Mal bis an den Rand unserer Fähigkeiten gebracht, aber ich habe immer mein Bestes für ihn gegeben. Manchmal sieht er mir bei der Arbeit zu. Er ist fasziniert davon. Er ist ein sehr bewanderter Mann. Außergewöhnlich klug. Es ist leicht, einen Mann wie ihn zu bewundern, und es ist mir eine Ehre zu glauben, dass er sich für die Dinge interessiert, die ich ihm zeige, wenn er Zeit mit mir verbringt.

In dieser Hinsicht unterscheidet er sich so sehr von meinem Vater und meinem Bruder. Sie haben niemals Interesse für meine Arbeit bekundet. Immer ging es nur um sie. Was sie erreicht hatten. Was sie planten. Meine Ideen und Ansichten wurden beiseitegefegt. Ron war besser – er interessierte sich für das, was ich tat, einfach weil er mein Lehrer war. Er wollte sehen, was ich gelernt hatte. Der Sammler dagegen bewundert meine Arbeit. Und ich bewundere ihn. Er hat ein Auge für Schönheit und einen großen Sinn für das, was einer Sache ihren künstlerischen Wert verleiht. Das verbindet uns.

Ich würde alles für den Sammler tun. Wirklich alles.

Er muss mich nur darum bitten …

Autsch! Ich habe mir den Finger an der Klinge geschnitten. Ein kleiner Blutstropfen wird größer, dann tropft er auf das Holz des Arbeitstisches. Ein Fleck, der abgeschmirgelt werden muss. Oder auch nicht.

Der Geruch meines eigenen Blutes erinnert mich daran, dass ich dringend wieder aktiv werden muss. Es ist an der Zeit zu töten.

23

Rory

Punkt acht Uhr in Bradshaws Büro. So lautete die Anweisung des Chefs, der letzten Abend eine Textnachricht geschickt hatte. Rory war da. Bradshaw war da. Nur der Chef war nirgendwo zu sehen.

»Also, wie macht er sich so?«

Rorys Blick war momentan auf einen Klecks Rasierschaum geheftet, der an einem von Bradshaws Ohrläppchen hing.

»Rory?«

»Entschuldigung, Sir. Was haben Sie gesagt?«

»Sie arbeiten mit Sullivan. Sollten Sie mich nicht auf dem Laufenden halten?«

»Er ist in der Tat ziemlich clever.«

»Aber?«

»Dieser Fall ... diese Fälle ... Kompliziert. Wir wissen noch nicht, ob es sich um einen oder um mehrere Täter handelt, da wir bislang kein Bindeglied finden konnten ...«

»Fahren Sie fort.«

Rory seufzte. »Ich bin mir nicht sicher, ob ein relativ unerfahrener Detective wie er wirklich der Richtige für diesen Job ist.«

Bradshaw ließ sich Rorys Worte einen Moment lang durch den Kopf gehen. »Danke, dass Sie so offen zu mir sind, Mackay.«

Super gemacht. Das ist die Strafe, wenn man zu spät kommt.

»Das soll natürlich nicht heißen, Sir, dass …«

Es klopfte, dann öffnete sich die Tür zu Bradshaws Büro.

Rory unterbrach sich und drehte sich um. Sullivan betrat den Raum. Sein Anzug war so frisch gebügelt wie immer, doch sein Gesicht wirkte alles andere als frisch. Er starrte Rory mit blutunterlaufenen Augen an, als wolle er ihn fragen, warum Bradshaw und er ihr Gespräch so abrupt unterbrochen hatten.

Was hatte er gestern Abend so spät noch vorgehabt?

»Morgen, Sir. Es tut mir leid, dass ich zu spät komme. Morgen, Rory.«

Bradshaw knurrte missbilligend und warf demonstrativ einen Blick auf die Uhr, während der DI Platz nahm.

»Morgen, Chef«, sagte Rory.

»Ich nehme an, Sie haben Fortschritte gemacht?«, erkundigte sich Bradshaw, der Francis' Blick festhielt.

»Hat Sergeant Mackay Sie auf den neuesten Stand der Ermittlungen gebracht?«

»Nein. Rory und ich haben Personalfragen besprochen. Granger geht bald in Mutterschutz.«

Rory sah, dass Sullivan ihm kein Wort glaubte.

»Wir haben in der Tat Fortschritte erzielt, Sir«, sagte Francis. »Ich habe die Berichte der SCAS mit offenen Fällen bei uns und anderswo abgeglichen und möglicherweise einen Treffer gelandet.«

Bradshaw nickte.

»Im letzten Jahr wurde eine weibliche Leiche auf einem Golfplatz gefunden. Der Frau fehlte ein Arm. Es handelt sich um die Rechtsreferendarin Giselle Connelly aus Littlehampton – sechsundzwanzig, verheiratet…«

»Wollen Sie mir erzählen, dass wir es jetzt anstatt mit zwei mit *drei* ungelösten Mordfällen zu tun haben? Das ist nicht unbedingt das, was ich ›Fortschritt‹ nennen würde. Außerdem liegt Littlehampton gar nicht in unserem Zuständigkeitsbereich.«

»Sie wurde auf dem Golfplatz gefunden, und sie…«

»Genau. *Sie.* Das Opfer ist eine Frau. Die beiden Opfer, zwischen denen Sie bislang keinerlei Zusammenhang herstellen konnten, sind Männer. Ich dachte, Sie wissen, dass Serienmörder nach einem bestimmten Muster vorgehen und während einer Mordserie nicht plötzlich das Geschlecht ihrer Opfer wechseln, Sullivan. Wie ich schon sagte – die Tatsachen sprechen schlicht und ergreifend nicht für Ihre Serienmörder-Theorie.«

»Sir«, widersprach Francis mit festerer Stimme, was Rory beeindruckte, »die Frau hatte ein Sleeve-Tattoo auf dem abgehackten Arm, der übrigens bis heute nicht aufgetaucht ist.«

»Ein *Was*?«

»Eine Tätowierung, die den gesamten Arm umschließt. Ich weiß nicht, ob das Motiv relevant ist, aber es handelt sich um ein Biomechanik-Tattoo.«

»Was soll das sein?«

»Ein Biomechanik-Tattoo ist eine Tätowierung, die den Träger aussehen lässt wie einen Cyborg – einen Robotermenschen –, als sei unter der Haut eine Maschine.«

Der Chef klang, als habe er sich umfassende Fachkenntnisse angeeignet. Hatte er etwa noch mehr Zeit mit Marni Mullins verbracht?

»Großer Gott!« Bradshaw verdrehte die Augen. »Und das bei einer *Rechtsreferendarin*?«

»Der Punkt ist, dass alle drei Opfer – Evan Armstrong, Jem Walsh und jetzt auch Giselle Connelly, die übrigens mehrere Monate vor den beiden umgebracht wurde – Tätowierungen hatten, die den Leichen fehlten. Obwohl wir nicht damit rechnen können, die entfernte Hautpartie von Evans wiederzufinden, ist es durchaus möglich, dass der Schädel und der Arm von Walsh und Connelly wiederauftauchen – der Täter muss die Knochen schließlich irgendwo loswerden.«

»Daran glaube ich keine Sekunde.« Bradshaw schüttelte den Kopf. »Mit Ihnen geht die Fantasie durch, Sullivan. Die Sache mit den Tätowierungen ist reiner Zufall. Der Mord an der Frau hat nichts mit den beiden aktuellen Fällen zu tun, und ehrlich gesagt kann ich auch dort keine Verbindung erkennen.« Er schob seinen Schreibtischstuhl zurück, als wolle er darauf hinweisen, dass das Meeting beendet war. »Sie haben es mit drei verschiedenen Tötungsdelikten zu tun, die nicht miteinander in Zusammenhang stehen, und Sie können es sich nicht leisten, noch mehr Zeit darauf zu verschwenden, krampfhaft nach einer Verbindung zu suchen. Das ist vergeudete Energie, die Sie besser in die einzelnen Fälle investieren sollten.«

»Eine Verbindung nachzuweisen, würde uns zu der Spur verhelfen, die wir so dringend brauchen«, entgegnete Sullivan.

»Vergessen Sie's. Rory, worauf konnten Sie das Team sonst noch ansetzen?«

Rory räusperte sich und wollte soeben zu reden beginnen, als ihm der DI zuvorkam.

»Sir, ich denke, Sie sollten sich das einmal ansehen.« Francis zog einen Katalog aus seiner Dokumententasche. »Die verschwundenen Tätowierungen stammen allesamt von Künstlern, die bei dieser Ausstellung mitgemacht haben.«

Bradshaw warf einen Blick auf den Katalog, den Sullivan ihm entgegenstreckte.

Was zum Teufel war das denn? Warum hatte er das nicht zu Gesicht bekommen?

Rory verrenkte sich den Hals, um herauszufinden, was Bradshaw da betrachtete.

»Das hier ist unsere potenzielle Verbindung, so dürftig sie auf den ersten Blick erscheinen mag«, fuhr der DI fort. »Selbstverständlich baue ich nicht die gesamten Ermittlungen auf diese Prämisse auf, aber ich denke, wir dürfen sie nicht außer Acht lassen. Momentan lasse ich das Team Freunde und Kollegen sowohl von Evan Armstrong als auch von Jem Walsh befragen. Bei beiden liegen keinerlei Hinweise auf kriminelle Aktivitäten vor, aber das muss ja nicht zwangsläufig etwas bedeuten.«

»Dann haben Sie also nichts weiter gefunden«, schnaubte Bradshaw und warf den Katalog auf die Schreibtischplatte. Er hatte definitiv das Interesse verloren. Rory beugte sich vor, um ihn an sich zu nehmen. Es war nicht schwer zu erraten, woher er ihn hatte – der Chef hatte sich mit Marni Mullins getroffen. Er fragte sich, wie Thierry Mullins das gefallen würde. Das geschiedene Paar schien sich noch immer nahezustehen.

»Wir haben beide Familien wegen Armstrongs und Walshs

Freunden und Gewohnheiten befragt. Burton und Hollins kümmern sich um die Freunde, Hitchins und ich haben die Pubs aufgesucht, in denen sie regelmäßig verkehrten. Heute werden Hitchins und Hollins an die jeweiligen Arbeitsplätze fahren, und Angie hat vor, einen Blick auf den Connelly-Fall zu werfen und die Social-Media-Feeds aller drei Opfer zu überprüfen«, sagte er an den DCI gewandt.

Bradshaw schnaubte erneut, als auch er Giselly Connelly erwähnte. »Und was ist mit dem fehlenden Kopf?«

»Bislang hat Rose noch nichts Konkretes für uns, aber sie lässt mit Hundestaffeln den gesamten Strand absuchen«, berichtete Rory. »Die Hunde haben Walshs Witterung auf einem Parkplatz am Madeira Drive aufgenommen, keine hundert Meter östlich vom Pier, und sind ihr bis runter an den Strand gefolgt. Offenbar ist sie dort am stärksten, wo wir den Leichnam gefunden haben. Die Hunde haben die Spur bis zum Wasser verfolgt, was nahelegt, dass der Kopf ins Meer geworfen wurde. Allerdings konnten wir bei Ebbe nichts finden, weshalb ich Taucher weiter rausgeschickt habe, die den entsprechenden Strömungen gefolgt sind, aber auch sie haben nichts entdeckt. Sollte der Kopf wirklich im Wasser treiben, haben wir meines Erachtens nur eine sehr geringe Chance, ihn wiederzufinden.«

»Würde der denn nicht nach ein paar Wochen in Selsey Bill angespült werden?«, überlegte Bradshaw.

»Vielleicht, vielleicht auch nicht. Die Küstenwache konnte mir einen Tidenplan geben, aber sie kann natürlich auch keine genauen Berechnungen anstellen, wie sich so ein abgetrennter Kopf auf dem Meeresboden verhält. Diesbezügliche Vergleichsexperimente sind nur äußerst schwer durchzuführen.«

»Mit anderen Worten: Es gibt keinerlei Fortschritte. Was haben Sie als Nächstes vor? Mackay?«

»Wie ich schon sagte, Sir, wir werden die Kollegen der Opfer befragen und Hintergrundinformationen über Giselle Connelly zusammentragen.«

»Keine identifizierten Fahrzeuge im Umfeld der Leichenfundorte?«

»Die Nummernschilder sind jeweils nur zum Teil lesbar. Wir arbeiten daran.«

Bradshaw runzelte die Stirn. Für ihn ging es nie schnell genug. »Sullivan? Was haben Sie vor?«

»Ich werde noch einmal mit Ishikawa Iwao reden. Er war der Kurator der Ausstellung. Ich möchte herausfinden, wie er über die drei Morde denkt.«

»Wissen Sie nichts Besseres mit Ihrer Zeit anzufangen? Ich sagte Ihnen doch, dass wir diesen Blickwinkel außer Acht lassen wollen.«

Der Chef bekam einfach nicht den richtigen Draht zu seinem Vorgesetzten – eine Fertigkeit, die bei der Polizeiarbeit unerlässlich war.

»Sir, es handelt sich um eine glaubwürdige Theorie, und zu diesem Zeitpunkt ist sie die einzige. Ich möchte, dass wir sie weiterverfolgen, damit ich sie zumindest widerlegen oder aber feststellen kann, dass tatsächlich etwas dran ist.«

»Und dieser Ishikawa kann dazu beitragen?«

»Ich denke schon.«

Es entstand ein unbehagliches Schweigen.

»Das ist der Kerl, der Katzen tätowiert, richtig?«, fragte Rory, der sowohl die Stille füllen als auch eine Feststellung machen wollte.

Bradshaws Augenbrauen verschwanden beinahe in seinem Haaransatz.

»Ist das legal?«, erkundigte er sich. »Haben Sie den Tierschutz informiert?«

Francis schüttelte den Kopf. Daran hatte er gar nicht gedacht, aber natürlich hatte Bradshaw recht: Vermutlich würden sie das melden müssen.

»Tut mir leid«, sagte er. »Rory, könnten Sie bitte Tweedledum oder Tweedledee ausrichten, sie sollen herausfinden, ob es legal ist, Tiere zu tätowieren?«

Bradshaw atmete hörbar ein, seine Nasenlöcher wurden schmal. »Sie hätten ihn zur Befragung ins Präsidium bestellen sollen, Sullivan.«

»Wegen der Katze?«

»Nein, wegen der gottverdammten Morde, Sie Idiot!«

»Tierquälerei«, sagte Rory. »Damit fangen viele von diesen Scheißkerlen an.«

»Bestellen Sie ihn ein!«

Bradshaws Tonfall erlaubte keine Widerrede, aber Francis setzte sich darüber hinweg.

»Es deutet absolut nichts darauf hin, dass er etwas mit der Sache zu tun hat. Ich hielt es für richtig, ein informelles Gespräch mit ihm zu führen und mir ein Bild zu machen, ohne sein Misstrauen zu erregen.«

Er hätte den Mund besser nicht aufgemacht, aber nun war es zu spät.

»Ich sagte, Sie sollen ihn einbestellen«, knurrte Bradshaw.

»Ich übernehme das, Sir, gleich heute Nachmittag«, ließ sich Rory vernehmen, dem nicht entging, dass Sullivan frustriert die Hände zu Fäusten ballte.

»Halten Sie sich da raus, Rory.« Francis stieß verärgert

die Luft aus. »Sir, wir haben womöglich nur eine Chance, ihn offiziell zu befragen. Die sollten wir uns aufheben und nutzen, wenn wir konkrete Fragen haben, die konkrete Antworten erfordern.«

Francis Sullivan hatte gerade eben Nein zu einer dienstlichen Anweisung gesagt. Das Resultat war unschön. Bradshaw zog die Augenbrauen zusammen, seine Wangen röteten sich. Er stand auf, um zu zeigen, dass die Zusammenkunft beendet war. Rory tat es ihm in Windeseile nach.

»Sie schaffen diesen Ishikawa unverzüglich in mein Büro. Das ist ein Befehl, Sullivan. Sie haben es vielleicht bis zum Inspector geschafft, aber das sollte Ihnen nicht zu Kopf steigen.«

Francis erwiderte nichts. Stattdessen stand er ebenfalls auf und stürmte aus dem Büro. Mutig, aber töricht.

»Keine Sorge, ich kümmere mich darum, Sir«, sagte Rory und schloss leise die Tür hinter sich.

24

Francis

Ishikawa Iwao verbeugte sich vor Francis, als er, gefolgt von Rory, den Vernehmungsraum betrat. Er strahlte Selbstbewusstsein aus, stellte Francis fest und verbeugte sich ebenfalls. Diesmal trug der Tätowierer keinen Kimono, sondern eine ungebührlich enge, aber teuer aussehende Jeans und ein hellblaues Oxford-Hemd, das seine beeindruckenden Muskeln betonte. Es war nicht zu übersehen, dass Ishikawa Iwao auf seinen Körper achtete, und Francis trat unweigerlich das Bild von dem Japaner beim Kampfsporttraining vor Augen.

Ethnisches Profiling. Hör sofort auf damit, Sullivan!

»Danke, dass Sie zu uns gekommen sind, Mr. Ishikawa«, sagte Francis. »Das hier ist mein Kollege, Sergeant Mackay.«

»Sie müssen sich nicht bedanken. Mir blieb schließlich keine andere Wahl«, sagte Iwao. Er ignorierte Rory und starrte Francis weiterhin finster an. »Was müssen Sie denn mit mir besprechen?«

»Bitte setzen Sie sich.« Francis bot ihm einen Stuhl an.

Rory und er nahmen auf der anderen Seite des Vernehmungstisches Platz. Iwao schien zu zögern, doch als Francis ihm ein weiteres Mal zunickte, zog er sich einen Stuhl heran.

Er setzte sich kerzengerade hin, die Knie geschlossen, die Füße parallel gestellt, die Hände auf den Oberschenkeln, und sah die beiden Polizisten erwartungsvoll an.

»Ich werde dieses Gespräch aufnehmen, wenn Sie nichts dagegen haben«, teilte Francis ihm mit und schaltete das Aufnahmegerät an.

»Dann erwarte ich, dass Sie der Kanzlei meines Anwalts eine Kopie dieser Aufnahme zukommen lassen«, sagte Iwao. »Ich würde außerdem zunächst gern wissen, warum Sie das für nötig halten und welche Rolle ich bei dem Ganzen spiele. Verdächtigen Sie mich, ein Verbrechen begangen zu haben?«

»Ihr Anwalt kann sich selbstverständlich wegen einer Kopie an uns wenden«, sagte Rory und schrieb etwas in sein Notizbuch.

»Ihre Rolle ist die eines Zeugen, der uns hilft, unsere Fragen zu beantworten«, erläuterte Francis. »Wir informieren Sie umgehend, wenn sich dies ändern sollte.«

Iwao runzelte die Stirn. »Dann gibt es keinen Grund für Sie, dieses Gespräch aufzuzeichnen.«

»Na schön«, räumte Francis ein. »Wenn Sie es so wollen.«

Iwao schien seine Rechte zu kennen.

Während sie auf Iwao warteten, hatten sich Francis und Rory eine Strategie zurechtgelegt. Anstatt sich vorsichtig mit Fragen über die Tattoo-Ausstellung und die daran beteiligten Tätowierer vorzutasten, wollten sie das Pferd sozusagen von hinten aufzäumen und mit den Morden und seinen Alibis für die entsprechenden Zeitfenster beginnen.

»Können Sie mir sagen, wo genau Sie am Sonntag, dem 28. Mai, zwischen Mitternacht und sechs Uhr morgens waren?«

Iwao schien verwirrt.

»Können Sie das Datum bitte noch einmal wiederholen?«

»Sonntag, achtundzwanzigster Mai. Der letzte Sonntag.«

»Selbstverständlich«, sagte Iwao, als er sich von seiner Überraschung erholt hatte. »Zwischen Mitternacht und sechs Uhr morgens? Da war ich vermutlich im Bett.«

»Sie sind sich nicht sicher?«

»Ich war im Bett, oder ich habe in meinem Atelier gezeichnet. Ich zeichne an den meisten Abenden, und für gewöhnlich mache ich zwischen Mitternacht und zwei Uhr Schluss. Ich habe meine Wohnung Samstagnacht beziehungsweise Sonntagmorgen nicht verlassen.« Er zuckte die Achseln. »Ich war also entweder in meinem Atelier oder im Schlafzimmer.«

»Kann das irgendwer bestätigen?«

»Ich lebe allein.«

Rory und Francis tauschten schnelle Blicke. Als Alibi taugte diese Auskunft gar nichts, trotzdem klang es so, als würde Ishikawa Iwao die Wahrheit sagen.

»Was ist mit Dienstagnacht, zwischen Mitternacht und fünf Uhr morgens?«

»Dasselbe.«

»Sie waren wieder allein zu Hause?«

Iwao nickte. »Ja. Die ganze Nacht.« Seine braunen Augen hielten Francis' prüfendem Blick stand. »Ich bin mir sicher, dass Sie anhand meines Smartphones ein Bewegungsprofil erstellen können, falls das nötig sein sollte.«

»Die Leute stecken nicht immer ihre Handys ein, wenn sie das Haus verlassen«, entgegnete Francis, der sich ebenfalls nicht aus dem Konzept bringen ließ.

»Ich schon«, sagte Iwao.

Francis machte sich im Geiste eine Notiz, einen richterlichen Beschluss für Iwaos Mobilfunkdaten zu besorgen.

Rory hüstelte, um sich Aufmerksamkeit zu verschaffen. »Erzählen Sie uns von Ihrer Katze. Der mit den Tattoos. Ist Ihnen denn nie der Gedanke gekommen, dass es grausam ist, ein Tier zu tätowieren, und außerdem gegen das Gesetz verstößt?«

»Ich habe zwei tätowierte Katzen«, sagte Iwao und verlagerte sein Gewicht auf dem Stuhl. »Sie waren bereits tätowiert, als ich sie aus Japan mitgebracht habe.«

»Und Sie halten das für vertretbar?«

»Ich habe die beiden aus dem Tierheim. Ich würde so etwas nie mit einem Tier machen – mir ist klar, dass Tiere anders als Menschen ihre Einwilligung nicht geben können. Ich würde niemals jemanden tätowieren, der das nicht aus freien Stücken wünscht.«

Francis spürte sein Handy, das in der Tasche vibrierte, zog es hervor und warf unter dem Tisch einen Blick darauf. Ein Anruf von Marni Mullins. Er steckte es wieder ein.

»Können Sie beweisen, dass die Katzen schon tätowiert waren, als sie zu Ihnen kamen?« Rory gebärdete sich wie ein Terrier, der eine Ratte gerochen hatte.

»Ja, ich bin mir sicher, dass sich Fotos in den Dateien finden, die mir das Tierheim vor der Adoption geschickt hat.«

»Trotzdem müssen wir Ihre Katzen der RSPCA melden.« Rory ließ nicht locker.

Iwao starrte ihn ausdruckslos an.

Francis spürte, dass die Befragung ein fruchtloses Unterfangen bleiben würde, wenn er nicht bald etwas unternahm, also schob er Marnis Ausstellungskatalog über den Tisch zu Iwao.

Der Tätowierer warf einen Blick darauf, erkannte, was vor ihm lag, machte sich aber nicht die Mühe, den Katalog zur Hand zu nehmen.

»Sie glauben, das Ganze hat etwas mit meiner Ausstellung zu tun?«, erkundigte er sich stattdessen.

Francis' Handy vibrierte erneut. Wieder Marni Mullins. Sie würde sich gedulden müssen.

»Warum haben Sie die Ausstellung nicht erwähnt, als ich Sie mit Miss Mullins aufgesucht habe?«, wollte Francis wissen.

Iwaos Augenbrauen schossen in die Höhe. »Warum hätte ich das tun sollen? Sie haben mich nach einem speziellen Tattoo gefragt. Die Ausstellung schien mir nicht relevant zu sein, außerdem habe ich Ihnen den Katalog gezeigt.«

»Wir glauben, es könnte eine Verbindung bestehen.«

»Zwischen der Ausstellung und was genau?«

»Einer Reihe von Morden.«

Francis konnte in Iawos Ausdruck die Gedanken förmlich sehen, die sich in dessen Kopf in Gang setzten. Die Fragen nach seinen Alibis, die Fragen nach seinen Katzen, eine mögliche Verbindung zwischen den Opfern. Der Tätowierer starrte den DI ungläubig an.

»Sie glauben, dass *ich* etwas damit zu tun habe?«

»Sie waren derjenige, der mir erzählt hat, dass man die Tätowierungen der Yakuza nach deren Tod entfernt und präpariert.«

Iwao schob seinen Stuhl ein Stück zurück und verschränkte Arme und Beine. Eine typische Verteidigungshaltung. »Ich will meinen Anwalt sprechen. Bis dahin sage ich gar nichts mehr.«

Francis' Handy vibrierte beharrlich.

Er trat hinaus auf den Gang und wählte Marnis Nummer.

»Sie verdammter Scheißkerl«, fauchte sie, sobald die Verbindung zustande gekommen war. »Ich habe Ihnen vertraut, Sie meinem Freund vorgestellt, und Sie verhaften ihn?«

»Marni …«

»Erst Thierry und jetzt Iwao? Was zum Teufel stimmt nicht mit Ihnen? Können Sie keine eigenen Verdächtigen finden?«

»Es war nicht meine Idee, ihn zu vernehmen.«

»Das interessiert mich einen Scheiß! Ich habe Iwaos Anwalt angerufen, er sollte jede Minute eintreffen. Der Mann würde keiner Fliege etwas zuleide tun – er ist praktizierender Buddhist. Ich schlage vor, Sie lassen ihn laufen und konzentrieren sich zur Abwechslung mal auf die Suche nach dem richtigen Mörder! Außerdem sollten Sie Menschen mit Tätowierungen von den entsprechenden Künstlern warnen, dass da draußen ein Mörder sein Unwesen treibt, anstatt unschuldige Leute zu verhören!«

Sie legte auf. Er hatte seinen einzigen Kontakt zur Tattoo-Szene verloren, dabei stand für ihn immer mehr fest, dass die Morde etwas mit den Tätowierungen der Opfer zu tun hatten.

Rory trat zu ihm.

»Iwaos Anwalt ist am Empfang«, sagte er. »Keine Ahnung, wie der so schnell hier auftauchen konnte.«

»Buschfunk – genauer gesagt: Marni Mullins.«

Eine Stunde später standen sie wieder in Bradshaws Büro, nachdem sie Iwao und seinen Anwalt zum Ausgang begleitet hatten.

Bradshaw war außer sich. »Da haben wir einen Verdächtigen, und Sie lassen ihn laufen.«

»Es gab keinen Grund, ihn festzuhalten«, sagte Francis.

»Hatte er ein Alibi für die Tatzeiten?«

»Nein, aber …«

»Also ist er nach wie vor verdächtig?«

»Im Grunde genommen ja, Sir. Allerdings glaube ich nicht, dass er es getan hat.«

Bradshaw verdrehte die Augen. »Der Herr bewahre uns vor Cops, die ihrem Bauchgefühl folgen.«

»Wir können ihn mit keinem der Morde in Verbindung bringen, auch nicht mit dem an Giselle Connelly.«

Ja, der Kerl war seltsam, aber machte ihn das gleich zum Mörder?

»Das ist richtig, Sir«, pflichtete Rory ihm bei. »Außerdem hat er einen gerissenen Anwalt. Mit dem sollte man sich besser nicht anlegen.«

»Und jetzt?«, fragte Bradshaw. »Jetzt fangen wir wieder bei null an, stimmt's?«

»Sir, ich möchte eine Pressekonferenz einberufen«, meldete sich Francis zu Wort. »Wir müssen die Bevölkerung warnen, dass ein Mörder auf freiem Fuß ist, der es auf Menschen mit Tätowierungen bestimmter Tattoo-Künstler abgesehen hat.«

»Das werden Sie ganz sicher nicht tun.«

»Sir?«

»Wollen Sie den Mörder wissen lassen, dass wir ihm auf der Spur sind, noch dazu mit einer derart unausgegorenen Theorie? Selbst wenn tatsächlich etwas dran sein sollte, würde eine Pressekonferenz doch nur dafür sorgen, dass er in Deckung geht und wir alles verlieren, was wir bislang haben.«

Was haben wir denn bislang?

»Er hat zwei Menschen innerhalb von einer Woche getötet.«

»Und es ist durchaus möglich, dass er bereits den nächsten Mord plant«, fügte Rory hinzu. »Ich denke, der DI hat recht: Es wäre gut, die Öffentlichkeit zu warnen.«

»Ich habe Sie nicht nach Ihrer verdammten Meinung gefragt, Mackay. Diese ganze Serienmörder-Theorie ist doch absolut vage. Ich bin nicht davon überzeugt.«

»Sie ist genauso wahrscheinlich wie die, dass wir es mit drei verschiedenen Morden zu tun haben, Sir.«

»Nun, vergessen Sie die verfluchten Theorien und ziehen Sie los, um Beweise zu finden. Sie müssen auf etwas stoßen – irgendetwas –, bevor ein weiterer Mord geschieht.«

»Herrgott«, murmelte Rory, als sie Bradshaws Büro verließen. »Sie wissen, wen er verantwortlich machen wird, wenn noch jemand stirbt?«

Das Zucken an Francis Kieferpartie sagte alles.

25

Marni

»Du steckst das weg wie ein Profi!«

Marni benutzte ihre Lieblingsflunkerei, als sie merkte, wie viel Mühe es Steve kostete, nicht unter den Einstichen ihrer Tätowiernadeln zusammenzuzucken. Sie stellte fest, dass sie leicht aggressiv war, und holte tief Luft, um sich zu beruhigen. Sie war stinkwütend über das, was passiert war. Aber das war nicht Steves Schuld. Es war ihre dritte Sitzung, und sie arbeitete an einer Staude von Chrysanthemen, die den Hintergrund für das Sleeve-Tattoo eines Tigers im japanischen Stil bildete. Es würde noch mindestens einer weiteren Sitzung bedürfen, bis sie damit fertig wäre.

»Na schön, machen wir Schluss für heute. Ich habe diese Stelle fertig, du kannst dann in ein, zwei Wochen wiederkommen, damit wir den Rest stechen können.«

Steve setzte sich auf der Massagebank auf, schwang die Beine über die Kante und ließ die Schultern kreisen, um seinen Kreislauf in Schwung zu bringen.

»Danke, Süße«, sagte er und betrachtete mit einem erfreuten Lächeln Marnis Werk.

Marni packte ihr Tattoo-Eisen ein, legte die benutzten Nadeln in den Entsorgungsbehälter für scharfe und spitze

Instrumente und zog den Einwegplastikbezug ab, der die Massagebank vor Blutspritzern schützte. Als sie Steves Arm mit Frischhaltefolie umwickelte, fragte sie sich, wie alt ihr Kunde wohl sein mochte – er war fast kahl, aber seine Gesichtszüge wirkten noch immer jugendlich, und seine Augen blitzten hinter den dicken Brillengläsern. Er kam ihr ziemlich alt vor für sein erstes Tattoo, aber heutzutage ließen sich Menschen aller Altersgruppen tätowieren.

»Bar?«, fragte er.

»Bitte«, sagte Marni. »Das waren drei Stunden, fast genau auf die Minute.«

Während Steve das Geld abzählte, zog Marni die Latexhandschuhe aus und wusch sich die Hände. Es war ein langer Tag gewesen, und ihre Wut über Iwaos Vorladung ins Präsidium hatte sie nervös werden lassen. Was zum Teufel spielte Francis Sullivan für ein Spiel? Er konnte doch nicht im Ernst davon ausgehen, dass Iwao etwas mit den Morden zu tun hatte. Dass Iwao jemanden ermordete, war noch unwahrscheinlicher, als dass Thierry die Hände im Spiel hatte. Sehr viel unwahrscheinlicher, um ehrlich zu sein. Sie machte sich Sorgen wegen Thierry …

Es klingelte an der Ladentür. Ihr Magen verknotete sich. Verdammt, sie hatte gedacht, sie hätte abgeschlossen, als sie anfing, Steve zu tätowieren. Vorsichtig spähte sie aus der Tür des Hinterzimmers und sah Francis Sullivan auf die Ladentheke zugehen. Sein Anblick trug nicht dazu bei, ihre Stimmung zu verbessern. Wollte er jetzt etwa sie verhaften?

»Was wollen Sie?«, fragte sie, ohne ihn zu begrüßen.

Hinter ihr schob Steve vorsichtig seinen frisch tätowierten Arm in den Jackenärmel. Francis blieb vor der Tür zum Hinterzimmer stehen und warf einen Blick hinein.

»Ich kann warten, bis Sie fertig sind«, sagte er.

»Steve, das ist Detective Inspector Frank Sullivan. Frank, das ist Steve, einer meiner Lieblingskunden.« Sie würde alles tun, um ihm eins reinzudrücken, und stellte zu ihrer Zufriedenheit fest, dass er das Gesicht verzog, als sie ihn Frank nannte.

»Hi, Frank«, sagte Steve und streckte die Hand aus.

Francis Sullivan nahm sie, als wäre sie etwas, was die Katze angeschleppt hatte.

»Sie sind dieser Polizist, nicht wahr? Der, der den Mord an dem tätowierten Kerl untersucht.«

Francis nickte kaum merklich.

»Ich kann nicht glauben, dass Marni die Leiche gefunden hat«, fuhr Steve fort. »Haben Sie schon jemanden in Verdacht?«

»Nur die Falschen«, antwortete Marni an Francis' Stelle bissig, während sie weiter aufräumte. *Wann zum Teufel würde die Polizei endlich den Richtigen finden?*

»In der Zeitung stand, die Morde hätten etwas mit den Tätowierungen der Opfer zu tun. Stimmt das?«

Francis warf Marni einen gequälten Blick zu.

Sie ignorierte ihn.

»Wenn es Ihnen nichts ausmacht«, sagte Francis zu Steve, »würde ich jetzt gern mit Miss Mullins reden.«

»Verstehe. Tut mir leid.« Steve wandte sich zum Gehen.

»Denk an die Nachbehandlung, Steve«, ermahnte ihn Marni, als er die Ladentür öffnete.

Sobald er weg war, ließ Marni die Utensilien sinken, die sie gerade wegräumte, und wandte sich an Francis.

»Ich habe Ihnen nichts zu sagen, Frank. Was Sie getan haben, war ungeheuerlich.«

»Ich möchte mit Ihnen über etwas anderes reden.«

»Warum sollte ich noch mit Ihnen reden?« Sie drehte ihm den Rücken zu und fing an, die Deckel auf die Plastiktintenflaschen zu schrauben.

»Marni, in Brighton wurden letzte Woche zwei Menschen umgebracht. Es gibt Grund zu der Annahme, dass ihre Ermordung etwas mit ihren Tattoos zu tun hat.«

»Ach, dann glauben Sie jetzt also an meine Theorie?«, fragte Marni und funkelte ihn über die Schulter hinweg an. »Und das gibt Ihnen das Recht, meine Leute mit Füßen zu treten? Sie laden sie ohne jeden Grund vor, und wenn sie Pech haben, verhaften Sie sie auch noch.«

Francis seufzte. »Ich habe bislang niemanden verhaftet. Aber wir brauchen Informationen, deshalb muss ich die Menschen befragen, von denen ich annehme, dass sie mir helfen können. Und zu diesen Menschen gehören auch Sie.«

»Sie wollen Unterstützung – von mir, von uns –, und dann gehen Sie so mit uns um? Mit einem derart rücksichtslosen Verhalten verprellen Sie uns nur. Sie glauben doch nicht ernsthaft, dass Thierry, Iwao oder ich etwas mit den Morden zu tun haben?«

»Ich darf keine Möglichkeit außer Acht lassen.«

Marni knallte eine Flasche mit Desinfektionsmittel auf ihre Arbeitsplatte. War sie wütend auf ihn, oder hatte sie selbst einen Verdacht? Vielleicht war es auch Angst, die sie so reagieren ließ.

»Sie sollten die Leute warnen – die Erwähnung einer tätowierten Leiche genügt da nicht. Wenn dort draußen tatsächlich ein Killer unterwegs ist, der es auf Personen mit Tattoos abgesehen hat, sollten sie das zumindest wissen.

Ich habe diesbezüglich nichts in den Zeitungen gelesen, und im Fernsehen kam auch nichts. Warum nicht?«

»Mein Boss …«

»Ihr *Boss*? Ich dachte, Sie seien der leitende Ermittler.«

Er zuckte zusammen. »Ich arbeite nicht in einem Vakuum, Marni. Bei einem Fall wie diesem gilt es, gewisse Erwartungen zu erfüllen.«

»Polizeiarbeit nach Schema F. Verstehe. Das kenne ich schon.« *Es war in Frankreich passiert, und es passierte hier genauso. Immer schön den Weg des geringsten Widerstands gehen.*

Sie hörte endlich auf, die Sachen wegzuräumen, drehte sich um und sah ihm direkt ins Gesicht.

Er wirkte zornig.

»Sie kapieren es nicht. Sie wissen doch gar nicht, unter welchem Druck ich stehe, schnelle Ergebnisse zu bringen. Und die Presse klebt mir auch noch an den Fersen.«

»Es gehört zu Ihrem Job, mit Druck klarzukommen. Ja, bringen Sie Ergebnisse und sorgen Sie verdammt noch mal dafür, dass keine weiteren Menschen umgebracht werden – zum Beispiel dadurch, dass Sie sie warnen.«

»Das kann ich nicht machen. Ich darf keine Panik auslösen.«

»Wenn Sie es nicht tun, werde ich mit Tom Fitz reden. Er wird einen entsprechenden Artikel bringen. Bislang hat er nicht mehr als die Basisfakten in der Hand, und ich weiß, dass er darauf brennt, seinen Lesern Futter zu geben.«

Francis seufzte. »Halten Sie sich von ihm fern, Marni. Bitte. Lassen Sie die Polizei entscheiden, welche Informationen an die Öffentlichkeit gehen. Es brodelt ohnehin schon in der Gerüchteküche.«

»Dann sollten Sie schleunigst etwas unternehmen«,

stellte sie klar, aber er reagierte nicht. Stattdessen setzte er sich auf einen klapprigen Holzstuhl in einer Ecke des Studios und rieb sich mit beiden Händen die Augen. Die Müdigkeit und der Stress machten ihm zu schaffen, aber Marnis Mitleid hielt sich in Grenzen. Sie hatte gesehen, was passieren konnte, wenn die Polizei auf schnelle, einfache Erfolge aus war. Sie hatte am eigenen Leib erfahren, was es bedeutete, wenn Fakten falsch interpretiert wurden und im schlimmsten Fall zu einem Justizirrtum führten.

»Wie wär's mit einem Kaffee?«, fragte er.

In einem kleinen Coffeeshop zwei Türen weiter setzten sie sich an einen Ecktisch und bestellten – einen schwarzen Americano für ihn, einen Triple Macchiato für sie.

»Also, was wollen Sie mich fragen?« Marni gab sich keine Mühe, die Feindseligkeit in ihrer Stimme zu verbergen.

»Verraten Sie mir, woher Sie wissen, dass Iwao es nicht war.«

Marni schüttelte den Kopf. »Ganz bestimmt nicht, Frank. *Sie* müssen beweisen, wer es getan hat. Es ist nicht meine Aufgabe, Entlastungsmaterial für die zusammenzutragen, die es nicht waren. In der Hinsicht kann ich Ihnen ohnehin nicht helfen – ich kenne Iwao, daher weiß ich, dass er nichts mit der Sache zu tun hat. Er ist gar nicht fähig zu so etwas.«

»Thierry dagegen schon, oder?«

»Sie können mich mal.«

Sie stand auf.

»Marni!« Die Verärgerung in seiner Stimme führte dazu, dass sie sich zögernd wieder setzte. »Ich behaupte nicht, dass er es getan hat, trotzdem muss ich mehr über ihn wissen. Laut unserer Akten wurde er wegen Drogendealerei und schwerer Körperverletzung verurteilt. Erzählen Sie mir etwas darüber.«

»Die Dealerei ist selbsterklärend. Das war nie eine große Nummer, immer nur ein bisschen nebenbei, meistens im Studio. Das Geld war knapp, als Alex zur Welt kam. Ich konnte mehrere Monate lang nicht arbeiten.«

Francis nickte. Das verstand er.

»Er wurde ein paarmal erwischt. Das ist alles.«

Sie würde ihm nicht auf die Nase binden, dass das Dealen einer der Gründe gewesen war, warum sie sich von Thierry getrennt hatte. Einer von vielen Gründen. Zum Beispiel die anderen Frauen. Und die Wutausbrüche in betrunkenem Zustand, die sie etwas zu oft an Paul erinnerten. Der Teil ihres Lebens ging Francis Sullivan nichts an.

»Und was ist mit der schweren Körperverletzung?«

»Er hat im Heart & Hand einen Typen zusammengeschlagen, aber das ist schon lange her.«

»Warum?«

Marni nippte an ihrem kalten Kaffee, um Zeit zu gewinnen, dann antwortete sie: »Es stand etwas in den Zeitungen, und dieser Kerl ist deshalb auf uns losgegangen.«

»Was stand in den Zeitungen? Etwas über Thierrys Verurteilung wegen der Dealerei?«

»Nein. Etwas über mich. Der Kerl hat ein paar ziemlich unangebrachte Bemerkungen abgelassen – deshalb hat Thierry ihn zusammengeschlagen.«

»Und das war alles?«

»Das war alles.« Marni wünschte sich verzweifelt, sie könnten das Thema wechseln. Das Letzte, was sie jetzt gebrauchen konnte, war, dass Francis Sullivan in ihrer Vergangenheit herumschnüffelte. Oder in der von Thierry.

Francis trank seinen Kaffee aus und schwieg für ein paar Minuten, dann sagte er: »Marni, kann ich Sie etwas fragen?«

»Klar.« *Nein.*

»Es geht auch nicht um Thierry.«

»Schießen Sie los.« *Hören Sie bloß auf.*

»Sie waren mal im Gefängnis, stimmt's?«

Das war genau die Sache, über die Marni ganz bestimmt nicht hatte reden wollen. »Ja.«

»Ich kann in unserer Datenbank nichts darüber finden.«

Er konnte förmlich sehen, wie sie die Stacheln aufstellte.

»Das war damals, als ich in Frankreich gelebt habe.«

»Das erklärt, warum bei uns nichts gespeichert ist. Was haben Sie angestellt?«

»Spielt das eine Rolle?«

»Nein, aber …«

»Ich habe einen Mann niedergestochen.«

Erinnerungen zogen vor ihrem inneren Auge auf. Das matte Schimmern der Klinge. Das Blut, so viel und dann noch viel mehr. Sirenen, die in der frühmorgendlichen Stille heulten. Polizisten, die so schnell Französisch sprachen, dass sie nichts verstand. Sie rang nach Atem, dann fand sie ihre Stimme wieder.

»Haben Sie gehört, was ich gesagt habe? Ich habe einen Mann niedergestochen.«

Die Farbe war aus Francis' Gesicht gewichen. Er sah aus wie jemand, der sich wünschte, er könnte seine Frage zurücknehmen.

Haben Sie sich jemals gefragt, wie es ist, einem lebenden Menschen die Haut abzuziehen? Vermutlich nicht. Ich denke oft daran. Wenn ich andere Dinge tue. Wenn ich nachts im Bett liege. In stillen Momenten wie diesem. Ich warte in meinem Wagen auf den Nächsten auf meiner Liste, um meine Arbeit zu Ende zu bringen. Ich trage Informationen über seine Angewohnheiten zusammen, um daraus auf seinen Charakter zu schließen und mir einen Plan zurechtzulegen. Er ist groß und geht häufig ins Fitnessstudio. Jeden Tag, um genau zu sein. Ich freue mich darauf, ihm die Haut vom Körper zu ziehen, sein Tattoo abzuschälen. Als würde ich einen Apfel schälen.

Nein, im Grunde ist es nicht so wie Apfelschälen. Die Haut eines lebenden Menschen ist um einiges dehnbarer und elastischer als eine Apfelschale. Auch die Technik ist komplett anders. Der schwerste Teil beginnt, sobald ich den Umriss der Fläche, die ich häuten will, mit dem Messer nachgefahren habe. Ich hebe die Ränder der Haut mit der Messerspitze an, dann bewege ich die Klinge vorsichtig hin und her, um eine kleine Tasche zwischen der angehobenen Haut und der festen weißen Muskelschicht darunter zu schaffen. Oder, wie es bei manchen Menschen der Fall ist, zwischen der Haut und der subkutanen Fettschicht. Wenn ich den gelösten Rand zu fassen bekomme, kann ich anfangen, die Haut vorsichtig abzuziehen, wobei ich sie mit der Klinge vom Fleisch trenne.

Je nachdem, um welche Körperpartie es sich handelt, fließt nur wenig Blut, oder aber es kommt ein ganzer Schwall davon. Ich unternehme nichts, um die Blutung zu stillen. Wozu auch? Am Ende sterben meine Opfer immer, und das Wichtigste ist, die Tätowierung zu entfernen, ohne sie zu beschädigen. Nichts übertrifft die Befriedigung, die ich verspüre, wenn ich den letzten Schnitt ausführe, mit dem sich das Stück Haut, an dem ich arbeite, vom Körper löst. Dann kann ich es in der Hand halten – noch warm und feucht, manchmal dampft es sogar, wenn wir in einer kalten Nacht draußen sind – und mir vorstellen, wie es aussehen wird, wenn die Haut getrocknet und gegerbt ist.

Nicht jeder hat das Glück, seine Arbeit so sehr zu lieben, wie ich es tue. Ich denke, ich kann durchaus von meinem Traumjob sprechen. Die Bezahlung ist gut, aber um ehrlich zu sein – ich würde es auch umsonst machen. Ich würde fast alles tun, worum mich der Sammler bittet, aber zum Glück erkennt er, wo meine speziellen Fähigkeiten liegen, und diese Arbeit befriedigt nun mal unser beider Bedürfnisse. Er liebt die Stücke, die ich ihm bislang überreichen konnte – wir sind dabei, gemeinsam eine ganz besondere Sammlung aufzubauen.

Der Mann, den ich beobachte, kommt aus seinem Bürogebäude und geht auf seinen geparkten Wagen zu. Seine Tätowierung ist nicht zu sehen – er trägt bei der Arbeit einen billigen schwarzen Anzug. Ich bezweifle, dass die Leute in seinem Büro wissen, dass er ein Tattoo hat. Er verkauft am Telefon Versicherungen und kompensiert seine gähnend langweiligen Tage mit törichten nächtlichen Aktivitäten. Ich habe ihn in den Clubs beobachtet, wo er mit seinem Tattoo und seinen Moves protzt. Ich habe gesehen, wie er auf öffentlichen Toiletten Drogen kauft und mit anderen Männern in dunklen Seitenstraßen verschwindet, auf der Suche nach Vergessen. Oder nach billigen Kicks.

Wenn die Zeit gekommen ist, wird er ein leichtes Ziel sein. Eine reife Frucht, bereit, zerteilt und geschält zu werden. Ich werde ihm das

Tattoo abschälen, Zentimeter für Zentimeter, einen Ganzkörperanzug in zwei großen Stücken. Gott, er wird heftig bluten. Ich kann den Geruch beinahe schmecken.

Es muss bald passieren.

26

Francis

Francis wusste, dass er beten sollte, aber ihm drehte sich immer noch der Kopf. *Marni Mullins hatte einen Mann niedergestochen.* Sie hatte nicht viel mehr dazu gesagt, und das, was sie gesagt hatte, ergab keinen Sinn. Er vermutete, sie habe aus Notwehr gehandelt, aber sie hatte ihm deutlich zu verstehen gegeben, dass das nicht der Fall war – und schließlich war sie dafür auch ins Gefängnis gewandert. Er wünschte sich händeringend weitere Informationen, aber die würde er wohl kaum bekommen. *Wen hatte sie niedergestochen? Warum? Unter welchen Umständen?* Er versuchte erneut, sich aufs Gebet zu konzentrieren, aber das gelang ihm nur für einen kurzen Augenblick.

Schließlich gab er auf, rappelte sich hoch und setzte sich neben Rory auf die harte Holzbank. Sie hatten in der hintersten Reihe der St Peter's Church Platz genommen. Obwohl er nicht dieser Gemeinde angehörte, kannte Francis die Kirche gut und hatte hier schon mehrfach an Gottesdiensten teilgenommen. Rory rutschte unbehaglich auf der Bank neben ihm hin und her. Es lag auf der Hand, dass er kein Kirchgänger war. Nichtsdestotrotz gehörten Begräbnisse und Gedenkgottesdienste zu ihrem Job. Die Mordkommission musste der Familie des Opfers Respekt zollen – und die Gelegenheit nutzen, um herauszufinden, wer sonst noch bei der Zeremonie anwesend war.

Die St Peter's Church war ein gewaltiges neugotisches Bauwerk mit hoch aufragenden Säulen und einem atemberaubenden Buntglasfenster am oberen Ende des Hauptschiffs, entworfen von dem bekannten Architekten und Baumeister Charles Barry. Francis liebte es, und wenn er sich nicht aus Loyalität Pater William gegenüber verpflichtet gefühlt hätte, in St Catherine zu bleiben, wäre er in diese Gemeinde gewechselt. Da es sich um einen Gedenkgottesdienst handelte, gab es keinen Sarg – stattdessen stand ein vergrößertes Foto von Evan Armstrong auf einer Staffelei auf den Altarstufen mit ausgefallenen Blumenarrangements zu beiden Seiten. Die Gottesdienstbesucher schlurften schweigend daran vorbei, und trotz des Sonnenlichts, das durch die Fenster einfiel, war die Stimmung düster.

»Was schätzen Sie – wie hoch ist der Prozentsatz der Mörder, die zur Bestattung ihrer Opfer gehen?«, flüsterte Rory hinter vorgehaltener Hand.

In Anbetracht dessen, dass die meisten Täter ihre Opfer gut kannten oder ihnen sogar nahestanden, vermutlich sehr hoch. Francis drückte einen Finger auf die Lippen und konzentrierte sich darauf, Evan Armstrongs Familie und Freunde zu beobachten. Dave und Sharon Armstrong saßen in der ersten Reihe, zusammen mit einer jungen Frau, bei der es sich vermutlich um Evans Schwester handelte. Keiner von ihnen war schwarz gekleidet. Dave trug einen marineblauen Anzug, der dunkel genug für diesen Anlass war, Sharon dagegen hatte einen Mantel in einem strahlenden Magenta gewählt. Im Kontrast dazu wirkte ihr Gesicht farblos und verkniffen; ihre Falten schienen tiefer geworden zu sein, seit Francis ihr vor einer Woche zum ersten Mal begegnet war. Sie stützte sich schwer auf Daves Arm, als sie den kurzen Gang zwischen den Bankreihen entlanggingen, und er half ihr, sich wieder zu setzen, als ihre Beine nachzugeben drohten. Die Tochter, die lautlos in ein zerknülltes Taschentuch weinte, war ganz in Braun und Grün gekleidet, schmutzige braune Stiefel lugten unter ihrem rostfarbenen, knöchellangen Rock hervor. Sie sah aus, als hätte man sie bei der Gartenarbeit gestört. Francis war der festen Ansicht, dass man bei einem Anlass wie diesem schwarz tragen sollte – schwarze Kleidungsstücke fanden sich heutzutage in jedermanns Garderobe –, und er konnte sich des Gefühls nicht erwehren, dass die Armstrongs nicht sonderlich religiös waren.

Es bestand ganz offensichtlich eine Kluft zwischen Evans Verwandtschaft und seinen Freunden. Erstere schienen aus demselben Holz geschnitzt zu sein wie Sharon und Dave – ganz normale Leute, deren Leben durch den tragischen Verlust eines Familienmitglieds einen grausamen Einschnitt erfahren hatte. Die meisten von ihnen gingen nach vorn, um Sharon zu umarmen und Dave die Hand zu schütteln, dann suchten sie sich einen Platz und setzten sich in respektvollem Schweigen.

Evans Freunde dagegen drängten sich vor den Türen zur Kirche zusammen, als wollten sie nicht hineingehen und sich mit der Tatsache konfrontiert sehen, dass einer der ihren nicht mehr am Leben war. Viele von ihnen, bemerkte Francis, als er sich umdrehte, um sie zu mustern, sahen aus wie die Leute, denen er auf der Tattoo-Messe begegnet war – schwarze Klamotten, rasierte Köpfe oder bunt gefärbtes Haar, übertrieben viele Piercings und trotz des ernsten Anlasses demonstrativ zur Schau gestellte Tattoos. Sie waren recht laut, vor allem die Mädchen – vermutlich weil sie miteinander konkurrierten, überlegte Francis –, die Männer sprachen mit tiefen, eindringlichen Stimmen.

Als die Orgel zu spielen begann, betraten sie nach und nach die Kirche und setzten sich. Francis sah, dass Marni und Thierry Mullins gemeinsam eintrafen, begleitet von zwei stark tätowierten Männern, die Französisch mit Thierry sprachen. Rory stieß ihm einen Ellbogen in die Rippen, um ihm zu zeigen, dass auch er sie gesehen hatte. Als alle Platz genommen hatten, drehte sich Marni zu Francis um und bedachte ihn mit einem finsteren Blick. Er nickte ihr kaum merklich zu, aber sie hatte ihm bereits wieder den Rücken zugewandt. Iwao kam in einem dezenten schwarzen Anzug in die Kirche und setzte sich an den Rand von Marnis Bankreihe. *Hatte er Evan gekannt?* Der Tätowierer sah Francis giftig an und flüsterte Marni etwas zu.

Ein paar Nachzügler füllten die verbliebenen hinteren Bankreihen, und Francis und Rory mussten rücken, um einer großen, kräftig gebauten Frau Platz zu machen, die von Kopf bis Fuß in Schwarz gekleidet war, einschließlich Handschuhen und Hut mit einem schwarzen Netzschleier. Auch als sie saß, war sie noch fast einen Kopf größer als Francis. Er nahm an, dass es sich um eine unverheiratete Tante handelte, die sich entweder verfahren oder aber keinen Parkplatz gefunden hatte. Sie formte mit den Lippen ein »Dankeschön«, dann trat auch schon der Pfarrer vor den Altar und fing an zu reden. Während des Gottesdienstes traten noch mehrere Zuspätkommende ein, die hinten in der Kirche stehen blieben.

Francis lauschte den Worten des Pfarrers, der den Hinterbliebenen Trost zu spenden versuchte, und fragte sich, wie bald er wohl einem weiteren Gedenkgottesdienst oder Begräbnis würde beiwohnen müssen. Es wäre etwas anderes, denn bei der zu bestattenden Person würde es sich um seine Mutter handeln – Lydia hatte die Zeremonie bereits vor Jahren mit ihm besprochen. Sie sollte in der kleinen Kirche auf dem Land stattfinden, wo sie seit ihrer Hochzeit jeden Sonntag zum Gottesdienst gegangen war und wo auch Francis als Kind zum Glauben gefunden hatte. Würde es das Abschiednehmen leichter für ihn und seine Schwester machen? Auch wenn seine Eltern dort geheiratet hatten, bezweifelte er, dass sich sein Vater die Mühe machen würde, sich bei ihrer Beerdigung blicken zu lassen. Francis war so abgelenkt von seinen eigenen Gedanken, dass er kaum bemerkte, dass der Gottesdienst für Evan schon vorbei war. Er wurde erst vom Pfarrer aus seinen Gedanken gerissen, der nun durchs Mittelschiff schritt.

Draußen blieben die beiden Fraktionen auf Abstand, auch wenn ein paar von Evans Freunden zu Evans Familie überliefen, um ihnen ihr Beileid zu bekunden. Francis und Rory standen etwas abseits, um das Geschehen zu überblicken. Francis hatte Hollins am Straßenrand gleich gegenüber der Kirche parken lassen, damit dieser das Prozedere mit einem starken Zoom filmte. Er nahm Rorys Bemerkung darüber, dass der Mörder mit großer Wahrscheinlichkeit am Gottesdienst teilnahm, sehr ernst, und er würde den Film so lange auswerten, bis er herausgefunden hatte, wer jeder einzelne Besucher war und in welcher Beziehung er zu Evan Armstrong gestanden hatte. Tom Fitz teilte offenbar seinen Ehrgeiz, denn er ging zwischen den Trauergästen umher und knipste ein Foto nach dem anderen.

»Immer noch auf der Suche nach Ihrem Killer?« Plötzlich tauchte Ishikawa Iwao an Francis' Seite auf. »Woran wollen Sie ihn erkennen, wenn Sie ihn sehen?«

Er war schon wieder verschwunden, bevor Francis ihm eine Antwort geben konnte.

Immer wieder wanderten Francis' Augen zu Marni Mullins. Im Augenblick sprach sie mit einem Mann mit einem leuchtenden, frisch gestochenen Tiger-Tattoo am rechten Arm – dem Mann, dem er in ihrem Studio begegnet war. Wie hieß er noch gleich? Der Name wollte ihm nicht einfallen, denn plötzlich war alles, woran er denken konnte, die Worte, die sie im Coffeeshop gesagt hatte. *Haben Sie gehört, was ich gesagt habe? Ich habe einen Mann niedergestochen.* Als könnte sie hören, was Francis dachte, unterbrach sie ihr Gespräch und sah ihm direkt in die Augen. Ihr Blick war nicht freundlich. Er wandte sich ab und überquerte die Straße, um ein Wort mit Hollins zu wechseln, der immer noch durchs offene Fahrerfenster filmte, nicht gerade unauffällig.

»Sorgen Sie dafür, dass Sie alle draufhaben, Kyle.«

»Klar, Chef«, antwortete er, ohne den Blick vom Sucher zu wenden.

»Vor allem die Tätowierten.«

»Genau auf die konzentriere ich mich.«

Francis spürte, wie ihm jemand auf die Schulter tippte, und fuhr herum.

Marni Mullins sprühte vor Zorn.

»Sie filmen uns? Sie sollten nicht einmal hier sein! Sie kannten Evan Armstrong doch gar nicht!«

»Kannten Sie ihn?«

Sie sah ihn sprachlos an, ihre Lippen bewegten sich einen Augenblick lang stumm, bevor sie die passende Antwort fand.

»Er war einer von Thierrys Kunden und außerdem eine Zeit lang mit Charlie und Noa befreundet. Wir haben ein Recht, hier zu sein. Sie nicht.«

»Ich hatte den Eindruck, Thierry sei gar nicht gut auf ihn zu sprechen, wegen einer unbezahlten Rechnung, wenn ich mich recht erinnere«, entgegnete Francis. »Wie dem auch sei: Wir haben sehr wohl ein Recht, hier zu sein. Wir versuchen, Armstrongs Mörder zu finden.«

»Hier, bei einem Gedenkgottesdienst? Das ist doch ziemlich pietätlos.«

»Das hier sind die Menschen, die Evan kannte.«

»Abgesehen von Ihnen und Ihren Leuten.« Marni schnaubte.

»Ich dachte, wir ständen auf derselben Seite, Marni.«

»Auf welcher Seite stehen Sie denn, Francis?«

»Auf der Seite des Gesetzes und damit auf der richtigen.«

Die Worte schienen etwas zu unterstellen, was er gar nicht so gemeint hatte. Marnis Augen wurden schmal, dann machte sie auf dem Absatz kehrt und stapfte zu Thierry, der gerade mit Evan Armstrongs Schwester sprach.

Francis sah ihr nach und wünschte sich, er wäre nicht zum Wagen gegangen, wodurch er ihre Aufmerksamkeit auf sich und seine Aktion gezogen hatte. Ihr Ärger machte ihn betroffen, und er war schockiert darüber, wie aggressiv sie reagierte. Doch als sie nun eindringlich auf Thierry einredete, konnte er eine gewisse Verletzlichkeit an ihr bemerken, die ihm so bislang nicht aufgefallen war. In ihrer Vergangenheit gab es einen schwarzen Fleck, das stand fest. Aber was war mit der Gegenwart? Hielt sie den Schlüssel zu seinem Fall in der Hand?

Ich bin bei der Gedenkfeier. Alle, die den bedauernswerten Evan Armstrong kannten, sind hier. Und wenn ich mich so umsehe, vermutlich auch einige andere. Die Polizei ist in großer Zahl vertreten. Wer sonst trägt Schuhe mit Luftpolstersohle zum Anzug? Offenbar halten sie nach mir Ausschau, aber sie wissen nicht, wonach – oder nach wem – sie suchen sollen. Sie tun mir ein bisschen leid.

Da sie mich nicht beobachten können, beobachte ich sie. Eine interessante Dynamik, die hier im Spiel ist. Der Ältere, den ich für den leitenden Ermittler gehalten hatte, hat gar nicht das Sagen. Er nimmt Anweisungen von dem sehr viel Jüngeren entgegen. Oh ja, der Rotschopf sieht aus, als käme er frisch von der Schulbank, aber ihm trieft die Gewieftheit aus den Poren wie einem Schwein der Schweiß. Den sollte man nicht unterschätzen.

Trotzdem hat er noch immer keinen blassen Schimmer, wer die Taten begangen hat.

Die Familie scheint am Boden zerstört zu sein, und ich bin stolz, weil das allein mein Verdienst ist. Die ganze Zusammenkunft hier ist das Ergebnis meiner Arbeit. Ich bin der Grund für all die Tränen, die über das Gesicht der bedauernswerten Frau fließen, für die zitternden Hände ihres Ehemanns, wenn er nach ihr greift, um sie zu stützen. Meine scharfe Klinge hat ihre Herzen genauso gründlich gezeichnet wie

Evans Fleisch. Dieser Schmerz ist die Wertschätzung meiner Arbeit. Ich wünschte mir, Ron wäre hier, um zu sehen, was ich geschaffen habe. Und auf eine seltsame Art und Weise wünsche ich mir, mein Vater wäre ebenfalls anwesend. Er wäre mit Sicherheit schockiert, aber letztendlich würde er begreifen, dass ich doch Talent habe. Der Gedanke an ihn hinterlässt einen bitteren Geschmack, deshalb richte ich meine Aufmerksamkeit lieber wieder auf die Menschen, die hier sind.

Großartig, dass sich die Tattoo-Szene hier begegnet – alle zur selben Zeit am selben Ort. Sie tun so, als seien ihre kleinlichen Eifersüchteleien und Animositäten für den Moment vergessen. Als seien sie traurig, weil jemand, den die meisten von ihnen kaum kannten, tot ist. All die kleinen Groupies, die in ihre schwarzen Taschentücher schluchzen, als würden sie wahrhaftig trauern. Dabei dient ihnen das hier bloß dazu, sich hinterher im Pub volllaufen zu lassen.

Bei Marni Mullins ist das anders. Auf ihren Wangen sind keine Tränen, als sie sich an mir vorbeidrängt, um die Kirche zu verlassen. Sie ist schön, doch ihr Körper bebt vor unterdrückter Wut. Ich frage mich, auf wen sie so sauer ist und warum. Aber das werde ich sicher bald herausfinden.

Es gibt vieles, was man bei einem Gedenkgottesdienst herausfinden kann. Manche Leute sind quasi nackt, emotional gehäutet. Andere funktionieren, erfüllen die Erwartungen der anderen. Jegliche Art von Interaktion verstärkt sich, und wenn dann beim Leichenschmaus noch Alkohol dazukommt …

Ich beobachte und lerne.

Marni Mullins spricht mit dem jungen Polizisten. Seine Wangen verfärben sich. Das dürfte kaum ein freundliches Gespräch sein. Sie ist immer noch wütend, als sie weggeht, aber er macht einen reuevollen Eindruck. Was hat er zu bereuen, wenn es um Marni Mullins geht? Seine Blicke folgen ihr wie die eines kleinen Hündchens.

Bleib ruhig, mein schlagendes Herz! Der Sammler ist hier.

27

Marni

Der Leichenschmaus wurde im Heart & Hand gehalten; anscheinend war das Evans Lieblingskneipe gewesen. Der Gastraum war kaum groß genug für die vielen Leute, die nach dem Gedenkgottesdienst mitkamen, und schon bald versammelten sich die Trinker an der Straßenecke. Die Ironie, dass das Pub Thierry als Alibi für das Zeitfenster von Evans Ermordung diente, entging Marni nicht. Francis hatte ihr von dem Mädchen mit dem Meerjungfrauen-Tattoo erzählt, und sie bezweifelte nicht, dass die kleine Schlampe auch heute hier war. Sie zog scharf die Luft ein und biss sich auf die Unterlippe. Das war wirklich nicht fair. Thierry und sie waren seit Jahren getrennt, warum also sollte es ihr etwas ausmachen, wenn er mit anderen Frauen ins Bett ging? Das Problem war nur, es machte ihr etwas aus.

Abseits der ernsten Kirchenatmosphäre kam beim Leichenschmaus eher Partystimmung auf. Nachdem sie sich etwas zu trinken besorgt hatten, brachten sich Evans Tattoo-Freunde auf den neuesten Stand und tratschten. Neue Tätowierungen wurden präsentiert und entweder begeistert kommentiert oder verspottet, Geschichten von den neuesten Tattoo-Messen ausgetauscht. Die Mädchen, die vorhin so bitterlich geschluchzt hatten, lachten jetzt laut, was Marni leidtat für Evans Familie, die zusammengedrängt in einer Ecke des Pubs saß.

Sie sah sich an der überfüllten Bar um und runzelte die Stirn, weil sie sich fragte, ob Thierry wohl mit dem Meerjungfrauen-Mädchen oder mit seiner neuen Auszubildenden hier war. Sie musste nicht lange auf eine Antwort warten – sie entdeckte ihn am Ende der Bar, wo er eng umschlungen mit der Kleinen aus dem Studio zusammenstand und ihr etwas ins Ohr flüsterte. Sie spürte, wie ihr die Galle hochkam, und wandte sich ab.

»Sie ist über achtzehn«, flüsterte ihr eine Stimme ins Ohr. »Gerade geworden.«

Noa tauchte an ihrer Seite auf und deutete auf seinen Drink, um sie zu fragen, ob sie auch noch einen haben wolle.

Warum nicht? Sie war nicht mit dem Auto gekommen, und sie hatte heute Nachmittag keine Termine, also konnte sie genauso gut noch etwas trinken. Ohne die mildernde Wirkung des Alkohols würde sie die nächsten ein, zwei Stunden vielleicht nicht durchstehen.

»Gern. Danke.«

Während sie darauf wartete, dass Noa zurückkam, trat Iwao zu ihr.

»Kanntest du ihn?«, fragte sie.

»Evan? Nein. Aber ich habe mit Jonah Mason über das gesprochen, was passiert ist, und er hat mich gebeten, ihn zu vertreten.«

»Ist er in Kalifornien?«

»Ja. Ich habe Evans Eltern sein Beileid überbracht. Jonah

fühlt sich schrecklich, weil sein Tattoo womöglich der Grund für Evans Tod ist. Er überlegt, eine Belohnung für sachdienliche Hinweise zur Ergreifung des Killers auszusetzen.«

»Im Ernst? Aber es ist doch nicht seine Schuld, dass irgendein Psycho beschlossen hat, die Tätowierung von Evans Körper zu schneiden. Der Kerl hätte sich genauso gut für eine andere entscheiden können – es war ja genügend Auswahl da.«

Iwao schürzte die Lippen. »Nicht, wenn deine Theorie bezüglich der Ausstellung stimmt, Marni. Die würde nämlich nahelegen, dass der Killer ganz genau weiß, welche Tattoos er haben möchte. Und genauso speziell ist er in der Auswahl seiner Opfer.«

Über Iwaos Schulter hinweg konnte sie Francis Sullivan sehen, der sich ihnen näherte.

»Verdammt! Ich fasse es nicht, dass die Polizei immer noch da ist. Das ist so pietätlos!«

Iwao folgte ihrem Blick und schnitt eine Grimasse.

»Er macht bloß seinen Job, Marni. Trotzdem musst du mich jetzt entschuldigen …«

Er verschwand eilig in der Menge, gleichzeitig trat Noa mit ihrem Wein zu ihr, nahm ihr das leere Glas ab und stellte es auf die Bar.

»Bitte sehr, Süße. Und jetzt erzähl mir, wie es dir inzwischen ergangen ist.«

Sie küsste ihn auf die Wange.

»Gib mir eine Minute, Noa. Ich will nur schnell diesen verfluchten Polizisten abwimmeln.«

Francis Sullivan trieb sich in ihrem peripheren Gesichtsfeld herum, was sie schrecklich ärgerte. Mit seinem dunklen Anzug wirkte er völlig fehl am Platz inmitten der Tätowierten. Er hätte ruhig Jackett und Krawatte ablegen können. *Was für ein Spießer!*

»Sie haben Nerven«, sagte sie, als sie zu ihm trat.

»Wir wollen doch alle, dass dieser Killer geschnappt wird, oder etwa nicht, Marni?«

Er hielt nicht mal einen Drink in der Hand, um wenigstens so zu tun, als würde er dazugehören.

»Manche Dinge sind heilig.«

Francis sah sich in der überfüllten Kneipe um, wo die Leute Bratwurstbrötchen in sich hineinschlangen und mit Bier nachspülten, und verkniff sich einen Kommentar.

Marni nahm einen großen Schluck Wein. Langsam bedauerte sie, dass sie ihm geholfen hatte. Er schien so versessen darauf, jemandem mit einem Tattoo die Verbrechen in die Schuhe zu schieben, dass er offenbar vergaß, richtiges Beweismaterial zusammenzutragen. Aber genau das wurde von der Polizei erwartet, oder nicht? Beweismaterial zu finden, das schlussendlich zum Mörder führen würde, nicht umgekehrt.

»Wie viele der Tattoo-Künstler von Iwaos Ausstellung sind hier?«

Marni ließ sich Zeit.

»Iwao ist hier«, antwortete sie schließlich. »Er vertritt Jonah Mason, der in Kalifornien ist. Ich habe Rick Glover gesehen, aber keinen von den anderen.«

»Er hat die Spinnentätowierung von Jem Walsh gemacht, richtig?«

»Ja.«

»Können Sie mich ihm vorstellen?«

Marni fühlte, wie sich ihre Wangen erneut vor Zorn röteten.

»Damit Sie ihn morgen verhaften können? Das scheint ja Ihre übliche Vorgehensweise zu sein.«

Francis seufzte. »Marni, wir sehen uns jeden, der mit dem Fall – den Fällen – zu tun haben könnte, genauer an, um ihn anschließend von unserer Liste streichen zu können.«

»Mit anderen Worten: Sie möchten, dass ich Sie Glover vorstelle, damit Sie sein Alibi für die Nacht von Jems Tod überprüfen können. Auf keinen Fall, Frank.«

»Hören Sie zu, meine Liebe: Sie sollten wenigstens für fünf Minuten von Ihrem hohen Ross absteigen. Da draußen ist ein Killer, der es auf Ihresgleichen abgesehen hat.«

»Sie haben recht«, erwiderte sie ruhig. »Ich möchte nicht, dass noch jemand stirbt. Doch dadurch, dass Sie Ihre Informationen nicht an die Öffentlichkeit weitergeben, bringen Sie uns alle in Gefahr. Bitte sprechen Sie zumindest eine offizielle Warnung aus.«

»Das könnte Auswirkungen auf das Verhalten des Killers haben.«

»Es könnte Leben retten.«

Mit ihm zu reden war, als rede sie mit einer Wand.

»Entschuldigen Sie mich«, sagte sie schließlich. »Ich muss noch mit anderen Leuten sprechen.«

Als Marni an der Bar entlangschlenderte, rauschte das Blut in ihren Ohren, ihr Herzschlag beschleunigte sich. Nein, das alles war ganz und gar nicht richtig, und sie würde nicht untätig danebenstehen und warten, bis der Nächste starb.

»Noa, holst du mir bitte einen Stuhl?« Sie deutete auf den Stuhl, auf dem im Augenblick Thierrys Auszubildende saß.

»Klar. Entschuldige«, sagte Noa, fasste die Lehne und kippte das Mädchen ohne große Umschweife auf Thierrys Schoß. Ihr Rock war so kurz, dass Marni ihr Höschen sehen konnte. Das Mädchen zog ein finsteres Gesicht, aber Thierry lachte bloß und legte ihr den Arm um die Taille, was Marnis Zorn nur noch mehr befeuerte.

»Wo soll ich ihn hinstellen?«, fragte Noa.

»Gleich hier an die Bar, das passt so.«

Marni kletterte auf die Sitzfläche und sah sich in dem lärmigen Pub um, dann hielt sie Ausschau nach etwas, womit sie die Aufmerksamkeit der Gäste wecken konnte. Schließlich entdeckte sie eine Gabel auf dem Tresen und klopfte damit gegen ihr Glas.

»Seid mal einen Augenblick still!«, rief Noa mit seiner dröhnenden Bassstimme. »Marni hat etwas zu sagen.«

Alle Köpfe wandten sich ihr zu. Marni sah, wie Sharon und Dave Armstrong sie verwirrt ansahen.

»Hallo«, sagte Marni, als das Stimmengewirr im Pub leiser wurde. »Ich nehme an, die meisten von euch wissen, wer ich bin, aber für die, die das nicht tun: Ich bin Marni Mullins vom Celestical Tattoo. Ich muss zugeben, dass ich Evan nicht wirklich kannte, trotzdem bin ich heute hier, denn ich kenne viele Leute, die ihn kannten. Außerdem habe ich euch allen etwas sehr Wichtiges mitzuteilen – und ich möchte, dass ihr das an all eure Freunde weitergebt, die jetzt nicht hier sind.«

Sie bückte sich, um ihr Weinglas auf den Tresen zu stellen, die Gabel legte sie daneben. Ein Meer von Gesichtern sah sie erwartungsvoll an. Im Hintergrund stand Francis Sullivan mit zutiefst enttäuschtem Gesicht. Der Sergeant neben ihm wirkte empört.

»Marni, bitte tun Sie das nicht«, sagte Francis laut, doch seine Worte gingen im aufgeregten Gemurmel unter.

Marni ließ sich nicht beirren. »Hört gut zu«, sagte sie. »Die Polizei glaubt, dass der Mann, der Evan umgebracht hat, für zwei weitere Morde verantwortlich ist. Den Leichen fehlen Tätowierungen, und diese Tätowierungen haben aller Wahrscheinlichkeit nach eins gemeinsam: Sie wurden von Tattoo-Künstlern gestochen, die bei der Ausstellung *Alchemie von Blut und Tinte* vertreten waren.« Marni entdeckte Rick Glover, der sie schockiert anstarrte. »Mit sehr hoher Wahrscheinlichkeit hat es ein Serienkiller auf Menschen mit Tätowierungen von Ishikawa Iwao, Jonah Mason, Bartosz Klem, Brewster Bones, Polina Jankowski, Rick Glover, Gigi Leon, Jason Leicester, Vince Priest und Petra Danielli abgesehen. Ich möchte euch warnen, weil die Polizei das nicht tut. Wenn ihr ein Tattoo von diesen Künstlern habt, gebt besonders gut auf euch Acht, wenn ihr abends unterwegs seid. Geht nicht allein aus. Ich habe Angst, und ihr solltet ebenfalls Angst haben.«

Sie sah in die Runde und hielt den Atem an, während die Zuhörer die Liste mit den von ihr genannten Namen einsacken ließen. Die meisten schüttelten den Kopf, aber ein, zwei von ihnen sprachen mit gedämpften Stimmen miteinander, was nur bedeuten konnte, dass sie ein Tattoo von einem der entsprechenden Künstler hatten. Sie sah, wie einer ihrer Kunden, Dan Carter, ein fast volles Bierglas in einem Zug leerte; in seinen Augen spiegelte sich Furcht. Sullivan und Mackay waren nirgendwo mehr zu sehen. Zweifelsohne waren sie auf dem Weg zurück ins Präsidium, wo sie sich überlegen würden, was zu tun war, jetzt, da das sorgfältig gehütete Geheimnis gelüftet war.

»Evan Armstrong und Jem Walsh wurden beide erst vor Kurzem hier in Brighton ermordet«, fuhr sie fort.

»Jem Walsh?«, fragte ein Mädchen, das neben Marnis Stuhl stand. »Jem ist *tot*?«

Die Menge schnappte nach Luft. »Das kann nicht sein«, hörte Marni jemand anderen sagen. Anscheinend hatten die meisten der Anwesenden trotz der Berichterstattung in den Lokalmedien nichts davon gehört. Die Tür knallte zu, als jemand eilig aus dem Pub stürmte.

»Es tut mir so leid«, sagte Marni.

Die Knie des Mädchens gaben nach; der Mann, der neben ihr stand, schaffte es gerade noch, sie aufzufangen. »Was geht hier vor?«, rief jemand von hinten. »Was will die Polizei unternehmen?«

Die Gäste fingen an, Marni mit Fragen zu bombardieren; es brach ein Höllenlärm los. Thierry half Marni vom Stuhl. Sie hatte ihren Job erledigt.

»Warum zum Teufel hast du das getan?«, fragte er. »Jetzt hast du Sullivan am Hals.«

»Das ist verdammt noch mal seine eigene Schuld. Ich hoffe nur, ich konnte jemandem mit meiner Aktion das Leben retten. Und wenn Frank das nicht passt, dann kann er mich mal.«

»Das hättest du nicht tun sollen. Er wird das an uns auslassen und überall herumschnüffeln, auch dort, wo es ganz und gar nicht erwünscht ist.« Er hatte ihre Hand nicht losgelassen, nachdem er ihr vom Stuhl geholfen hatte. »Ich wünschte mir, du wärst da nie hineingeraten, Marni. Das Ganze macht mir Sorgen.«

Sie zog ihre Hand weg und sah, wie er die Stirn in Falten legte.

Was hatte Thierry für ein Problem mit den Ermittlungen – und mit ihr? So viele widersprüchliche Botschaften. Immer, wenn das Thema zur Sprache kam, wurde er wütend, doch dann wiederum schien er sich Sorgen um sie zu machen. Was war da los?

Wollte sie es wirklich wissen?

28

Rory

Rory hätte es nicht für möglich gehalten, dass der Chef heute Morgen bei der Arbeit noch schlechter aussehen würde als gestern Morgen, doch er wurde eines Besseren belehrt. Francis war früh dran, aber sein Anzug war zerknittert, seine Haare ungewaschen. Als Rory eintraf, saß der Chef bereits mit einem XXL-Kaffee, schwarz, an seinem Schreibtisch und brütete über den Unterlagen vor ihm.

»Geht es Ihnen gut?«, fragte Rory und trat näher an Francis heran, um zu sehen, woran dieser arbeitete.

Der Chef schaute auf, als habe er ihn erst jetzt bemerkt. »Wissen wir, wo Bradshaw heute ist?«

»Nicht da. Er hat irgendeine wichtige Strategie-Besprechung mit ein paar Detective Sergeants.«

»Wissen Sie, wo?«

»Hollingbury Park.«

Bradshaws Stammgolfplatz.

»Gut.« Francis vertiefte sich wieder in seine Unterlagen.

Rory wartete auf eine weitere Erklärung, aber der Chef beachtete ihn nicht. Na gut. Er hatte selbst genug um die Ohren. Fünf Minuten später, gerade bevor er richtig losgelegt hatte, rief ihn der Chef ins Büro.

»Rory, ich war fast die ganze Nacht über wach und habe mit meinem Gewissen gerungen. Ich möchte meinen Job ordentlich erledigen, aber das ist nicht die einzige Überlegung.«

Rory wand sich auf seinem Stuhl. *Wohin würde das hier führen?*

»Die Leute geraten nach Marnis kleiner Ansprache in Panik, Gerüchte verbreiten sich in Windeseile. Wenn der Mörder erneut zuschlägt, ohne dass wir etwas unternommen haben, klebt das Blut im wahrsten Sinne des Wortes an unseren Händen. Wir müssen das Heft in die Hand nehmen und dafür sorgen, dass sich die Situation beruhigt.«

»Was haben Sie vor?«

»Ich werde eine Pressekonferenz einberufen.«

»Aber das hat Bradshaw ausdrücklich untersagt! Damit verstoßen Sie gegen seine Anweisung, und er wird Ihnen definitiv einen Strick daraus drehen.«

Francis zuckte die Achseln. »Das ist mir klar – aber ich werde nicht zulassen, dass noch ein Mensch stirbt, nur weil ich mich nicht vorgetraut habe. Unsere Theorie ist ohnehin in aller Munde. Dafür hat Marni gesorgt. Und sie hat recht – wir sollten sie schleunigst offiziell machen, die Leute haben ein Recht darauf, davon zu erfahren, damit sie sich schützen können.«

Herrgott. Das würde ein Erdbeben auslösen, und zwar ein ganz gewaltiges.

»Ich verstehe, wenn Sie damit nichts zu tun haben wollen, Rory. Sie haben Familie, Sie dürfen Ihren Job nicht riskieren.«

»Aber Sie setzen Ihren aufs Spiel.«

»Das lässt sich nicht vermeiden.«

Natürlich hatte Sullivan recht. Sie hatten die Pflicht zu handeln, wenn sie damit womöglich Leben retten konnten. Doch was Francis vorhatte, verstieß direkt gegen die Anweisung eines Vorgesetzten. Das könnte nicht nur zur Folge haben, dass er den Fall abgeben musste, im schlimmsten Fall würde der Chief Inspector ihn aus der Abteilung werfen.

Nachdenklich verließ Rory Francis' Büro und ging ins Treppenhaus, wo er außer Sicht- und Hörweite war, dann zog er sein Handy aus der Tasche und wählte Bradshaws Nummer.

Pressekonferenzen wurden stets im größten Raum im Erdgeschoss der Polizeistation in der John Street abgehalten, aber selbst der war nicht groß genug für die beispiellose Anzahl von Journalisten, die sich dort drängten und mit einer Vielzahl von technischen Geräten und Bleistiftstummeln versuchten, die offizielle Version der Ereignisse festzuhalten. Zwei Morde in Brighton im Zeitraum von nur einer Woche waren große Neuigkeiten – quasi eine Verdopplung der Mordrate vom letzten Jahr. Als die grausigen Details durchsickerten, hatten sich zahlreiche Schreiberlinge von der landesweiten Presse zu den lokalen Journalisten hinzugesellt.

Rory warf einen Blick durch die hintere Tür des großen Konferenzraums, dann kehrte er ins Treppenhaus zurück, um ein weiteres Mal auf sein Handy zu blicken. Der DCI hatte seine Nachricht bislang nicht beantwortet, und im Präsidium war niemand mit der Befugnis, dem Ganzen ein Ende zu setzen. Leicht nervös betrat Rory den Konferenzraum.

Francis hatte sich Mühe gegeben, nicht ganz so zerknittert zu wirken. Er hatte seine Anzugjacke ausgezogen und die Hemdsärmel aufgekrempelt – nicht dass sein Hemd viel besser aussah –, außerdem hatte er die Haare mit Wasser zurückgestrichen. Jetzt klopfte er auf das Mikrofon auf dem Tisch vor ihm und stellte fest, dass es bereits angeschaltet war. Erwartungsvolle Stille senkte sich über die aufgeregten Journalisten.

»Guten Morgen«, wünschte Francis, um die Lautstärke des Mikros zu testen.

Gedämpftes Gemurmel.

»Ich bin Detective Inspector Francis Sullivan, meine Einheit befasst sich aktuell mit den Ermittlungen in zwei Mordfällen. Evan Armstrong, ein Dreiunddreißigjähriger aus Hove, wurde am Sonntag, dem 28. Mai, tot in den Pavilion Gardens aufgefunden. Jem Walsh wurde zwei Tage später unter dem Palace Pier entdeckt. Er wurde enthauptet.«

»Untersuchen Sie, ob es eine Verbindung zwischen den beiden Morden gibt?«, wollte eine junge Frau in der ersten Reihe wissen.

»Sobald ich mit meiner Stellungnahme fertig bin, werde ich Ihre Fragen beantworten«, sagte Francis.

»Ich habe gehört, er hat Tätowierungen von den Leichen entfernt«, ließ sich Tom Fitz vernehmen. Hätte er nicht Marnis Rede beim Leichenschmaus gehört, wäre er früher oder später ohnehin auf das Thema zu sprechen gekommen. Nachrichten wie diese waren Hauptgesprächsthema in den Bars und Pubs der Stadt.

»Mir ist klar, dass seit dem gestrigen Gedenkgottesdienst für Evan Armstrong allerhand Gerüchte kursieren«, fuhr

Francis fort, »und genau das ist auch der Grund, warum ich Sie zu dieser Konferenz gebeten habe.«

Die hintere Tür öffnete sich. Francis unterbrach seine Stellungnahme. Bradshaw betrat den Raum, schloss die Tür und stellte sich neben Rory. Er hatte einen hellgelben Pullover und eine blaue Baumwollhose an und trug noch immer seine Golfschuhe. Er wirkte zornig, doch er sagte nichts.

Sein plötzliches Erscheinen ließ Francis vorübergehend den Faden verlieren. Ungeduldiges Flüstern wurde unter den Zuhörern laut, dann nahm er sich zusammen und fuhr fort.

»Wir haben Grund zu der Annahme, dass die Morde dazu dienen, die tätowierten Körperbereiche der Opfer zu entfernen. Bislang wissen wir nicht, welches Motiv dahintersteckt, aber wir befassen uns intensiv mit den Personen, die der Täter als Opfer gewählt hat, und damit, welche Tätowierungen für ihn von Interesse waren.«

»Marni Mullins hat eine Ausstellung erwähnt, *Die Alchemie von Blut und Tinte*«, meldete sich Tom Fitz zu Wort. »Besteht eine Verbindung zwischen der Ausstellung und den Morden?«

»Das ist reine Spekulation, alles andere wäre unverantwortlich. Wir haben keinen konkreten Hinweis auf einen Zusammenhang. Dennoch ist dies einer der Gründe für diese Pressekonferenz. Wir möchten sämtliche Personen mit einer Tätowierung bitten, vorsichtig zu sein, ganz gleich, von welchem Künstler sie stammt. Nach Einbruch der Dunkelheit sollten sich Tattoo-Träger nicht allein in der Stadt aufhalten und ihre Tattoos in der Öffentlichkeit nach Möglichkeit bedecken. Es ist wichtig, die Augen offenzuhalten und aufeinander acht zu geben.«

Als er geendet hatte, brach Tumult im Raum aus. Alle schienen gleichzeitig eine Frage stellen zu wollen, Hände wurden in die Luft gereckt, die Journalisten weiter hinten standen von ihren Plätzen auf und drängten nach vorn. Bradshaw fing an, sich an der Seite des Raumes entlang einen Weg zum Podium zu bahnen.

»Ich werde jetzt Ihre Fragen beantworten«, sagte Francis.

»Gibt es schon irgendwelche Verdächtige?«, fragte einer der Auswärtigen.

»Darf ich wissen, wer Sie sind und für wen Sie arbeiten?«

»Simon Epson vom *Telegraph*.«

Francis konnte sich gut vorstellen, in welche Richtung sein Artikel gehen würde.

»Gibt es schon irgendwelche Verdächtigen?«, wiederholte der Journalist.

»Es tut mir leid, die Frage kann ich zum momentanen Zeitpunkt der Ermittlungen nicht beantworten«, erwiderte Francis.

»Mit anderen Worten: Sie haben keine Ahnung, wer dieser Tattoo-Dieb ist?«

»Kein Kommentar.«

»Lizzie Appleton vom *Mirror*. Angeblich haben Sie den Organisator der Ausstellung, Ishikawa Iwao, verhaftet. Aus welchem Grund?«

»Es wurde niemand verhaftet, Miss Appleton. Ishikawa Iwao gehört zu einer Reihe von Personen, die uns bei unseren bisherigen Ermittlungen unterstützt haben.«

Rory war der Meinung, dass Ishikawa Iwao nach wie vor eine Person von besonderem polizeilichem Interesse war, und zwar definitiv.

»So wie Marni Mullins?«, fragte Appleton.

»Wie ich schon sagte: Wir wurden von mehreren Personen unterstützt, allerdings kann ich nicht weiter ins Detail gehen.«

»Meine Damen und Herren, ich denke, es ist Zeit, zum Abschluss zu kommen.« Bradshaw stieß Francis förmlich zur Seite und trat ans Mikrofon. »Danke, dass Sie gekommen sind. Bitte berichten Sie verantwortungsvoll über die Ereignisse und vermeiden Sie, die Stadt in Panik zu versetzen. Wir möchte, dass die Leute sinnvolle Vorsichtsmaßnahmen treffen, nicht, dass sie in Angst leben.«

Als den Journalisten klar wurde, dass sie keine weiteren Details für ihre Artikel in Erfahrung bringen würden, entstand ein Ansturm auf die Tür. Rory sah, wie Francis, der jetzt weiß wie ein Bettlaken war, eilig zum Ausgang strebte, bevor Bradshaw ihn am Kragen fassen konnte. An der Tür drehte er sich kurz um und starrte Rory an. Seine Augen durchbohrten ihn wie Dolche. Rory wartete eine Sekunde, dann verließ auch er den Konferenzraum. Der Chef wusste eindeutig, dass er es gewesen war, der Bradshaw informiert hatte.

Rory stieg die Stufen hinauf und fühlte sich schlecht, weil er den DCI angerufen hatte. Moralisch betrachtet, war es das einzig Richtige gewesen, die Pressekonferenz abzuhalten. Es war ziemlich wahrscheinlich, dass Francis dadurch anderen Tattoo-Trägern das Leben gerettet hatte. Außerdem war es ganz schön mutig gewesen, sich gegen eine konkrete Anweisung von oben zu stellen. Rory seufzte. Er würde nicht so weit gehen zu behaupten, Bradshaw zu warnen sei falsch gewesen, doch er fühlte sich schlecht damit.

Plötzlich hörte er hinter sich Schritte, die eilig näher kamen. Er wusste, dass es Sullivan war, der die Treppe hinaufstieg.

»Sie Bastard!«

29

Francis

Die Tatsache, dass Rory schnurstracks zu Bradshaw gerannt war, brachte Francis' Blut zum Kochen. Der DCI hätte zwar sowieso davon erfahren, aber das bedeutete noch lange nicht, dass der kleine Mistkerl alles ausquatschen sollte, bevor die Pressekonferenz überhaupt begonnen hatte. Es war keine Überraschung, dass er keine schnellen Ergebnisse vorweisen konnte – wie sollte er arbeiten ohne die Unterstützung seines Teams? Die leisen Gespräche in der Einsatzzentrale verstummten, als er eintrat; sämtliche Augen richteten sich auf ihn. Rory folgte ihm, Bradshaw auf den Fersen.

»In mein Büro. Sofort. Sie beide.« Bradshaws Stimme war weit lauter als nötig, und er wartete nicht auf eine Antwort.

Francis sah Rory an, der die Achseln zuckte.

»Hätte ich geschwiegen, würde ich jetzt ebenfalls zur Sau gemacht werden.«

Das war nicht gerade eine Entschuldigung. Fakt war außerdem, dass Rory seiner Karriere mit dem Anruf bei Bradshaw alles andere als geschadet hatte.

»Dann wäre es also in Ordnung für Sie gewesen, wenn

wir die potenziellen Opfer völlig unbedarft durch die Gegend hätten wandern lassen?«, fragte Francis. »Es wundert mich, dass Sie nachts noch schlafen können.«

Sie folgten Bradshaw in sicherem Abstand die Treppe hinauf. Francis nahm zwei Stufen auf einmal und spürte, dass sein Herz doppelt so schnell wie sonst in seiner Brust hämmerte. Was immer auch passieren würde – vermutlich hatte er es verdient. Aber zumindest könnte er sich noch selber in die Augen schauen in dem Bewusstsein, das Richtige getan zu haben.

Er betrat das Büro seines Vorgesetzten. Die Spannung im Raum war greifbar. Bradshaw hatte sich mit einem schweren Seufzer auf seinen Schreibtischstuhl fallen lassen. Weder Francis noch Rory wagten es, sich zu setzen, während sie auf die Tirade warteten, die gleich kommen würde. Bradshaw sah von einem zum anderen, doch am Ende sah er Francis direkt in die Augen.

»Was in Gottes Namen haben Sie sich dabei gedacht?«

Francis wappnete sich. »Ich habe mir gedacht, dass wir auf diese Weise jemandem das Leben retten können, Sir.«

»Wir hatten darüber gesprochen. Ich hatte es untersagt.«

Da er keine Frage stellte, schwieg Francis.

Bradshaw wandte seine Aufmerksamkeit Rory zu. »Es war richtig, dass Sie mich angerufen haben.«

»Ich dachte, Sie würden Bescheid wissen wollen«, erwiderte Rory, doch er hielt den Blick gesenkt.

»Es stand Ihnen nicht zu, die Öffentlichkeit zu informieren.« Bradshaw konzentrierte sich wieder auf Francis. »Wahrscheinlich haben Sie mit dieser Aktion eine Art Massenpanik losgetreten.«

»Marni Mullins hatte die Leute bereits beim Leichenschmaus nach dem Gedenkgottesdienst für Evan Armstrong gewarnt«, entgegnete Francis ruhig. »Die Gerüchteküche brodelte, die Leute bekamen es mit der Angst zu tun.«

Rory verdrehte die Augen, was Francis vor Wut beinahe in die Luft gehen ließ.

»Ich stehe zu dem, was ich getan habe«, fuhr er fort. »Hoffentlich konnte ich damit ein Menschenleben retten.«

Bradshaw wirkte völlig unbeeindruckt. »Und Ihnen ist nicht in den Sinn gekommen, dass Gerüchte allein genügen, um die Leute davon abzuhalten, unnötige Risiken einzugehen?«

»Bei allem Respekt, Sir – ich bin der Ansicht, dass wir den Informationsfluss kontrollieren sollten.«

Bradshaw schnaubte. »Sie haben den Killer gewarnt – sollte es sich denn tatsächlich um einen einzigen Täter handeln –, er weiß jetzt, dass wir wissen, was er tut. Er wird in Deckung gehen, und wir haben nun noch weniger Chancen als zuvor, ihn zu schnappen!«

»Dem stimme ich nicht zu, Sir.«

»Ihr Reichtum an Erfahrung sagt etwas anderes?«

»Meine Ausbildung sagt mir, dass Serienmörder nach Aufmerksamkeit suchen. Wenn – und dieses ›Wenn‹ ist doppelt unterstrichen – die Morde auf irgendeine Art und Weise miteinander verknüpft sind, wird die Aufmerksamkeit der Öffentlichkeit dem Ego des Tattoo-Diebs schmeicheln. Anstatt in Deckung zu gehen, wird er sich noch weiter vorwagen. Ich habe vor, das Stadtzentrum mit Polizisten in Zivil zu überfluten und sämtliche Überwachungskameras zu überprüfen. Hoffentlich können wir ihn schnappen, bevor er erneut zuschlägt.«

»Sie meinen, Sie wollen ihn auf frischer Tat ertappen?«

Bradshaw schüttelte den Kopf. »Das ist eine hochriskante Strategie.«

»Nicht auf frischer Tat«, widersprach Francis. »Jetzt, da alle gewarnt sind, wird er nicht so schnell eine Gelegenheit finden. Die Leute sind wachsam und halten die Augen offen. Er wird zunehmend verzweifelter werden, was dazu führt, dass er größere Risiken eingeht und sich dadurch verrät.«

»Das hoffe ich. Denken Sie an die Kriminalitätsstatistiken. Ich stehe unter dem enormen Druck, sämtliche Verbrechen aufzuklären, vor allem Gewaltverbrechen.«

»Und genau das werden wir tun, indem wir den Killer aus der Deckung locken und verhaften.«

Bradshaw umschloss seinen Nasenrücken mit Zeigefinger und Daumen und schürzte die Lippen. »Ich habe keine Ahnung, wie das funktionieren soll«, lamentierte er weiter. »Werfen Sie einen Köder aus, dann haben Sie vielleicht eine Chance, aber einem Serienkiller die Möglichkeit zum Töten zu nehmen, wird Ihnen nicht weiterhelfen. Mir bleibt nichts anderes übrig, Sullivan, als Sie von dem Fall abzuziehen. Mackay, Sie übernehmen die Leitung, bis ich einen neuen DI gefunden habe.«

»Aber Sir, DI Sullivan hat die Pressekonferenz mit den besten Absichten einberufen.«

Der Einspruch kam ein bisschen zu spät, das wusste Rory ganz genau.

»Das ist mir scheißegal – von jetzt an leiten Sie die Ermittlungen, und Sie befolgen *meine* Befehle. Nehmen Sie diesen japanischen Tätowierer in Gewahrsam und besorgen Sie uns forensisches Beweismaterial, das vor Gericht Bestand hat.«

»Es besteht kein Grund, ihn zu verdächtigen«, wandte Francis ein.

»Halten Sie die Klappe, Sullivan. Und jetzt raus mit Ihnen, beide!«

»Das können Sie nicht machen, Sir.« Francis biss so stark die Zähne aufeinander, dass man seine Worte kaum verstehen konnte.

»Ich kann tun, was immer ich will, Sullivan. Mackay übernimmt den Fall und damit basta.«

Das Gespräch war vorbei.

Draußen auf dem Gang ließ Francis seinem Ärger freien Lauf. »Verdammt, verdammt, verdammt!«

Er war von dem Fall abgezogen. Bradshaw und Mackay waren auf dem falschen Dampfer, und das bedeutete, dass der Killer ungehindert tun und lassen konnte, was er wollte. Francis ballte die Faust und schlug sie gegen die Wand. Schmerz explodierte in seinem Arm.

»Scheiße!«

Ich wusste, dass ich schnell sein musste, wenn das Projekt erst einmal ins Rollen geraten war. Der Sammler hat mir eine Liste mit Tattoos gegeben, die ich für ihn besorgen soll, und ich muss sie baldmöglichst beschaffen, bevor die Polizei zu viel in Erfahrung bringt. Sobald ich sie habe, kann ich mich in Ruhe zurückziehen – sie werden nie herausfinden, wo sie nach mir suchen sollen. Die Entnahme der Tattoos ist definitiv der riskanteste Teil der Operation.

Der Sammler und seine Liste. Er hat wahrlich ein Auge für Schönheit auf dem menschlichen Körper, und er ist dabei, sich eine private Sammlung zuzulegen, wie man sie noch nie zuvor gesehen hat. Das Haltbarmachen der Tattoos ist erst der Anfang – ich weiß, dass er noch andere Ideen hat. Beim letzten Mal, als wir miteinander gesprochen haben, überlegte er, ob es wohl möglich sei, das gesamte Gesicht eines Menschen zu präparieren. Ich sagte, ich könne mir das durchaus vorstellen. Wenn ich diese Herausforderung bewältigt habe, wird er vermutlich mit weiteren Aufgaben an mich herantreten. Ich muss mir unbedingt sein Vertrauen verdienen. Ihm wird klar sein, dass ich seine rechte Hand sein könnte, dass er sich auf mich verlassen kann. Wahrscheinlich weiß er das längst; er sieht ja, wie hingebungsvoll ich mich seinem Anliegen widme. Aber je erfolgreicher ich bin, desto mehr wird er mich schätzen. Ich muss seine Aufmerksamkeit wecken, und das gelingt am besten, indem ich meine Fähigkeiten unter Beweis stelle und seine Aufgabe zu seiner vollsten Zufriedenheit ausführe. Ich finde, es ist an der Zeit, dass er mir Anerkennung zollt für das, was ich bislang für ihn getan habe.

Ich mache gute Fortschritte, und heute Abend sollte mir ein weiterer Fang gelingen, vorausgesetzt, mein Zielobjekt verhält sich so, wie ich es mir vorstelle. Ich habe den Mann während der letzten Wochen beobachtet, und ich weiß, dass er gern etwas im Victory Inn an der Ecke Duke Street und Middle Street trinkt. Für gewöhnlich bleibt er dort mit einer Gruppe von Freunden, bis das Pub schließt, dann gehen alle getrennter Wege. Ich bin ihm dreimal gefolgt. Er nimmt immer denselben Heimweg, kürzt ab durch die Lanes, um über die Old Steine nach Kemptown zu gelangen. Heute Nacht folge ich ihm nicht. Stattdessen liege ich auf der Lauer.

Die Lanes eignen sich hervorragend für meine Zwecke. Um diese Zeit sind die schmalen, historischen Gassen mit ihren zahlreichen Läden und Cafés dunkel und menschenleer, vor allem die engeren. Dan Carter fühlt sich anscheinend sicher genug, um hier entlangzugehen. Man kann immer noch die betrunkenen Rowdys auf der North Street lachen und krakeelen hören, aber das heißt nicht, dass sie einen ebenfalls hören können. Vor allem nicht, wenn sich einem von hinten eine Hand über den Mund legt und einem ein mit Äther getränktes Tuch aufs Gesicht drückt.

Ich wähle die Stelle mit Bedacht. Die Gasse ist schmal, doch gleich links neben dem Hauseingang, in dem ich stehe, befindet sich ein schmiedeeisernes Tor, das zu einem abgeschiedenen Hinterhof führt. Um das Schloss habe ich mich bereits gekümmert, ich kann Carter also einfach durchs Tor in den Hof schleifen. Dort werde ich arbeiten können, ungestört, mehrere Stunden lang. Sämtliche Ausrüstung, die ich brauche, ist dort bereits versteckt, in einem Rucksack verstaut. Carters Tätowierung ist groß, und selbst wenn ich schnell arbeite, wird es einige Zeit dauern, bis ich sie von seinem Körper gelöst habe. Aber am Ende wird es sich lohnen, denn sie ist schön, wahrscheinlich die schönste auf der Liste, abgesehen von …

Ich höre Schritte. Sie kommen näher. Seine Schritte. Während ich ihn beobachtet habe, habe ich mir ihren Rhythmus eingeprägt. Jeder hat einen eigenen Gang, setzt in einzigartigem Takt einen Fuß vor den anderen. Ich schütte Äther auf das Tuch in meiner linken Hand und drücke mich gegen das Türblatt in meinem Rücken. Die Schritte werden lauter, kommen näher, und als sie auf gleicher Höhe mit meinem Versteck sind, springe ich auf ihn zu und ramme ihm meine Schulter gegen den Oberkörper. Er wirbelt herum, um zu protestieren, doch ich drücke ihm von hinten das Tuch über Nase und Mund. Er kämpft, aber es dauert nur ein paar Sekunden, bis er genug Äther eingeatmet hat, um kraftlos gegen mich zu sacken. Ich schleife ihn durch das schmiedeeiserne Tor in meinen geheimen Innenhof.

Jetzt, da er bewusstlos ist, kann die eigentliche Arbeit beginnen. Zeit, herauszukommen und zu spielen, meine geliebten Klingen.

»Die biffe Klinge ritscheropf!«

Ich liebe dieses Gedicht. Manchmal meine ich, Lewis Carroll habe es nur für mich geschrieben, so gut passt es zu der Arbeit, die ich tue. Meine biffe Klinge …

Was zum Teufel? Ich kann Stimmen hören, ganz in der Nähe. Ein Pärchen, das einander etwas zusäuselt. Und wenn ich dieses Gesäusel hören kann, dann bedeutet das, dass die zwei viel zu nah bei mir sind. Und mir meinen Fluchtweg versperren.

Verdammt.

Verdammt. Verdammt. Verdammt.

30

Francis

Francis liebte die St Catherine's Church bei Nacht. Er hatte einen Schlüssel zu der Kirche, und wenn er nicht schlafen konnte, kam er in der stillen Zeit nach Mitternacht manchmal hierher, um ein, zwei Stunden in sich zu gehen und zu beten. Aus Rücksichtnahme auf die Stromrechnung der Kirche machte er nur die kleinen Leselampen in den Chorstühlen an, die einen sanften Schimmer und dunkle Schatten in den Altarraum warfen, was Francis – anders als andere – als tröstlich empfand.

Doch heute Abend konnte von Trost keine Rede sein. Vielleicht waren seine Gebete um Erfolg in dem neuen Job zu egoistisch gewesen und der Altruismus, aus dem er vermeintlich gehandelt hatte, nicht mehr als ein Vorwand. Sah die unbequeme Realität etwa so aus, dass er Erfolg und Anerkennung um seiner selbst willen gesucht hatte? Seine Gebete waren ungehört geblieben, denn er hatte seinen ersten Fall komplett in den Sand gesetzt. Dass man ihm so früh die Leitung der Ermittlungen entzogen hatte, würde nicht spurlos an seiner Karriere vorbeigehen. Was sollte ein gescheiterter Detective mit seinem Leben anfangen? Es gab nicht viele Optionen nach einer so kurzen Amtszeit.

Francis rieb seine geprellte Faust und blickte zum Kruzifix hinauf. Jesus sah traurig und bedauernd aus.

Verständlich. Er war ein Sklave seiner Eitelkeiten, verschwendete seine Zeit, indem er voller Selbstüberschätzung nach Gerechtigkeit für die Toten suchte und dabei die Lebenden ignorierte, die ihn so viel mehr brauchten. Er hatte die letzten beiden Besuche bei seiner Mutter ausfallen lassen, obwohl ihr vielleicht nicht mehr viel Zeit blieb. Er hatte mehrere Anrufe von seiner Schwester ignoriert, und auch wenn sie nicht zugeben wollte, dass sie ihn brauchte, wusste er, dass seine Präsenz eine der tragenden Säulen in ihrem Leben bildete. Diese Frauen waren am Leben, und sie brauchten ihn. Sie verlangten nicht viel von ihm, nur dass er da war, und während der letzten Zeit war er nicht für sie da gewesen. Er würde morgen seine Mutter besuchen und seine Schwester anrufen.

Auf der Stufe zum Altar ging er auf die Knie und senkte den Kopf zum Gebet. Der Duft nach Weihrauch vom letzten Gottesdienst stieg ihm in die Nase, und er hörte, wie leise eine Tür geschlossen wurde. Francis nickte leicht, als Pater William den Altarraum betrat, dann betete er weiter. Er wertete die Ankunft des Geistlichen als Zeichen dafür, dass Gott ihn nicht verlassen hatte, sondern ihm stattdessen Beistand schickte – wofür er sich bedankte.

»Ich war noch unterwegs und habe von draußen Licht gesehen, und da wusste ich, dass du es bist, Francis«, sagte Pater William, als Francis zu den Chorstühlen zurückkehrte und sich setzte.

»Hat Gott Sie geschickt?«

Pater William lachte. »Nein. Aber außer mir haben nur du und der Küster einen Schlüssel, und der würde bestimmt nicht seinen Schlaf opfern, um einer im Sterben liegenden Nonne beizustehen.«

Francis lächelte. Er kannte den Küster, einen liebenswerten Mann, der sich von Frömmigkeiten nicht den Nachmittagstee mit der Gemeinde verderben ließ.

Pater William legte beide Hände auf Francis' Hand.

»Dann erzähl mir mal, was dich um zwei Uhr morgens in das Haus Gottes treibt«, sagte er. »Vielleicht kann ich dir ein paar praxistauglichere Antworten geben als der da oben.« Er blickte auf das Kruzifix über ihnen.

Pater William war ein weiser Mann mit jahrelanger Erfahrung, wenn es um die menschliche Seele ging. Vielleicht hatte Francis' eigener Vater ihn nur im Stich gelassen, um Platz für Pater William zu machen.

Endlich durfte er sein Herz ausschütten, und das tat er. Francis redete fast eine Stunde in der dämmrigen, leeren Kirche. Pater William hörte zu und nickte, als er ihm sein Versagen schilderte, sowohl bei der Arbeit als auch hinsichtlich seiner Mutter und Schwester.

»Ich möchte diesen Mörder schnappen, Pater, und zwar mehr als alles andere in meinem Leben. Ist das so falsch? Allerdings gibt es keine Spuren, und man hat mich von dem Fall abgezogen, sodass die Chancen, ihn dingfest zu machen, nun noch schlechter stehen.«

»Es ist nicht falsch, dass du bei dem, was du tust, Erfolg haben möchtest«, sagte der Geistliche. »Und indem du erfolgreich bist, rettest du anderen das Leben. Das Motiv für unser Handeln ist niemals ausschließlich. Meist ist Selbstlosigkeit verknüpft mit Selbstwertvorstellungen, und wir alle haben schon Stolz empfunden – was eine Sünde ist –, wenn wir etwas Gutes und Rechtschaffenes getan haben.«

»Verstehe«, sagte Francis. »Ich glaube, dass ich unsere Gemeinde zu einem sichereren Ort machen kann, wenn ich in meinem Beruf erfolgreich bin. Aber im Augenblick gelingt mir nicht mal das. Wir stecken in einer Sackgasse, und der Mörder wird mit Sicherheit bald wieder zuschlagen.«

»Gib niemals auf, mein Junge. Wenn du im Herzen weißt, dass es richtig ist, was du tust, dann tu es einfach und nimm dich nicht zurück aus Sorge, was die Welt über dich denken könnte. Gott ist der Einzige, dessen Meinung zählt.«

»Sie meinen, ich soll trotzdem weitermachen?«

»Genau das meine ich.« In Pater Williams Stimme lag eine Entschlossenheit, die Francis Kraft gab. »Richte deiner Schwester liebe Grüße von mir aus, und ich werde deiner Mutter sagen, dass du unterwegs bist, wenn ich sie morgen sehe.«

Der Priester sank auf ein Knie, die Hände noch immer auf der Hand von Francis.

»*Domine Iesu, dimitte nobis debita nostra, salva nos ab igne inferiori …*«

Rette uns vor den Feuern der Hölle.

Er würde jetzt nicht aufgeben.

31

Rory

Von nun an leitete er die Ermittlungen. Sullivan war von dem Fall abgezogen, und es hatte einen weiteren Übergriff gegeben.

Diesmal jedoch war die Situation anders: Das Opfer lebte – gerade noch –, und Rory wartete vor der Zimmertür in der Klinik auf die Gelegenheit, ihm ein paar Fragen zu stellen. Bislang beharrten die Ärzte darauf, dass der Mann noch nicht vernehmungsfähig sei, aber das hatte Rory schon oft gehört. Also hatte er beschlossen zu warten, doch jetzt, als er in dem schwach beleuchteten Krankenhausflur auf und ab ging, wurde er doch ein wenig unsicher.

Das war die Spur, auf die sie gewartet hatten. Ein Überlebender, ein frischer, unberührter Tatort, da der Killer bei der Arbeit gestört worden war, ein betrunkenes Liebespaar in einem der Vernehmungsräume in der John Street, das hoffentlich nicht zu berauscht war, um sich zu erinnern, worein es da geplatzt war. Er hatte das gesamte Team aus den Betten telefoniert, damit es das Größtmögliche aus diesem Glückstreffer herausholte. Und so ungern er es sich auch eingestand: Francis' Theorie war gar nicht so verkehrt.

Eins allerdings stand fest: Iwao hatte nichts mit der Sache zu tun. Rory hatte zwei Polizisten abgestellt, die sein Haus die ganze Nacht über observierten, und sie hatten gemeldet, dass er das Gebäude nicht verlassen habe.

Er schrieb Francis eine Textnachricht, die dieser empfing, als er aus der Kirche kam. *Wohnte der Kerl etwa dort?*

Fünfzehn Minuten später betrat Francis einen Nebenraum im County Hospital. Rory wartete bereits auf ihn. Er steckte ein paar Münzen in einen Getränkeautomaten und reichte seinem ehemaligen Chef einen Pappbecher mit Kaffee.

»Ich sollte gar nicht hier sein, Rory. Wenn Bradshaw das herausfindet ...« Francis' Ton war grimmig, die Anspielung unmissverständlich.

»Das wird er nicht. Aber zwei Köpfe denken nun mal besser als einer.«

Rorys Handeln hatte dazu geführt, dass Francis von dem Fall abgezogen worden war. Nun fragte er sich, wie hilfsbereit er im umgekehrten Fall sein würde. Beinahe erwartete er, dass Francis ihm sagen würde, er solle sich zum Teufel scheren, doch stattdessen ließ sich Francis erschöpft auf einen unbequem aussehenden roten Plastikstuhl fallen und hörte sich an, was Rory zu sagen hatte.

»Ich kann Ihnen meine Meinung zu dem Ganzen mitteilen, das ist alles. Die Entscheidungen müssen Sie treffen. Sie haben jetzt das Sagen. Was hat der Arzt gesagt?«

»Es ist ernst«, teilte Rory ihm mit. »Der Mann – anscheinend handelt es sich um einen gewissen Dan Carter –, hat ein Schädel-Hirn-Trauma, außerdem hat der Scheißkerl eine Reihe von tiefen Schnitten gesetzt, was für einen beträchtlichen Blutverlust gesorgt hat. Dan Carter hat ein

Ganzkörper-Tattoo – es hätte also wirklich hässlich werden können, wäre nicht unser turtelndes Paar dazwischengekommen.«

»Fehlt etwas von der Tätowierung?«

»Der Arzt sagt, die Schnitte waren um die Tätowierung herumgezogen …«

»Genau wie bei Armstrong.«

»… und der Mörder hatte bereits damit begonnen, die Haut von der Schulter zu schälen. Sie mussten einen Teil des Tattoos entfernen und Haut aus Carters Oberschenkel verpflanzen.«

Francis zuckte genauso zusammen wie zuvor Rory, als ihm der Chirurg die grausigen Details erläutert hatte.

»Wann können wir mit ihm sprechen?«

»Laut den Ärzten am liebsten gar nicht, zumindest nicht in nächster Zeit.«

Draußen auf dem Korridor wurden Schritte laut, eine Krankenschwester öffnete die Tür.

»Sie sind hier drin«, sagte sie.

»Vielen Dank«, erwiderte eine Frauenstimme.

Marni Mullins betrat den Raum, das Haar zerzaust, das dunkle Augen-Make-up sichtbar verschmiert.

»Was hat sie denn hier zu suchen?«, fragte Francis.

»Sehr charmant«, entgegnete Marni. »Glauben Sie, ich lasse mich gerne um vier Uhr morgens aus dem Bett zerren, um Ihnen zu helfen? Krankenhäuser zählen nicht unbedingt zu meinen Lieblingsorten.«

Sie schien ziemlich aus der Fassung zu sein.

»Ich habe sie angerufen«, antwortete Rory. »Ich möchte, dass sich Marni die Tätowierung des Opfers ansieht. Der Mörder scheint Gas zu geben, und wir müssen unbedingt herausfinden, auf wen er es als Nächstes abgesehen haben könnte.«

»Nun, dann danke, dass Sie gekommen sind«, sagte Francis, was Rory seine fehlenden Manieren vor Augen führte.

Der DI war aufgestanden, als Marni den Raum betreten hatte, und nun trat er auf sie zu und legte ihr kurz die Hand auf den Oberarm. Rory spürte einen leichten Stimmungswechsel, konnte ihn aber nicht recht zuordnen, deshalb ging er darüber hinweg und brachte Marni auf den neuesten Stand der Dinge.

»Wie viele Tätowierer waren noch gleich an der Ausstellung beteiligt?«, fragte Francis und setzte sich wieder.

»Zehn«, erwiderte Marni.

Rory zog einen Notizblock aus der Tasche.

»Geben Sie mir die Namen«, bat er.

Marni setzte sich Francis gegenüber und zählte die Namen an den Fingern auf. »Ishikawa Iwao, Bartosz Klem, Rick Glover, Gigi Leon, Brewster Bones, Jason Leicester, Polina Jankowski, Jonah Mason, Vince Priest und Petra Danielli. Eine Italienerin, die in Mailand tätig ist.«

»Und wessen Arbeit hat der Mörder bislang geklaut?«, wollte Rory wissen.

»Evan Armstrong hatte ein Tattoo von Jonah Mason«, antwortete Francis. »Und Bartosz Klem hat das Motiv auf Giselle Connellys Arm gestochen.«

»Jem Walshs Tattoo stammt von Rick Glover«, fügte Marni hinzu.

»Was im Prinzip bedeutet, dass Dan Carters Tätowierung von einem der anderen stammen muss, sollte unsere Theorie ins Schwarze treffen«, sagte Rory und tippte mit seinem Bleistift auf die Liste, die er gerade notiert hatte.

»Und wenn nicht?«, fragte Marni.

Rory zuckte die Achseln. »Dann bröckelt Ihre Theorie.

»›Unsere Theorie‹, ›Ihre Theorie‹ – nennt man das nicht Opportunismus?«, blaffte Marni.

»Wir haben jetzt zwei Zeugen und einen Überlebenden«, stellte Francis fest, als Rory nicht auf Marnis bissige Bemerkung einging. »Sie werden uns Informationen liefern können, und mit etwas Glück wird uns das helfen, den Bastard zu schnappen.«

Die Tür öffnete sich, und ein großer Mann in Hemdsärmeln, ein Stethoskop um den Hals, kam herein. Er schaute zwischen Rory, Francis und Marni hin und her und sah beinahe genauso müde aus, wie Rory sich fühlte.

»Wer von Ihnen ist zuständig?«, fragte er.

Francis nickte in Rorys Richtung.

»Nun, Mr. Carter ist wach, wenn auch nicht ganz klar. Ich gebe Ihnen fünf Minuten, dann muss er sich ausruhen.«

»Kommt er wieder auf die Beine?«, fragte Marni.

»Um das zu beantworten, werden wir nachher einen Gehirnscan machen – er hat eine schwere Kopfverletzung erlitten, vermutlich bei einem Sturz«, sagte der Chirurg. »Bei den Schnitten handelt es sich um tiefe Fleischwunden. Sie werden verheilen, aber er wird Narben davontragen, vor allem von der Hauttransplantation.«

»Körperliche und seelische Narben«, murmelte Rory.

»Nun, Letzteres ist nicht mein Fachgebiet«, erklärte der Chirurg achselzuckend. »Wenn Sie mir bitte folgen …«

Dan Carter lag in einem Einzelzimmer ein kleines Stück den Gang entlang. Alles darin wirkte trist grau im Licht der Morgendämmerung, sogar die weißen Bettlaken und Verbände. Von dem Tattoo war nichts zu sehen – außer Gesicht, Hals und Händen war alles bedeckt. Ein Arm war mit einer Schlinge auf Dan Carters Brust festgebunden. Sein Gesicht wirkte ebenfalls grau und glänzte vor Schweiß.

Als der Chirurg gegangen war, trat Marni vor.

»Hi, Dan.«

»Hi, Marni.« Er sprach langsam, noch unter dem Einfluss der Betäubungsmittel stehend. »Was machst du denn hier?«

»Ich helfe den beiden«, sagte sie und nickte in Richtung Rory und Francis.

Sie kannte ihn? In der Tattoo-Szene schien tatsächlich jeder jeden zu kennen …

»Polizei?«, fragte Dan.

Marni nickte. »Kannst du mir ein Stück von deinem Tattoo zeigen, Dan?«

»Sicher«, antwortete er und deutete mit einem Nicken auf den Arm, der nicht in der Schlinge lag.

Marni schob vorsichtig sein Krankenhausnachthemd zur Seite und enthüllte ein farbenprächtiges japanisches Sleeve-Tattoo, das sie eine Weile aufmerksam betrachtete.

»Das ist wundervoll. Petra Danielli?«

»Ja. Ich habe hundertsiebzig Stunden bei ihr verbracht. Aber jetzt …« Er unterbrach sich und schnitt eine Grimasse.

Francis trat neben Marni ans Bett. »Dan, können Sie uns erzählen, was genau passiert ist?«

Dan Carter runzelte die Stirn und ließ den Ärmel seines Krankenhausnachthemds zurück zum Handgelenk rutschen.

»Ich werde es versuchen. Ich war mit ein paar Kumpels im Victory Inn in der Duke Street, Ecke Middle Street.

»Wir brauchen die Namen«, sagte Rory.

»Pete. Pete war da, glaub ich. Nein, nein, Pete nicht…« Seine Augenlider sackten herab.

»Keine Sorge«, beruhigte ihn Francis. »Das fällt Ihnen schon wieder ein. »Können Sie sich erinnern, wann Sie von dort aufgebrochen sind?«

»Nein. Ich weiß nur, dass wir alle draußen standen. Die Bar hatte bereits geschlossen. Ich habe eine Zigarette geraucht.«

»Sind Sie allein oder mit jemand anderem aufgebrochen?«

»Allein, glaube ich.«

»Sind Sie unterwegs irgendwelchen anderen Personen begegnet?«

Dan zuckte hilflos die Achseln.

»Was ist passiert?«, drängte Francis.

Der Mann im Klinikbett schüttelte den Kopf. »Tut mir leid, es ist alles weg. Ich weiß nur noch, dass ich vor dem Victory Inn gestanden habe, dann nichts mehr.«

»Der Arzt nimmt an, Sie seien betäubt worden, wahrscheinlich mit Äther, und dann sind Sie mit dem Kopf auf dem Boden aufgeschlagen. Was ist passiert, als sie wieder zu sich gekommen sind? Woran erinnern Sie sich?«, fragte Rory, der am Fußende des Betts Position bezogen hatte.

»Eine Frau hat geschrien, und ein Mann hat sich über mich gebeugt und mich angestarrt. Er hat mir gesagt, dass er Hilfe holen würde. Mein Hemd war verschwunden, und ich hatte Schmerzen. Es war schrecklich kalt, und ich habe geblutet. Ich konnte das warme Blut spüren, das meinen Arm hinablief.«

»Erinnern Sie sich an Ihren Angreifer? Jedes noch so kleine Detail könnte wichtig sein.«

»Er war weg. Der Mann hat der Frau ein paarmal gesagt, dass sie die Klappe halten soll. Sie haben einen Rettungswagen gerufen, und dann bin ich wieder ohnmächtig geworden.«

»Und das ist alles, an was Sie sich erinnern?«

Dan Carter schloss die Augen. Die Tür öffnete sich, und eine Krankenschwester betrat das Zimmer.

»Das genügt jetzt. Mr. Carter braucht Ruhe.«

»Danke, Dan«, sagte Rory. »Wir werden morgen wiederkommen und noch einmal mit Ihnen reden. Vielleicht ist Ihnen bis dahin mehr eingefallen.«

Dan schlug die Augen wieder auf. »Da ist noch eine Sache. Ich weiß allerdings nicht, ob ich mich daran erinnere oder ob ich mir das Ganze nur einbilde.«

»Erzählen Sie es uns«, forderte Francis ihn auf. Rory hörte die Anspannung in seiner Stimme.

»Es ist bloß ein einziges Bild: weiße Latexhandschuhe, die sich vor meinem Gesicht bewegen. Etwas schimmerte hindurch, als habe er Tattoos auf den Handrücken. Dunkelrote, große Tattoos. So ähnlich wie Rosen …« Er hob erneut die Achseln, heftiger diesmal, wobei er vergaß, dass seine Schulter verletzt war, bis er vor Schmerz zusammenzuckte.

»Raus mit Ihnen«, befahl die Krankenschwester. »Kommen Sie morgen wieder.«

32

Marni

Rosen. Eines der am häufigsten gestochenen Motive, das man auf jedem erdenklichen Körperteil fand. Marni hatte schon lange aufgehört zu zählen, wie viele Rosen sie tätowiert hatte, und abgesehen von den Künstlern, die sich auf Tribal- oder schwarze Tattoos spezialisiert hatten, würde jeder Tätowierer seinen Beitrag geleistet haben. Tätowierungen auf den Handrücken waren allerdings weniger geläufig. Sie persönlich kannte niemanden, der sich Rosen auf die Handrücken hatte stechen lassen, weshalb sie erleichtert aufatmete.

Ob wohl die Chance bestand, den Mann im Internet ausfindig zu machen? Es wäre auf alle Fälle einen Versuch wert. Dan Carter hatte Glück gehabt, aber das nächste Opfer, das der Killer anvisierte, würde wahrscheinlich nicht davonkommen. Da er Dans Petra-Danielli-Tattoo nicht bekommen hatte, würde er sich vermutlich ein anderes Motiv von ihr suchen oder sich dem nächsten Künstler auf der Liste zuwenden. Sie schauderte und stellte fest, dass sie eine Gänsehaut auf den Armen bekam.

Nachdem DS Mackay sie mit seinem Anruf um vier Uhr morgens aus dem Bett geholt hatte, um sie zum County

Hospital zu bestellen, hatte sie sich wieder hingelegt, allerdings ohne noch mal einschlafen zu können. Stattdessen hatte sie sich bis nach sieben im Bett gewälzt und gegen die wachsende Furcht angekämpft, die sie für gewöhnlich in den frühen Morgenstunden befiel. Einrichtungen wie Krankenhäuser, Polizeistationen und Ähnliches machten sie stets nervös, und als sie endlich eindämmerte, fand sie sich in einer finsteren Gefängniszelle wieder, in der die Wände immer näher kamen und die Decke wie ein drückendes Gewicht auf ihr lastete. Mit einem Ruck fuhr sie hoch und setzte sich auf, dann schloss sie erneut die Augen, und prompt passierte das Gleiche. Als sie schließlich doch einschlief, bot ihr der Schlaf keine Erholung, sodass sie gegen Mittag unruhig und ausgelaugt aufwachte. Zum Glück war Sonntag, was bedeutete, dass sie nicht arbeiten musste, doch die Vorstellung zweier mit Rosen tätowierter Hände, die ein Messer schwangen, trieb sie ins Studio. Dieser Mann verletzte Menschen, die sie kannte. Tötete sie. Sie musste etwas tun, um ihn aufzuhalten.

Sullivan und Mackay schienen nicht weiterzukommen. Es gab kaum forensische Spuren, und sie hatten niemand Speziellen in Verdacht. Diese neue Information allerdings konnte den Durchbruch bedeuten. Sie hatte nicht jeden Einheimischen mit Rosen auf den Händen auf dem Schirm, aber vielleicht stammte der Mörder ja auch gar nicht aus Brighton. Er hatte Evan Armstrong während der Tattoo-Messe umgebracht und Jem Walsh kurz danach. Nachdenklich gab sie Pepper einen Hundekeks, der sich damit unter ihren Schreibtisch zurückzog, und klappte ihren Laptop auf. Als er hochgefahren war, tippte sie »Brighton Tattoo Convention 2017« ein und klickte auf »Bilder«. Ob der

Killer die Messe besucht hatte? Anzunehmen. Und wenn er tatsächlich da gewesen war, standen die Chancen, dass er dabei fotografiert worden war, verhältnismäßig gut – es waren buchstäblich Tausende von Bildern online, und wenn jemand wie sie sich die Zeit nahm, diese Aufnahmen durchzugehen, könnte sie den Bastard vielleicht ausfindig machen.

Sie schickte eine kurze E-Mail an Thierry, Charlie und Noa und bat sie, sich die Fotos von der Messe ebenfalls anzusehen, aber es war Sonntagmittag. Entweder lagen sie noch im Bett und schliefen ihren Kater aus, oder sie saßen im Pub und sorgten dafür, dass sie einen Kater bekamen. Egal. Marni scrollte durch das vorhandene Material und fasste sämtliche Hände ins Auge, ob darauf irgendwelche Rosen zu entdecken waren. Die Tätowierer trugen bei der Arbeit allesamt schwarze Latexhandschuhe, aber oft konnte sie die Hände ihrer Kunden sehen, und Marni entdeckte auch Bilder, auf denen die Tätowierer nicht arbeiteten und ihre Handschuhe ausgezogen hatten. Sie fragte sich, ob der Mörder tatsächlich ein Tattoo-Künstler war oder einfach ein Sammler.

»Mein Gott, Pepper, sieh mal, was ich hier entdeckt habe!«

Der Hund hob mit einem leisen Grunzlaut den Kopf, als er seinen Namen hörte, aber Marni war abgelenkt von dem Foto eines Tätowierers, den sie im vergangenen Jahr ein paarmal gedatet hatte. Es war nicht mehr daraus geworden, aber er war ein netter Kerl, und sie zählte ihn noch immer zu ihren Freunden.

»Hier bin ich, ich arbeite an Steve«, sagte sie zu ihrer Bulldogge, als sie ein Foto von sich entdeckte.

Pepper interessierte sich nicht dafür, aber Marni verweilte für einen Moment bei dem Bild. Vor ihrem Stand hatte sich eine Reihe von Zuschauern versammelt, die mitverfolgten, wie sie eine Farbschicht auf den Rücken des Tigers auftrug. Könnte einer von ihnen der Mann sein, nach dem sie suchte? War der Mörder vor ihrem Stand stehen geblieben und hatte sie bei der Arbeit beobachtet? Ein unbehagliches Gefühl beschlich sie, und ein Schauder lief ihr das Rückgrat hinab. Sie überprüfte die Hände, die auf dem Bild zu sehen waren, doch sie konnte keine Rosen entdecken. Trotzdem wurde sie das unbehagliche Gefühl nicht los. Sie streifte einen Schuh ab und legte ihren Fuß trostsuchend auf Peppers Schulter.

Der Nachmittag dehnte sich, und ihre Augen wurden zunehmend müder vom stundenlangen Starren auf den Bildschirm. Ein paarmal legte sie eine Pause ein, um sich einen Kaffee zu machen, dann nahm sie sich zehn Minuten Zeit, um mit Pepper Gassi zu gehen und eine Zigarette zu rauchen. Sie hatte viele tätowierte Hände entdeckt, aber keine mit Rosen. Vielleicht war das Ganze ein Schuss in den Ofen. Vielleicht war der Tattoo-Dieb gar nicht auf der Messe gewesen. Und wenn doch, dann müsste sie darauf hoffen, dass sie ihn auf einem der Fotos unter den mehr als siebentausend Messebesuchern entdeckte. Nein, das stimmte nicht ganz. Sie müsste darauf hoffen, dass *seine Hände* von den Kameras eingefangen worden waren.

Sie hatte noch nie so viele tätowierte Hände gesehen. Die meisten Motive waren Teil der Sleeve-Tattoos, die sich über den gesamten Arm erstreckten, oder Kalligrafien auf den Knöcheln – LIEBE, HASS; GUT, BÖSE; EINSAMER WOLF oder WAS WÄRE WENN.

Es war den ganzen Tag über bewölkt gewesen, und die Dämmerung brach früh an. Marni knipste die Gelenklampe auf ihrem Schreibtisch an, nach wie vor entschlossen, jedes Foto von der Messe, das man ins Netz gestellt hatte, in Augenschein zu nehmen. Pepper seufzte im Schlaf – in Marnis Ohren ein süßes, beruhigendes Geräusch. Jetzt, da sie müde war, kam sie langsamer voran, und manchmal musste sie sich dasselbe Bild zweimal vornehmen, weil ihre Konzentration nachließ. Vielleicht würde sie noch eine Stunde durchhalten, den Rest könnte sie sich auch morgen früh anschauen …

Plötzlich schoss Pepper unter dem Schreibtisch hervor und gab ein tiefes Knurren von sich, dann rannte er bellend in den vorderen Bereich des Studios. Vor der Tür blieb er stehen. Als Marni zu ihm aufschloss, bebte er am ganzen Leib. Sie spürte, wie sie Panik bekam, und schnappte nach Luft.

»He, Pepper, was ist denn? Hast du etwas gehört?«

Sie warf einen Blick aus dem Fenster. Die Straße war menschenleer. Es hatte angefangen zu regnen, Wassertropfen sprenkelten die Scheibe und bildeten kleine Rinnsale. Sie schaute nach rechts und nach links, um eine Erklärung für das Verhalten ihres Hundes zu finden. Da! Eine Bewegung in einem Eingang auf der gegenüberliegenden Straßenseite, drei Häuser entfernt. Eine dunkle Gestalt, die mit den Schatten verschmolz. Sie starrte so lange auf die Stelle, bis schwarze Punkte vor ihren Augen tanzten, aber sie konnte nichts weiter entdecken. Es handelte sich um den Eingang zu einem Laden, und der Laden war geschlossen. Im Gebäude brannte kein Licht, weitere Bewegungen konnte sie nicht ausmachen.

Hatte sie wirklich etwas gesehen, oder hatte sie sich das Ganze nur eingebildet? Sie war momentan zu nervös – die ganze Sache ging ihr wirklich an die Nieren.

Sie wandte sich wieder Pepper zu. »Da ist nichts, Süßer«, sagte sie und strich ihm übers Fell. »Wahrscheinlich hast du bloß eine Möwe bemerkt, die auf Abfälle aus war.«

Marni drehte sich um und kehrte an ihren Schreibtisch zurück, aber Pepper blieb stehen, wo er war, und bewachte bebend vor Anspannung den Eingang vom Celestical Tattoo. Sie ließ sich auf ihren Stuhl fallen und nahm sich erneut die Fotos vor, während Pepper vorne weiterknurrte. Die Bulldogge war nicht die hellste Leuchte, und sie hätte dem Ganzen normalerweise keine große Beachtung geschenkt, aber im Augenblick war sie einfach verunsichert. Ihre Hände zitterten, als sie über die Tastatur glitten. Seit sie die Leiche entdeckt hatte, war sie immer tiefer in den Fall hineingezogen worden. Was gar nicht gut war. Marni warf einen Blick auf die Uhr. Fast halb acht. Noch eine halbe Stunde, dann würde sie sich auf den Heimweg machen.

Es vergingen weitere zwanzig Minuten, als sie bei einem Foto innehielt: Es zeigte einen Unterarm, der gerade tätowiert wurde. Die Hand des Künstlers war im Weg, weshalb sie nicht sehen konnte, woran genau er arbeitete. Aber das war egal, das war nicht das, was ihre Aufmerksamkeit geweckt hatte. Sie hatte aus einem ganz bestimmten Grund aufgehört weiterzuscrollen: Die Hand des Kunden war stark tätowiert, mit dunkelroter Tinte. Marni kniff die Augen zu schmalen Schlitzen zusammen, um besser sehen zu können. War das eine Rose? Sie klickte das Bild an, um es zu vergrößern.

Das Tattoo könnte mit dem übereinstimmen, das Dan

Carter beschrieben hatte. Doch so lange sie es auch betrachtete – sie konnte das Motiv beim besten Willen nicht erkennen, wusste nur, dass es sich auf keinen Fall um eine Rose handelte.

Aber um was dann?

33

Francis

Es war mehr als nur ein bisschen außergewöhnlich für Bradshaw, sich an einem Sonntagabend im Präsidium blicken zu lassen. Es bewies, wie besorgt er wegen der Entwicklung des Falles war. Er erhoffte sich, dass der Ruhm einer schnellen Verhaftung auf ihn zurückfiel, und war sich zweifelsohne bewusst, dass seine Karriere am meisten darunter leiden würde, bliebe der Fall ungeklärt. Rory hatte Francis zögernd anvertraut, dass der Boss ihn unablässig unter Druck setzte, Leute anzuschleifen und Beweise gegen sie zusammenzutragen.

»Anstatt unbedingt Beweismaterial finden zu wollen, sollte man lieber erst Schlüsse ziehen und anschließend Verhaftungen vornehmen«, sagte Francis. »Hat er denn alles vergessen, was er bei der Ausbildung gelernt hat?«

»Das Problem ist, dass das Beweismaterial, das wir haben, uns bislang nicht weiterbringt«, erwiderte Rory seufzend. »Ein paar Informationen über die verwendeten Messertypen, aber keinerlei Spuren.«

Sie saßen in der Einsatzzentrale, tranken in wackeliger Waffenruhe eine Tasse Tee miteinander und brüteten über den Ereignissen der vergangenen vierundzwanzig Stunden, als Bradshaw hereinkam. Er schien überrascht, dass sich der neue leitende Ermittler mit dem DI verbrüderte, den er gerade von dem Fall abgezogen hatte.

»Was haben Sie hier zu suchen, Sullivan? Sie arbeiten nicht mehr an diesem Fall.«

Rory stand auf, damit er seinem Vorgesetzten Auge in Auge begegnen konnte.

»Ich habe ihn hergebeten. Er ist momentan mit keiner anderen Sache befasst, und ich bin der Ansicht, dass mir seine Fachkenntnisse helfen können zu analysieren, was gestern Nacht passiert ist. Es gibt keinen Grund, einen Officer außen vor zu lassen, der gern bereit ist, seinen Beitrag zu leisten.«

Zum Glück schienen seine Worte Bradshaw daran zu erinnern, warum er sich an einem Sonntagabend ins Präsidium bemüht hatte. »Ich möchte ein Update, Mackay. Kommen Sie in fünf Minuten in mein Büro.«

Als er weg war, nahm Rory wieder Platz und leerte seine Tasse.

»Ich will, dass Sie wieder an dem Fall arbeiten, Sullivan.«

Francis zuckte die Achseln. »Dann werden Sie wohl Bradshaw überzeugen müssen.«

Rory blickte ihn mit schmalen Augen an. »Nein. Wir werden ihn gemeinsam davon überzeugen.«

Francis klopfte an die Tür von Bradshaws Büro und trat ein. Sein Herz hämmerte, Adrenalin peitschte seine Nerven. Rory folgte ihm hinein.

Bradshaw, der einen Bericht las, blickte nicht auf.

»Setzen Sie sich, Rory«, sagte er.

Francis hustete, was genügte, Bradshaw zu verstehen zu geben, dass Rory nicht allein gekommen war.

»Was machen Sie denn hier? Ich hatte Rory gebeten, mich in dem Fall auf den neuesten Stand zu bringen. Von Ihnen war nicht die Rede.«

»Sie sollten mich die Ermittlungen weiterleiten lassen.«

Rorys Kopf fuhr zornig herum. »Was zum Teufel ...? Das hatte ich nicht gemeint.«

»Ich bin der diensthöhere Officer. Ich sollte den Fall leiten.« Francis sah Rory an. »Wenn Sie wollen, dass ich weitermache mit dem Fall, müssen Sie für mich arbeiten. Haben Sie das verstanden?«

Bradshaw versuchte dazwischenzufahren, aber Francis machte keinen Rückzieher. Stattdessen fuhr er fort: »Gestern Nacht hatten wir Glück, großes Glück, um genau zu sein. Ein Liebespaar hat auf dem Heimweg nach der Sperrstunde den Tattoo-Dieb bei der Arbeit gestört. Er konnte entkommen, aber nun haben wir zwei Zeugen, außerdem hat sein Opfer überlebt. Wir brauchen dringend ihre Zeugenaussage.«

»Rory kann diese Informationen auch ohne Ihre Hilfe zusammentragen.«

»Bei dem Opfer handelt es sich um einen Mann namens Dan Carter. Er hat eine Ganzkörpertätowierung von einer Tattoo-Künstlerin aus Italien, Petra Danielli. Sie hat bei der Ausstellung in der Saatchi Gallery mitgewirkt. Alles deutet darauf hin, dass der Mörder Tätowierungen von einer exklusiven Gruppe von Künstlern sammelt – was meine ursprüngliche Theorie bestärkt. Die Theorie, an die übrigens weder Sie noch Rory geglaubt haben. Ich denke, es ist Zeit zuzugeben, dass ich recht hatte.«

Bradshaw sah mit zusammengekniffenen Augen von einem zum anderen. »Also schön, was haben Sie sonst noch, Sullivan?«

»Der Täter hat die Ränder der Tätowierung umrissen, offenbar mit einer kurzen Klinge. Dann hat er das Messer gewechselt und begonnen, Carters Schulter zu häuten. Die verwendeten Klingen ähneln denen, die bei Evan Armstrong verwendet wurden, auch wenn wir nicht nachweisen können, ob es sich tatsächlich um dieselben handelt. Das Muster der Schnitte legt nahe, dass er vorhatte, das ganze Tattoo in zwei Stücken zu entfernen – die Vorder- und die Rückseite –, was er sicher auch getan hätte, wäre er nicht unterbrochen worden.«

»Eine Ganzkörpertätowierung?«

»Ein Tattoo im japanischen Stil, das sich über den gesamten Oberkörper, Arme und Beine erstreckt.«

»Ach du lieber Himmel.«

»Mr. Carter konnte uns nur sagen, dass er von hinten angegriffen und bewusstlos gemacht wurde. Aber er erinnert sich an eine einzige Sache: Der Mörder trug weiße, durchscheinende Latexhandschuhe, durch die Carter sehen konnte, dass der Mann Tätowierungen auf beiden Handrücken hatte – dunkelrot, aller Wahrscheinlichkeit nach Rosen.«

»Dann kann er ihn also womöglich identifizieren.«

»Auf meinen Rat hin hat Mackay Hollins und Hitchins darangesetzt, sich auf die Suche nach Personen mit ähnlichen Tätowierungen zu begeben. Morgen werden sie sämtlichen lokalen Tattoo-Läden einen Besuch abstatten und sich erkundigen, ob irgendwer jemanden kennt, der Motive sticht, die Carters Beschreibung entsprechen. Ich bin zuversichtlich, Sir, dass wir bald einige Spuren verfolgen können.«

»Dass *Rory* bald einige Spuren verfolgen können wird, Sullivan«, stellte Bradshaw klar. »Was ist mit dem Paar? Wie konnte es den Mörder unterbrechen?«

»Die beiden hatten sich in eine schmale Gasse in den Lanes zurückgezogen, um ungestört zu sein. Sie bekamen nicht viel mit von dem, was um sie herum passierte, aber der Mörder sah in ihnen offenbar eine Bedrohung und stürmte an ihnen vorbei, um sich aus dem Staub zu machen. Etwa gleichzeitig hörten sie ein Stöhnen aus einem der Hinterhöfe, und der Mann ging los, um nachzusehen. Genau genommen haben die beiden Carter das Leben gerettet.«

»Was ist mit dem Täter? Was haben sie gesehen?«

»Nicht viel. Er trug eine große Tasche oder einen Rucksack bei sich, mit dem er das Mädchen beinahe umgerissen hätte, und er hatte seine Basketballkappe tief in die Stirn gezogen, damit man sein Gesicht nicht erkennen konnte. Er war größer als der Mann, vermutlich über eins achtzig. Er hat kein Wort gesagt, und es war zu dunkel, um seine Haarfarbe zu erkennen.« Francis zuckte die Achseln. »Es ist die Information von Carter, die uns wirklich weiterbringen dürfte.«

Bradshaw legte die Hände auf der Schreibtischplatte übereinander. »Dann denken Sie also, ich sollte Sie wieder einsetzen. Hm. Rory leistet ordentliche Arbeit ohne Sie, und nichts, was Sie gerade gesagt haben, kann daran etwas ändern.« Sein Blick schweifte zu seinem Sergeant. »Rory, sind Sie bereit zurückzutreten?«, fragte Bradshaw ohne Umschweife.

»Nein, Sir«, antwortete der. »Schlussendlich verfüge ich über die größere Erfahrung.«

»Schwierige Entscheidung«, sagte Bradshaw.

Offenbar überlegte er noch, welche Wahl seiner Karriere dienlicher wäre, und das zählte für ihn mehr, als die Mordfälle zu lösen. Wofür Francis ihn verachtete.

Bradshaw stand auf, trat ans Fenster und schaute hinaus, den Rücken den beiden Officers zugewandt.

»Rory wird die Ermittlungen weiterhin leiten, und Sie nehmen sich vorerst frei, Sullivan. Ich werde Sie später wieder einsetzen.« Er konnte ihnen nicht mal in die Augen sehen.

»Vielen Dank, Sir«, sagte Rory. »Sie haben die richtige Wahl getroffen.«

Schleimiges Arschloch.

Für Francis gab es nichts weiter zu sagen.

»Da wir jetzt wissen, auf wessen Arbeit der Killer es abgesehen hat, sollten wir ihn aus der Reserve locken können«, schlug Rory vor.

»Sie wollen ihn in die Falle locken«, stellte Francis klar, »indem Sie ein potenzielles Opfer als Köder benutzen.«

»Halten Sie den Mund, Sullivan«, brüllte Bradshaw.

»Aber eine solche Vorgehensweise ist ethisch nicht zu vertreten.«

Bradshaw funkelte ihn an. Francis fragte sich, ob er zu weit gegangen war. Unter diesen Umständen würde er nie mehr an dem Fall arbeiten können.

»Dann sind Sie also der Ansicht, wir sollten uns bei unseren Ermittlungen einzig und allein auf Carters verschwommene Erinnerung stützen und nach einem Mörder mit einer dunkelroten Rose auf dem Handrücken suchen, die noch dazu von einem Latexhandschuh bedeckt war?« Bradshaws Stimme klang höhnisch.

»Das ist lächerlich«, befand Rory.

Francis Handy vibrierte in der Hosentasche und zeigte einen Anruf an.

»Das ist im Augenblick die beste Spur, die wir haben«, sagte er.

»Mackay, tun Sie, was Sie für richtig halten, und erstatten Sie mir Bericht.«

»Ja, Sir.«

Das Handy vibrierte erneut.

»Ich bin mir sicher, dass wir von der Spurensicherung jede Menge Hinweise bekommen, sobald Rose mit dem Tatort fertig ist. Konzentrieren Sie sich darauf.«

»Ja, Sir«, sagte Rory wieder.

»So, Mackay, Sie und Ihr Team haben genau vierundzwanzig Stunden, um mir etwas Konkretes an die Hand zu liefern. Vermasseln Sie's nicht, Sergeant. Bei mir gibt es keine zweite Chance.«

»Keine Sorge, ich werde es nicht vermasseln, Sir.«

»Sullivan, ich möchte Ihr Gesicht erst wieder hier sehen, wenn ich Ihnen einen anderen Fall zugeteilt habe.«

Kaum hatten sie Bradshaws Büro verlassen, strebte Rory ohne ein Wort zu sagen zur Treppe. Francis blieb zurück, zu wütend, um mit ihm zu reden, und zog sein Handy aus der Tasche. Als er es in der Hand hielt, vibrierte es erneut – jemand versuchte verzweifelt, ihn zu erreichen.

Er sah, dass mehrere Textnachrichten eingegangen waren. Alle von Marni Mullins. Er öffnete die neueste, und ein Foto füllte den kleinen Bildschirm. Eine Hand. Eine tätowierte Hand.

Aber keine Rose.

Das Tattoo war dunkelrot mit scharfen schwarzen Umrissen.

Es dauerte ein paar Sekunden, bis Francis begriff, was er da vor sich sah. Es war ein menschliches Herz, anatomisch korrekt dargestellt. Tropfend vor dunkelrotem Blut, als hätte es gerade noch geschlagen.

War das die Hand des Killers?

34

Marni

Als Marni im Präsidium eintraf, wurde sie von Angie Burton zur Einsatzzentrale begleitet. Die Polizistin sagte auf dem Weg dorthin kaum ein Wort und machte auf Marni einen ziemlich arroganten Eindruck. Egal. Sie war daran gewöhnt, dass man auf sie herabschaute – ein bestimmter Teil der Bevölkerung hatte für Menschen mit Tattoos nun mal nichts übrig.

Rory Mackay führte sie an einen leeren Schreibtisch, wo sie ihren Laptop auspackte.

»Francis meinte, Sie hätten Fotos entdeckt, die womöglich die Hände des Angreifers zeigen«, sagte er.

Marni sah sich um. »Ist er nicht hier?«

»Er hat Ihnen nichts gesagt?«

»Was soll er mir gesagt haben?«

»Er hat gegen die Anweisungen seines Vorgesetzten verstoßen und eine Pressekonferenz abgehalten, deswegen ist er nun von dem Fall abgezogen.«

»Unfassbar. Er hat genau das Richtige getan. Deswegen durfte man ihn doch nicht von dem Fall abziehen!«

»Mag sein, aber jetzt belagert uns die Presse. Die Journalisten sprechen von den Morden des ›Tattoo-Diebs‹. Die hohen Tiere toben. Zeigen Sie mir die Fotos«, wechselte er abrupt das Thema.

Marni scrollte durch ihre Ordner und öffnete die Galerie.

Rory starrte auf das vergrößerte Bild eines tätowierten menschlichen Herzens auf dem Bildschirm. Marni beobachtete ihn. Sie hatte die ganze letzte Stunde damit verbracht, das Bild zu betrachten – sie musste es nicht noch einmal anschauen.

»Haben Sie so etwas schon mal gesehen?«, fragte Rory und verlagerte sein Gewicht von einem Fuß auf den anderen.

»Sicher. Menschliche Herzen sind nichts Ungewöhnliches, meist tätowiert man sie auf die Brust, aber man findet sie auch an allen möglichen anderen Stellen. Allerdings kann ich mich nicht daran erinnern, solche Herzen schon einmal auf Handrücken gesehen zu haben.«

»Und Sie glauben, das ist es, was Dan Carter durch die Handschuhe des Angreifers gesehen haben könnte?«

Marni zuckte die Achseln. »Möglich. Aber das heißt nicht, dass sich nicht auch Hunderte andere Personen mit Rosen oder Herzen oder sonst was auf dem Handrücken finden lassen.«

»Kommt Ihnen die Arbeit bekannt vor?«

»Ganz und gar nicht, aber ich habe das Foto Thierry und seinen Kollegen Charlie und Noa geschickt – vielleicht fällt ihnen dazu etwas ein. Vielleicht bekommen wir einen Hinweis von dem, der den Kerl tätowiert hat. Das Foto wurde bei der Messe aufgenommen, wodurch die Zahl der in Frage kommenden Tätowierer eingeschränkt wird.«

»Wie viele waren da?«

»Ungefähr dreihundertfünfzig.«

»Großartig.«

»Aber knapp die Hälfte davon waren Frauen.«

Rory betrachtete das Bild erneut. Sie hatte recht – die Hände des Tätowierers waren groß und kräftig und steckten in schwarzen Handschuhen. Auch seine muskulösen Unterarme waren zu erkennen. Sein Gesicht war nicht auf dem Foto zu sehen, wohl aber sein T-Shirt – ein Iron-Maiden-Tour-Shirt, dessen schwarze Farbe verwaschen war.

»Angie, Tony, kommt doch mal her und seht euch das an.«

Die beiden Detectives traten an den Schreibtisch, an dem Marni saß, und blickten über ihre Schulter hinweg auf den Monitor. Hitchins stieß einen lang gezogenen Pfiff aus.

»Ekelhaft«, sagte er.

»Angie, holen Sie doch bitte einen USB-Stick, und dann versuchen Sie herauszufinden, wer dieser Tätowierer ist.«

»Klar, Chef«, sagte Angie und kehrte an ihren eigenen Schreibtisch zurück. Einen Augenblick später war sie wieder da. Ohne Marni um Erlaubnis zu fragen, steckte sie den Stick an der Seite ihres Laptops ein.

»Laden Sie die Fotos bitte runter«, sagte sie.

Marni war nicht begeistert über ihren Ton.

»Das sieht so aus, als würden wir die berühmte Nadel im Heuhaufen suchen«, ließ sich Hitchins vernehmen.

»Dann finden Sie sie.« Rory wandte sich Marni zu. »Danke, dass Sie vorbeigeschaut haben, Miss Mullins. Wir bleiben in Verbindung, falls wir noch etwas benötigen.«

Angie zog den USB-Stick aus dem Laptop, und Marni wurde klar, dass sie entlassen war. Auch gut. Sie brauchten Francis nicht länger, genauso wenig wie sie. Es erschien ihr mehr als unfair, dass man ihm den Fall entzogen hatte, weil er sich an die Presse gewandt hatte, um die Menschen zu warnen, aber entsprach das nicht genau dem, was sie von der Polizei erwartete? Nun, wenn ihre Hilfe nicht länger erwünscht war, würde sie sich bestimmt nicht aufdrängen. Allerdings wäre es besser, wenn sie diesen Irren schnappten, bevor er erneut zuschlug.

Alex schaute Fußball, als sie nach Hause kam. Es war schon nach elf, aber an seinen Klamotten – schwarze Bondage-Hose und zerrissenes Bob-Marley-Shirt – konnte sie erkennen, dass er vorhatte, noch auszugehen.

»Was steht an?«, fragte sie und ließ sich mit einem Glas Wein und einer Tüte Chips neben ihn aufs Sofa fallen.

»Livs Freund gibt eine Party, bevor er auf Reisen geht.«

»Klingt gut.«

»Kann ich Bier mitnehmen?«

»Haben wir denn welches?«

Alex zuckte die Achseln, aber dies herauszufinden, interessierte ihn anscheinend nicht genug, um aufzustehen und nachzusehen.

Marni nippte an ihrem Wein und ignorierte das Fußballspiel. Sie hatte heute genug Zeit vor dem Bildschirm verbracht. Sobald Alex weg wäre, würde sie ein ausgedehntes, heißes Bad nehmen. Sie lehnte sich in die Kissen zurück und schloss die Augen.

»Mum!«

Marni setzte sich mit einem Ruck auf und schüttete Wein auf ihren Schoß und das neben ihr liegende Kissen.

»Klingel!«

»Ja, dann mach doch auf.«

Alex warf ihr einen finsteren Blick zu, aber er stemmte

sich vom Sofa hoch. Marni tupfte den Wein mit ihrem Ärmel ab und hoffte inständig, dass nicht Thierry vor der Tür stand.

»Es ist für dich – dieser Cop!«, rief Alex aus dem Flur. »Ich bin dann mal weg. Bis morgen!«

»Du bleibst über Nacht weg?«

»Wahrscheinlich.« Alex steckte den Kopf zur Tür herein. »Außerdem schläfst du doch eh, wenn ich nach Hause komme.«

Sie stand auf und schaffte es, ihm einen Kuss auf die Wange zu drücken, bevor er sich zum Gehen wandte. Durch die offene Tür sah sie, dass Francis Sullivan im Flur stand – und aus irgendeinem Grund ließ sie dieser unerwartete Anblick für einen Moment verlegen werden. Als die Haustür hinter Alex ins Schloss gefallen war, bedeutete sie ihm, ins Wohnzimmer zu kommen.

»Hi«, sagte sie. »Kommen Sie herein.«

Pepper bellte aufgeregt, als Francis den Raum betrat, und rappelte sich von seiner Decke vor dem Kamin hoch, um am Hosenbein des späten Gastes zu schnuppern. Francis ignorierte ihn.

»Es tut mir leid, dass ich um diese Uhrzeit noch vorbeischaue, aber Rory hat mir gerade diese Fotos geschickt, und ich dachte, Sie würden sie sich ansehen wollen.«

Also wusste wenigstens einer aus dem Team ihre Bemühungen zu schätzen. Dann fiel ihr ein, dass er ja gar nicht mehr an dem Fall arbeitete.

»Rory hat gesagt, man hat Sie von dem Fall abgezogen.«

Francis stellte seinen Laptop auf den Couchtisch.

»Offiziell ja. Im Geiste ist das für mich allerdings immer noch mein Fall.«

»Wein?«

Er zögerte einen Moment, bevor er antwortete. »Lieber nicht.«

Sie ignorierte seine Antwort, holte ein Glas, schenkte ihm ein und sich noch und setzte sich neben ihn aufs Sofa.

»Sehen Sie sich die hier mal an«, sagte er. »Das ist der Tätowierer, der an dem Mann gearbeitet hat, den wir für verdächtig halten.«

Marni betrachtete die Fotos, die er aufrief. Auf dem Monitor erschienen mehrere Aufnahmen von einem muskelbepackten Tattoo-Künstler mit einer Reihe verschiedener Kunden. Manche zeigten ihn in dem verwaschenen Iron-Maiden-T-Shirt, und seine muskulösen Unterarme mit den Tribal-Tattoos waren eindeutig dieselben wie auf dem Bild, das sie von ihm und dem Mann mit den menschlichen Herzen auf den Handrücken entdeckt hatte.

»O ja«, sagte Marni. »Das ist er. Hat ja nicht lange gedauert, bis ihr ihn aufgespürt habt.«

»Rory hat das gesamte Team darauf angesetzt. Das ist der Vorteil, wenn man gut besetzt ist. Er nennt sich James Diamond. Haben Sie schon mal von ihm gehört?«

Marni schüttelte den Kopf. Sie kannte weder den Namen noch den Mann auf dem Foto. »Und was passiert als Nächstes?«

»Wir werden uns mit ihm in Verbindung setzen und herausfinden, wen er auf der Messe tätowiert hat. Das sollte uns zum Killer führen.«

»Möglich. Wenn es tatsächlich das tätowierte Herz ist, das Dan durch den Handschuh gesehen hat.«

»Selbstverständlich. Und wenn nicht, dann sind wir eben wieder bei Punkt null.«

»Wo arbeitet dieser James Diamond?«, wollte Marni wissen.

»In einem Studio in Guildford. Haben Sie Lust auf einen kleinen Abstecher dorthin, am besten gleich morgen früh?«

»Ich dachte, das wäre nicht mehr Ihr Fall.«

»Das sind sicher keine Ermittlungen, denen Bradshaw zustimmen würde. Rory wird sich auf die Richtung konzentrieren, die der Boss ihm vorgibt. Er wird die nächsten ein, zwei Tage nicht dazu kommen, Diamond zu befragen.«

»Im Ernst?«

»Wir könnten ihm zuvorkommen. Ich bin nach wie vor entschlossen, diesen Fall zu lösen, und wenn Sie mich fragen, ist das hier womöglich eine wichtige Spur.«

Francis Sullivan muss etwas beweisen.

»Klar, ich komme mit Ihnen. Es liegt ja auch in meinem Interesse, den Mörder hinter Schloss und Riegel zu wissen, zumal ich die Hälfte seiner Opfer kenne.« Sie trank ihren Wein und dachte einen Moment lang nach. »Die Stunden, die ich mit dem Durchsehen der Fotos verbracht habe, haben sich anscheinend gelohnt.«

»Das ist die Grundlage ordentlicher Polizeiarbeit. Man muss jeden Stein umdrehen und jedes Detail genau überprüfen.«

»Langweilig.«

»Aber der Mühe wert, wenn man schlussendlich das eine winzige Detail entdeckt, mit dem sich das Puzzle zusammenfügen lässt. Das kann ein einzelnes Haar sein, das zum Mörder oder zum Opfer passt, es kann die Aufnahme einer Überwachungskamera sein, die das Alibi eines Verdächtigen platzen lässt – ganz gleich, was, es spornt einen mächtig an.«

»Verstehe. Das klingt ganz ähnlich, wie wenn ich ein

ausgesprochen diffiziles Tattoo anfertige – zum Beispiel Hunderte von Chrysanthemenblättern, die im Grunde alle gleich aussehen. Doch ist es erst einmal fertig, ist es wundervoll zu sehen, wie der Kunde es zum ersten Mal im Spiegel betrachtet.«

»Vorausgesetzt, ihm gefällt das Ergebnis«, entgegnete er mit einem schiefen Lächeln.

Dieser Anflug von Humor überraschte sie. Sie kannte ihn noch nicht sehr lange, aber das war das erste Mal, dass er versucht hatte, einen Scherz zu machen.

»Warum sind Sie eigentlich immer so ernst?«, fragte sie ihn.

»Wie bitte?« Er wirkte aufrichtig erstaunt.

»Sie sind immer so ernst«, wiederholte sie. »Das war der erste Scherz, den Sie in meiner Gegenwart gemacht haben. Und so lustig war der nun auch nicht.«

»Nein, natürlich nicht.« Sein Lächeln wurde breiter.

Überrascht stellte Marni fest, dass sie ihn gern öfter so sehen würde.

Oh-oh! Das ist nicht gerade das, was du jetzt gebrauchen kannst.

Marni streckte sich und warf einen Blick auf die Uhr. Es war nach Mitternacht, und sie brauchte dringend eine Zigarette. Wegen Alex rauchte sie nicht im Haus.

»Ich gehe kurz raus auf eine Kippe. Haben Sie Lust, sich die Beine zu vertreten?«

»Klar.«

Draußen im Garten zündete sie sich eine an und inhalierte tief, wohl wissend, dass Francis sie beobachtete.

»Möchten Sie eine?« Sie hielt ihm die Schachtel entgegen und ließ sie vor Verblüffung fast fallen, als er tatsächlich die Hand danach ausstreckte.

»Ich hatte keine Zigarette mehr, seit ich auf der Schule war«, sagte er und zog vorsichtig eine heraus.

»Aber Sie haben tatsächlich eine geraucht?«

»Na ja, nur eine«, erwiderte er mit einem kläglichen Grinsen.

»Dann wollen Sie doch jetzt nicht wirklich eine?«

»Als Sie an der Zigarette gezogen haben, ist ein anderer Ausdruck auf Ihr Gesicht getreten«, sagte er. »Zufriedenheit. Erleichterung. Genuss. Ich will herausfinden, was das war. Nennen Sie es Recherche.«

Zufriedenheit und Genuss war ganz offensichtlich nicht das, was Francis Sullivan empfand, als er an der zweiten Zigarette seines Lebens zog. Während des unvermeidlichen Hustenanfalls warf er sie auf den Boden und krümmte sich vornüber. Für einen Augenblick dachte Marni, die schrecklich lachen musste, ihm wäre übel. Pepper, der sich zu ihnen in den Garten gesellt hatte, fing an zu bellen und rannte aufgeregt umher. Vermutlich hatte er eine Katze gesehen.

»Das tut gut, nicht wahr?«, fragte sie schmunzelnd, während sie den letzten Zug nahm und den kurzen Stummel in einem kleinen Sandkübel am Rand der Terrasse ausdrückte.

Francis gab einen abgehackten Laut von sich, als er versuchte, den Rauch aus seiner Lunge zu vertreiben.

»Geben Sie mir nie wieder eine. Nie!«, krächzte er heiser.

»Keine Sorge. Sie haben nämlich soeben eine wunderbare Zigarette verschwendet.«

Sie stand vor ihm, und ohne nachzudenken, strich sie ihm die Haare aus der Stirn. Ihre Augen begegneten sich, als sie ihre Hand an seiner Schläfe verweilen ließ.

Was tust du da?

Er schien sich zu ihr zu beugen, und Marni spürte, wie

sich die Erregung in ihr ausbreitete wie ein Lauffeuer. Sie wollte ihn küssen, und genau das schien er auch zu wollen, doch ein plötzliches drohendes Knurren von Pepper holte sie beide schlagartig zurück auf den Boden der Tatsachen.

»Was ist los, Junge?«, fragte Marni.

»Ist Ihr Hund eifersüchtig?«

Marni schüttelte den Kopf. Zumindest war Francis bewusst, was gerade eben beinahe passiert wäre.

»Normalerweise nicht. Ich glaube nicht, dass er deswegen knurrt. Irgendetwas hat ihn erschreckt. Er hat sich heute Abend schon mal so seltsam benommen.«

Francis sah sich in dem kleinen Garten um.

»Was ist hinter dem Zaun?«

»Eine schmale Gasse, zu der man von der Straße her Zugang hat.«

»Hm.« Francis blickte sich mit gerunzelter Stirn um. »Ich kann nichts sehen. Vielleicht hat er einen Fuchs oder eine Katze entdeckt.«

Das hatte Marni auch schon gedacht, aber merkwürdig war es trotzdem. Er führte sich doch sonst nicht so auf. Wie dem auch sei – der Zauber war gebrochen, und sie kehrten zurück ins Haus. Marni bot Francis Kaffee an, doch der lehnte ab.

»Ich sollte jetzt lieber gehen. Morgen früh –«, er warf einen Blick auf die Uhr, »nein, wohl eher heute früh, komme ich bei Ihnen vorbei, und wir statten James Diamond einen Besuch ab.«

Marni brachte ihn zur Haustür und wurde erneut von dem Verlangen überwältigt, ihn zu küssen, doch sie konnte sich gerade noch beherrschen.

Was zum Teufel sollte das?

Als er weg war und sie im Bett lag, brauchte sie länger als gewöhnlich, um einzuschlafen. Nicht wegen ihrer üblichen nächtlichen Panikattacken, sondern weil sie nicht aufhören konnte, sich auszumalen, wie es wohl sein mochte, Francis Sullivan zu küssen und wohin das führen würde. Sie redete sich ein, dass das gar nichts zu bedeuten hatte, trotzdem bekam sie ein Bild nicht aus dem Kopf: Francis, wie er vor ihr auf der Terrasse stand, und sein widerspenstiges Haar, das ihm in die Stirn fiel. Es hatte sich völlig natürlich angefühlt, es beiseitezustreichen.

Ich kann nicht atmen.

Ich höre die Stimme meines Vaters in meinem Kopf, der mir sagt, dass ich es vermasselt habe. Immer und immer wieder. Ich vermassele ständig etwas. Immer mache ich alles falsch. Der Sammler behauptet jetzt das Gleiche, mit derselben Stimme wie mein Vater. Das darf nicht passiert sein. Das darf nicht passieren.

Ich kämpfe darum zu atmen, nur einen einzigen Atemzug zu tun.

Der Arbeitsprozess. Ich muss mich auf den Arbeitsprozess konzentrieren, damit ich nicht durchdrehe. Daran werde ich denken, bis ich bereit bin, mich anderen Dingen zuzuwenden. Meinem nächsten Schritt.

Der Arbeitsprozess.

Aber alles ist ruiniert. Alles ist VERSAUT.

Ich nehme ein sauberes Messer und ziehe es zügig über meinen Unterarm. Blut sickert aus dem Spinnennetz aus Narben. Das ist die einzige Möglichkeit, mich zu beruhigen. Der Schmerz tröstet mich und lässt meinen Zorn verrauchen.

Ich verbinde mich, dann bin ich bereit, mit meiner Arbeit weiterzumachen.

Die Haut in meinen Händen ist die Kopf- und Gesichtshaut mit dem Spinnennetz-Tattoo. In diesem Stadium fühlt sie sich glitschig an und ein bisschen wie Gummi, und meine Finger gleiten über die Oberfläche, als ich sie auf meinem Arbeitstisch hin- und herbewege, um sie Zentimeter für Zentimeter zu inspizieren. Ich liebe das Gefühl unter meinen Fingerspitzen, weich und geschmeidig, nass. Ich sollte Handschuhe tragen – sie kommt direkt aus einem Bottich mit einer hochalkalischen Reinigungslösung zur Entfernung von Haaren und Fett. Dies ist nun zum großen Teil gelöst. Der Gestank wird überdeckt von dem starken Geruch von Natriumsulfid und Natriumhydroxid. Später werde ich den Preis dafür zahlen, dass ich keine Handschuhe getragen habe. Meine Hände werden rot und wund sein, die Haut trocken und brüchig. Aber ich habe den Schmerz verdient.

Meine Aufgabe heute Abend ist es, die Haut zu säubern, jedes übrig gebliebene Haar zu entfernen und sämtliches Fett, damit sie für den Gerbungsprozess bereit ist. Das meiste Haar ist bereits weg, aber ein leichter Flaum bleibt fast immer hängen. Den entferne ich mit einem sogenannten Streichmesser, indem ich mit der stumpfen Klinge vorsichtig über die Haut schabe. Ein heikles Unterfangen. Das Risiko, die Haut abzuschürfen oder einzuschneiden, was das gesamte Stück ruinieren würde, ist groß. Konzentration ist alles. Ich darf meine Gedanken nicht schweifen lassen, und genau deshalb übt dieser Prozess eine Art therapeutische Wirkung auf mich aus. Weil ich an nichts denken darf als an das, was ich gerade tue, kann ich zur Ruhe kommen.

Ich versuche, mich ganz in der Arbeit zu verlieren, aber mein Geist beruhigt sich nicht.

Ich kann die Frau schreien hören, wieder und wieder. »Er ist tot«, kreischt sie. »Er ist tot.« Dabei war er gar nicht tot, noch lange nicht, und ich beobachtete von einem Hauseingang ein kleines Stück die Straße hinauf, wie die Polizei und ein Rettungswagen eintrafen. Ich sah, wie man ihn aus dem Hof trug, eine Sauerstoffmaske vor dem

Gesicht. Die Kleidung der Sanitäter war voller Blut. Er ist nicht tot, und das könnte gut für mich sein, vielleicht ist es aber auch schlecht.

Verdammt! Verdammt! Verdammt!

Das hätte nie passieren dürfen. Ich hasse das Paar. Bereit, sich auf der Straße zu bespringen wie die Tiere, überwältigt von Lust und Alkohol, nach dem sie stanken.

Nein! Ist das etwa eine kleine Schramme auf der Haut? Ich muss mich auf das konzentrieren, was ich tue, sonst ruiniere ich meine Arbeit.

Ich kann dem Sammler nicht erzählen, was passiert ist. Noch nicht. Auch wenn ich weiß, dass ich das tun muss. Ich weiß, dass in den Zeitungen von dem jüngsten Übergriff des Tattoo-Diebs die Rede sein wird und davon, dass er diesmal vereitelt werden konnte. So nennt mich die Presse inzwischen. Den Tattoo-Dieb. Die ganze Stadt lebt in Furcht vor meinem Messer. Aber ich bin fast fertig. Nur noch ein paar Namen auf meiner Liste, und dann, nachdem ich mich profiliert und dem Sammler seinen Herzenswunsch erfüllt habe, verschwinde ich wieder in der Versenkung.

Unterm Strich ist es gut, dass Dan Carter noch am Leben ist. Ich denke, es ist auszuschließen, dass er der Polizei irgendwelche nützlichen Informationen geben kann. Und sobald er aus dem Krankenhaus entlassen ist, kann ich ein zweites Mal zuschlagen.

Sein Name steht noch immer auf meiner Liste.

35

Marni

Es dauerte nicht lange, bis ihr aufging, dass der Grund, warum Francis Sullivan sie eingeladen hatte, ihn nach Guildford zu begleiten, ihr Auto war. Am nächsten Morgen kam er zu Fuß zu ihrem Haus und erklärte, dass sein Wagen ein Dienstwagen sei und dass er gegen die Vorschriften verstoßen würde, wenn er ihn bei diesem ungenehmigten Ausflug einsetzte.

»Und was, wenn ich meinen Wagen Alex geliehen hätte?«, fragte sie und nahm die Schlüssel vom Küchentresen.

Francis schien weder ihren linksgesteuerten Citroën Deux Chevaux noch ihren abgehackten Fahrstil zu schätzen. Doch wie dem auch sei – er war ein schlechter Beifahrer. Sie hatten kaum die Great College Street verlassen, als Marni feststellte, dass er sich an der Kante des Beifahrersitzes festklammerte, so fest, dass seine Knöchel weiß hervortraten. Der Motor dröhnte, eine Federung war so gut wie nicht vorhanden, aber Marni hatte den Wagen von Frankreich mitgebracht, als sie und Thierry nach England gezogen waren. Die Erinnerungen daran, wie sie die baumbestandenen Landstraßen entlanggefahren waren, einen Picknickkorb auf der Rückbank, Thierry laut zu der Musik aus dem Radio singend, waren für sie die einzigen glücklichen Erinnerungen an Frankreich, und sie war fest entschlossen, die Ente so lange zu behalten wie möglich.

»Dieser Wagen ist doch reif für den Schrottplatz«, sagte Francis. »Ist es denn noch sicher, damit zu fahren?«

»Absolut«, erwiderte Marni, dann wechselte sie grinsend das Thema. »Gestern Abend war super, oder?«

Sein Kopf wirbelte zu ihr herum.

»Wir haben den Tattoo-Künstler ausfindig machen können, erinnern Sie sich?« *Glaubte er ernsthaft, sie würde auf den Beinahe-Kuss anspielen?*

Francis starrte aus dem Fenster, aber sie konnte sehen, dass seine Wangen brannten.

In Guildford angekommen, schüttete es, und als sie zehn Minuten später das Tattoo-Studio entdeckten, war Marni wenig begeistert, dass davor absolutes Halteverbot war.

»Wir finden bestimmt ein Parkhaus«, sagte Francis, der sah, dass sie den Wagen trotzdem dort abstellen wollte.

»Sie sind von der Polizei. Sie dürfen im Rahmen Ihrer Ermittlungen doch mit Sicherheit in einer Halteverbotszone parken. Immerhin handelt es sich um Mord!«

Francis sah sie von der Seite an. »Nein. Bei der Polizei zu sein bedeutet nicht, dass man nach Lust und Laune gegen das Gesetz verstoßen kann.«

»Indem man im Halteverbot parkt?«

»Bei einem Notfall kann man das durchgehen lassen, aber das hier ist kein Notfall, Marni.«

»Da draußen läuft ein Killer durch die Gegend – und das soll kein Notfall sein?«

Francis ignorierte ihren Einwand und deutete auf die

Einfahrt eines mehrgeschossigen Parkhauses. Marni fuhr hinein und setzte missmutig in eine freie Lücke. Nun würden sie zehn Minuten durch den Regen latschen müssen, nur weil er so ein Spießer war. Die Polizisten, denen sie im Leben bislang begegnet war, hätten ohne mit der Wimper zu zucken im Halteverbot geparkt.

Ihre Laune sackte noch mehr in den Keller, als sie feststellten, dass das Tattoo-Studio noch nicht geöffnet hatte. Enttäuscht standen sie im Regen und spähten durch die Fenster ins Ladeninnere. Es war ein ansprechendes Studio, das Equipment war blitzsauber und lag ordentlich aufgereiht parat. Marni würde niemals einen Fuß in ein unaufgeräumtes Tattoo-Studio setzen. Ein unordentlicher Tätowierer schlampte wahrscheinlich auch bei der Hygiene, und das war ein absolutes No-Go.

Francis klopfte an die Glastür, dann drückte er mehrmals auf die Klingel.

»Rufen Sie doch mal an«, schlug Marni vor. Auf der Glastür klebte eine Telefonnummer.

Als Francis wählte, öffnete sich eine Tür links neben dem Laden. Ein Mann streckte seinen Kopf heraus. Er war offenbar gerade aufgewacht. Auf der Hand, mit der er die Tür hielt, war ein polynesisches Band-Tattoo zu sehen.

»Mann, wir haben geschlossen. Kommt am Nachmittag wieder.« Er sprach mit australischem Akzent.

»Bist du James Diamond?«, fragte Marni.

»Wer sonst?«

»Ich bin Marni Mullins.« Sie trat auf ihn zu.

Er öffnete die Tür ein Stück weiter, um ihnen zu zeigen, dass er nur T-Shirt und Boxershorts anhatte. Seine Arme und Beine waren mit schwarzer Tinte bedeckt.

»Ich kenne deine Arbeit«, sagte Diamond. »Ist echt super. Hi.«

»Das hier ist DI Sullivan«, stellte Marni Francis vor.

Francis trat einen Schritt vor.

»Ich untersuche die Morde, die vor Kurzem in Brighton geschehen sind«, sagte er.

Diamonds Augen weiteten sich. »Sie meinen die Morde des Tattoo-Diebs?«

»Ja. Können wir reinkommen und mit Ihnen reden? Es wird nicht lange dauern.«

»Hören Sie, ich habe damit nichts zu tun.«

»Du bist kein Verdächtiger«, warf Marni rasch ein. »Wir wollen nur etwas über ein Foto wissen, das auf der Tattoo-Messe aufgenommen wurde. Wir versuchen, jemanden zu identifizieren.«

Diamond atmete hörbar aus vor Erleichterung. »Klar. Ich ziehe mir schnell etwas an, dann können wir im Studio reden.«

Zwei Minuten später erschien er in Jeans und einem frischen T-Shirt an der Ladentür und öffnete ihnen. Sie folgten ihm hinein, und Marni sah sich um. Es war nicht schwer, Diamonds Spezialisierung zu erkennen – es war, als würde man eine Tiki Lounge aus den Fünfzigern betreten, stilecht mit Rattanmöbeln und Dekor von den Pazifischen Inseln an den Wänden. Polynesische Masken starrten auf sie herab, an einer Wand entdeckte sie eine Galerie mit Tribal-Motiven.

Sie zeigte ihm das Foto von ihm und dem Mann mit den menschlichen Herzen auf den Handrücken, und er betrachtete es mehrere Minuten lang nachdenklich.

Marni beobachtete Francis, der sich mit größerem Interesse im Studio umsah, als sie es ihm zugetraut hätte. Sie fragte sich, ob er anfing, die Faszination der Tätowierkunst zu verstehen. Noch ein bisschen mehr Zeit, dann könnte sie ihn vielleicht überzeugen, sich selbst ein Tattoo stechen zu lassen. Es wäre spannend zu sehen, was für ein Motiv er auswählen würde, sollte es jemals dazu kommen.

»Ja, ich erinnere mich. Der Kerl war tatsächlich etwas seltsam.«

»Inwiefern?«, hakte Francis nach.

»Nervös und so gar nicht gesprächig.«

»Was für ein Tattoo hast du ihm gestochen?«, fragte Marni.

»Ein Symbol, das ich noch nie zuvor gesehen hatte. Er hat es mitgebracht, von Hand gezeichnet auf einem Blatt Papier. Ich habe keine Ahnung, was es bedeuten sollte.«

»Hast du eine Kartei angelegt oder irgendwas aufgeschrieben?«

James schüttelte den Kopf. »Nicht für die Laufkundschaft auf einer Messe. Dort sticht man einfach das Tattoo und nimmt das Bargeld.«

»Dann haben Sie also keinen Namen für uns?«, wollte Francis wissen.

Diamond überlegte kurz, dann sagte er: »Sam. Sam Kirby oder Corby, glaube ich. Er hat erwähnt, dass er außerhalb der Stadt wohnt, auf einer Farm an der Ditchling Road …« Er zuckte die Achseln und verstummte.

Francis platzte beinahe vor Aufregung, als sie zum Parkhaus zurückkehrten.

»Endlich. Endlich haben wir eine ordentliche Spur.«

»Glauben Sie wirklich, das könnte unser Mann sein?«

»Das weiß bloß Gott allein.« Er warf einen entschuldigenden Blick gen Himmel. »Wahrscheinlich hat er Diamond nicht seinen richtigen Namen genannt, und die Ditchling Road ist ewig lang. Vielleicht ist er längst umgezogen oder weitergezogen. Vielleicht ist er noch nicht mal der Kerl, nach dem wir suchen – und vielleicht hat er ein absolut wasserdichtes Alibi, sollten wir ihn denn tatsächlich finden. Aber zumindest kommt Bewegung in den Fall, und wir haben etwas zu tun.«

Er zog sein Handy aus der Tasche.

»Angie, können Sie bitte einen Namen für mich überprüfen? Sam Kirby oder Corby, Wohnsitz angeblich in der Ditchling Road …«

Marni lief ein Schauder über den Rücken. Das Spiel hatte begonnen, und sie wollte verdammt sein, wenn sie es zuließ, dass dieser Killer zu einem weiteren Schlag gegen ihre Community ausholte.

36

Marni

Die Ditchling Road nahm im Stadtzentrum von Brighton seinen Anfang und erstreckte sich über acht Meilen nach Norden bis zu dem Dorf Ditchling. Hinter der Stadtgrenze führte sie steil bergauf in die hügelige Landschaft der South Downs, wo die viktorianischen Villen von Feldern und Bauernhäusern abgelöst wurden.

Auf dem Rückweg von Guildford nach Brighton meldete sich Angie bei Francis.

»Nein, sagen Sie Rory bitte nichts. Das hier ist ausschließlich für mich.«

Marni spitzte die Ohren, um zu hören, was Angie am anderen Ende der Leitung sagte, aber sie konnte nichts verstehen.

»Sie haben etwas gefunden? Gut. Ja. Danke, Angie, ich schulde Ihnen etwas … Ja, gern, dann einen Drink.«

»Haben Sie eine Adresse?«, fragte Marni.

»Ja. Es wäre allerdings besser, wenn Sie mich zum Präsidium bringen. Ich darf nicht mit einem Zivilisten im Schlepptau bei einem Verdächtigen auftauchen.«

»Wir könnten auf dem Weg nach Brighton über die Ditchling Road fahren.«

»Marni, das wäre gar nicht professionell. Wenn ich Sie mitnehme, gefährde ich womöglich die Ermittlungen. Und wenn wir tatsächlich dem Mörder begegnen … Nein, auf keinen Fall. Das ist keine Option. Ich werde Sie nicht in Gefahr bringen.«

»Ich kann doch im Auto bleiben. Sie können es sich nicht leisten, Zeit zu verschwenden. Was, wenn Diamond Sam Kirby oder Corby in Wirklichkeit kennt und ihn anruft, um ihn zu warnen? Dann geht er Ihnen durch die Lappen.«

»Kirby«, sagte Francis. »Angie hat die Adresse eines gewissen Sam Kirby ausfindig machen können.«

Er schwieg einen Augenblick lang, dann drehte er sich zu ihr. Sie warf ihm einen Seitenblick zu.

»Okay, wir machen einen Abstecher zu seiner Adresse und sondieren die Lage. Sollte es danach aussehen, dass jemand zu Hause ist, werde ich Rory anrufen, damit er Verstärkung mitbringt und den Kerl verhaftet. Was immer auch geschieht – Sie bleiben im Wagen.«

»Ich bleibe im Wagen.«

Aber sicher doch. Sie würde ganz bestimmt im Wagen bleiben.

Marni schlug eine andere Route ein als auf dem Hinweg, sodass ihr Weg nun über das Dorf Ditchling auf die Ditchling Road führte, die sich durch das sanft gewellte Acker- und Heideland der South Downs nach Brighton schlängelte.

»Welche Hausnummer?«, fragte Marni, als sie Ditchling hinter sich gelassen hatten.

Francis lachte. »Hier draußen gibt es keine Hausnummern. Es handelt sich um eine Farm – genauer gesagt, um die Stone Acre Farm.«

Die Häuser wurden immer spärlicher, als sie den

Ditchling Beacon hinaufrollten, den dritthöchsten Punkt in den Downs. Die Straße führte in engen Kurven den bewaldeten Hügel hinauf, bis sie auf der Spitze angelangt waren. Vor ihnen lag die lange Fahrt hügelabwärts bis Brighton. Von hier oben konnte Marni eine Reihe von Bauernhäusern erkennen, die auf beiden Seiten ein Stück von der Straße zurückversetzt lagen.

Sie kamen an mehreren Häusern vorbei, die keinen Namen zu haben schienen, aber sie sahen auch nicht danach aus, als handele es sich um landwirtschaftliche Betriebe. Es folgte ein Haus, das ganz offensichtlich ein Hof war, und hier entdeckten sie auch ein Schild: High Croft Farm.

»Halten Sie bitte hier an«, sagte Francis. »Ich möchte fragen, wo wir die Stone Acre Farm finden.«

Ein alter Mann schlurfte über den Hof, gefolgt von seinem Hund, und fragte, was sie wollten.

»Sie suchen nach Stone Acre? Das ist die nächste Farm, ein Stück die Straße hinunter. Hat früher mal Tom Abbot gehört.«

»Kennen Sie einen Sam Kirby?«, erkundigte sich Francis.

»Nein, von dem hab ich noch nie was gehört. Aber Toms Kinder haben den Hof nach Toms Tod verpachtet. Soweit ich weiß, hat es in den letzten Jahren mehrere Pächter gegeben. Ich hab die Felder übernommen. Fahren Sie etwa zweihundert Meter weiter und biegen Sie dann nach rechts ab, anschließend folgen Sie der Zufahrt etwa eine Viertelmeile. Sie können den Hof nicht verpassen.«

Sie folgten seinen Anweisungen und stießen gleich am Anfang der Zufahrt auf ein Holzschild mit der Aufschrift *Stone Acre Farm.* Die Farbe splitterte ab, und der Pfosten stand schief, ein Beweis dafür, dass die Farm nicht länger bewirtschaftet wurde. Das durchhängende Tor stand offen, Gräser wuchsen aus den Rissen des betonierten Hofes. Der Garten des Bauernhauses war völlig zugewuchert, die Nebengebäude sahen aus, als müssten sie dringend repariert werden. Nirgendwo war ein Wagen zu sehen, die Fenster waren geschlossen, nichts deutete darauf hin, dass hier jemand wohnte.

Als Francis aus dem Auto stieg, blieb Marni sitzen und klappte das Fenster hoch. Auf dem Hof war alles still – der Verkehrslärm von der Ditchling Road wurde gedämpft durch die Hügelflanke und die dicht stehenden Bäume, es ging kaum ein Lüftchen. Ihre Haut kribbelte. Irgendetwas stimmte hier nicht. Sie kannte dieses Gefühl gut genug, um es nicht einfach beiseitezuschieben, und sie war froh, dass sie in der Ente auf Francis warten konnte. Ein einzelner Regentropfen traf auf die Windschutzscheibe, dann öffnete der Himmel seine Schleusen.

Marni stellte den Scheibenwischer an und beobachtete Francis, der über den Beton zum überdachten Eingang des alten Bauernhauses ging. Er zog an einer schmiedeeisernen Glocke, und Marni hörte einen leisen Klang. Der ganze Ort erinnerte sie an *Cold Comfort Farm,* einen ihrer Lieblingsfilme.

Es war niemand im Haus, zumindest reagierte niemand auf Francis' Läuten. Ohne sich um den Regen zu scheren, kehrte Francis zum Wagen zurück, blieb vor dem aufgeklappten Fahrerfenster stehen und zog sein Handy aus der Tasche.

»Rory? Ich bin auf der Stone Acre Farm, etwa eine Meile vom Ditchling Beacon entfernt Richtung Brighton.« Er lauschte einen Moment lang. »Nein, nicht der Rede wert. Allerdings denke ich, Sie sollten das Team herschicken. Ich rufe Sie an, sobald ich mehr weiß.«

Er steckte das Handy wieder ein und überquerte mit großen Schritten den Hof in Richtung der drei baufällig wirkenden Nebengebäude. Mit zunehmender Furcht blickte Marni ihm nach.

Er verschwand im ersten der drei Gebäude, einem verrosteten Wellblechschuppen neben einer sehr viel größeren Scheune. Als er außer Sicht war, wurde Marni noch nervöser. Hektisch sah sie sich im Wagen nach etwas um, was sie als Waffe benutzen konnte, sollte das tatsächlich nötig sein. Auf der Rückbank lag nichts, doch dann fiel ihr der Schraubenschlüssel im Kofferraum ein.

Als sie aus der Ente stieg, um ihn zu holen, kehrte Francis zurück und warf ihr einen fragenden Blick zu.

»Hier ist es ziemlich unheimlich«, sagte sie und öffnete den Kofferraum.

»Bleiben Sie im Wagen«, forderte er sie eindringlich auf. »Ich bin gleich wieder da.«

Marni nahm den Schraubenschlüssel und setzte sich wieder auf den Fahrersitz. Mit dem schweren Metallteil auf dem Schoß fühlte sie sich schon besser.

Francis marschierte auf die große Scheune zu, auf der Suche nach dem Eingang, dann blieb er stehen und schnupperte.

»Irgendwas stinkt hier ganz gewaltig!«, rief er Marni zu.

Marni streckte den Kopf aus dem Fenster und atmete tief ein. Der Regen hatte die Bauernhofgerüche fortgespült, trotzdem hing ein stechender Geruch in der Luft.

»Wir sind auf einem Bauernhof«, sagte sie.

Er machte ein paar Schritte auf den Wagen zu. »Einem Bauernhof ohne Vieh.«

»Vielleicht ein totes Tier?«

»Möglich. Aber das riecht eher nach etwas anderem. Nach irgendwelchen Chemikalien.«

Er verschwand an der Seite der Scheune, doch gleich darauf kehrte er wieder zurück und setzte sich auf den Beifahrersitz.

»Das Scheunentor ist verschlossen. Mit einem glänzenden, nagelneuen Vorhängeschloss.«

»Sie brauchen einen Durchsuchungsbeschluss, oder?«

Der Ton seiner Stimme legte nahe, dass er nicht vorhatte zu warten, doch dann gewann die gesetzestreue Seite in ihm die Oberhand, und er verbrachte geschlagene zehn Minuten damit, Bradshaw am Telefon zu erklären, was er hier machte und dass er dringend einen richterlichen Beschluss benötigte.

Rory traf ein, begleitet von mehreren Constables, die er anwies, den Hof abzusperren. Francis stieg aus der Ente und redete mit ihm. Marni hörte durchs offene Fenster zu.

»Was zur Hölle macht sie denn hier?«, wollte Rory wissen, nachdem er sie am Steuer des Citroëns entdeckt hatte.

»Sie hat mir geholfen, Kirbys Namen und Adresse herauszufinden«, sagte Francis. »Ich wollte keine Zeit verschwenden, indem ich mich erst nach Brighton zurückbringen lasse. Miss Mullins wird im Wagen sitzen bleiben.«

»Jesus, Maria und Josef!«, rief Rory. »Regel Nummer eins bei der Polizeiarbeit: keine Zivilisten am Tatort. Wenn Sie zulassen, dass sie den Tatort kontaminiert, verlieren wir womöglich noch den Fall.«

Francis zeigte sich unbeeindruckt. »Sie ist jetzt eine Zeugin, die uns mit ihrem Fachwissen unterstützt. Sozusagen eine Sachverständige. Außerdem wissen wir doch gar nicht, ob es sich überhaupt um einen Tatort handelt, geschweige denn, ob das hier etwas mit unserem Tattoo-Dieb zu tun hat.«

Eine Sachverständige? Ach du liebe Güte!

Nicht zum ersten Mal bedauerte Marni, dass sie Evan Armstrongs Leiche entdeckt und ihren Fund der Polizei gemeldet hatte.

Es dauerte eine weitere Stunde, bis Hitchins den Durchsuchungsbeschluss brachte. Die Stimmung zwischen den beiden Polizisten war hochgradig angespannt. Francis saß auf dem Beifahrersitz der Ente und starrte durch die Windschutzscheibe auf das regengepeitschte Absperrband, Rory hockte zusammengekauert auf der Rückbank und vergiftete die Luft mit seinem Unmut darüber, dass er gezwungen war, seine E-Zigarette draußen im Regen zu rauchen.

Er hatte Hitchins die Anweisung erteilt, Bolzenschneider mitzubringen. Als er endlich eingetroffen war, schnappten sich Francis und Rory jeweils einen, dann verschwanden alle drei hinter der Ecke der Scheune und ließen Marni allein im Wagen zurück. Diesmal allerdings würde sie nicht sitzen bleiben. Sie öffnete die Fahrertür, wobei sie darauf achtete, dass die Angeln nicht quietschten, stieg aus und huschte zur Scheune, den Schraubenzieher fest in der Hand. Vorsichtig spähte sie um die Ecke. Sie sah, wie Rory kurzen Prozess mit dem Vorhängeschloss machte und die Tür aufstieß. Francis betrat die Scheune, gefolgt von seinen beiden Kollegen.

Marni schlug seine Anweisung in den Wind und eilte ihnen nach. Als sie zu ihnen aufschloss, hörte sie Rory schockiert nach Luft schnappen. Francis erschien an der Tür, in seinen Augen stand Furcht.

»Steigen Sie wieder ins Auto, Marni«, sagte er. Seine Stimme zitterte.

Als sie weiter auf ihn zuging, erschien Rory an seiner Seite, der Marni mit ausgestreckten Armen den Weg verstellte.

»Das hier *ist* ein Tatort«, stieß er mit zusammengebissenen Zähnen hervor.

Sie wollte unbedingt sehen, was sie gefunden hatten, und versuchte, an ihm vorbeizuschauen. Ein durchdringender Fäulnisgeruch stieg ihr in die Nase.

Es war der Geruch des Todes.

Und von etwas sehr viel Schlimmerem.

37

Francis

Nie war Francis so erleichtert gewesen, von einem Tatort wegzutreten. Der überwältigende Gestank, der ihnen entgegenschlug, als sie die Tür öffneten, sagte ihm genug – er fasste Rory am Arm und zog ihn zurück. Drei Minuten später waren sie bereit, die Scheune erneut zu betreten, bekleidet mit weißen Anzügen, Überschuhen und Gesichtsmasken.

Francis atmete probehalber ein, als sie die offene Tür erreichten. Er hatte die Innenseite seiner Maske mit Wick VapoRub eingestrichen. Die ätherischen Dämpfe stachen ihm in die Augen, und bei jedem Atemzug atmete er den scharfen Duft von Menthol ein. Rory, der seine Maske ebenfalls eingeschmiert hatte, fing an zu husten. Tränen liefen ihm über die Wangen, die obere Hälfte der Maske wurde feucht.

»Okay, bringen wir's hinter uns«, sagte Francis.

Auf der Schwelle stockte er, da er sich hin- und hergerissen fühlte zwischen Furcht und dem Wunsch, endlich zu erfahren, was sie vorfinden würden. Rory hinter ihm drängelte und zwang ihn, den ersten Schritt zu tun.

Gleich rechts neben der Tür befand sich ein Lichtschalter, auf den Francis mit seiner behandschuhten Hand drückte. Neonröhren hingen von den Deckenbalken und tauchten den Raum in ein grellweißes Licht. Es war sofort klar, dass das Gebäude von innen komplett renoviert worden war, während man an der Fassade nichts getan hatte.

Francis sah sich um. Der Raum wirkte riesig. Das Erste, was seine Aufmerksamkeit erregte, war eine Reihe von weißen Fünfzig-Liter-Bottichen aus Plastik an der linken Scheunenwand. Anschließend stellte er fest, dass die Wände mit vergrößerten Fotos von Tätowierungen bedeckt waren. *Was zum Teufel war das denn?* Er wagte es kaum, über den glatten Betonfußboden zu den Bottichen hinüberzugehen. Als er näher kam, konnte er sehen, dass jeder einzelne randvoll mit Flüssigkeit war. Das war also die Quelle des fauligen Gestanks. Trotz seiner Maske konnte er kaum atmen, als ihm klar wurde, was sie enthalten würden.

»Allmächtiger«, sagte Rory, der ihm gefolgt war. »Ich weiß, was das ist. Im letzten Jahr war ich mit Liz und den Kindern in Marrakesch und habe die Gerbereien besucht. Da hat es genauso gestunken.«

»Du meinst, jemand gerbt Leder?«, fragte Francis und kämpfte gegen den Impuls an, schnurstracks zur Tür zu stürmen und diesen höllischen Ort so schnell er konnte hinter sich zu lassen.

Stattdessen rückte er langsam vor und zwang sich, in den ersten Bottich zu schauen. Unter der Oberfläche der dunklen Flüssigkeit konnte er bleiche Formen treiben sehen wie sterbende Fische in verschmutztem Wasser. Eine davon drehte sich langsam, sodass auf der anderen Seite die dunklen Umrisse einer Tätowierung sichtbar wurden. Galle stieg in Francis' Kehle auf, und er musste rasch den Blick abwenden.

»Er präpariert Menschenhaut«, sagte er, als es ihm wie Schuppen von den Augen fiel. Nun wusste er, warum es der Mörder auf Tätowierungen abgesehen hatte und was er damit machte.

Rory trat neben ihn. »Ach du Scheiße.«

Mit zusammengebissenen Zähnen warf Francis einen Blick in die übrigen Bottiche. In jedem war eine andere Flüssigkeit, aber nicht alle enthielten Hautstücke. Es war schwer zu sagen, welcher der Bottiche am übelsten stank, vielleicht war es aber auch die Kombination der aufsteigenden Dämpfe. Die Spurensicherung würde alle Flüssigkeiten zu einer chemischen Analyse ins Labor schicken, wobei die genaue Zusammensetzung kaum eine Rolle spielen würde. Das Verbrechen war offensichtlich.

Francis wandte sich ab. Ihm war übel. An der gegenüberliegenden Wand stand ein Arbeitstisch, auf dem sich allerhand unbeschriftete Flaschen und Ampullen mit Chemikalien befanden, außerdem mehrere Holzbretter mit dunklen Flecken, ein Messerblock und ein Behälter mit einer Auswahl an chirurgischen Instrumenten. Ein Pappkarton mit Latexhandschuhen. Eine Reihe von Büchern über Taxidermie und, an einem Ende des Arbeitstisches, ein ausgestopftes Eichhörnchen. Am anderen Ende sah Francis ein großes Waschbecken aus Stein. Er mochte sich nicht vorstellen, was dort durch den Abfluss gelaufen war.

»Sullivan?«

»Ja?«

Rory stand neben dem Waschbecken und deutete auf eine flache Schüssel auf dem Arbeitstisch.

»Das müssen Sie sich ansehen.«

Francis trat zu ihm.

Ein Polizist bekommt Dinge zu sehen, die er nie wieder vergisst, und Francis hatte schon eine ganze Reihe davon zu Gesicht bekommen. So etwas allerdings noch nicht. In der Glasschüssel lag ein rundes, zerknittertes Stück Haut, das aussah wie ein entleerter Luftballon, durch eine Schicht Frischhaltefolie vor dem Austrocknen geschützt. Das Spinnennetz-Tattoo war unverkennbar, auch wenn die Haut weiß und aufgeschwemmt wirkte. Rory berührte die Schüssel mit der Spitze seines Kugelschreibers, und das Tattoo wackelte wie Wackelpudding.

»Wir haben ihn, oder, Sullivan?«

Francis schüttelte den Kopf. »Noch nicht. Er ist nicht hier.«

Rory zog sein Handy hervor. »Hitchins, wenn die Spurensicherung eintrifft, möchte ich, dass Sie das Bauernhaus auseinandernehmen und jeden Zentimeter des Grundstücks durchkämmen. Wir müssen uns die Entwässerungsgräben vornehmen, nach Jauchegruben und Stellen mit frisch umgegrabener Erde Ausschau halten. Und vor allem müssen wir herausfinden, wer der Kerl ist, verdammt noch mal …« Er musste seine Maske abnehmen, um telefonieren zu können, weshalb er sich die Hand vor den Mund hielt, um nach Luft schnappen zu können. »Ja, Überstunden sind genehmigt. Schaffen Sie jeden Mann, den die John Street entbehren kann, hierher, und zwar sofort.«

Anscheinend hatte sich Rory für seine Aufgabe als leitender Ermittler erwärmt.

Als er aufgelegt hatte, wandten sich beide den Tattoo-Fotos an den Wänden zu. Es waren Aufnahmen von den Tätowierungen darunter, die er Evan Armstrong, Giselle Connelly und Jem Walsh entnommen hatte, außerdem mehrere Bilder von Dan Carters Ganzkörper-Tattoo. Francis' Blick blieb an einem großen Poster von der Ausstellung in der Saatchi Gallery hängen, dann schweifte er weiter zu anderen Motiven, die er nicht kannte.

»Zukünftige Opfer oder Leichen, die wir bislang nicht entdeckt haben«, überlegte Rory.

»Wir brauchen Marni. Sie sollte einen Blick darauf werfen.«

»Auf keinen Fall. Nicht dass sie noch den Tatort kontaminiert.«

»Nicht wenn sie in ihrer Eigenschaft als Sachverständige vor Ort ist.«

»Nein.«

»Kommen Sie, Rory. Sie hatte recht, was die Verbindung zwischen den Opfern betrifft, und sie könnte uns wichtige Informationen zu diesen Tattoos liefern und dadurch womöglich Menschenleben retten. Ich werde sie holen.«

Rory runzelte die Stirn, doch er tat nichts, um Francis davon abzuhalten.

Fünf Minuten später stand Marni neben ihm und betrachtete die an die Wand gehefteten Fotos. Ihre obere Gesichtshälfte über dem Mundschutz war blass geworden, aber sie blieb ruhig, obwohl ihr klar war, dass sie sich in der Werkstatt des Mörders befanden. Rory war hinausgegangen, um einen weiteren Anruf zu tätigen. Francis konnte nur raten, mit wem er sprach.

»Die sehen alle so aus, als stammten sie von den Künstlern, die auf der Ausstellung vertreten waren«, sagte sie nach einem kurzen Moment. »Wir hatten recht mit unserer Theorie.«

»*Ihrer* Theorie«, stellte Francis richtig.

Marni zuckte die Achseln.

»Was ist mit denen, die wir noch nicht gesehen haben?«, wollte er wissen. »Ich gehe davon aus, dass es sich um zukünftige Zielpersonen handelt. Wenn es uns gelingt, sie zu identifizieren, können wir sie schützen.«

Marni ging an den Wänden entlang und fasste jedes einzelne Bild genau ins Auge.

»Erkennen Sie eins davon?«, fragte Francis.

»Ich habe eine Vermutung, von welchen Künstlern die Motive stammen, aber die Leute auf diesen Fotos …« Sie zuckte hilflos die Achseln.

Rory kam zurück und stellte sich zu ihnen.

»Nun? Was können Sie uns erzählen?« Sein Ton klang aggressiv.

Ohne auf seine Frage einzugehen, wandte sich Marni wieder den Bildern zu.

»Hier sind mehr Tätowierungen zu sehen als Künstler bei der Ausstellung mitgemacht haben«, sagte Francis. »Er scheint eine gewisse Auswahl haben zu wollen.«

»Manche davon lassen sich relativ leicht zuordnen, bei anderen ist es schwieriger«, sagte Marni. Sie betrachtete ein Sleeve-Tattoo an einem Frauenbein. Die Trägerin war leider nicht zu erkennen. »Das hier stammt definitiv von Iwao. Er hat sich auf die japanische Mythologie spezialisiert.«

»Und das da?« Francis deutete auf den Rücken eines Mannes. Die Tätowierung war schwarz-grau und zeigte den Fall Luzifers.

Marni betrachtete es, dann wandte sie den Blick ab.

»Es tut mir leid«, sagte sie, »ich kriege keine Luft durch die Maske.«

Ihre Beine fingen an zu zittern.

»Das ist ja schön«, hörten sie Rory sagen, der wieder auf seinem Posten war.

Marni und Francis drehten sich zu ihm um. Er deutete auf das Rücken-Tattoo einer Frau, ebenfalls im japanischen Stil. Zwei Karpfen in leuchtendem Orange schwammen in einem Becken, vor dem eine Geisha kniete, von deren Gesicht Tränen ins Wasser tropften. Der Zweig eines Ahornbaums, der seine unverkennbaren Blätter abwarf, zierte die obere linke Ecke.

»Noch ein Iwao?«, fragte Francis.

»Frank, ich glaube, ich werde ohnmächtig.«

Er konnte sie gerade noch auffangen.

Ich habe eine ungute Vorahnung. Sie nagt den ganzen Weg die Ditchling Road entlang an mir. Ich vertraue auf diese Intuitionen – ich bin sehr feinfühlig, was Störungen meines Gleichgewichts anbetrifft. Die jüngsten Ereignisse haben ihren Tribut von meiner Psyche gefordert. So viel ist mir klar. Was in der East Street passiert ist, hat mich aus der Balance geworfen. Ich brauche Zeit für mich allein, Zeit mit meinen Häuten, um wieder Boden unter die Füße zu bekommen.

Obwohl ich mich bemühe, werde ich das Gefühl nicht los, dass irgendetwas nicht stimmt.

Weil es anders ist als sonst. Ein Wagen biegt aus meiner Zufahrt auf die Straße ein, und ich bin schlagartig misstrauisch. Ein silberner Mitsubishi. Das einzige Fahrzeug außer meinem eigenen, das sonst hier entlangkommt, ist der Postwagen. Ich verlangsame das Tempo, als es an mir vorbei in die entgegengesetzte Richtung fährt.

Ich kenne den Fahrer. Es ist einer der Polizisten, die bei Evan Armstrongs Beerdigung waren. Und ich kenne die Beifahrerin. Es ist Marni Mullins. Was zur Hölle hatten die auf meinem Grundstück zu suchen?

Ich fahre an dem Abzweig zur Farm vorbei auf den Ditchling Beacon zu. Meine Hände zittern. Ich brauche eine meiner Tabletten, daher biege ich auf den Parkplatz oben auf dem Hügel ein und halte an.

Stelle den Motor ab.

Atme.

Beuge mich nach vorn und lege meinen Kopf auf die Hupe, um das Heulen des Zorns zu überdecken, den ich nicht länger unter Kontrolle halten kann.

Als ich mich besser fühle, nehme ich mein Fernglas aus dem Handschuhfach und ein Messer aus meiner Messerrolle. Nach einem fünfzehnminütigen Marsch durch die Felder gelange ich an die Grenze zu den Ländereien der Stone Acre Farm. Von dem am höchsten gelegenen Feld aus kann ich den Hof einsehen, verborgen hinter einer Hecke. Dort parken weitere Fahrzeuge, die meisten davon Streifenwagen, aber auch Zivilfahrzeuge. Ein Van. Jede Menge Leute schwärmen über mein Anwesen. Gehen ins Haus oder kommen heraus. Kommen aus der Scheune.

Ich spüre, wie etwas in mir zerbricht. Ich kann mir nicht mal ansatzweise vorstellen, wie ich das dem Sammler beibringen soll.

Da ist der Mann, der mir das angetan hat. Der rothaarige Detective, der inmitten des Gewusels steht, Anweisungen erteilt und sich Informationen geben lässt. Wie eine Spinne in der Mitte ihres Netzes. Ich kenne ihn. Ich weiß, was er will. Aber er wird es nicht bekommen. So leicht wird er mich nicht schnappen. Meine Arbeit ist zu wichtig, als dass ich sie mir von einem so kleinen Mann wie ihm zerstören lassen würde.

Mein Blut schreit nach Rache.

38

Rory

Wie kann er es wagen? Sullivan benahm sich, als hätte man ihm wieder die Verantwortung für den Fall übertragen, dabei war er es, Rory, der die Ermittlungen leitete. Er hätte den Kerl vom Gelände verbannen sollen, sobald die Verstärkung eingetroffen war. Ihn *und* Marni Mullins. Stattdessen hatte er Mullins gestattet, den Tatort zu betreten, und sie war ohnmächtig geworden. Anschließend hatte er Hollins zwei Stunden abstellen müssen, da er jemanden brauchte, der sie nach Hause fuhr. Was für ein Schlamassel. Er hätte verhindern müssen, dass Sullivan und Mullins an die Informationen gelangen konnten, die sie zu Diamond und der Stone Acre Farm geführt hatten. Ein grundlegender Fehler. Für Rory bestand kein Zweifel daran, dass Sam Kirby der Mann war, nach dem sie suchten, und dass sie soeben den Durchbruch erzielt hatten. In der Scheune fand sich mehr als genug Beweismaterial, um Kirby für den Rest seines Lebens hinter Gitter zu bringen. Irgendwie musste er dafür sorgen, dass er die Anerkennung für diese Entdeckung einstreichen konnte, zusammen mit Bradshaw.

Rose Lewis traf ein und parkte ihren Van am Eingang

zum Hof, Francis und Rory gingen zu ihr. Der Hof an sich gehörte zum Tatort, und in einer Minute würde sich das Team der Spurensicherung darüber hermachen. Die beiden Detectives führten Rose in die Scheune und warteten schweigend, während sie versuchte, das Ausmaß dessen zu begreifen, was sie hier vorgefunden hatten. Einer der Kriminaltechniker umrundete langsam das Innere der Scheune und machte unzählige Aufnahmen von den Bottichen und dem Arbeitstisch.

»Er stellt Leder her, richtig?«, fragte Francis, als Rose endlich signalisierte, dass sie gesprächsbereit war.

»Dazu sind mehr Schritte nötig, als sich die Leute vorstellen können«, sagte Rose. »Die meisten davon sehen vor, dass die Haut in einer Vielzahl verschiedener Chemikalien eingeweicht wird, um Fett und Haare zu entfernen, den pH-Wert zu neutralisieren, die Haut von den vorherigen Chemikalien zu reinigen, den Proteinanteil zu stabilisieren …

»Und wie lange dauert so etwas?«, wollte Francis wissen.

»Das hängt von den Chemikalien und der Qualität der Haut ab – alles zwischen ein paar Stunden bis hin zu mehreren Tagen oder sogar Wochen ist möglich.«

»Und das Prozedere bei menschlicher Haut ist nicht anders als bei Tierhäuten?«

Rory schnitt eine Grimasse. Diese ganze Thematik verursachte ihm Übelkeit.

Rose schüttelte den Kopf. »Nein. Da gibt es so gut wie keinen Unterschied; menschliche Haut wird ganz ähnlich verarbeitet wie Schweinehaut.«

»Welche von den gestohlenen Tätowierungen sind hier?«, fragte Rory, der nur zu gerne das Thema gewechselt hätte.

»Definitiv die Schädelhaut von Jem Walsh, allerdings haben wir weder Giselle Connellys Arm noch Evan Armstrongs Tattoo gefunden«, sagte Francis. »Aber das muss nichts heißen, wir haben ja gerade erst mit der Suche begonnen.«

Ein Kriminaltechniker trat zu ihnen und gab Rose ein Zeichen.

»Entschuldigen Sie mich«, sagte sie und folgte ihm.

Francis drehte sich zu Rory um. »Was haben Sie als Nächstes vor?«, fragte er den Sergeant.

»Wir müssen Kirby finden und ihn festnehmen. Wir haben genug Beweise für einen Haftbefehl, und ich habe bereits eine Fahndung nach ihm herausgegeben und Flughäfen, Bahnhöfe und Häfen informiert, sollte er außer Landes flüchten wollen. Angie Burton ist dabei, ein Foto von ihm aufzutreiben, damit wir wissen, wie er aussieht.«

Nun könnte Sullivan lernen, wie ein erfahrener Cop die Dinge handhabte.

»Glauben Sie, er wird versuchen, noch einmal zuzuschlagen?«, fragte Rose, die nun wieder zu ihnen trat.

Francis betrachtete die Wände mit den Tattoo-Fotos. »Er scheint es definitiv auf Arbeiten der Künstler abgesehen zu haben, die in der Saatchi Gallery ausgestellt haben. Ich gehe davon aus, dass er abtaucht, sobald er feststellt, dass wir hier sind. Nichtsdestotrotz ist es wichtig, dass Sie so schnell wie möglich die Personen auf diesen Fotos identifizieren, damit wir ihnen Polizeischutz anbieten können.« Er schaute zu Rory hinüber. »Vielleicht könnte Hollins mit den entsprechenden Tätowierern in Kontakt treten und herausfinden, wer auf den Fotos abgebildet ist.«

Er versucht schon wieder, den Fall an sich zu reißen.

»Ich habe bereits mit Hitchins darüber gesprochen«, flunkerte Rory und nahm sich fest vor, dies umgehend zu tun. »Waren Sie schon im Haus?«

Francis schüttelte den Kopf. »Noch nicht.«

Im Bauernhaus wimmelte es von Kriminaltechnikern, die Fotos machten und nach Fingerabdrücken suchten. Ein Sergeant in weißem Schutzanzug kam auf Francis und Rory zu, als die beiden die Diele betraten.

»Bislang haben wir nichts gefunden, das in direktem Zusammenhang mit den Verbrechen steht«, sagte er, »aber es ist offensichtlich, dass das Haus bewohnt ist. In der Küche stehen Frühstücksreste, die nur von heute Morgen sein können. Sämtlicher Papierkram bezieht sich auf einen gewissen Sam Kirby. Er lässt sich die Kontoauszüge an diese Adresse schicken, und anscheinend bezahlt er brav seine Rechnungen.«

»Vielen Dank, Officer. Haben Sie einen Terminplaner oder einen Kalender entdeckt?«

Der Kriminaltechniker schüttelte den Kopf und machte sich wieder an die Arbeit.

»Ich frage mich, wo er steckt«, überlegte Francis laut. »Sieht so aus, als hätten wir ihn verpasst. Leider.«

»Ich denke, Gott sei Dank wäre passender«, gab Rory zu bedenken. »Immerhin sind Marni und Sie hier ohne Verstärkung eingetroffen, was einfach verantwortungslos war. Er hätte Ihnen die Tür mit einem Messer in der Hand öffnen können!«

»Nun, jetzt, da es auf dem Hof von Polizei nur so wimmelt, wird er bestimmt nicht nach Hause kommen.«

»Sir, Sir!« Ein Polizist in Uniform stürmte zur Haustür herein.

»Was gibt's?«, fragte Rory.

»Hinter der Hecke am Rand eines der Felder wurde ein Mann entdeckt. Er scheint das Grundstück mit einem Fernglas zu beobachten.«

»Kommen Sie«, sagte Francis und strebte im Eilschritt auf die Tür zu. »Das könnte er sein.«

»Unwahrscheinlich«, entgegnete Rory, dennoch würde er sich die Jagd nicht entgehen lassen.

Der Constable führte sie aus dem Haus und quer über den Hof zu einer Stelle, von der aus man die Felder einsehen konnte. Er deutete auf einen höher gelegenen, von einer dichten Hecke umgebenen Acker in Richtung des Ditchling Beacon. Ein hochgewachsener Mann in dunkler Kleidung sprang aus der Deckung und rannte unbeholfen hügelaufwärts, weg von ihnen.

»Idiot«, murmelte Francis. »Jetzt weiß er, dass wir ihn gesehen haben.«

Er stürmte an der Seite des gepflügten Ackers entlang, um die Verfolgung des Mannes aufzunehmen. Rory folgte ihm, aber er war anderthalb Jahrzehnte älter und vierzig Pfund schwerer als Francis, weshalb keine Hoffnung bestand, zu ihm aufzuschließen. Außerdem hasste er es, hügelaufwärts zu rennen. Schon nach den ersten fünfzehn Metern spürte er, wie ihm die Puste ausging.

Der Abstand zwischen Francis und ihm wurde größer, aber es war klar, dass der Inspector den Mann nicht würde erwischen können. Francis erreichte das obere Ende des Ackers und blieb vor der Hecke stehen. Rory sah, wie er sich nach einer Möglichkeit umblickte, das Hindernis zu überwinden, aber nirgendwo war ein Gatter oder ein Zauntritt zu sehen. Noch während Francis versuchte, über die

Hecke zu steigen, verschwand der Mann, der sie beobachtet hatte, über die Hügelkuppe.

»Verdammt!« Francis zog sein Handy aus der Tasche. »Verdammt! Verdammt! Verdammt! Hier oben ist kein Empfang!«, tobte er, als Rory endlich zu ihm aufschloss. »Ich konnte ihn nicht schnappen, das Scheißgatter ist auf der anderen Seite des Ackers – sehen Sie, ganz dahinten!« Er deutete in die entsprechende Richtung.

Rory beugte sich laut keuchend vornüber, die Hände auf die Knie gestützt, und machte keinerlei Anstalten, seinem Blick zu folgen.

»Sieht so aus, als würde Ihnen ein bisschen Fitnesstraining guttun«, bemerkte Francis kurz angebunden, dann machte er kehrt und marschierte hügelabwärts.

Für einen Moment blieb Rory da, wo er war, und fluchte leise, während er darauf wartete, dass sich seine Atmung wieder normalisierte. Unter der Hecke glänzte etwas.

»Warten Sie!«

Francis kam zurück. Immer noch gebückt, ging Rory an der Hecke entlang, dann blieb er stehen und streckte die Hand aus. Seine Finger schlossen sich um kaltes, scharfes Metall.

»Autsch!«

Er zog die Hand zurück, dann griff er erneut nach seinem Fund, diesmal vorsichtiger, und sah nach, was er da entdeckt hatte. Es war ein Messer, die Klinge so scharf, dass sie ihm bei der bloßen Berührung in den Zeigefinger geschnitten hatte. Blut tropfte auf den Messergriff.

»Tolle Arbeit«, sagte Francis.

»Danke«, erwiderte Rory.

Francis zog eine Beweismitteltüte aus der Tasche seines

weißen Schutzanzugs und streckte sie dem Sergeant entgegen. Rory ließ das Messer behutsam hineingleiten.

»Das war kein Kompliment, verdammt noch mal. Sie haben soeben das wichtigste Beweisstück verunreinigt, das wir im Augenblick haben.«

39

Francis

Blumen von der Tankstelle waren nicht unbedingt der Bringer, aber Francis wollte nicht mit leeren Händen aufkreuzen. Er hatte Marni an einen zutiefst erschütternden Ort gebracht, und nun würde er ihren Abend stören, indem er sie bat, einen Blick auf die Fotos zu werfen, die sie an ebenjenem Ort gefunden hatten. Er verwarf die Idee mit den Blumen und entschied sich für Wodka. Sie hatte einmal erwähnt, welche Marke sie am liebsten trank, und er hatte sie auf dem Rückweg von der Ditchling Road nach Brighton in einem ASDA-Supermarkt entdeckt.

Die Spurensicherung stand kurz davor, Feierabend zu machen; die Techniker wollten am nächsten Morgen zurückkommen und das Grundstück weiter nach Spuren durchkämmen. Er hatte veranlasst, dass das Gelände während der Nacht bewacht wurde für den Fall, dass Sam Kirby auftauchen sollte, außerdem hatte er vom Auto aus Rose angerufen. Sie war in den kühlen, stillen Eispalast der Gerichtsmedizin zurückgekehrt, wo sie das zum Teil getrocknete Tattoo von Jem Walsh untersuchte, außerdem eine Vielzahl weiterer tätowierter Hautstücke, die sie aus den verschiedenen Bottichen mit Chemikalien gefischt hatten.

Sie hatte bereits Gewebeproben zur DNA-Analyse eingeschickt, obwohl niemand daran zweifelte, dass es sich um die Gesichts- und Kopfhaut von Jem Walsh handelte. Auch sein gehäuteter Schädel war wieder aufgetaucht – wenn er denn tatsächlich von Walsh stammte. Sie hatten ihn im Gefrierschrank entdeckt, nacktes rotes Fleisch mit weit aufgerissenen, blicklosen Augen.

»Geben Sie mir Bescheid, sollten Sie etwas finden – ganz gleich, was«, sagte er zu Rose und legte auf, dann setzte er die Ente in eine freie Parklücke am Straßenrand, nur ein paar Meter von Marnis Haus entfernt.

Rory hatte während des Nachmittags wiederholt mit Bradshaw telefoniert, und soweit Francis mitbekommen hatte, zeigte sich der DCI erfreut über den Fortschritt bei den Ermittlungen.

»Er findet es ausgesprochen bedauernswert, dass Sie nicht gewartet haben, bis der Bastard zu Hause war«, berichtete Rory mit einem schiefen Grinsen.

»Es gab keine Möglichkeit herauszufinden, ob jemand im Haus ist oder nicht«, entgegnete Francis.

Typisch Bradshaw.

Er stieg die Stufen zu Marnis Haustür hinauf und klingelte. Niemand öffnete, doch er konnte sehen, dass im ersten Stock das Licht brannte. Er zog sein Handy aus der Tasche und wählte ihre Nummer.

»Hallo?«

»Ich stehe vor Ihrer Haustür.«

»Ich bin allein zu Hause, und ich bin im Bad, Inspector. Bitte gehen Sie.«

»Marni, ich wäre nicht hier, wenn ich kein wichtiges Anliegen hätte. Ich warte, bis Sie fertig sind.« Er wollte gerade auflegen, dann fügte er hinzu: »Ach, ich habe Ihnen übrigens die Ente zurückgebracht. Parkt am Straßenrand, ein paar Meter vom Haus entfernt.«

Er hörte Wasser rauschen, dann brach die Verbindung ab.

Zehn Minuten später öffnete Marni die Haustür und winkte ihn herein. Sie trug einen dicken bestickten Bademantel und hatte ihre Haare zu einem feuchten Pferdeschwanz zurückgebunden. Sie duftete nach einem süßlichen Badeöl.

»Tut mir leid«, sagte er, während er ihr durch den Flur in die Küche folgte. »Ich hätte nicht zulassen dürfen, dass Sie die Scheune betreten.«

Sie schüttelte vehement den Kopf. »Das ist schon okay. Es war mehr die Maske, die mir zu schaffen gemacht hat, nicht das, was Sie mir gezeigt haben. Ich werde schnell klaustrophobisch, und ich hab unter der Maske keine Luft bekommen.«

»Ich habe Ihnen etwas mitgebracht.« Er streckte ihr sein Friedensangebot entgegen, und ihre Augen leuchteten auf.

»Okay, ich verzeihe Ihnen. Ich wollte Ihnen Wein anbieten, aber nach dem heutigen Erlebnis dürften ein, zwei Gläser Wodka angebrachter sein.«

Francis trank für gewöhnlich so gut wie keinen Alkohol, aber es war ein langer Tag gewesen – und es war sicherlich in Ordnung, Marni bei Laune zu halten, zumal er vorhatte, sie schon wieder um Hilfe zu bitten.

»Klar, warum nicht?«

Marni zog eine Augenbraue hoch, nahm zwei 4cl-Gläser aus einem der Küchenschränke und ging Francis voran ins Wohnzimmer.

Das Wohnzimmer erinnerte noch mehr an ein Elsternnest als ihr Studio – eine gemütliche Hippie-Bude, in dem jedes Stück aus Rajasthan, Kathmandu oder den Ortschaften entlang des Inka-Pfads importiert zu sein schien. Er setzte sich auf das breite Sofa und versank in einem Berg von Kelim-Kissen.

Marni zündete ein Räucherstäbchen an, dann füllte sie die beiden Gläser bis zum Rand mit Wodka. Francis stellte fest, dass ihre Hand beim Einschenken leicht zitterte. Vielleicht hatte sie das, was sie auf der Farm zu Gesicht bekommen hatten, doch mehr mitgenommen, als sie zugeben wollte. Sie reichte ihm ein Glas.

»Pur?«, fragte Francis und schauderte unverhohlen.

»Ja, pur. Sie müssen aber nicht auf ex trinken.«

Das hatte er auch nicht vor. Vorsichtig nahm er einen kleinen Schluck und rechnete damit, dass sich der Alkohol den Weg durch seine Kehle brennen würde, doch der Wodka schmeckte überraschend mild. Auch Marni nahm einen Schluck und entspannte sich sichtlich.

»Nicht dass ich Sie noch verderbe, Frank Sullivan.«

»Ich glaube, dazu gehört mehr als ein Glas Wodka.«

Plötzlich wurde sie ernst.

»Erzählen Sie mir, was Sie auf der Stone Acre Farm gefunden haben«, bat sie.

Er berichtete ihr, was sie bislang in der Scheune und im Haus zusammengetragen hatten. Sie wurde immer bleicher, als er ihr schilderte, was sie aus den verschiedenen Bottichen gefischt hatten. Als sie zu ihrem Glas griff und es mit einem großen Schluck leerte, nur um es gleich darauf wieder aufzufüllen, zitterten ihre Hände um einiges stärker als zuvor.

»Anscheinend hat uns Sam Kirby bei der Arbeit beobachtet. Einer von den Uniformierten hat einen Mann oberhalb eines Ackers hinter der Farm bemerkt.«

»Könnte das nicht ein Bauer gewesen sein?«

»Wohl kaum. Er versteckte sich hinter einer Hecke und stürmte davon, als er merkte, dass wir ihn entdeckt hatten.«

»Okay, kein Bauer.«

»Wir haben ihn verfolgt, aber er konnte entkommen, allerdings hat er bei der Flucht ein Messer fallen lassen.«

»Glauben Sie, Sie können nachweisen, dass er das bei den Morden verwendet hat?«

Francis schüttelte den Kopf. »Es wird wahrscheinlich nicht als Beweisstück anerkannt, weil dieser Idiot von Sergeant es aufgehoben und sich geschnitten hat. Jetzt ist überall Blut dran.«

»Rory? Ist er okay?«

»Das würde ich nicht unbedingt behaupten, aber der Schnitt ist nichts, verglichen mit seiner Verlegenheit.«

Francis leerte sein Glas mit einem großen Schluck. Diesmal brannte der Wodka, aber er musste gestehen, dass er das Gefühl beinahe genoss.

»Ich brauche noch einmal Ihre Hilfe.«

Marni schenkte ihm nach. »Ich weiß«, sagte sie. »Die Fotos – die Tätowierungen, die er sich noch nicht beschafft hat.«

Francis zog seinen Laptop aus seiner Dokumententasche und stellte ihn geöffnet auf den Couchtisch, sodass sie beide etwas sehen konnten. Er hatte jedes der Bilder an den Wänden in der Scheune des Tattoo-Diebs abfotografiert, und nun hoffte er, dass Marni einige davon würde zuordnen können.

»Das ist ein ziemlicher Schuss ins Blaue«, gab sie zu bedenken. »Selbst die Künstler, die diese Motive gestochen haben, führen nicht alle Buch über ihre Kunden.«

»Schön und gut«, sagte Francis. »Allerdings müssen wir alles in unserer Macht Stehende tun, um die Träger der Tattoos ausfinden zu machen. Wie sonst sollen wir sie schützen? Solange wir Sam Kirby nicht in Gewahrsam haben, müssen wir davon ausgehen, dass sie sich in Gefahr befinden.«

»Und was unternehmen Sie, um ihn zu schnappen?«

»Rory hat eine Großfahndung herausgegeben, so groß, dass man schon fast von Menschenjagd sprechen kann. Er stellt eine Sondereinheit zusammen und versucht, Sam Kirbys Wagen ausfindig zu machen. Es ist schwer zu sagen, wo er sich verstecken könnte, daher ist es genauso wichtig, dass wir die potenziellen Opfer ausfindig machen. Vielleicht führt uns einer von ihnen zu Kirby.«

Marni verbrachte die nächste Stunde damit, über den Fotos zu brüten, aber sie konnte keines der Tattoos einer bestimmten Person zuordnen. »Schicken Sie mir die Datei per E-Mail, und ich verteile sie«, schlug sie vor. »Irgendwer wird schon wissen, um wen es sich handelt.«

Francis klappte seinen Laptop zu und trank sein zweites Glas aus.

»Ich werde jetzt besser gehen.«

»Haben Sie seit unserem Frühstück schon etwas gegessen?«, fragte Marni.

»Nein.« Ihm war gar nicht aufgefallen, wie hungrig er war, doch nun knurrte sein Magen schon, wenn er nur an Essen dachte.

»Pasta?«

Anscheinend konnte Pasta im Hause Mullins nicht ohne

Rotwein genossen werden, und obwohl Francis dankend ablehnte, wollte Marni nichts davon hören.

»Wo ist Ihr Sohn?«, fragte Francis und saugte mit schmalen Lippen Spaghetti ein.

»Er übernachtet bei einem Freund.«

»Und er hat nicht vor, das Familienhandwerk weiterzuführen?«

»Er hat nicht mal ein Tattoo«, erwiderte Marni lachend.

»Sobald er etwas älter ist, wird er zweifelsohne zur Vernunft kommen«, bemerkte Francis trocken.

»Erzählen Sie mir von Ihrer Familie.«

Wo sollte er anfangen?

»Ich habe eine Mutter und eine Schwester.«

»Leben die beiden in Brighton?«

Francis schüttelte den Kopf. »Sie haben beide Multiple Sklerose. Meine Mutter ist in einem Pflegeheim in Saltdean untergebracht, meine Schwester lebt in Hove in einem Apartment, das einer Einrichtung für betreutes Wohnen angeschlossen ist. Das bedeutet, dass sie sich ihre Unabhängigkeit bewahren kann, aber gleichzeitig weiß, dass sie notfalls Hilfe bekommt.«

Marni nickte. »Immerhin leben sie ganz in der Nähe, sodass Sie sie besuchen können.«

»Das tue ich leider nicht so oft, wie ich sollte.«

»Und Ihr Vater?«

»Den gibt es schon lange nicht mehr.«

»Das tut mir leid«, sagte Marni und schenkte ihm Wein nach.

»Er ist nicht tot«, stellte Francis mit einem schiefen Lächeln richtig. »Er hat uns verlassen, nachdem meine Schwester ihre Diagnose bekommen hat. Damals waren wir beide noch Teenager. Anscheinend kam er nicht klar damit, dass er nun für zwei Pflegefälle sorgen sollte.« Trotz all der Jahre, die mittlerweile verstrichen waren, hatte Francis Mühe, die Bitterkeit aus seiner Stimme herauszuhalten.

»Dann hat er Ihnen eine ordentliche Last aufgebürdet.«

»Die beiden sind keine Last«, widersprach Francis gereizt. »Ich werde immer für sie da sein, sie sind der Grund dafür, dass ich meinen Job so ernst nehme. Ich möchte sicherstellen, dass sie die bestmögliche Pflege bekommen, und die kostet Geld.«

»Es tut mir leid. Ich wollte Ihnen nicht zu nahe treten.« Marni griff nach ihrem Glas. »Bislang waren Sie ganz schön erfolgreich, stimmt's? Sie sind jung für einen DI.«

Das war keine Frage, sondern eine Feststellung.

»Nun, viele Leute in der John Street sind der Ansicht, dass man mich vorschnell befördert hat. Nachdem man mich von meinem ersten Fall abgezogen hat, bleibt abzuwarten, wie sich meine Karriere entwickelt. ›Erfolgreich‹ ist nicht unbedingt das Wort, das ich verwenden würde.«

»Aber heute ist Ihnen ein großer Durchbruch gelungen. Das muss Bradshaw doch sehen.«

»Zu wissen, wer der Mörder ist, oder ihn in Gewahrsam zu nehmen, sind zwei verschiedene Dinge. Er ist auf der Flucht – vielleicht verschwindet er einfach. Oder er bringt sich um. Wir müssen ihn vor Gericht stellen, alles andere ist ein Misserfolg. Sollte uns das aber tatsächlich gelingen, werden Bradshaw und Rory alles tun, um die Lorbeeren einzuheimsen.«

Normalerweise sprach er mit niemandem über seine Familie oder über die Arbeit, warum tat er das jetzt, mit Marni Mullins? In ihm machte sich Erschöpfung breit.

»Entschuldigen Sie, dass ich Sie damit langweile.«

»Das Leben anderer ist niemals langweilig«, widersprach Marni. »Ich könnte nicht als Tätowiererin arbeiten, wenn ich dieser Ansicht wäre.«

»Die Kunden reden mit Ihnen, während Sie sie tätowieren?«

»Immer. Für manche Menschen grenzt das an eine Art Therapie.«

»Haben Sie auch im Gefängnis tätowiert?«

Sie sah ihn schockiert an.

»Entschuldigung, es tut mir leid. Ich wollte nicht neugierig sein.«

»Nein, nein, schon gut«, wiegelte sie ab, dann schüttelte sie den Kopf. »Nein, ich habe im Gefängnis niemanden tätowiert. Ich war in keiner guten Verfassung. War der Situation nicht gewachsen, und die anderen Frauen behandelten mich wie eine Aussätzige. Ich war die englische Schlampe, die einen Franzosen niedergestochen hatte – niemand machte sich je die Mühe zu fragen, warum oder was genau passiert war. Sie legten sich alle eine eigene Geschichte zurecht.«

»Wie lange waren Sie im Gefängnis?«

»Nicht lange – nur ein paar Wochen. Ich war mit Zwillingen schwanger und stand kurz vor der Niederkunft.«

Francis war fassungslos. »Man hat Sie ins Gefängnis gesteckt, obwohl Sie kurz vor der Entbindung standen?«

»Der Richter war kein sonderlich einfühlsamer Mann.«

»Und Sie wussten, dass Sie Zwillinge bekommen würden?« Sie hatte die Tatsache erwähnt, dass sie ein Kind verloren hatte, doch Francis war schockiert, als er nun erfuhr, dass es sich um einen Zwilling handelte.

Sie nickte. »Ich wurde in der Gemeinschaftsdusche angegriffen und habe eines der Babys verloren. Sie haben mich ins Krankenhaus gebracht, um den verbliebenen Zwilling zu überwachen. Als Alex auf die Welt kam, hatte ich den Großteil meiner Strafe abgesessen, und ein Richter hat mich freigelassen.« Sie schwieg einen Moment lang. »Es war eine schlimme Zeit.«

»Es tut mir leid«, sagte Francis noch einmal.

Das Gespräch geriet ins Stocken. Francis suchte nach einer Möglichkeit, das Thema zu wechseln, ohne dass es allzu gewollt wirkte. Marni zupfte an einer Papierserviette.

»Haben Sie …?«

»Wussten Sie …?«

Sie fingen gleichzeitig an zu sprechen, dann hielten sie inne.

»Sie zuerst«, sagte Francis.

Marni schüttelte den Kopf. »Nein, Sie.«

Aber Francis hatte vergessen, was er sagen wollte.

»Ich sollte jetzt wirklich gehen«, sagte er stattdessen und stand auf. »Danke für das Essen und den Wein.«

Er wollte die leeren Teller abräumen, blieb mit dem Fuß am Couchtisch hängen und geriet leicht ins Schwanken.

»Hoppla!« Marni sprang auf und stützte ihn. Jetzt standen sie einander direkt gegenüber.

Francis grinste. »Ich glaube, ich bin ein bisschen betrunken.«

»Ich glaube, Sie sind ziemlich betrunken, Frank.«

»Nennen Sie mich nicht Frank.« Er betrachtete das Gesicht, das seinem so nah war, und ihm wurde bewusst, wie sehr es ihm gefiel. »Tut mir leid. Normalerweise trinke ich keinen Alkohol, ich vertrage nicht viel.«

»Das ist schon in Ordnung«, sagte sie. »Allerdings finde ich es nicht gut, wenn Sie in diesem Zustand nach Hause gehen. Sie sollten besser hierbleiben.«

Das hielt Francis für eine gute Idee. Eine so gute Idee, dass er überlegte, sie zu küssen.

Und das tat er. Sie erwiderte seinen Kuss. Für Francis war das der Anfang von etwas.

Etwas Gutem.

Ich hasste meinen Vater dafür, dass er ständig wütend auf mich war. Als ich jung war, regte er sich über meine schulischen Leistungen auf. Als ich älter wurde, waren es die Entscheidungen, die ich traf. Als ich anfing, im Familienunternehmen zu arbeiten, konnte ich ihm nichts recht machen. »Du hast die falsche Bestellung rausgeschickt.« »Du hast das falsche Leder verwendet.« »Die Farbe, die du für die Tasche ausgesucht hast, ist grauenhaft.« Je öfter das vorkam, desto mehr verwandelte sich meine Liebe zu ihm in etwas anderes, etwas Hartes, Bitteres, bis das alles war, was übrig blieb.

Jetzt ist der Sammler wütend auf mich. Ich musste ihm sagen, was passiert war, und sogar über das Telefon konnte ich erst die Enttäuschung in seiner Stimme hören und dann etwas anderes. Sein Ton wurde hart, kompromisslos. Ich konnte förmlich sehen, wie er die Stirn runzelte und die Lippen zu einem höhnischen Grinsen verzog, und am liebsten hätte ich mich in Luft aufgelöst oder die Uhr zurückgedreht. Bei dem Sammler ist es etwas anderes als bei meinem Vater. Er hat ein Recht darauf, wütend zu sein. Ich habe unverzeihliche Fehler gemacht, und jetzt ist Jem Walsh umsonst gestorben. Seine kostbare Schädelhaut ist nun nicht mehr als ein Beweisstück, versehen mit einer Nummer, und nicht länger ein wunderschönes Kunstwerk.

Francis Sullivan heißt der Detective, der dafür verantwortlich ist.

Ich habe die Pressekonferenz im Fernsehen gesehen. Ich habe ihn dabei beobachtet, wie er unbefugt auf meinen Hof vorgedrungen ist und den einzigen Ort verpestet hat, an dem ich mich sicher fühle, und dann ist er mir auch noch hinterhergelaufen, den Hügel hinauf. Er macht alles kaputt, wofür ich gearbeitet habe.

Das wird er noch bereuen, dafür werde ich sorgen.

Der Anblick des Citroën, den er vor Marni Mullins' Haus geparkt hat, lässt mich noch zorniger werden. Was hatte sie auf der Stone Acre Farm zu suchen, noch dazu mit diesem Polizisten? Und warum ist er jetzt bei ihr?

Ich werde einfach im Wagen sitzen bleiben und darauf warten, dass er geht.

Aber unten gehen die Lichter aus, und er ist immer noch da.

Aus einem offenen Fenster kann ich Lachen hören. Ihr Lachen.

Ich kann warten.

Oben sind die Lichter nun ebenfalls aus.

Ich muss warten. Mir bleibt keine andere Wahl. Aber mein Zorn lodert, und mir ist klar, dass ich bald handeln muss.

40

Francis

Francis zog sich die Bettdecke über Gesicht. Warum roch sein Bett plötzlich so anders? Nach Parfüm? Im Schutz der Bettdecke öffnete er die Augen. Er trug seine Boxershorts. Das war gar nicht sein Bett. Die Bettwäsche kannte er nicht.

Etwas plumpste aufs Fußende und zerwühlte die Decke. Francis setzte sich ruckartig auf und fand sich Pepper gegenüber, Auge in Auge. Der Hund bellte aufgeregt und fing an, seine Wange zu lecken.

Und dann war alles wieder da. Der Wodka, die Pasta, der Rotwein. Und dass er Marni geküsst hatte.

Warum um Himmels willen hatte er gedacht, Rotwein zu trinken sei eine gute Idee?

Er schob Pepper zur Seite und warf einen Blick auf die Uhr. Verdammt. Er sollte längst im Büro sein, aber bevor er sich auf den Weg dorthin machte, müsste er zu Hause vorbeischauen und sich umziehen. Pepper startete eine neuerliche Attacke. Francis' Schädel hämmerte.

Stöhnend schloss er die Augen und ließ sich zurück in die Kissen sinken. Wein und Wodka? Es war nicht so, dass er noch nie einen Kater gehabt hätte. Natürlich wusste er, wie sich so etwas anfühlte. Aber heute war einfach nicht der passende Tag dafür. Auch nicht die passende Woche.

»Bist du wach, Frank?«

Er öffnete die Augen und sah Marni aus dem angrenzenden Bad ins Schlafzimmer kommen. Sie war nackt und kam auf das Bett zu, als hätte sie die Absicht, wieder hineinzusteigen. Die gestrige Nacht war großteils weg, aber wenn etwas anderes zwischen ihnen passiert war als der ausgedehnte Kuss, würde er sich doch daran erinnern, oder nicht?

Marni setzte sich ans Fußende und sah ihn an, und er versuchte überall hinzuschauen, nur nicht auf ihre Brüste. Er hatte versagt, und zwar auf ganzer Linie. Ihre Brüste waren schön, und sie sorgten für erhebliche Bewegung unter der Bettdecke. Er öffnete den Mund, um etwas zu sagen, doch bevor ihm etwas halbwegs Passendes einfiel, klingelte es an der Haustür.

»So früh?«, fragte Marni. Sie stand auf und ging zur Schlafzimmertür, an der zwei Morgenmäntel hingen.

Francis konnte den Blick nicht von ihr wenden. Nicht nur weil sie splitterfasernackt war, sondern weil er nun zum ersten Mal ihren Rücken sah. Natürlich hatte er gewusst, dass sie ein Backpiece-Tattoo von Iwao hatte, aber er hätte nie gedacht, dass er es jemals zu Gesicht bekommen würde. Ihre Tätowierungen gingen ihn nichts an.

Dieses allerdings schon.

Er erkannte es sofort und spürte, wie sein Herz einen Schlag aussetzte.

Er hatte es schon einmal gesehen. In der Scheune des Killers.

Marni Mullins war ein Ziel.

Marni Mullins stand auf der Liste des Mörders.

Die Tätowierung auf ihrem Rücken war auf einem der Fotos an den Wänden der Scheune zu sehen – das Becken mit den beiden orange-goldenen Koi-Karpfen, vor dem die weinende Geisha mit ihrem blutroten Kimono und dem schwarzen Obi kniete. In natura und in Verbindung mit Marnis anmutigem Gang war sie noch weitaus spektakulärer als auf dem Foto.

Der Killer war nach wie vor auf freiem Fuß, und er wollte das Tattoo von Marnis Rücken schneiden.

»Marni ...«

»Ich gehe bloß schnell an die Tür, und dann mache ich uns einen Kaffee.«

Francis musste sich alle Mühe geben, ruhig zu bleiben.

Sie zog den bestickten Bademantel an, den sie schon gestern Abend getragen hatte, und verließ das Schlafzimmer. Er hörte die Treppe knarzen, als sie nach unten ging.

Francis, der sich langsam erholte, sah sich im Raum um und entdeckte seine zusammengekrumpelten Klamotten auf einem Haufen beim Fenster. Ohne das Hämmern in seinem Schädel zu beachten, schwang er die Beine aus dem Bett und stand vorsichtig auf. Das Zimmer drehte sich, und er atmete tief durch, um sich zu stabilisieren. Als sein Gleichgewichtssinn wieder funktionierte, tappte er zu dem Klamottenhaufen und zog sein Handy aus der Hosentasche.

Er brauchte drei Anläufe, um den richtigen Code einzugeben, doch dann hatte er es geschafft. Er rief die Fotos auf, die er am Vortag auf der Stone Acre Farm gemacht hatte. Ja, er hatte recht. Das Tattoo, das er gerade eben auf Marnis Rücken gesehen hatte, stand definitiv auf der Liste des Mörders. Kein Wunder, dass sie ohnmächtig geworden war, als sie es an der Scheunenwand entdeckt hatte. Wieso war er ein solcher Idiot gewesen? Das hätte ihm doch gleich klar sein müssen. Warum zum Teufel hatte sie nichts gesagt? Bei der Vorstellung, dass Marni in Gefahr war, spülte eine Woge der Angst über ihn hinweg.

Er rief Rory an. Sie brauchte Polizeischutz, und zwar rund um die Uhr, bis der Mörder hinter Gittern saß. Rory ging nicht dran.

Francis' Gehirn arbeitete heute Morgen in Zeitlupe, doch plötzlich wurde ihm klar, dass Marni womöglich schon in diesem Moment in Gefahr war. Er stürmte aus dem Zimmer zur Treppe. Pepper fing an zu bellen und jagte hinter ihm her, was jeden Schritt zu einer Herausforderung machte.

»Marni! Marni, warte! Geh nicht an die Tür!«

Er sprang, zwei Stufen auf einmal nehmend, die Treppe hinunter und wäre um ein Haar über die Bulldogge gestürzt, die ihm vor die Füße lief.

»Das könnte der Mörder sein!«

Aber es war zu spät. Sie öffnete die Tür, noch bevor das Wort »Mörder« über seine Lippen gekommen war.

Thierry Mullins, eine Tüte Croissants und zwei Coffee-to-go-Becher in den Händen, stand vor der Haustür. Er musterte sie beide von oben bis unten und ließ die Tatsache einsacken, dass Francis lediglich Boxershorts trug. Anschließend blickte er Marni fragend in die Augen.

»Qu'est-ce qu'il fait ici, lui?«

Pepper stellte sich vor Francis und gab ein tiefes, finsteres Knurren von sich.

41

Marni

Marni blickte von einem Mann zum anderen. Francis machte ein Gesicht, als habe er einen Geist gesehen. Völlig außer Atem lehnte er sich gegen die Flurwand. Was zur Hölle war los mit ihm? Thierry sah aus, als wolle er jeden Augenblick einen Mord begehen, aber das schien Francis nicht zu beeindrucken. Noch bevor einer von ihnen ein Wort sagen konnte, schob sich Alex an seinem Vater vorbei in den Flur. Pepper stürmte schwanzwedelnd auf ihn zu.

»He, Mum«, sagte Alex und drückte ihr einen Kuss auf die Wange.

Gott, war das peinlich, wenn der neunzehnjährige Sohn in eine Pattsituation zwischen dem Ex und dem Mann hineinplatzte, der gerade die Nacht in ihrem Bett verbracht hatte. »Nein, ich habe nicht mit ihm geschlafen«, hätte sie am liebsten gesagt, aber das wäre kaum angemessen gewesen.

»Hi, Liebling«, sagte sie stattdessen zu Alex und umarmte ihn. »Wie war's?«

Was hätte sie sonst sagen sollen?

Alex machte einen Schritt zurück und sah sie ungläubig an, anschließend blickte er von Thierry zu Francis und wieder zu Marni.

»Mum?« In dem einen Wort lagen sämtliche Fragen, die sie nicht beantworten wollte.

Niemand sagte etwas. Die Stille war peinlich. Mehr als peinlich.

Alex' Gesichtsausdruck schwankte zwischen Ärger und Verwirrung. »Komm, Pepper. Lass uns die Fliege machen.«

Er ließ seinen ausgebeulten Rucksack auf den Fußboden fallen, nahm seinem Vater den Kaffee und die Croissants ab und verschwand in Richtung Küche. Pepper rannte ihm sabbernd nach.

Thierry bedachte Francis mit einem Blick, den Marni nur allzu gut kannte, die Augenbrauen gefurcht, die Zähne in die Unterlippe gegraben, um den Schwall französischer Schimpfwörter zurückzuhalten, der über seine Lippen dringen wollte. Francis wich ein Stück zurück, um aus dem grellen Licht zu kommen, das durch die Haustür in den Flur fiel. Marni konnte sehen, dass seine Wangen brannten.

Thierry richtete sich zu seiner vollen Größe auf, damit er auf Francis herabblicken konnte.

»So beschützen Sie also meine Frau vor dem Tattoo-Dieb? In ihrem Bett? Ist es das, was Sie unter ›unmittelbarem Personenschutz‹ verstehen?«

Endlich erfuhr er am eigenen Leib, was er ihr die ganzen Jahre über angetan hatte, dachte Marni.

»Ex-Frau«, korrigierte sie. »Was bedeutet, dass es dich nichts angeht, mit wem ich ins Bett steige.«

Kaum hatte sie die Worte ausgesprochen, bedauerte sie sie bereits. Sie kannte Thierrys Temperament. Er war schon immer ein eifersüchtiger Mann gewesen, und obwohl sie geschieden waren, hielt er als gläubiger Katholik an der Überzeugung fest, für immer ihr Ehemann zu sein. Und zwar genau dann, wann es ihm passte. Sie konnte förmlich hören, wie er mit den Zähnen knirschte.

»Du solltest an unseren Sohn denken.«

Er schob sich an ihr vorbei in den Flur, was Marni einen Schritt zu weit ging.

»Thierry!«

Drohend baute der sich vor Francis auf, die Hände zu Fäusten geballt. Francis, nur in Boxershorts, war psychisch eindeutig im Nachteil, ganz zu schweigen von dem körperlichen Ungleichgewicht, Größe und Gewicht betreffend.

»Ich schlage vor, dass du auf der Stelle mein Haus verlässt, bevor ich dich persönlich hinausbefördere!«, knurrte Thierry.

»Das ist nicht dein Haus«, widersprach Marni wütend.

Sie zerrte an Thierrys Schulter, aber er schüttelte sie ab, als wäre sie eine lästige Fliege.

Francis hatte abwehrend die Arme erhoben, als rechne er damit, sich jeden Augenblick einem Boxkampf stellen zu müssen – einem Kampf, der in Marnis Augen keineswegs ausgewogen wäre. Thierry hatte sich noch nie an die Regeln gehalten, und er hasste die Polizei fast genauso sehr wie sie.

»Schluss damit!«, schimpfte sie.

»Sie sind kein Bewohner dieses Hauses, und als Polizist fordere ich Sie auf zu gehen«, sagte Francis mit scharfer Stimme.

O Gott, das würde niemals funktionieren.

Francis' Kopf prallte gegen den Wohnzimmertürrahmen, als Thierrys Faust ihn seitlich der Nase am Wangenknochen erwischte. Er rutschte an der Wand hinab in eine sitzende Position, hielt sich mit beiden Händen die Nase und schnappte nach Luft. Marni sah voller Entsetzen, dass Blut durch seine Finger sickerte.

»Fantastisch, Thierry. Du hast gerade einen Polizisten angegriffen. Wenn du Pech hast, landest du wieder im Knast.«

Thierry rieb sich mit der anderen Hand die Fingerknöchel und grunzte ungnädig. Das Ganze war typisch und machte ihr wieder einmal bewusst, warum es mit ihnen nicht funktioniert hatte.

»Alex!«, rief Marni. »Kannst du bitte etwas Küchenrolle bringen?«

Sie kniete sich neben Francis und löste vorsichtig seine Hände von der Nase. Sie blutete heftig und fing bereits an zu schwellen.

»Ich glaube nicht, dass sie gebrochen ist«, sagte sie und nahm eine Handvoll Küchenpapier von Alex entgegen, der aus dem Flur verschwand, so schnell er konnte. »Du wirst ihn doch nicht festnehmen, oder?«, fragte sie Francis und drückte ihm die Tücher in die Hand.

»Nicht, wenn er jetzt verschwindet«, krächzte Francis.

»Genießt das Frühstück«, sagte Thierry und wandte sich zum Gehen.

»Warte. Ich muss dir etwas sagen.«

Thierry ignorierte sie und strebte auf die Tür zu.

»Thierry, du stehst auf der Liste des Killers!«

In ihrer Stimme schwang Hysterie mit, und Thierry blieb wie angewurzelt stehen.

»Wovon redest du, verflucht noch mal?«

Francis starrte Marni an, die Augen weit aufgerissen vor Entsetzen.

»Von dem Tattoo-Dieb, Thierry. Du bist eins seiner Ziele.«

Sie saßen Seite an Seite auf dem Sofa. Francis wischte immer noch Blut von seiner Nase, Thierry war zu perplex, um etwas zu sagen, und kippte den Whisky, den Marni ihm hingestellt hatte.

Alex brachte schweigend ein Tablett mit Kaffee ins Wohnzimmer, reichte seinen Eltern eine Tasse und knallte Francis' Tasse auf den Couchtisch. Die Atmosphäre im Raum war eisig.

Marni zerpflückte nervös zwei Küchentücher und wartete darauf, dass die beiden Männer ihre Gedanken sammelten.

Francis erholte sich als Erster.

»Nur damit ich das richtig verstehe: Du hast an den Scheunenwänden ein Foto mit deiner eigenen Tätowierung entdeckt und eins mit einem Tattoo von Thierry?«

Marni nickte und biss sich auf die Lippe.

»Welches stammt von Thierry?«

»Das mit dem Fall Luzifers.«

»Dann seid ihr also beide im Visier des Killers. Deshalb bist du ohnmächtig geworden, oder?«

»Ja.«

»Und du hast mir das nicht gesagt, obwohl ich dir die Fotos am Abend gezeigt habe?« Seine Worte klangen etwas undeutlich, aber es war nicht zu überhören, wie verärgert er war. »Ich kann nicht glauben, dass du das für dich behalten hast. Da draußen liegt ein brandgefährlicher Mörder auf der Lauer, Marni, und er ist hinter euch her.«

Marnis Magen krampfte sich schmerzhaft zusammen. *Warum hatte sie ihm nichts gesagt? Weil sie sich die Wahrheit selbst nicht eingestehen wollte? Weil sie dachte, sie könnte sich schützen?*

Thierry stöhnte laut. Seine Hände zitterten.

»Warum hast du mir nichts gesagt, sobald du es wusstest? Warum hast du nichts gesagt?«

»Ich …« Marni wusste nicht, was sie erwidern sollte.

»Der Kerl hätte uns im Schlaf umbringen können!«

Er hatte recht. Sie hatte es vermasselt, und zwar richtig.

»Verdammt noch mal, Marni, du warst gestern Abend allein hier, bevor ich gekommen bin«, schlug Francis in Thierrys Bresche. »Was, wenn der Mörder vor der Tür gestanden hätte und nicht ich?«

»Ich hätte die Tür nicht aufgemacht. Bei dir wusste ich Bescheid, denn du hast angerufen.«

»Ich packe das nicht«, sagte Thierry, stand auf und ging in die Küche.

»Bleiben Sie hier«, wies Francis ihn an. »Ich muss mit Ihnen beiden reden, beruflich. Sie brauchen Polizeischutz. Marni, bitte mach noch einen Kaffee, während ich mich anziehe.«

Verdammte Männer. Dachten immer, sie hätten das Sagen. Das hier war ihr Haus, und er hatte kein Recht, ihr Anweisungen zu erteilen. Sie brauchte dringend einen Nikotinkick, also zündete sie sich eine Zigarette an und ging damit vor die Hintertür.

»Jetzt sag schon, was läuft mit ihm?«, fragte Thierry drängend, der ihr gefolgt war und sich nun gegen den Türrahmen lehnte.

»Das geht dich nichts an«, entgegnete sie und blies eine Rauchwolke aus. »Du stehst auf der Liste des Mörders, mehr musst du nicht wissen, also bitte sei vorsichtig.«

»Wie süß, dass du dir Sorgen um mich machst.« Offenbar hatte er sich von seinem Schock erholt und war jetzt nur noch stinksauer auf sie.

»Du bist Alex' Vater. Natürlich möchte ich nicht, dass dir etwas zustößt.«

Als Francis die Treppe herunterkam, war Thierry gegangen, und er wusste nicht, ob er erleichtert oder sauer sein sollte. Marni schenkte ihnen beiden frischen Kaffee ein.

»Gib mir seine Adressen – von zu Hause und von der Arbeit –, ich werde mich darum kümmern, dass jemand ein Auge auf ihn hat, bis das hier vorbei ist.«

»Danke«, sagte Marni und warf ihm einen Seitenblick zu. »Gilt die gleiche Behandlung für mich? Bekomme ich ebenfalls einen Polizisten zugewiesen, der ›ein Auge auf mich hat‹?«

»Unbedingt.«

Sie runzelte die Stirn. »Ich habe doch Pepper. Ich brauche keinen Bodyguard.«

»Dir bleibt keine Wahl.«

»Passt du auf mich auf?«

»Nein, das wird nicht klappen. Ich muss mich um den Fall kümmern, anstatt Zeuginnen nachzulaufen.«

»Also kein unmittelbarer Personenschutz?«

Prompt wurde sein Gesicht dunkelrot. Er ließ sich so leicht foppen.

»Was genau ist letzte Nacht passiert?«, wollte er wissen.

»Ach Frank, erinnerst du dich nicht?«

»Ich erinnere mich daran, dass ich dich geküsst habe.« Er zog ein Gesicht, als habe er in eine Zitrone gebissen.

Ach, war das etwa so schlimm gewesen?

»Es gibt nichts, worüber du dir Gedanken machen müsstest. Sonst ist nichts passiert. Danach bist du weggetreten, und ob du es glaubst oder nicht – ich habe für gewöhnlich keinen Sex mit bewusstlosen Polizisten. Nein, das stimmt nicht ganz – ich habe gar keinen Sex mit Polizisten.«

Francis starrte auf seine Füße. Seine Wangen nahmen eine noch dunklere Farbe an. »Es tut mir leid.«

»Das muss es nicht. Ich bin mir sicher, du bist erleichtert. Mir ist nicht entgangen, wie panisch du wurdest, als Thierry dachte, wir hätten miteinander geschlafen.« Sie trank ihren Kaffee aus, entschlossen, sich nicht darüber aufzuregen, dass er das Ganze offensichtlich bedauerte. »So, ich weiß, dass du viel zu tun hast, warum zischst du dann nicht einfach ab und besorgst mir einen großen, starken Bodyguard?«

Es war zu schade, dass sich der Abend aller Wahrscheinlichkeit nach nicht wiederholen würde, denn mit dem betrunkenen Francis Sullivan an ihrer Seite, der ihr leise ins Ohr schnarchte, hatte Marni so gut geschlafen wie schon seit Monaten nicht mehr.

Jetzt sammelte er seine Sachen zusammen und ging, ohne ein weiteres Wort zu sagen.

Sobald die Tür hinter ihm ins Schloss gefallen war, hämmerte Marni mit der Faust gegen die Wand.

»Scher dich zum Teufel, Francis Sullivan!«

42

Rory

Rory hatte den Großteil der Nacht bei einer polizeilichen Straßensperre auf der Ditchling Road verbracht und Wagen angehalten, nicht so sehr in der Hoffnung, den Mörder zu stellen, sondern vielmehr um herauszufinden, ob irgendwer etwas Außergewöhnliches bemerkt hatte, und um die Bewohner der angrenzenden Orte zur Wachsamkeit aufzurufen. Als der Verkehr nach Mitternacht so gut wie zum Erliegen kam, war er ins Präsidium zurückgekehrt, um sich die Bilder von den Überwachungskameras noch einmal vorzunehmen und anschließend eine Presseerklärung für Bradshaw zu formulieren. Was harte Arbeit bedeutete. Presseerklärungen waren mehr Sullivans Stärke als seine, aber seit kurz vor Mitternacht hatte er nichts mehr von ihm gehört. Als er endlich fertig war, hatte er einen kurzen Abstecher nach Hause gemacht, um zu duschen und etwas zu schlafen, aber jetzt war er wieder da – und entschlossener denn je, Sam Kirby zu fassen.

Er blickte zum x-ten Mal auf sein Handy und stellte fest, dass er auf der Fahrt ins Präsidium einen Anruf von Francis verpasst hatte. Sullivan hatte ihm keine Nachricht hinterlassen, weder auf Band noch als Text. Er rief zurück, aber noch bevor Francis sich meldete, schwang die Tür der Einsatzzentrale auf.

»Legen Sie auf, Rory. Ich bin hier.«

Vor ihm stand Francis Sullivan, doch Rory musste zweimal hinblicken, denn so hatte er den DI noch nie gesehen. Seine Haare waren zerzaust, sein Anzug sah aus, als habe er darin geschlafen, und seine Nase war geschwollen und wirkte irgendwie schief. Als er näher hinschaute, stellte er fest, dass sich die Wange unter dem Auge bläulich verfärbte.

»Herrje, was ist denn mit Ihnen passiert? Jetzt sagen Sie nicht, Sie haben ihn aufgespürt?«

Francis ließ sich auf einen Stuhl fallen.

»Können wir uns einen Kaffee besorgen?« Seine Worte klangen leicht verschliffen.

»Sie haben einen Kater.«

Francis beugte sich vor und stützte den Kopf in die Hände.

»Und Sie haben sich geprügelt.«

Der DI stöhnte. Rory versuchte vergeblich, nicht loszuprusten.

»Wie sieht der andere Kerl aus? Und vor allem: Wer war es?«

»Thierry Mullins.«

Rory konnte sich nur einen Grund vorstellen, warum Thierry Francis eins auf die Nase gegeben hatte. Er hätte nie gedacht, dass Sullivan einen Schlag bei den Frauen hatte.

»Ich besorge den Kaffee.«

Als er aus der Kantine zurückkehrte, hatte Francis sich wieder unter Kontrolle. Sein Jackett hing ordentlich über der Stuhllehne, auf seinem Hemd waren Wasserspritzer zu erkennen, die Haare glänzten feucht. Inzwischen war

Hollins eingetroffen, saß mit einer Tasse Kaffee an seinem Schreibtisch und starrte Francis unverhohlen an.

Rory stellte die beiden Kaffeebecher ab, zog einen Kamm aus der Jackentasche und reichte ihn Francis.

»Danke.«

»Hören Sie auf zu glotzen, Hollins, und machen Sie sich an die Arbeit.«

»Ja, Sergeant.«

Rory setzte Francis über die nächtlichen Aktivitäten ins Bild.

»Der Schutz von Marni Mullins hat oberste Priorität. Sie steht auf der Liste des Tattoo-Diebs.« Francis deutete auf die Tattoo-Fotos am Whiteboard. »Ach ja, wenn Sie weiteres Personal abstellen können: Thierry Mullins ist ebenfalls auf dieser Liste aufgeführt.«

»Ich kümmere mich darum«, sagte Rory. »Ähm … Möchten Sie Anzeige gegen Mullins wegen Körperverletzung aus Eifersucht erstatten?«

Natürlich versuchte er herauszufinden, was zwischen Ihnen gelaufen war.

»Nein.«

Rory zog die Augenbrauen in die Höhe.

»Ich habe nichts weiter dazu zu sagen.«

Als Sullivan seine Aufmerksamkeit einer Akte zuwandte, öffnete sich die Tür zur Einsatzzentrale erneut. Diesmal stand Bradshaw auf der Schwelle.

»Bitte sagen Sie mir, dass Sie zumindest wissen, wo sich Kirby aufhält.« Er musterte Francis abschätzig von oben bis unten. »Und was zum Teufel haben Sie hier zu suchen?«

Rory machte einen Schritt auf ihn zu. »Ich brauche ihn

bei dem Fall«, sagte er. »Wir können es uns nicht leisten, auf seine Unterstützung zu verzichten.«

Bradshaw sträubte sich sichtlich.

»Tatsache ist, dass es Sullivan war, der Kirbys Identität herausgefunden hat und dass dieser auf der Stone Acre Farm wohnt. Sie müssen ihn wieder einsetzen.«

Obwohl es ihm persönlich egal war, was mit Sullivan passierte, erkannte Rory immer mehr, dass sein ehemaliger Chef verdammt intelligent war und wusste, was er tat. Außerdem nagte das schlechte Gewissen an ihm, weil er Francis wegen der Pressekonferenz verpfiffen hatte.

»Was wollen Sie damit sagen?«, blaffte Bradshaw. »Dass Sullivan Ihren Job besser macht als Sie?«

»Nicht unbedingt«, widersprach Rory, der überrascht über sich selbst zu sein schien, »nur, dass er wirklich etwas draufhat.«

Sullivan klappte die Kinnlade herab. Eilig schloss er den Mund wieder.

Hollins, der an seinem Schreibtisch saß und verstohlen zuhörte, stieß seine Kaffeetasse um. Bradshaw war kurz abgelenkt, dann wandte er sich wieder an Rory.

»Das hätte ich nicht von Ihnen erwartet, Mackay«, sagte er. Sein Blick schweifte zu Francis. »Nun, dann setze ich Sie eben wieder ein, sämtlicher Vorbehalte zum Trotz.«

»In welcher Funktion?«

»Sie sind in diesem Team der ranghöchste Polizist, deshalb leiten Sie die Ermittlungen. Muss ich das noch näher erläutern?«

»Nein, Sir. Danke, Sir.«

»Danken Sie mir erst, wenn Sie den Fall gelöst haben. Wie sieht Ihr weiteres Vorgehen aus?«

»Wir werden weiterhin die Autofahrer auf der Ditchling Road befragen, außerdem behält das Team die Überwachungskameras im gesamten Stadtgebiet im Blick, und zwar rund um die Uhr. Wir haben bereits das Filmmaterial von der Nacht, in der Evan Armstrong ermordet wurde, ausgewertet, und eine Person mit einer Kapuzenjacke ausmachen können, bei der es sich mit hoher Wahrscheinlichkeit um den Täter handelt. Außerdem konnten wir anhand der Fotos, die wir in Kirbys Scheune entdeckt haben, zwei Zielpersonen ausmachen – Thierry und Marni Mullins –, weshalb wir die beiden unter Polizeischutz stellen werden. Burton gibt ihr Bestes, die Personen auf den anderen Fotos zu identifizieren.«

»Und sonst? Sind irgendwelche Fahrzeuge auf Kirby zugelassen?«

»Nicht auf seinen Namen«, antwortete Rory. »Aber allem Anschein nach besitzt er einen Wagen – er ist nur nicht beim Kraftfahrzeugamt registriert, auch die Anfrage bei den KFZ-Versicherungen hat nichts ergeben. Wir sind noch dabei, die Reifenspuren zu überprüfen, die wir auf der Stone Acre Farm genommen haben, aber sonderlich viel versprechen wir uns nicht davon.«

»Verdammt!«, fluchte Bradshaw. »Er könnte inzwischen über alle Berge sein.«

Francis sagte nichts.

»Also, Sullivan, Sie mögen vielleicht wieder die Ermittlungen leiten, aber von jetzt an läuft hier alles über mich. Sie brauchen eine Person mit Erfahrung an Ihrer Seite, haben Sie mich verstanden?«

»Sehr gut, Sir«, erwiderte Francis. Seine Stimme klang frostig. »Denken Sie an etwas Bestimmtes?«

»Wir sollten vorausschauend handeln – wir müssen den Killer aus der Reserve locken.«

Rory wusste auf Anhieb, worauf das hinauslaufen würde.

»Und wie sollen wir das Ihrer Meinung nach anstellen, Sir?«, fragte Francis.

»Das liegt doch auf der Hand! Wir wissen, wen er als Nächstes umbringen möchte. Wir könnten ihm Marni Mullins als Köder vor die Nase halten.«

Francis riss die Augen auf. »Ich denke nicht, dass wir das tun sollten, Sir.«

»Ach nein?« Bradshaws Stimme triefte vor Sarkasmus.

»Nein, Sir. Damit würden wir das Leben einer Zivilistin in Gefahr bringen, Marnis Leben. Dafür bin ich nicht zur Polizei gegangen.«

»Seien Sie nicht albern, Sullivan. Wir werden sie natürlich schützen. Ihr wird nichts passieren.«

»Es tut mir leid, Sir. Was mich anbetrifft, ist das keine Option.«

Bradshaws Gesicht verfinsterte sich. »Ich glaube kaum, dass Ihnen eine Wahl bleibt. Das ist meine endgültige Entscheidung.«

»Dann müssen Sie mich ein zweites Mal von dem Fall abziehen, Sir. Ich werde Marni Mullins nicht vorsätzlich einem Serienmörder zum Fraß vorwerfen.«

Rory war kurz versucht hinzuzufügen, das Gleiche gelte für Thierry, doch er wurde vom Klingeln seines Telefons unterbrochen. Hitchins war am Apparat.

»Nach dem Zeugenaufruf heute Morgen im Fernsehen hat sich jemand bei uns gemeldet.«

»Warten Sie, Hitchins. Ich stelle kurz auf Lautsprecher.«

»Ein Mann hat angerufen. Er hat eine Person gesehen,

die er für Sam Kirby hält – anscheinend wies sie eine große Ähnlichkeit mit den Fahndungsfotos auf, die wir herausgegeben haben.«

»Wo hat er die Person gesehen?«, fragte Francis atemlos.

»Am Jachthafen.«

»Wir sind schon unterwegs.«

Mein Messer. Mein Messer! Die tödliche Klinge.

Ich weiß, wo ich es verloren habe, aber ich kann nicht dorthin zurückkehren, um es zu holen. Ich kann nie wieder auf die Stone Acre Farm zurückkehren. Sie werden den Hof beobachten. Und selbst wenn ich zurückkehren könnte, würde ich das Messer nicht finden. Mit Sicherheit haben sie es längst entdeckt. Kriminaltechniker sind wie Ameisen – sie krabbeln über jeden Zentimeter meiner Welt, nehmen meine Arbeit auseinander, richten darüber. Richten über mich.

Sie werden beeindruckt sein. Zum Teufel mit ihnen!

Ich habe noch andere Messer. Natürlich. Aber dieses eine war ein ganz besonderes, mein Lieblingsmesser. Der Sammler hat es mir von einer Reise nach Japan mitgebracht. Es wird Monate dauern, einen Ersatz zu finden. Wie dem auch sei – als Erstes muss ich einen Ort finden, an dem ich bleiben kann. Der Sammler hat ein kleines Boot im Jachthafen. In der winzigen Kajüte kann ich meinen Schlafsack ausbreiten. Hier habe ich Luft zum Atmen, wenigstens für ein paar Tage. Solange er nicht herausbekommt, dass ich hier bin. Ich glaube nicht, dass er erfreut darüber wäre, obwohl ich so seinen Auftrag weiter ausführen kann. Er ist nach wie vor sehr darauf bedacht, dass ich diesen Teil seiner Sammlung fertigstelle. Außerdem hat er angedeutet, dass er bei seinem nächsten Plan noch einen Schritt weiterge-

hen will. Er ist ein so ambitionierter Mann – das ist eine Sache, die ich an ihm bewundere. Vor einiger Zeit hat er mir etwas erzählt – eine Geschichte aus seiner Kindheit. Als er noch zur Schule ging, hat er Top-Trumps-Karten gesammelt. Natürlich war seine Sammlung die beste, aber ihm fehlte eine seltene Karte, die außergewöhnlich viele Punkte brachte. Als sein bester Freund diese Karte bekam, war der Sammler außer sich. Auf dem Heimweg von der Schule ließ er seinen Freund über ein Brückengeländer baumeln, zehn, zwölf Meter über einem breiten Fluss, und hielt ihn nur noch an einem Fußknöchel fest, bis er ihm versprach, ihm die Karte zu überlassen. Der Sammler bekommt immer, was er will. Ich fürchte und verehre ihn gleichermaßen. Ich muss sehr vorsichtig sein, wenn ich mit ihm rede, damit mir nicht herausrutscht, wo ich mich verkrochen habe. Vor allem aber muss ich meinen Auftrag fertigstellen.

Ich werde mich bedeckt halten, werde im Dunkeln kommen und gehen. Und ich werde wieder töten, sehr bald schon. Es juckt mir in den Fingern.

43

Francis

Es wurde bereits dunkel, als Francis und Rory vor dem Wachhaus des Jachthafens anhielten. Ein uniformierter Wachmann stand auf der Türschwelle. Als die beiden Polizisten ausstiegen, trat er auf sie zu und stellte sich vor.

»Polizei?«, fragte er.

Francis nickte.

»Ich bin Alan Chapman. Ich habe angerufen.«

Francis ging um den Wagen herum und betrat den Gehsteig. »Erzählen Sie uns, wo Sie ihn gesehen haben und weshalb Sie glauben, dass es sich um den Tattoo-Dieb handelt.«

»Ich zeige es Ihnen«, sagte Alan.

Während sie über die Promenade gingen und einen Anlegesteg nach dem anderen passierten, erzählte ihnen der Wachmann die Details.

»Ich habe Ihren Zeugenaufruf im Fernsehen und die Bilder der Überwachungskamera gesehen. Bei so etwas schaue ich immer sehr genau hin, denn hier am Jachthafen kommen und gehen Tag für Tag jede Menge Leute. Nicht dass ich damit gerechnet habe, dass der Mann ausgerechnet hier wäre.«

Er bog von der Promenade nach links auf einen breiten Steg mit zwei Ebenen ab, von dem an beiden Seiten schmale Gangways aus Holz abgingen, die zu Booten der unterschiedlichsten Größen führten. In der Mitte der oberen Ebene befanden sich mehrere zweigeschossige Gebäude aus Wellblech, die weiß-gelb angestrichen waren.

»Was sind das für Gebäude?«, erkundigte sich Rory.

»Duschen, Toiletten, Waschsalon«, antwortete Chapman.

»Was genau haben Sie gesehen und wo?«, fragte Francis.

»Da unten«, sagte er und deutete auf eine der schmaleren Gangways. »Ich bin mir ziemlich sicher, dass es an dieser Stelle war, weil ich mich an das große Boot am Ende des Stegs erinnere. Es liegt dauerhaft dort. Ich stand hier und schaute zurück zum Ufer, und dann sah ich plötzlich jemanden mit dunklen Klamotten, von der Gestalt her ein Mann. Er trug eine Kapuzenjacke, die Kapuze über dem Kopf, und verließ eilig den Steg.«

»Und warum ist er Ihnen verdächtig erschienen?«

»Es war die Art und Weise, wie er sich bewegt hat. Er hatte einen leicht schlingernden Gang, genau wie auf der Aufnahme der Überwachungskamera, die in den Nachrichten gezeigt wurde. Auch seine Kleidung war so wie in der Beschreibung, die Sie herausgegeben haben. Er hat sich ein paarmal umgeblickt, als habe er Sorge, dass ihm jemand folgen könnte – oder als wolle er sich vergewissern, dass ihn niemand sieht.«

»Hat er eines der Boote betreten?«, fragte Francis.

Chapman zuckte die Achseln. »Ich habe weggeschaut. Auf der anderen Seite legte ein Boot an, die Leute darauf veranstalteten einen Riesenwirbel. Als ich wieder in seine Richtung schaute, war der Mann verschwunden. Vielleicht ist er an Bord eines der Boote gegangen, vielleicht ist er auch einfach nur an Land zurückgekehrt.«

Rory rieb sich das Kinn. »Mir ist immer noch nicht klar, warum Sie meinen, dass es sich um unseren Killer handeln könnte. Kapuzenjacken sind ja nichts Ungewöhnliches.«

»Ich bin seit Jahren Wachmann. Man bekommt ein Gespür dafür, wenn sich jemand unwohl fühlt bei dem, was er tut. Als ich wieder im Büro war, habe ich den Zeugenaufruf mit den Fahndungsbildern gesehen, die schemenhafte Gestalt, die von der Überwachungskamera in der New Road gefilmt wurde. Wie ich schon sagte: Der Mann hatte einen ganz ähnlichen Gang, trug ähnliche Kleidung, und er hatte die Ausstrahlung eines Menschen, der etwas zu verbergen hat. Vielleicht irre ich mich ja, aber ich denke, es lohnt sich, meine Beobachtung zu verfolgen.«

Sie gingen bis zum Ende des Stegs und zurück, aber auf den Booten war alles ruhig, keine Spur von den Besit zern.

»Danke für Ihren Hinweis«, sagte Francis, dann wandte er sich an Rory. »Beordern Sie das Team hierher – es soll alle Boote an diesem Anleger kontrollieren, und die beiden angrenzenden Stege noch dazu. Vielleicht stößt es auf jemanden, auf den die Beschreibung passt.«

Sie kehrten zum Wachhaus zurück.

»Wäre es möglich, dass Sie uns eine Liste mit den Namen und Adressen der Bootsbesitzer ausdrucken, deren Jachten momentan im Hafen liegen?«, fragte Francis den Wachmann.

Chapman nickte. »Selbstverständlich.«

»Befinden sich an allen Stegen Überwachungskameras?«

»Nein, nicht an allen. Wir haben eine Kamera am Eingang zum Hafen, zwei entlang der Promenade und mehrere, die auf den Parkplatz hinausgehen.«

»Könnten wir mal einen Blick auf die Aufnahmen werfen?«

Nachdem sie sich mehrere Stunden lang das Material der Überwachungskameras angesehen und Hollins und Hitchins mit zahlreichen Bootsbesitzern gesprochen und die an den drei infrage kommenden Stegen vertäuten Boote überprüft hatten, hatten sie noch immer nichts entdeckt, was darauf hinwies, dass sich der Täter am Jachthafen aufhielt.

Es war nicht so, dass Francis Chapmans Hinweis nicht ernst nahm, im Gegenteil – er war sich sicher, dass der Wachmann tatsächlich eine verdächtige Gestalt bemerkt hatte. Aber von einem Mann in Kapuzenjacke war weit und breit nichts zu sehen, und die Beobachtung des Wachmanns allein half ihnen auch nicht weiter. Francis setzte Rory in der John Street ab und kehrte zu Marnis Haus zurück, um sich zu vergewissern, dass tatsächlich ein Polizeiposten vor ihrem Haus Stellung bezogen hatte.

Erleichtert sah er, dass ein Wagen mit zwei Constables darin am Bordstein parkte. Er wechselte schnell ein paar Worte mit den beiden, die nichts Auffälliges zu berichten hatten. Als er zu seinem Dienstwagen zurückkehrte, öffnete Marni die Haustür.

»Frank?«

Er ging zu ihr hinüber.

»Ich habe gesehen, dass du mit den beiden geredet hast«, erklärte Marni ohne Umschweife, als er am Fuß der dreistufigen Treppe zu ihrer Haustür stehen blieb. »Bitte sag ihnen, dass sie verschwinden sollen. Sie lassen mich nicht aus den Augen, ganz gleich, wohin ich gehe. Das tut meiner Psyche gar nicht gut.«

»Ach? Die beiden sind da, um für deine Sicherheit zu sorgen. Ich dachte, sie würden dir ein besseres Gefühl geben.« Er stellte seinen Fuß auf die zweite Stufe und verharrte einen Augenblick lang, als warte er darauf, dass sie ihn hereinbat.

»Ich kann auf mich selbst aufpassen.«

»Ich wette, das hat Evan Armstrong auch gedacht, und der war über eins achtzig groß.«

Marni seufzte. »Ich habe sie gebeten, mich in Ruhe zu lassen, aber sie wollten nicht.«

»Das haben sie mir gesagt, aber sie befolgen meine Anweisungen, nicht deine.«

»Und ich habe nichts zu melden?«

»Nein.« Er trat zurück auf den Gehsteig.

Marni musterte ihn finster.

»Du solltest dich bei mir bedanken, anstatt sauer auf mich zu sein. Es wäre durchaus von Vorteil, wenn sie einen Mörder davon abhielten, das wunderschöne Tattoo von deinem Rücken zu schneiden. Im Augenblick haben wir keinen blassen Schimmer, wo der Kerl steckt. Wir gehen den Meldungen von Bürgern nach, die ihn im Stadtgebiet von Brighton und entlang der Küste nach Süden gesehen haben wollen. Ein Mann meinte, er habe ihn am Jachthafen entdeckt, ein anderer meldete eine Stunde später, er halte sich in Shoreham auf. Du stehst so lange unter Polizeischutz, bis ich ihn in eine Zelle gesteckt habe.«

»Ich habe einen Hund, und ich habe mehrere Selbstverteidigungskurse belegt.«

»Pepper wird gegen einen Mann mit einem Messer nur wenig ausrichten können, und auch deine Selbstverteidigungskurse werden dir kaum helfen.«

Marni starrte ihn an, die Lippen geschürzt. Sie machte Anstalten, die Tür zu schließen, doch dann überlegte sie es sich anders. »Der Grund dafür, dass ich Selbstverteidigungskurse belegt habe, war der, dass ich in Gefahr war. Das waren übrigens richtige Kurse, nicht so ein Mist, wie er in Fitnesscentern angeboten wird. Ich habe Unterricht bei einem Ex-Militär aus Israel genommen. Sie verteidigen sich dort mit Krav Maga.«

»Ich bin beeindruckt.«

»Mir blieb keine Wahl. Ich musste mich gegen einen Mann zur Wehr setzen können, der eine echte Bedrohung für mich darstellte.«

»Gegen den, den du niedergestochen hast?«

Sie nickte. Ihr Gesicht war bleich und angespannt.

»Was ist passiert?«, fragte er sanft.

Sie schüttelte den Kopf. »Nicht viel. Es war ja bloß ein Mann, der besessen von mir war.«

Francis starrte sie an. »Nicht viel. Aha. Wo ist er jetzt?«

»Er sitzt im Gefängnis wegen einer Sache, die nichts damit zu tun hat.«

»Und wer war dieser Mann?«

»Thierrys Zwillingsbruder. Er hat mich vergewaltigt. Ich habe ihn niedergestochen.« Ihr Blick war unversöhnlich, ungebrochen. »Und jetzt pfeif bitte deine Hunde zurück.«

44

Marni

Ein gesichtsloser Mann trug Luke – das Baby, das sie verloren hatte –, in der Armbeuge. In der anderen Hand hielt er eine lange, geschwungene Klinge, die ein gleißendes Licht spiegelte, so grell, dass es sie blendete. Sie rannten. Manchmal jagte Marni hinter den beiden her, andere Male waren sie ihr auf den Fersen. Alex winkte ihr aus der Ferne zu, aber ganz gleich, wie schnell sie lief, sie schien ihm nicht näher zu kommen.

Schweißgebadet wachte sie auf und ging quer durchs Zimmer, um das Fenster zu öffnen. Unten auf der Straße stand der Streifenwagen. Sie konnte den Fahrer darin sehen, der aus einem Pappbecher Kaffee trank.

Ein Kaffee und eine Dusche würden ihr guttun. Sie warf einen Blick auf den Radiowecker auf ihrem Nachttisch. In einer halben Stunde sollte sie im Studio sein. Ihr Tag war voller Termine, und sie musste dringend Geld verdienen.

Vierzig Minuten später klopfte sie an das Fenster des Streifenwagens.

»Sie könnten mich eigentlich zur Arbeit bringen«, sagte sie, als der verdrossene Officer das Fenster herunterließ. »Wenn Sie schon auf mich aufpassen sollen …«

»Steigen Sie ein«, sagte er, ohne zu lächeln.

Sie konnte ihm kaum einen Vorwurf machen. Was war das für ein Leben, bei dem man acht Stunden lang am Stück in einem kleinen Wagen hocken und anderen Leuten bei deren Leben zusehen musste?

Ihr erster Kunde für heute wartete schon an der Tür auf sie, und dann würde es ohne Pause durchgehen, abgesehen von einem abgesagten Termin. Es fühlte sich gut an, wieder zu arbeiten. Die letzten anderthalb Wochen kamen ihr ziemlich zerrissen vor, und sie hatte wegen der ganzen Geschichte einige ihrer Stammkunden umbuchen müssen. Hoffentlich würde der Scheißkerl bald gefasst werden, damit wieder Normalität in ihrem Leben einkehrte. Ein bodenständiges, ruhiges, ereignisloses Leben – das war es, was ihr gefiel.

Am Nachmittag sollte Steve zu ihr kommen, damit sie das Tiger-Tattoo fertigstellen konnte, an dem sie auf der Messe gearbeitet hatte. Es würde ein Prachtstück sein, wenn es erst einmal fertig wäre – der orangefarbene Tiger, der vor einem Hintergrund aus tiefmagentafarbenen Chrysanthemen stand. Von seinen Zähnen und Krallen tropfte Blut.

Steve war früh dran und hatte bereits zwanzig Minuten gewartet, als sie ihr Zubehör gereinigt und aufgeräumt und den vorherigen Kunden abkassiert hatte. Ungeduldig legte er sich auf die Massagebank.

»Glaubst du, du schaffst es heute?«, fragte er.

»Gut möglich«, antwortete Marni achselzuckend. Sie betrachtete ihre bisherige Arbeit. »Ich brauche noch vier, fünf Stunden, kommt darauf an, wie lange du durchhältst.«

Während der ersten Stunde schaltete Marni einfach ab. Steve erzählte ihr, was seine Firma so machte, eine innovative Programmiertechnologie, die Marni nicht verstand und für die sie sich nicht im Mindesten interessierte. Steve schwafelte weiter, nahm sich kaum die Zeit, Luft zu holen; anscheinend ging es hauptsächlich darum, ihr klarzumachen, wie gut seine Firma im Wettbewerb abschnitt. Sie vertiefte sich in ihre Kunst, und der Stress der vergangenen Tage fiel langsam von ihr ab, während ihr Kopf immer klarer wurde.

»Und was passiert in deiner Welt, Marni?«, unterbrach Steve ihre Gedanken. »Wie geht's Alex?« Sie hoffte, er habe nicht bemerkt, dass sie nicht zugehört hatte.

»Ihm geht's gut. Er hat gerade sein Abitur gemacht, deshalb ist das Leben für ihn eine einzige, endlose Party.«

»Eine gute Zeit. Ich erinnere mich noch gut daran. Was hat er als Nächstes vor?«

»Er will auf die Uni gehen – Geografie studieren.«

»Geografie? Da gibt es nicht viele Karrierechancen. Du solltest ihn zu mir schicken, dann könnten wir überlegen, ob er nicht Programmierer werden will.«

»Gute Idee«, sagte Marni und versuchte, sich auf ihre Arbeit zu konzentrieren.

»Was ist mit dir? Was gibt's Neues im Fall des Tattoo-Diebs?«

Ihre Hand fing leicht an zu zittern, und er zuckte zusammen. Im selben Augenblick hörte sie den Briefschlitz klappern. Pepper stürmte laut bellend nach vorn in den Laden.

»Einen Augenblick, bitte, Steve. Wenn ich die Post nicht sofort rette, frisst Pepper sie auf.«

»Kein Problem.«

Die Post war ihr egal, doch sie bot den perfekten Vorwand, sich vor einem Gespräch über die Morde zu drücken.

Es war nur ein einziger Brief gekommen. Pepper schob ihn über den Fußboden in dem vergeblichen Versuch, ihn zwischen die Zähne zu bekommen.

»Aus, Pepper«, sagte sie. »Der ist nicht für dich.« Sie bückte sich und hob den Umschlag auf.

Die französische Briefmarke ließ sie Halt suchend nach der Ladentheke greifen. Ihre Kopfhaut fing vor Furcht an zu kribbeln, ihre Brust schnürte sich zusammen, als sie die Handschrift erkannte.

Ein weiterer Brief von Paul.

Sie brachte es nicht über sich, ihn zu lesen, schaffte es kaum, den Umschlag zu berühren, konnte den Blick nicht von der Briefmarke lösen. Der Brief war in Marseille aufgegeben worden. Sie wusste, dass Paul dort im Gefängnis saß. Sie fragte sich, wie er ihn wohl herausgeschmuggelt haben mochte und wer ihn für ihn aufgeben hatte. Wahrscheinlich ein korrupter Wärter. Ihr Atem ging stoßweise, doch sie zwang sich, langsam bis zehn zu zählen und sich zu beruhigen. Anschließend legte sie den Brief mit der Adresse nach unten auf den Ladentisch und schloss die Augen.

Was wollte er? Warum konnte er sie nicht einfach in Ruhe lassen?

Ihr wurde schwindelig, weshalb sie die Augen wieder öffnete und auf einen schwarzen Fleck am Boden heftete.

»Alles okay da draußen?«

Verdammt! Sie hatte Steve vergessen.

»Alles gut. Ich bin in einer Sekunde bei dir.«

Sie kehrte ins Studio zurück und steckte den Brief in ihre Tasche. Ein großes Glas kaltes Wasser würde helfen, dann würde sie ihre Arbeit begutachten und Steve einen neuen Termin geben.

»Hör mal, Steve, ich glaube nicht, dass wir heute fertig

werden. Es tut mir leid, aber ich bin total erschöpft, ich packe eine so lange Sitzung heute nicht. Ich schiebe dich in zwei Wochen ein, einverstanden?«

Steve schnitt eine Grimasse. »Im Ernst, Marni?« Er betrachtete seinen Arm. »Es ist doch kaum noch etwas zu tun. Bitte, können wir nicht weitermachen? Ich bezahle dich auch extra.«

»Es geht nicht ums Geld. Ich bin hundemüde, und wenn ich jetzt weitermache, wird die Arbeit nicht hundertprozentig.« Hundemüde und gestresst, um genau zu sein. Außerdem brauchte sie dringend etwas zu essen, ihr Blutzucker sackte rapide ab.

»Dann gönn dir eine Pause. Trink einen Kaffee, und anschließend geben wir dem Ganzen den letzten Schliff. Ich wünsche mir so sehr, dass das Tattoo fertig wird.«

»Warum?«

»Weil ich es gern jemandem zeigen möchte.«

Das konnte Marni verstehen. Jeder, der sich ein Tattoo stechen ließ, wollte, dass es so schnell wie möglich fertig wurde. Sie fühlte sich ausgelaugt, aber sie hasste es, einen Kunden zu enttäuschen.

»Okay. Möchtest du auch einen Kaffee?«

Mit Steve eine Tasse Kaffee zu trinken, war das Letzte, was sie jetzt wollte, aber der Kaffee würde es erträglicher machen.

»Klar. Danke, Marni. Du steckst das weg wie ein absoluter Profi.«

Sie steht unter Polizeischutz, vor ihrem Studio parkt ein Streifenwagen. So kann ich besser sehen, wo sie ist. Gestern Nacht standen sie vor ihrem Haus, nachdem sie ihr auf dem Heimweg von ein, zwei Drinks mit ein paar Freunden in Schrittgeschwindigkeit gefolgt waren. Zuvor, als sie ihren Sohn vom Sportplatz abgeholt hatte, waren sie diskreter gewesen. Um ehrlich zu sein, wäre mein Leben leichter, wenn die Polizisten sie nicht ständig im Blick behielten.

Ich habe mir gerade das Okay des Sammlers geholt. Er rief an, um mir zu sagen, dass ich die Ernte vorantreiben soll. Er versucht, so schnell wie möglich einen neuen Ort für das Gerben der Häute ausfindig zu machen. Bei diesem Telefonat war er sehr viel ruhiger als beim letzten – alles rein geschäftlich, keine weiteren Vorwürfe. Wir müssen jetzt noch mehr Tattoos entwenden, um die Häute zu ersetzen, die die Polizei an sich genommen hat, weshalb ich eine neue Liste erstellt habe. Marni Mullins steht darauf an oberster Stelle – der Sammler hatte angeordnet, dass ich noch warten soll, bevor ich ihre Haut abschneide, doch nun hat ihre Tätowierung oberste Priorität. Es muss gesagt werden, dass ihr Backpiece eine wahre Pracht ist. Ich gehe davon aus, dass ihre Leibwächter eine Vorsichtsmaßnahme sind, weil die Polizei Fotos von ihrem Tattoo an der Scheunenwand entdeckt hat. Allerdings stehen sie vor dem Studio Wache, und sie ist drinnen. Sie parken über zehn Meter von der Ladenfront entfernt und haben die verschlossene Tür im Blick. Ich beobachte sie, während ich überlege, wie ich vorgehen soll. Soll ich sie überlisten oder umbringen?

Es geht in erster Linie darum, die Risiken gegen die zu erwartende Belohnung abzuwägen. Der Sammler ist bereit, einen hohen Preis für Marnis Backpiece zu bezahlen. Aber wie gesagt – es geht mir nicht um Geld. Ich habe ihn enttäuscht. Die Polizei ist mir auf den Fersen, und der Abgabetermin muss verschoben werden. Es ist unerlässlich, ihm zu beweisen, dass ich der Herausforderung gewachsen bin, dass ich dieser Aufgabe nach wie vor würdig bin.

Mullins arbeitet schon ziemlich lange in ihrem Studio. Ich kann sie sehen, wenn ich durch die Gasse hinter der Ladenzeile gehe. Sie zeichnet, entwirft neue Tattoos für ihre Kunden, sitzt ganz allein im hinteren Raum, während ihre Aufpasser vorn im Wagen Kaffee trinken und Zigaretten rauchen.

Sie werden nicht mitbekommen, wenn ich zuschlage. Noch ein paar Stunden, und sie werden gelangweilt und schläfrig sein. Wenn Mullins noch länger arbeitet, könnte heute Nacht die Nacht sein, in der ich ihr Tattoo in meinen Besitz bringen werde.

Ich frage mich, wie sehr sie sich wohl wehrt. Und vor allem, wie viel Blut sie verliert.

45

Marni

Steves Tattoo fertigzustellen, hatte den Tag sehr lang werden lassen, und Marni wünschte sich nur noch, nach Hause zu fahren und ein heißes Bad zu nehmen, doch sie wusste, dass sie Schwierigkeiten haben würde einzuschlafen. Ihre Gedanken rasten, und die nagende Furcht in ihrer Magengrube ließ nicht nach. Also unternahm sie einen Abstecher nach Hause, um mit Alex zu Abend zu essen, dann kehrte sie in ihr Studio zurück und arbeitete an den Zeichnungen für weitere Motive. Ganz allein saß sie da, im hinteren Raum, in dem kleinen Lichtkegel, den ihre Arbeitslampe warf, den Rücken zum Fenster gekehrt. Sie trug ein Neckholder-Top, das den oberen Teil ihres Tattoos frei ließ – jeder, der durch die schmale Gasse hinter der Ladenzeile ging, könnte es sehen, wenn er einen Blick in ihr Studio warf. Sie hatte das Oberteil mit Absicht gewählt, auch wenn die Luft sich am Abend deutlich abgekühlt hatte.

Francis Sullivan hatte nicht das Recht, ihr zu sagen, was sie tun und lassen sollte. Sie sah sich gezwungen, alles zu tun, was sie tun konnte, um den Mörder aus der Reserve zu locken. In der Vergangenheit war sie zu oft Opfer gewesen – was die ungeöffneten Briefe von Paul in ihrer Kommode bezeugten. Jetzt würde sie das Heft in die Hand nehmen. Sie würde sich nicht von Paul einschüchtern lassen, genauso wenig wie von dem Tattoo-Dieb. Sollte der Bastard ruhig versuchen, sie in seine Gewalt zu bringen. Sie würde sich ihm entschieden entgegenstellen.

Doch was, wenn es sich um jemanden handelte, den sie kannte? Sosehr sie die Identität des Tattoo-Diebs in Erfahrung bringen wollte – sie fürchtete sich vor dem, was sie womöglich herausfinden würde.

Die Zeichnung. Sie versuchte, sich zu konzentrieren. Eine neue Kundin hatte sie gebeten, ein Sleeve-Tattoo im japanischen Stil für sie zu entwerfen, das die Lieblingsblumen ihrer Mutter miteinbezog, und wie immer bei einer Auftragsarbeit war es wichtig, sich den Wünschen des Klienten zu fügen, anstatt seine eigenen Ideen zu verfolgen. Sie zeichnete eine wahre Explosion üppig blühender Pfingstrosen, stellte sich die tiefen Rosa- und Rottöne vor, dazu das Smaragdgrün der Blätter. Ganz oben fügte sie eine Traube von Schmetterlingen hinzu und unten einen kleinen Frosch, der unter den Blütenblättern hervorlugte. Als sie den Kopf hob, um auf die Uhr zu sehen, war eine Stunde vergangen.

Ihre Gedanken wandten sich wieder dem Fall zu, dann schweiften sie ab zu den Briefen, die aus Frankreich eingetroffen waren. Ihr Bleistift geriet ins Stocken. Sie fühlte sich schrecklich verletzlich.

Marni legte die Pfingstrosen zur Seite und nahm ein neues Zeichenblatt. Wenn es ihr so schwerfiel, sich zu fokussieren, sollte sie ihrem Stift freien Lauf lassen. Sie begann mit einer Reihe von Schwüngen, die sie mit zusammengekniffenen Augen betrachtete, um zu sehen, wozu sie sie inspirierten.

Der Streich einer Klinge über tätowierte Haut. Ein Strom Blutrot in seinem Kielwasser.

Marni wandte den Blick ab und ließ ihn durch den Raum wandern.

Pepper schnaufte unter ihrem Schreibtisch, und sie bückte sich, um ihn hinter den Ohren zu kraulen. Es würde gar nichts passieren. Niemand lauerte da draußen in der Dunkelheit und spähte verstohlen zu ihr herein.

Sie drehte das Blatt Papier auf ihrem Schreibtisch im Kreis, wodurch die Schwünge die Form einer Welle annahmen, die sie an »Die große Welle vor Kanagawa« des japanischen Künstlers Katsushika Hokusai erinnerte. Sie setzte ihren Bleistift erneut an und fing an, zielstrebiger zu zeichnen, und diesmal war sie in der Lage, die nagende Furcht in ihr zu bezwingen. Die Zeit verstrich, und der Stapel von Zeichnungen an der Seite ihres Schreibtischs wuchs. Als sie eine Zigarette brauchte, nahm sie Pepper mit vor die Tür. Anschließend setzte sie sich eine Insulinspritze und brühte sich einen frischen Kaffee auf, bevor sie sich wieder an das Blumenmotiv machte, das sie zuvor begonnen hatte. Es war kurz vor eins, und Pepper zeigte ihr deutlich, dass er unbedingt nach Hause wollte, aber nun war sie gerade richtig in Schwung gekommen.

Ein lautes Knacken aus Richtung der Hintertür peitschte eine Woge von Adrenalin durch ihren Körper. Ihr Magen zog sich zusammen, ihre Nackenhaare stellten sich auf.

»Hallo?«, rief sie, schob ihren Stuhl zurück und sprang auf.

Pepper schoss knurrend unter dem Schreibtisch hervor. Wie angewurzelt beobachtete sie, wie die Hintertür mit Schwung aufflog und eine schwarz gekleidete Gestalt auf sie zustürmte. Marni sah etwas Silbernes aufblitzen. Alles in ihr zog sich zusammen. Sie konnte nicht atmen, konnte nicht denken. Das Ganze lief ab wie in Zeitlupe.

Der Angreifer hielt das Messer in der rechten Hand, in der linken hatte er einen zusammengeknäulten Lappen. Sein Gesicht war unter einer Sturmhaube verborgen. Ohne zu überlegen, nahm Marni eine Verteidigungshaltung ein. *Kurze, simple, wiederholte Schläge.* Die antrainierten Anweisungen gingen ihr wie ein Mantra durch den Kopf, als sie die Arme hob, um den Mann abzuwehren.

Pepper traf als Erster auf ihn. Laut bellend sprang er den Kerl an, um sein Frauchen zu verteidigen, dann schlug er die Zähne ins Bein des Mannes. Marni versuchte, dessen Überraschung auszunutzen und ihm das andere Bein wegzutreten, aber sie war nicht nah genug, um den nötigen Schwung aufzubringen. Der Mann ließ sein Messer niedersausen und stach in Peppers Rücken, direkt zwischen seine Schulterblätter. Der Hund ließ sein Bein los und jaulte auf vor Schmerz, als der Angreifer die Klinge wieder herauszog, wodurch der Schnitt breiter wurde. Blut sprudelte auf Peppers weißes Rückenfell. Er stürzte mit einem dumpfen Knall auf den Boden und stöhnte, als die Luft aus seiner Lunge wich.

»Verfluchter Scheißkerl!«, kreischte Marni.

Der Mann holte mit dem Messer nach ihr aus und erwischte sie am Arm. Sie wirbelte herum, um einem weiteren Streich auszuweichen, und dachte an das, was sie bei der Selbstverteidigung gelernt hatte.

Sie wusste, was zu tun war. Feste, kurze Tritte gegen den Arm, der das Messer hielt, würden ihn für einen Moment ablenken. Marni trat zu, aber der Mann sprang zurück und streckte die Hand mit dem Lappen aus. Er ließ das Messer fallen, wirbelte zur Seite und nahm Marni in den Schwitzkasten. Sie sah, wie sich das Tuch ihrem Gesicht näherte. Gleich würde er es ihr auf Mund und Nase pressen. Sie wehrte sich, versuchte, sich zu befreien, aber er war stärker als sie und gut dreißig Zentimeter größer.

Wo in Gottes Namen waren diese verfluchten Leibwächter von der Polizei, wenn man sie brauchte?

Ein stechender Geruch stieg ihr in die Nase. Das Tuch wurde auf ihr Gesicht gedrückt, und Marni war klar, dass sie ohnmächtig werden würde, sobald sie einatmete. Sie konnte die Luft ungefähr anderthalb Minuten lang anhalten, wenn sie kämpfte, entsprechend kürzer. Sie zwang sich, ihren Körper zu entspannen, ließ sich mit ganzem Gewicht gegen den Mann sacken und drückte dagegen, sodass er nicht anders konnte, als ein paar Schritte zurückzuweichen. Marni, die ahnte, wo seine Füße ungefähr waren, stampfte mit aller Kraft auf seinen rechten Fußrücken.

Er schnappte nach Luft, und in jenem Bruchteil einer Sekunde gelang es Marni, seinen Arm um ihren Hals zu lösen und sich aufzurichten. Blitzschnell drehte sie sich so zu ihm, dass sie direkt vor ihm stand, und fing an, mit ihm zu ringen. Marni konnte die Ätherrückstände auf ihrem Gesicht riechen, was ihre Wut nur noch mehr befeuerte. Sie würde sich nicht von dem Kerl überwältigen lassen. Entschlossen riss sie ihr Knie hoch und rammte es in seinen Schritt, aber er ließ ihre Oberarme nicht los.

Pepper ächzte und versuchte, sich zu bewegen. Marni warf einen flüchtigen Blick in seine Richtung. Der Hund lag in einer Blutlache, die im dämmrigen Licht schwarz wirkte und immer größer wurde. Der Mann nutzte den winzigen Moment, in dem sie abgelenkt war, und trat gegen ihre Beine. Marni sackte zu Boden. Eine Sekunde später war er auf ihr und versuchte, ihr das äthergetränkte Tuch aufs Gesicht zu drücken.

»Warum?«, stieß sie atemlos hervor und versuchte, ihn abzuwerfen. »Warum stiehlst du die Tattoos?«

Obwohl der Mann eine Sturmhaube trug, senkte er den Kopf und wandte das Gesicht ab, als wolle er seine Züge verbergen.

»Du perverser Scheißkerl!« Der Zorn brachte ihren Kampfgeist zurück. Sie wand sich verzweifelt unter ihm, warf den Kopf von einer Seite zur anderen, um den Äther nicht einatmen zu müssen. Nein, sie würde nicht zulassen, dass er ihr Tattoo raubte. Sie würde nicht hier sterben. Und schon gar nicht jetzt.

Aber der Mann hatte die Oberhand. Er traf sie hart mit der Faust an der Schläfe, und das Studio fing an, sich zu drehen. Sie schnappte nach Luft. Mit trübem Blick sah sie, wie der Lappen mit dem Äther auf sie zukam.

»Nein … NEIN …«

Sie schrie, so laut sie konnte.

Verzweifelt suchte sie nach einer Möglichkeit, ihm zu entkommen, aber sie konnte die Arme unter dem Gewicht seines Körpers nicht bewegen. Sie könnte ihn mit den Beinen treten, aber mehr auch nicht.

Die Sturmhaube hatte zwei Augenlöcher und einen Schlitz für den Mund. Er fand Gefallen an ihrer Furcht – das konnte sie an seinen Augen genauso erkennen wie an seinen grausam verzogenen Lippen. Sie hatte diesen Ausdruck schon früher gesehen, auf den Gesichtern von gefühllosen Schwächlingen.

Nein, dieses Grinsen wäre nicht das Letzte, was sie im Leben sehen würde.

Sie holte tief Luft und presste die Lippen zusammen, als sich der Lappen auf ihr Gesicht legte, dann nahm sie ihre letzten Kraftreserven zusammen, schoss nach oben und knallte ihm die Stirn gegen die Nase. Es knackte, sein Kopf flog zurück. Der Aufprall schmerzte höllisch, doch ein hoher, schriller Schmerzensschrei zeigte ihr an, dass sie ihn verletzt hatte.

Das Tuch fiel von ihrem Gesicht, als er reflexartig beide Hände auf die Nase drückte. Sie bekam wieder Luft, spürte, wie sich das Gewicht seines Körpers verlagerte, was sie nutzte, um ihre Arme zu befreien. Anschließend rollte sie sich auf die Seite und brachte ihn so weit aus dem Gleichgewicht, dass sie ihn von sich schieben konnte.

Sie widerstand dem überwältigenden Impuls, sich hochzurappeln und davonzustürmen, denn das war genau das, was er von ihr erwartete. Im Bruchteil einer Sekunde hätte er sie zu Boden gerissen und erneut überwältigt. Also sprang sie stattdessen auf ihn und packte ihn an den Armen, um ihn zu Boden zu drücken.

Sie keuchten beide heftig, und Marni war klar, dass er versuchen würde zu fliehen. Sie musste ihn so schnell wie möglich außer Gefecht setzen. Sie packte die Sturmhaube an seinem Hinterkopf und knallte ihn mit dem Gesicht nach unten auf den Fußboden. Sein Schrei wurde erstickt von den Bodendielen. Marni riss seinen Kopf hoch und schlug ihn erneut auf den Boden, was sie zur Sicherheit dreimal wiederholte.

Sie war im Überlebensmodus, und sein Schmerz zählte für sie nicht.

Seine Bewegungen wurden langsamer, er wehrte sich nicht mehr so heftig, aber ganz hörte er auch nicht auf. Marni sah sich um und überlegte verzweifelt, was sie als Nächstes tun sollte. Etwas glänzte unter ihrem Schreibtisch. Es war sein Messer. Sie versuchte, ihre Atmung zu verlangsamen, um ihren Puls runterzufahren, und fragte sich, ob sie es wohl zu fassen bekäme, ohne den Mann loszulassen.

Und was dann? Willst du auf ihn einstechen?

Plötzlich hörte sie Lärm vorne an der Tür, Sekunden danach stürmten die beiden Polizei-Aufpasser durch den Laden. Sie überwältigten den Mann und halfen Marni hoch. Während einer von ihnen dem Kerl Handschellen anlegte, stürzte Marni zu Pepper, der reglos in der Lache aus seinem eigenen Blut lag.

»Nein, nein, bitte nicht… Komm schon, Pepper, du darfst nicht tot sein!«

Sie zog ihn in ihren Schoß und streichelte seinen Kopf. Seine Brust hob und senkte sich ungleichmäßig, sein Atem ging flach.

»Rufen Sie einen Tierarzt! Bitte machen Sie schnell!«, rief sie einem der Polizisten zu.

»Sofort…«

Sobald sie den Angreifer unschädlich gemacht hatten, riefen die Constables Verstärkung, dann hörte sie, wie einer von ihnen mit der Tierrettung telefonierte.

Marni schloss die Augen. Sie könnte es nicht ertragen, Pepper zu verlieren, wiegte ihn mit zitternden Armen, ihr Herz hämmerte schmerzhaft, während das Adrenalin nicht aufhören wollte, durch ihren Körper zu peitschen. Binnen Minuten war das Celestical Tattoo voller Polizei.

»Marni?«, hörte sie Francis' Stimme. »Was zum Teufel ist passiert? Du blutest am Arm.«

»Alles in Ordnung«, erwiderte sie mit bebender Stimme, ohne sich die Mühe zu machen, die Wunde anzusehen. »Glaubst du, er ist es? Haben wir den Tattoo-Dieb geschnappt?«

Einer der Uniformierten zog den Angreifer auf die Füße. Francis drehte sich zu ihm um. Der Kerl war um einiges größer und kräftiger als er – gut über eins achtzig.

»Sam Kirby?«

Der Mann erwiderte nichts. Francis streckte den Arm aus und zog ihm die Sturmhaube vom Kopf, dann schnappte er perplex nach Luft – genau wie die anderen.

Der Tattoo-Dieb war eine Frau.

46

Francis

Sam Kirby. *Samantha.* Der Tattoo-Dieb. Eine SIE. Francis konnte es nicht fassen. Seit Marni Evan Armstrongs Leichnam entdeckt hatte, war ihm kein einziges Mal der Gedanke gekommen, dass es sich bei dem Killer um eine Frau handeln könnte. Warum eigentlich nicht? Nun, die Frage ließ sich im Grunde leicht beantworten: Die Morde hatten große körperliche Kraft erfordert. Leichen waren totes Gewicht, und der Killer hatte die Opfer überwältigt, Gliedmaßen abgetrennt, gehäutet und anschließend entsorgt. Hätte irgendwer vorgeschlagen, Frauen in den Kreis potenzieller Täter miteinzubeziehen, hätte das ganze Präsidium gelacht.

In Anbetracht von Sam Kirbys Statur sah die Sache natürlich völlig anders aus. Sie war groß, breit, muskulös. Sie konnte die physische Herausforderung mühelos bewältigen – das dazu erforderliche Aggressionspotenzial allerdings war außergewöhnlich. Weibliche Serienmörder fand man vergleichsweise selten, und wenn doch, benutzten die meisten von ihnen Gift und töteten Kinder oder ältere Menschen. Er konnte sich nicht entsinnen, von einer Serienmörderin gehört zu haben, die Männer attackierte und umbrachte wie Sam Kirby.

Zudem hatte Marni Mullins vorsätzlich genau das getan, was sie nicht hatte tun sollen, und deshalb war Francis sauer. Stinkwütend. Wie hatte sie sich selbst derart in Gefahr bringen können, ohne ihm zuvor Bescheid zu sagen? Was hatte sie sich bloß dabei gedacht? Die ganze Aktion war unsäglich verantwortungslos gewesen, und Francis musste sich sehr zusammenreißen, um sie nicht an den Schultern zu packen und zu schütteln.

»Was, wenn sie zum Ziel gekommen wäre?«, hatte er sie in den Minuten allgemeiner Verwirrung aufgewühlt gefragt, nachdem er Sam Kirby die Sturmhaube vom Kopf gerissen hatte. »Dein Studio hätte genauso gut zum Tatort werden können, und dann würde ich jetzt auf deinen blutverschmierten, gehäuteten Rücken blicken!«

Später war Francis erschrocken gewesen über seine Reaktion, erschrocken darüber, wie tief seine Gefühle für Marni inzwischen gingen. Er konnte die Vorstellung nicht ertragen, dass Marni zu den Opfern des Tattoo-Diebs zählen sollte. Gott sei Dank hatte einer der Polizisten vor dem Laden ihre Schreie durchs offene Wagenfenster gehört. Als sie ihr zu Hilfe eilten, hatte Marni die Situation bereits unter Kontrolle, aber der Kampf hätte auch anders ausgehen können.

Noch immer innerlich bebend, stieg Francis die Treppe hinauf zu Bradshaws Büro. Er hegte keinen Zweifel daran, dass es sich bei der Frau, die sie letzte Nacht in Marnis Studio festgenommen hatten, um den Tattoo-Dieb handelte. Sie war mit einem Messer in den Hinterraum eingedrungen; die Spurensicherung hatte gleich neben der Hintertür einen Rucksack mit einer Messerrolle, einer Plastikplane und Ziplockbeuteln entdeckt. In einer der Seitentaschen steckte eine Tablettenschachtel mit einem Aufkleber für die verordnete Dosierung – verschreibungspflichtige Betablocker für Sam Kirby. Als man ihr die Latexhandschuhe abstreifte, kamen die beiden blutenden Herzen auf ihren Handrücken zum Vorschein – das Bindeglied zu dem Angriff auf Dan Carter. Rose Lewis hatte ihren großen Tag, indem sie sämtliche sichergestellten Beweismittel abgleichen und Verbindungen zwischen dem Überfall auf Marnis Studio, der Stone Acre Farm und den früheren Verbrechen herstellen konnte.

Francis klopfte an Bradshaws Tür und trat ein.

»Wo ist Mackay?«, fragte der DCI, noch bevor Francis die Tür hinter sich geschlossen hatte.

»Er kommt gleich nach, wollte nur noch sichergehen, dass der Papierkram für die Untersuchungshaft in Ordnung ist.«

Bradshaw nickte anerkennend.

»Gute Arbeit, Sullivan. Ich habe nie bezweifelt, dass Sie den Mörder am Ende schnappen. Sehen Sie, ich hatte recht: Es war gut, eine der anvisierten Zielpersonen als Köder einzusetzen. Das hat den Killer aus der Reserve gelockt. Gut gemacht.«

»Danke, Sir.« Francis musste die Zähne zusammenbeißen, um höflich zu antworten.

Bradshaw bedeutete ihm, Platz zu nehmen.

Francis setzte sich.

»In Wirklichkeit«, fuhr er fort, »sollte die Anerkennung Marni Mullins gebühren. Wir sind gerade noch rechtzeitig eingetroffen, um die Situation zu entschärfen. Ich hätte diese Aktion niemals abgesegnet, hätte sie sich zuvor an mich gewandt.«

Bradshaws Augenbrauen wanderten in die Höhe, aber Francis würde ihm nicht auf die Nase binden, wie wütend er auf Marni war.

»Und Sie sind sich absolut sicher, dass diese Frau unser Killer ist? Ich hege da gewisse Zweifel. Und wenn es sich tatsächlich um den Tattoo-Dieb handelt – müsste sie da nicht einen Komplizen haben?«

»Zum gegenwärtigen Zeitpunkt deutet alles darauf hin, dass sie die Person ist, die wir suchen«, sagte Francis. »Die kriminaltechnischen Untersuchungen werden bald Genaueres ergeben.«

»Wie denken Sie über einen Komplizen? Passt irgendwer in das Raster?«

»Bislang sind wir auf keinerlei Hinweis gestoßen, dass tatsächlich ein Komplize involviert ist.«

»Aber eine Frau, die solche Gräueltaten ganz allein ausführt? Die Morde erforderten unmittelbaren Körperkontakt und sehr viel Kraft.«

»Sir, sie ist eine kräftige Frau. Groß, stark, ausgesprochen muskulös. Ich tippe auf Kraftsport – Gewichtstraining.«

»Hm …« Bradshaw schien nicht überzeugt. »Das Material aus der Überwachungskamera, das die Person mit der Kapuzenjacke zeigt, deutet nicht auf eine Frau hin, die Aussage der Zeugen von dem vereitelten Übergriff auch nicht.«

»Wie ich schon sagte: Sie ist von maskuliner Statur. Die Aufnahmen sind ziemlich körnig, und was die Zeugenaussagen anbetrifft – das Pärchen ging davon aus, dass es sich um einen Mann handelt, und das Gehirn erledigt den Rest.« Francis zuckte die Achseln. »Ich bin absolut überzeugt, dass die Frau unser Täter ist, Sir.«

Noch während er sprach, betrat Rory Bradshaws Büro.

Er nickte ihnen zu und setzte sich auf den zweiten Stuhl vor Bradshaws Schreibtisch.

»Alles in Ordnung?«, erkundigte sich der Chief Inspector.

»Alles peinlich genau bis ins kleinste Detail«, antwortete Rory. »Sie bringen sie in einen der Vernehmungsräume, sobald sie ihr Gesicht gesäubert haben.«

»Muss sie ärztlich versorgt werden?«

»Der Bereitschaftsarzt hat sie untersucht. Die Nase ist gebrochen, aber im Moment genügt ein Eisbeutel. Sobald in ein paar Tagen die Schwellung zurückgegangen ist, wird man den Schaden genauer begutachten. Bis dahin bekommt sie Schmerzmittel.«

»Na schön, dann gehen wir mal besser runter. Sullivan, Sie übernehmen die Führung. Rory wird dabei sein, und ich stehe draußen und vergewissere mich, dass Sie die Vernehmung nicht in den Sand setzen. Wir müssen die Frau überführen, und wenn Sie irgendetwas tun, was dies gefährden könnte …« Er verstummte. Sie wussten, was er dann tun würde, auch ohne dass er es extra erklären musste.

Francis stand auf, und Rory folgte ihm hinaus.

»Bradshaw nimmt an, dass sie einen Komplizen hatte«, sagte Francis, als sie, zwei Stufen auf einmal nehmend, die Treppe hinunterstiegen.

»Das glaube ich nicht«, sagte Rory.

»Ich auch nicht. Sie wirkt absolut tough. Es dürfte kein Problem für sie gewesen sein, die Taten allein durchzuführen.«

Als sie eintrafen, saß Sam Kirby bereits im Vernehmungsraum; die Hände mit Handschellen gefesselt, drückte sie sich einen Eisbeutel auf die Nase. Ihr kurz geschnittenes graues Haar war widerspenstig und ungepflegt, statt ihrer blutbespritzten Klamotten trug sie nun einen formlosen grauen Trainingsanzug. Sie saß da wie ein Mann, die Beine weit auseinandergestellt, und atmete geräuschvoll durch den Mund.

»Können wir die Handschellen abnehmen?«, fragte Francis den Sergeant, der an der Tür des Vernehmungsraums stand.

Der Polizist kam herein und öffnete die Handschellen. Francis bemerkte, dass sich Kirby nicht sonderlich kooperativ zeigte, obwohl es zu ihrem eigenen Wohl war. Sie rieb ihre Handgelenke und starrte Francis und Rory aus roten, wässrigen Augen an, unter denen sich bereits dunkle Verfärbungen bildeten.

Rory stellte das Aufnahmegerät an und nannte Zeit, Datum und die Namen der im Vernehmungsraum Anwesenden. Anschließend las er Kirby ihre Rechte vor. Kirby beobachtete ihn unbewegt.

»Bitte bestätigen Sie, dass Sie Sam oder Samantha Kirby sind«, begann Francis die Vernehmung.

Als er sie ansprach, wandte Kirby den Blick ab und starrte stattdessen in eine Ecke hinter ihnen an der Decke. Francis wiederholte die Frage, obwohl er davon ausging, dass er keine Antwort bekommen würde.

»Miss Kirby«, sagte er. Ihr Gesicht verzog sich zu einem höhnischen Grinsen. »Wir untersuchen Ihren Übergriff auf Marni Mullins in den frühen Morgenstunden des heutigen Tages. Außerdem ermitteln wir in einer Reihe von Mordfällen und einem Fall von versuchtem Mord, die während der vergangenen zwei Wochen in Brighton verübt wurden. Es wäre hilfreich für Sie selbst, wenn Sie sich während dieser Vernehmung als kooperativ erweisen würden.«

Ihr vorgetäuschtes Lächeln erinnerte an eine Grimasse, doch es war das erste Anzeichen dafür, dass sie sich der Anwesenheit der beiden Detectives im Raum bewusst war.

»Können Sie uns erklären, wo Sie sich an folgenden Daten zu den genannten Uhrzeiten aufgehalten haben? Sonntag, den achtundzwanzigsten Mai, zwischen null und fünf Uhr morgens? Dienstag …«

»Es ist erst vorbei, wenn es vorbei ist.« Samantha Kirbys Stimme klang heiser, doch laut und deutlich, als sie ihm ins Wort fiel.

Francis rieb sich mit Daumen und Zeigefinger die Augen.

Rory öffnete einen Ordner, der auf dem Tisch vor ihnen stand, und zeigte ihr das Foto von Evan Armstrong, das seine Eltern ihnen überlassen hatten. Das Foto, auf dem er stolz sein neues Tattoo präsentierte.

»Kennen Sie diesen Mann?«, fragte er.

Kirby sah das Bild nicht mal an. »Es ist erst vorbei, wenn es vorbei ist.«

Rory warf Francis einen Blick zu.

Es klopfte, dann betrat der Sergeant den Vernehmungsraum, der zuvor Kirbys Handschellen aufgeschlossen hatte.

»Kann ich Sie kurz sprechen?«

Draußen auf dem Korridor stellte er Francis einem tadellos gekleideten Mann mit einer teuren Aktentasche vor. Sein Haar war schütter, seine dunklen Knopfaugen musterten Francis abschätzig.

»Das ist Mr. Elphick«, sagte der Sergeant.

Francis zog die Augenbrauen hoch. »Ja?«

»Ich bin Miss Kirbys Anwalt«, teilte der Mann mit. »Ich

würde meine Mandantin gern sehen, um sicherzustellen, dass sie angemessen behandelt wird. Soweit ich gehört habe, wurde sie während der Festnahme verletzt.«

Francis bedachte ihn mit einem verächtlichen Blick. »Nicht während der Festnahme«, stellte er klar. »Ihre Mandantin – sollte sie Sie tatsächlich beauftragen –, wurde bei dem von ihr durchgeführten brutalen Übergriff auf Miss Mullins verletzt, die glücklicherweise in der Lage war, sich selbst zu verteidigen und Miss Kirby dingfest zu machen.«

»Das ist Ihre Auslegung der Ereignisse. Ich bin mir sicher, dass meine Mandantin eine andere Geschichte zu erzählen hat.« Er drängte sich an Francis vorbei in den Vernehmungsraum.

Wenn sie sich denn die Mühe macht, uns ihre Geschichte mitzuteilen.

Rory stellte das Aufnahmegerät erneut an.

»Wiederaufnahme der Befragung um drei Uhr fünfzig, jetzt in Anwesenheit von …«

»George Elphick, Anwalt der Beschuldigten Miss Kirby«, ergänzte der. Er kannte das Prozedere.

Francis bemerkte, wie sich Kirbys Gesichtsausdruck veränderte. Sie wirkte nun so selbstgefällig wie jemand mit einer geplatzten Lippe und einer gebrochenen Nase nur wirken konnte.

»Ich werde die Befragung nun fortsetzen«, sagte Francis. »Miss Kirby, kennen Sie Jem Walsh oder sind Sie ihm jemals begegnet?«

»Es ist nicht vorbei.«

Elphick beugte sich zu seiner Mandantin und flüsterte ihr etwas ins Ohr. Sie zuckte die Achseln, er nickte energisch mit dem Kopf.

»Kein Kommentar«, sagte sie.

Und das war's. *Es ist nicht vorbei* wurde ersetzt durch *Kein Kommentar.* Francis wusste, dass es keinen Zweck hatte, die Vernehmung fortzusetzen. In Anwesenheit des Anwalts würde er nichts Nützliches aus Sam Kirby herausbringen.

Nicht dass das etwas zählte. Das Beweismaterial war erdrückend, und jetzt, da sie wussten, wonach sie Ausschau halten mussten – nach einer außergewöhnlich großen Frau –, würden sie mit Sicherheit weitere Treffer bei den Aufnahmen der in Frage kommenden Überwachungskameras landen.

»Die Befragung wird verschoben«, sagte er, und Rory stellte den Rekorder ab.

Der DS stand auf und starrte auf Kirby herab, die sich auf ihre Hände konzentrierte.

»Ich weiß, wo ich Sie schon einmal gesehen habe«, sagte er. »Sie waren bei dem Gedenkgottesdienst für Evan Armstrong, nicht wahr?«

Natürlich, das war es also! Irgendetwas hatte an Francis Gedächtnis gekratzt, seit er ihr die Sturmhaube vom Kopf gezogen hatte, und nun wusste er auch, was. Er hatte sie schon einmal gesehen. Rory hatte recht – es war bei dem Gedenkgottesdienst für Evan Armstrong gewesen. Sie war die riesige Frau gewesen, die hinten in der Kirche neben ihnen gesessen hatte.

George Elphick stand auf. »Ich werde ein umfangreiches psychiatrisches Gutachten einfordern, bevor Sie meiner Mandantin weitere Fragen stellen dürfen«, sagte er. »Es ist ziemlich wahrscheinlich, dass sie nicht in der Lage ist, sich vor Gericht zu verantworten.«

Es war zwar nicht gerade eine Schocktaktik, dennoch

stieß Bradshaw die Tür auf und platzte ins Vernehmungszimmer. »Mr. Elphick, wenn ich auch nur für eine Minute den Eindruck bekomme, dass Sie meine Officer an der Erfüllung ihrer Pflicht hindern, werde ich Sie dafür zur Verantwortung ziehen, merken Sie sich das.«

»Ich denke nicht, dass das nötig sein wird«, erwiderte Elphick. »Jeder Richter wird verstehen, dass ein solches Gutachten im Interesse meiner Mandantin ist. Guten Abend.«

Er verließ den Vernehmungsraum, ohne ein Wort zu seiner Mandantin zu sagen, und ihr schien es gleich zu sein, ob er ging oder blieb. Als der Sergeant ihr die Handschellen wieder anlegte, um sie zurück in ihre Zelle zu bringen, fing sie an zu lachen und sah Francis zum ersten Mal in die Augen.

»Ich habe meine Meinung geändert.«

»Inwiefern?«

»Möchten Sie wissen, wer ich bin?«

Das ist der Mann, der mich zu Fall gebracht hat, und als ich ihm nun ins Gesicht blicke, fühle ich mich dazu gezwungen, eine Verbindung zu ihm aufzubauen. Ich werde ihn töten, irgendwann in der Zukunft. Doch zuerst muss ich dafür sorgen, dass er versteht, wer ich bin. Zu viele Menschen haben mich in der Vergangenheit missverstanden und unterschätzt. Diesmal werde ich das nicht zulassen. Ich werde für mich selbst einstehen, wie ich es hätte tun sollen, als ich noch die Aufmerksamkeit meines Vaters hatte, oder noch früher, als er mich noch liebte.

Der Polizist scheint schockiert über meinen plötzlichen Stimmungsumschwung zu sein. Wie sollte er ihn auch verstehen können?

Wir kehren in den Vernehmungsraum zurück, nur er und ich.

»Also dann«, sagt er. »Erzählen Sie mir, wer Sie sind.«

Und ich erzähle ihm meine Geschichte. Ich schätze seine Reaktionen auf die Dinge ein, die ich sage, und seine Antworten zeigen mir, wer er ist. Man sollte seine Feinde kennen, pflegte Ron zu sagen.

»Wollen Sie wissen, was mich zu der Frau gemacht hat, die ich heute bin?«

Er nickt. Ich kann den Triumph in seinen Augen erkennen. Er denkt, dass er ein Geständnis bekommt. Allerdings glaube ich kaum, dass das vor Gericht etwas zählt, dafür wird Mr. Elphick schon sorgen.

»Meine Familie hat schon immer mit Häuten gearbeitet. Leder Kirby. Gegründet von meinem Urgroßvater vor über hundert Jahren. Das Unternehmen hätte an mich gehen sollen, aber mein Bruder Marshall hat es übernommen. Daddys Liebling. Haben Sie Geschwister, Detective Sullivan?«

Er nickt kaum merklich. Natürlich wird er sich nicht in das Gespräch hineinziehen lassen, aber er möchte auch nicht, dass es ins Stocken gerät. Er braucht die Informationen. Das ist das Spiel, das wir spielen.

»Erzählen Sie mir von ihm«, sage ich.

»Ihr. Ich habe eine Schwester.«

»Lieben Sie sie, Detective?«

Bei meiner Frage tritt Widerwille auf sein Gesicht.

»Erzählen Sie mir von Ihrem Bruder«, sagt er, und ich kann nicht widerstehen.

»Marshall hat mir mein Erstgeborenenrecht gestohlen. Er hätte nie auf die Welt kommen dürfen. Er hat mich aus dem Familienunternehmen verdrängt, und er hat es ruiniert. Er hat jeden Schritt des Produktionsprozesses mechanisiert, hat billige Häute gekauft und schlechtes Leder hergestellt, und er hat so lange den Profit abgeschöpft, bis er das Unternehmen für einen Apfel und ein Ei verkaufen musste.«

»Und was war mit Ihnen?«

»Ich wurde aus dem Nest gestoßen.«

Allein dies auszusprechen, zieht mich runter.

»War Ihr Vater ein Vorbild für Sie?«, frage ich.

Flüchtig spiegelt sich Schmerz auf seinen Zügen, was mir als Antwort genügt.

»Wann haben Sie Ihr Zuhause verlassen?«, will er wissen.

»Ich ging bei Ron Dougherty in die Lehre. Er war Tierpräparator in Preston, vielleicht kennen Sie sein Geschäft, ganz in der Nähe des Parks?«

»Ich erinnere mich.« Die Antwort erfolgt knapp und kontrolliert.

»Ich war dort jahrelang als Rons Mitarbeiter beschäftigt. Er war auf vielerlei Weise wie ein Vater für mich. Er hat mir ein Zuhause gegeben und eine Arbeit und jede Menge mehr.«

»Sie sind Taxidermistin geworden?«

»Er hat mir alles beigebracht, was ich wissen musste. Es ist nur fair zu behaupten, dass wir auf unserem Gebiet die Besten waren.« Langsam werde ich des Gesprächs überdrüssig. »Verraten Sie mir, warum Sie Ihren Vater hassen?«

»Das tue ich nicht.«

Er lügt. Ich lache.

»Sie wissen, dass diese Sache noch nicht vorbei ist.«

47

Marni

»Marni?« Thierry betonte ihren Namen auf eine Art und Weise, wie kein anderer es tat. Seine Stimme zu hören, wunderte sie und wirkte gleichzeitig beruhigend. Sie öffnete die Augen.

Sie lag in einem Bett in einem Krankenhauszimmer. Das andere Bett, ihrem direkt gegenüber, war leer. Sonnenlicht strömte durch die verblichenen, schlecht schließenden Vorhänge, und sie blinzelte, als sie versuchte, ihren Blick zu fokussieren. Zu beiden Seiten saßen Leute an ihrem Bett. Thierry und Alex auf der einen, Francis auf der anderen Seite. Die Atmosphäre im Zimmer war schneidend.

Und dann kam alles zurück. Der Tattoo-Dieb, der in ihr Studio platzte. Der Kampf. Die Demaskierung einer zornigen Frau mit den Tattoos blutender Herzen auf den Handrücken. Marni schnappte nach Luft.

»Ich werde dir nie verzeihen, dass du dich in eine solche Gefahr begeben hast«, sagte Thierry.

Sie ignorierte ihn. Wie immer war er viel zu dramatisch.

»Wo ist Pepper?«

Thierry rückte mit seinem Stuhl ein Stück vor und nahm ihre Hand. »Es geht ihm gut. Aber du hast dich unverantwortlich verhalten.« Er strich ihr mit dem Daumen über den Handrücken, eine vertraute Geste.

»Wo ist er?«

»*Merde.* Der Hund ist nicht wichtig. Du hättest sterben können. Ich hatte eine Wahnsinnsangst um dich, *chérie.*«

»Verschon mich damit, Thierry. Wie du siehst, bin ich ja noch am Leben.«

Marni funkelte ihn an und zog ihre Hand weg. Thierry sah sie sprachlos an und griff erneut danach, aber sie schob sie außerhalb seiner Reichweite unter die Bettdecke.

Alex starrte sie mit großen, furchterfüllten Augen an. »Wie konntest du das nur tun, Mum? Du hättest es uns sagen müssen.«

»Ihr hättet mich daran gehindert.«

»Da hast du ganz recht, verdammt noch mal«, pflichtete er ihr bei, »das hätten wir.«

»Du musst mir keins aufs Dach geben«, sagte sie gereizt. »Ich bin deine Mutter, schon vergessen?« Doch seine Sorge löste ein Gefühl der Wärme in ihr aus und einen nicht unerheblichen Anflug von schlechtem Gewissen.

Francis hustete. »Ich muss irgendwann deine Aussage aufnehmen, Marni. Sobald du dich dazu in der Lage fühlst.«

»Nein! Sie haben sie in diesen Schlamassel hineingeritten, also lassen Sie sie jetzt in Ruhe. Sie muss sich ausruhen. Ich hab eh keine Ahnung, was Sie hier zu suchen haben.« Thierry stand auf und nahm eine drohende Pose ein.

Francis sah ihn über das Bett hinweg stirnrunzelnd an. »Sie ist eine wichtige Zeugin in einem Mehrfachmord.«

»Das ist Ihre Schuld. Sie haben sie in Gefahr gebracht.«

»Das hat er nicht«, widersprach Marni. »Er konnte nicht wissen, was ich vorhatte.«

Thierry schnaubte verächtlich, sank auf seinen Stuhl zurück und versuchte erneut, ihre Hand zu nehmen.

»Wann darf ich nach Hause?«, fragte Marni.

»Das liegt bei den Ärzten«, antwortete Francis. »Du hast anscheinend eine leichte Gehirnerschütterung erlitten.«

Marni schaute auf ihren linken Arm, um den ein Verband gewickelt war. »Und was ist das?«

»Neun Stiche. Dein Sleeve-Tattoo wird eine Narbe behalten«, sagte Thierry.

»Mist!« Sie wandte sich an Francis. »Wann möchtest du meine Aussage aufnehmen?«

»Wann immer dir danach zumute ist.«

»Mir geht es gut. Wenn ihr mir einen Kaffee besorgt, kann ich sofort loslegen.«

»*Non.* Du musst dich ausruhen. Das ist doch lächerlich«, protestierte Thierry.

»Thierry, ich kann selbst entscheiden, wozu ich in der Lage bin und wozu nicht. Bitte halte dich da raus.«

Thierry stand abrupt auf. »Okay. Ich weiß, wann ich nicht erwünscht bin. Komm, Alex.«

»Kommt ihr später noch mal vorbei?«

Thierry bedachte sie mit einem finsteren Blick, aber er nickte. »Gib mir Bescheid, wenn er weg ist.«

An der Tür drehte er sich noch einmal um. »Inspector, könnte ich kurz unter vier Augen mit Ihnen reden?«

Francis stand auf und folgte Vater und Sohn hinaus.

Marnis Kopf hämmerte. Das Letzte, was sie jetzt brauchen konnte, waren zwei Männer, die sich um sie stritten, vor allem, weil sie an keinem von beiden sonderlich interessiert war. *Oder doch?* Erschöpfung breitete sich in ihr aus. Sie schloss die Augen und versuchte bewusst, ihr angespanntes Kinn zu lockern. Sie war jetzt in Sicherheit. Der Mörder saß hinter Gittern, und es gab nichts, wovor sie sich fürchten musste.

Die Tür ging leise auf und schloss sich wieder.

»Marni?«, fragte eine Frauenstimme.

Sie öffnete die Augen und sah Angie Burton aufs Bett zukommen, eine Tasse in der Hand. »Francis hat mir gesagt, dass Sie einen Kaffee möchten.«

Sie setzte sich auf und lehnte sich gegen die Kissen. »Danke. Wo ist er?«

»Ich bin mir sicher, er wird jeden Augenblick wieder da sein«, sagte sie. Ihr freundliches Lächeln erreichte nicht ihre Augen.

Die Tür ging erneut auf, Francis kam herein.

»Danke, Angie«, sagte er.

»Kein Problem. Geben Sie mir einfach Bescheid, wenn Sie noch etwas brauchen.« Sie lächelte affektiert, und für Marni war alles klar. Nun, sollte sie ihn ruhig haben.

»Alles okay, Marni? Brauchst du noch mehr Schmerzmittel?«

»Mir geht es gut. Was wollte Thierry?«

»Ach, er hat mir lediglich gedroht, dass er mir ernsthaften körperlichen Schaden zufügen wird, wenn ich dich noch einmal in Gefahr bringe.«

Marni schnaubte. »Darauf solltest du nichts geben. Große Klappe und nichts dahinter.«

»Er macht sich Sorgen um dich, und zwar zu Recht. Was du getan hast, war idiotisch.«

Marni nahm einen Schluck Kaffee. »Ich habe den Tattoo-Dieb gestellt, oder etwa nicht?«

»Ja, und das hätte dich beinahe das Leben gekostet.«

»Weißt du was? Anstatt sauer auf mich zu sein, solltest du dich lieber bei mir dafür bedanken, dass ich deinen Job erledigt habe.«

Francis musste sich sichtlich zusammennehmen, aber er sagte nichts. Allerdings zog er ein Gesicht wie jemand, dem man soeben ein Schüreisen in den Hintern gerammt hatte.

»Zisch ab«, sagte sie. »Ich bin müde, und ich finde, es wird Zeit, dass du gehst. Und mach dir bloß nicht die Mühe, noch einmal herzukommen.«

Sie haben mich aus Brighton fortgebracht. In einem schäbigen Polizei-Van, eingequetscht wie eine Sardine. Die ganze Strecke über in Handschellen. Das hätte dieser elende Anwalt verhindern sollen. Ein stinkendes Gefängnis am Arsch der Welt. Ich will hier raus, verdammt noch mal! Der Sammler muss mich hier rausholen. Meine Brust fühlt sich eng an. Ich kann nicht atmen.

Ich werde jeden angreifen, der mir auch nur ein Haar krümmt. Ganz gleich, ob Wärter oder Gefangener.

Das muss ein Ende haben. HOLT MICH VERDAMMT NOCH MAL HIER RAUS!

Wo ist er? Er hat gesagt, er würde mich beschützen. Sein Anwalt hat behauptet, er würde die Dinge für mich regeln, mich rausholen. Ich kann hier nicht bleiben, das überlebe ich nicht.

Der Sammler wird mich nicht im Stich lassen. Ganz bestimmt nicht.

Das ist Marni Mullins' Schuld. Meine Finger sehnen sich nach einem Messer. Ich möchte ihr wunderschönes Tattoo zerschneiden. Ihren Rücken in Stücke zerteilen. Ihre Haut mit einer stumpfen Klinge abhobeln. Ihr Schmerzen bereiten. Ich will ihre Schreie hören, wenn das warme Blut über meine Hände läuft.

Meine Zeit mit ihr wird kommen. Ich werde sie in Stücke schnei-

den, genau wie den rothaarigen Polizisten. Ich werde sie beide in meine Gewalt bringen.

Es ist noch nicht vorbei.

Wo ist der Sammler? Wo ist er? Warum kommt er nicht?

48

Marni

Der Arzt war jung und sah gut aus, was Marni dazu brachte, sich zu fragen, ob sie inzwischen ein Alter erreicht hatte, in dem alle Beschäftigten im öffentlichen Sektor jünger aussahen als sie selbst. Doch als er ihr mit einer kleinen, grellen Taschenlampe in die Augen leuchtete und ihr erklärte, dass er sie bis zum nächsten Morgen zur Beobachtung dabehalten wolle, wurde er ihr regelrecht unsympathisch.

»Im Ernst?«, fragte sie ungehalten. »Es geht mir gut.«

»Haben Sie keine Kopfschmerzen?«

»Abgesehen davon.«

Er löste vorsichtig den Verband von ihrem Arm. Marni zuckte zusammen, als sie den langen, rohen Schnitt sah, der unter der schwarzen Naht in regelmäßigen Abständen pochte. Er ging direkt durch den unteren Teil ihres Tattoos, mitten durch den Flügel des Racheengels an ihrem Arm. Das Motiv war Thierrys Werk, das erste von mehreren, das er ihr gestochen hatte – es zu betrachten, brachte Erinnerungen an die Zeit zurück, in der sie sich in ihn verliebt hatte. Sie fragte sich, ob sie je wieder so starke Gefühle für einen Mann empfinden würde. Aber zusammen mit diesen Erinnerungen kehrten auch die Erinnerungen an Paul zurück – die dunkle dritte Seite des Trios –, und die länger werdenden Schatten, die sie warfen.

Der Doktor zog scharf die Luft ein. »Der Schnitt ist etwas zu rot für meinen Geschmack.« Er betastete die Haut am Rand der Wunde. »Sie ist heiß. Ich glaube, sie hat sich entzündet – allerdings haben wir Ihnen Antibiotika verabreicht, weshalb die Entzündung binnen der nächsten vierundzwanzig Stunden zurückgehen sollte. Ich schicke Ihnen eine Schwester, die Ihnen einen frischen Verband anlegen soll. Morgen werfe ich noch einmal einen Blick darauf.«

»Und ich kann Sie nicht überreden, Ihre Entscheidung noch einmal zu überdenken?«

»Es ist nur zu Ihrem Besten, Miss Mullins. Sie haben einen Schock erlitten, weshalb wir auch Ihre Blutzuckerwerte eine Zeit lang im Blick behalten möchten. Ich bitte Sie um Ihr Verständnis.«

Als er weg war, betrachtete Marni den Schnitt. Sie beugte ihr Handgelenk und spürte, wie ihr der Schmerz den Arm hinaufschoss. Die Wunde sah tief aus. Gott sei Dank hatte er sie am linken Arm erwischt und nicht am rechten.

Eine Schwester betrat das Krankenzimmer und legte ihr einen neuen Verband an. Marni blieb so lange geduldig, bis sie gegangen war. Dann war es Zeit, ihr Vorhaben in die Tat umzusetzen.

Vorsichtig stand sie auf. Das Zimmer verschwamm vor ihren Augen, der Presslufthammer in ihrem Kopf begleitete jede ihrer Bewegungen. Durch eine offene Tür konnte sie in ein Badezimmer sehen. Mit behutsamen Schritten tappte sie darauf zu und hielt sich schwankend am Türrahmen fest. Anschließend stützte sie sich für ein paar Minuten am Waschbecken ab, bevor sie sich kaltes Wasser ins

Gesicht spritzte. Ein müdes, blasses Gesicht, das um gute zehn Jahre gealtert schien, blickte ihr aus dem Spiegel entgegen. Ihr Haar war zerzaust, das Make-up von gestern auf ihren Wangen verschmiert.

Sie würde hier nicht bleiben. Der Killer saß in Untersuchungshaft, und sie wollte unbedingt nach Hause, ein Bad nehmen und anschließend in ihrem eigenen Bett schlafen. Das war die einzige Möglichkeit, um sich besser zu fühlen.

Sie kehrte zu ihrem Bett zurück und sah sich suchend nach ihrer Kleidung um. Sie lag zusammengekrumpelt auf einem Stuhl am Fenster. Ihr Neckholder-Top und die Jeans waren voller Blut, aber das interessierte sie nicht. Sie waren angenehmer zu tragen als das kurze Krankenhausnachthemd mit dem offenen Rücken. Ihre Tasche war in dem kleinen Schrank neben ihrem Bett verstaut, ein Röhrchen Schmerztabletten stand auf dem Nachttisch. Sie packte es in ihre Tasche und zog den Reißverschluss zu.

Niemand hielt sie auf, als sie das Krankenhaus verließ, obwohl sie damit rechnete, dass jede Sekunde jemand ihren Namen rief. Der Polizeischutz war abgezogen worden, jetzt, da der Tattoo-Dieb gefasst war, und niemand hatte einen Grund, sie im Auge zu behalten. Unten in der Eingangshalle überlegte sie, ob sie Thierry anrufen und ihn bitten sollte, sie abzuholen, aber er würde womöglich versuchen, sie dazu zu überreden, eine weitere Nacht hierzubleiben. Draußen vor dem Eingang war ein Taxistand. Sie sah nach, ob sie genug Geld eingesteckt hatte, dann stellte sie sich in die Schlange. In ein paar Minuten wäre sie zu Hause, und sobald sie die Haustür hinter sich verschlossen und verriegelt hätte, könnte ihr der Rest der Welt den Buckel runterrutschen.

Als sie im Taxi saß, lief ihr ein Schauder den Rücken hinab. Ihr wurde klar, dass sie nicht in ein leeres Haus zurückkehren wollte. Alex war bei Thierry, und Pepper wurde noch tierärztlich versorgt.

»Könnten Sie mich stattdessen in die Gardner Street bringen?«

»Klar«, antwortete der Fahrer.

Sie würde ins Studio gehen und ein bisschen zeichnen. Zeichnen war die einzige Möglichkeit, mit den emotionalen Turbulenzen klarzukommen, die sie durchmachte – der Überfall; das, was sie auf der Stone Acre Farm gesehen hatte; Pepper; Francis Sullivan; Thierry; Paul, das ewig präsente Schreckgespenst … Nichts von dem stand in Zusammenhang mit ihrer Vergangenheit, trotzdem brach immer wieder die unterschwellige Furcht durch, wenn sie sich bedroht fühlte.

Der Fahrer setzte sie vor dem Celestical Tattoo ab, und in dem Augenblick, in dem sie die Ladentür öffnete, wusste sie, dass es ein Fehler gewesen war, hierherzukommen. Sie musste das Polizeisiegel an der Tür brechen und nahm an, dass sie vermutlich gar nicht hier sein durfte. Die Ereignisse der vorherigen Nacht kehrten mit aller Macht zurück, als sie sich mit den Spuren dessen konfrontiert sah, was geschehen war – Peppers Blut, die umgestürzte Massageliege. Auf ihrem Schreibtisch herrschte Chaos, dunkles Fingerabdruckpulver bedeckte sämtliche Oberflächen.

Aber das hier war ihr Reich, und sie würde sich nicht von den schrecklichen Vorfällen in die Ecke drängen lassen.

Erschöpft fing sie an aufzuräumen, wischte Peppers Blut vom Boden und tat ihr Bestes, um den unangenehmen Geruch auszublenden. Mit dem unverletzten Arm stellte sie die Massagebank wieder auf und putzte so gut wie möglich das schwarze Fingerabdruckpulver ab. Sie konnte nicht anders, sie musste weinen. Peppers Tapferkeit berührte sie, und sie war auch stolz auf sich. Sie war schon einmal angegriffen worden, aber diesmal hatte sie sich nicht kampflos ergeben. Sie hatte die Fertigkeiten angewandt, die sie erlernt hatte, und es war ihr gelungen, ihr Leben zu retten – und vermutlich das einiger anderer, jetzt, da der Tattoo-Dieb hinter Schloss und Riegel saß. Während die Polizei versucht hatte, dem falschen Mann die Schuld in die Schuhe zu schieben, hatte sie getan, was nötig war, um ihre Community zu schützen.

Es dauerte ein paar Stunden, bis sie fertig aufgeräumt hatte. Ihr Kopf fing wieder an zu hämmern, und es war ausgeschlossen, dass sie sich in diesem Zustand aufs Zeichnen konzentrieren konnte. Leeres Haus hin oder her – sie war bereit, nach Hause zu gehen und ins Bett zu kriechen.

Ihr Handy klingelte.

»Ja?«

»Marni, wo zum Teufel steckst du?«, fragte Thierry.

»Im Studio.«

»Ich bin im Krankenhaus. Sie haben mir gesagt, dass du dich selbst entlassen hast.«

»Das ist richtig. Ich konnte es keine Minute länger ertragen.«

Thierry stöhnte ungehalten. »Idiotin.«

»Rufst du nur an, um mich zu beleidigen?«

»Ich hole dich ab und bringe dich nach Hause.«

»Danke.«

Im Grunde war er kein schlechter Kerl.

Sie nahm ihre Tasche, steckte ein paar Zeichenutensilien

ein und vergewisserte sich, dass die Hintertür verschlossen war. Irgendwer hatte ein provisorisches Schloss angebracht, vermutlich auf Francis' Anweisung, um das alte zu ersetzen, das kaputtgegangen war, als Sam Kirby die Tür eingetreten hatte. Im Laufe der Woche würde sie ein neues einbauen lassen.

Sie ging zur Ladentür hinaus und blieb auf dem Gehsteig stehen, um auf Thierry zu warten. Es wurde langsam dunkel, die Geschäfte und Cafés in der Nähe hatten großteils schon geschlossen. Auf halber Strecke die Gardner Street hinunter ragten zwei riesige Beine in rot-weiß gestreiften Strümpfen aus der Fassade eines Comedy-Clubs auf die Straße. Sie musste jedes Mal schmunzeln, wenn sie sie sah. Als Thierry und sie frisch getrennt waren und sie das Tatouage Gris verlassen musste, hatte sie ohne zu zögern das Tattoo-Studio angemietet, und auch jetzt noch konnte sie sich nicht vorstellen, dass sie jemals irgendwo anders würde arbeiten wollen.

Sie hielt Ausschau nach Thierrys altem Jaguar. Zumindest würde sie eine angenehme Heimfahrt haben.

Scheinwerferlichter kamen auf sie zu, aber der Wagen fuhr vorbei. Es war auch kein Jaguar, sondern ein weißer Van, also hielt sie weiterhin Ausschau. Ihre Kopfschmerzen waren an der frischen Luft leicht zurückgegangen, und sie dachte sehnsüchtig an das warme Schaumbad, das sie sich gleich einlassen würde. Ein Lächeln trat auf ihr Gesicht. Sie war stolz auf sich und blickte positiv in die Zukunft. Sie hatte sich selbst etwas bewiesen, und das würde sie niemals vergessen.

Sie war kein Opfer.

Ich bin kein Opfer mehr, von niemandem.

Plötzlich explodierte ihr Hinterkopf vor Schmerz. Sie taumelte vorwärts. Ein Arm fing sie auf. Hielt sie fest. Drückte ihr etwas auf den Mund. Marni schnappte nach Luft, und die Welt um sie herum wurde schwarz.

49

Francis

Der Gottesdienst beruhigte Francis nicht auf die Art und Weise, wie er es sich erhofft hatte. Zum ersten Mal war er einem Menschen begegnet, der der Personifizierung des Bösen so nahe kam. Natürlich bestand die Hauptaufgabe in seinem Job darin, Mörder dingfest zu machen, und das hatte er getan, seit er Detective Constable geworden war. Doch dieses Mal war es anders, denn er hatte die Ermittlungen geleitet und den Tattoo-Dieb wie einen persönlichen Gegner empfunden, der alles übertraf, was er an moralischer Verderbtheit bislang kennengelernt hatte. Er fühlte sich beschmutzt durch den Ekel vor alldem, was er auf der Stone Acre Farm zu Gesicht bekommen hatte, beschmutzt von dem Lächeln, mit dem ihn Sam Kirby nach der Vernehmung bedacht hatte.

Wie immer spürte er die beruhigende Wirkung, die die St Catherine's Church auf ihn ausübte, doch keines der Gebete, keine Predigt konnte an jenem Abend zu ihm durchdringen. Sie taten nichts, um seinen Schmerz zu lindern, und sogar Pater Williams sonore Stimme bot ihm keinen Trost. Immer wieder quälte ihn die eine Frage: Wie konnte etwas so Böses existieren? Eine Frage, die die Menschheit seit Jahrhunderten beschäftigte und die Gott doch niemals beantwortete.

Seine Gedanken schweiften zu seiner Schwester, dann zu seiner Mutter. Seine Mutter hatte ihm nie vorgeworfen, dass ihn die Arbeit von seinen Besuchen bei ihr abhielt, aber seine Schwester hatte ihre Gefühle sehr deutlich geäußert. Natürlich fühlte er sich schuldig – er tat nicht mal halb so viel für die beiden, wie er tun sollte. Er hatte Robin zu ihrer Mutter mitgenommen, bevor er in den Gottesdienst gegangen war, und es war nicht gut gelaufen. Seine Mutter, fast blind und an den Rollstuhl gefesselt, hatte die meiste Zeit über geweint. Sie wollte wissen, ob sie etwas von ihrem Vater gehört hatten, doch das hatten sie natürlich nicht. Es war so lange her, dass er die Familie verlassen hatte, doch er stand immer noch im Fokus der Gedanken ihrer Mutter. Es schmerzte Francis, Lydia leiden zu sehen.

Robin hatte ihm vorgehalten, sie nicht regelmäßig zu besuchen, aber jedes Mal, wenn er seine Mutter zurückließ, allein in ihrer eigenen Welt, ihrem einsamen Zimmer, fühlte er sich schrecklich. Heute Nachmittag war es nicht anders gewesen. Das Interesse seiner Mutter an der Welt hinter ihren vier Wänden war verschwunden, und Robin überspielte ihre eigene Furcht vor der Zukunft mit ruppiger Gereiztheit. Als er zum Abschied die Wange seiner Mutter küsste, war sie feucht von Tränen. Die Zukunft hielt für sie nichts mehr bereit.

Er senkte die Augen und beugte den Kopf. Pater William trug das Gebet vor, 2. Korinther 13. Francis verlagerte das Gewicht auf den Knien und bedauerte, dass der Gottesdienst so schnell vorbei war.

Als die kleine Schar von Gottesdienstbesuchern aus der

Kirche strömte, blieb er sitzen und betrachtete nachdenklich die gemalten Engel hinter dem Kruzifix. In der Kirche war alles still, abgesehen von den schlurfenden Schritten, da bei der Abendandacht kein Organist zugegen war. Er beugte sich vor, stützte den Kopf in die Hände und betete für Robin und seine Mutter, um die Kraft, die er brauchte, damit er seinen Job ordentlich erledigen konnte, und nicht zuletzt bat er um Vergebung für die Male, denen er Ablenkungen und Desillusionierung anheimgefallen war. Pater William drückte kurz seine Schulter, als er vom Mittelgang zum Altar zurückkehrte.

Es war absolut unangebracht, dass sein Handy in diesem Moment klingelte, aber genau das tat es. Pater Williams Kopf fuhr herum, ein Ausdruck stummer Missbilligung trat auf sein Gesicht. Francis drückte das Gespräch eilig weg und stellte das Handy anschließend aus, doch nicht ohne zuvor auf die Nummer zu blicken. Thierry Mullins. Der ihn anrief, um erneute Drohungen auszustoßen? Er steckte das Telefon zurück in die Tasche und senkte den Kopf zum stillen Gebet.

Als er die Kirche eine halbe Stunde später verließ, war es bewölkt und um einiges kühler als zuvor. Die St Catherine's Church stand auf der Kuppe des Hügels, der Friedhof erstreckte sich hinunter in Richtung Dyke Road und der dahinterliegenden North Street. Francis, dessen Anspannung nachgelassen hatte, schlenderte den ausgetretenen Plattenweg entlang und passierte den gemauerten Torbogen, der auf die Wykeham Terrace führte. Von dort aus ging er weiter zur Haustür des beeindruckenden neugotischen Hauses, das seinem Vater gehörte. Er hatte dieses Haus immer geliebt, obwohl er als Kind nur kurz dort gewohnt hatte. Der grauweiße Anstrich und die mit Zinnen versehenen Dachtraufen hatten ihn stets an eine Burg erinnert. Sein Vater ließ es seit über einem Jahrzehnt leer stehen, daher machte es Sinn, dass Francis dort einzog, als er einen Ort für sich allein haben wollte. Was als vorübergehende Maßnahme gedacht war, dauerte nun schon drei Jahre, und er hatte noch nicht einmal angefangen, sich nach einer Alternative umzusehen.

Er betrat das Haus, legte Jackett und Tasche ab und zog sein Handy hervor, um es wieder anzuschalten. Anschließend betrat er die Küche und überlegte gerade, was er wohl zum Abendessen im Kühlschrank hatte, als eine Textnachricht einging.

Marni ist verschwunden – rufen Sie mich an.

Die Nachricht war von Thierry, er hatte sie zwei Minuten nach seinem Anruf in der Kirche geschickt. Eine weitere folgte.

Rufen Sie mich an. Es ist ernst.

Zwei weitere, ganz ähnliche Nachrichten gingen ein.

Francis wählte Thierrys Nummer.

»Gott sei Dank«, sagte Thierry, als er hörte, dass Francis dran war. »Sie hat das Krankenhaus auf eigene Gefahr verlassen und ist ins Studio gefahren. Ich wollte sie abholen, aber sie war nicht dort.«

»Vielleicht hatte sie keine Lust, auf Sie zu warten, und ist zu Fuß gegangen«, überlegte Francis, bemüht, sich seine Besorgnis nicht anmerken zu lassen.

Es ist noch nicht vorbei …

»Sie geht nicht ans Handy. Außerdem musste sie nicht lange warten – ich hab bloß zehn Minuten gebraucht. Ich bin immer wieder die Straße entlanggefahren, aber von ihr war keine Spur zu sehen. Zu Hause war sie auch nicht – wie hätte sie das zu Fuß in so kurzer Zeit auch schaffen sollen? –, und überhaupt: Warum sollte sie laufen, wenn sie wusste, dass sie abgeholt wird?«

»Was könnte denn Ihrer Meinung nach passiert sein?«

»Woher soll ich das wissen?«, blaffte Thierry. »Bitte geben Sie eine Vermisstenmeldung raus!«

»Da ist doch noch mehr«, drängte Francis. »Ich habe das Gefühl, dass Sie mir nicht alles sagen.«

»Ich glaube nicht, dass das etwas mit ihrem Verschwinden zu tun hat, aber Sie sollten wissen, dass mein Zwillingsbruder irgendwann dieser Tage aus dem Gefängnis entlassen werden soll. Die beiden sind nicht gut aufeinander zu sprechen.«

»Ihr Bruder ist der Mann, den sie niedergestochen hat, richtig?«

»Sie hat Ihnen erzählt, was passiert ist?«

»Teilweise. Wollen Sie damit andeuten, dass Ihr Bruder auf dem Weg hierher sein könnte oder vielleicht schon da ist? Um was zu tun?«

»Nein … ach, ich weiß nicht. Ich möchte mich nur vergewissern, dass sie in Sicherheit ist.«

»Wir treffen uns vor dem Studio.«

Zehn Minuten später hielt Francis vor dem Celestical Tattoo in der Gardner Street an. Heute war es ihm gleich, dass er im Parkverbot parkte.

Durchs Fenster sah er Thierry gleich hinter der großen Scheibe stehen.

»War die Tür offen?«, fragte Francis, als er hineingestürmt kam.

Thierry schüttelte den Kopf. »Ich habe einen Schlüssel. Ab und zu arbeite ich hier mit ihr zusammen.«

»Haben Sie irgendeinen Hinweis entdeckt, wohin sie gegangen sein könnte?«

»Nein.«

Francis ging nach hinten durch. »Sie muss länger hier gewesen sein – sie hat die ganze Sauerei von gestern beseitigt.«

»Angeblich hat sie das Krankenhaus gegen siebzehn Uhr verlassen.«

Francis warf einen Blick auf die Uhr. Es war kurz vor halb acht.

»Wann haben Sie zum letzten Mal mit ihr gesprochen?«

»Gegen sieben. Ich war im Krankenhaus, und sie war hier. Ich hab sie angerufen und ihr angeboten, sie abzuholen und nach Hause zu fahren, und sie hat gesagt, sie würde auf mich warten. Aber als ich ankam, war sie weg.«

Das alles machte keinen Sinn. Der Tattoo-Dieb saß hinter Gittern. Marni war nicht länger in Gefahr. Oder doch? Francis wollte unbedingt glauben, dass sie lediglich keine Lust gehabt hatte, auf Thierry zu warten. Aber warum ging sie dann nicht ans Telefon?

»Wissen Sie, ob Ihr Bruder Paul bereits entlassen wurde?«

»Soweit ich weiß, nicht.«

»Aber Sie sind sich nicht sicher?«

Er schüttelte den Kopf. »Meine Mutter weiß bestimmt Bescheid.«

Thierry wählte eilig eine Nummer und sprach in schnellem Französisch auf sein Handy ein. Als er auflegte, wirkte er erleichtert.

»Paul ist nach wie vor im Gefängnis. Er soll bald rauskommen, aber bislang hat man ihn noch nicht entlassen. Meine Mutter weiß auch nichts Genaueres.«

Dann steckte also nicht Paul dahinter. Doch das half ihnen im Grunde auch nicht weiter – Marni war nach wie vor verschwunden. Francis machte sich schreckliche Sorgen. Es konnte alles Mögliche passiert sein. Er zog sein Handy aus der Tasche.

»Rory, leiten Sie eine Fahndung nach Marni Mullins ein. Sie ist gegen neunzehn Uhr aus ihrem Tattoo-Studio in der Gardner Street verschwunden.« Er hörte einen Moment lang zu, dann sagte er stirnrunzelnd: »Ja, ich glaube, dass sie in Gefahr ist. Jetzt tun Sie schon, was ich sage!«

Es ist nicht vorbei …

50

Marni

Sollte sie es wagen, die Augen zu öffnen? War sie wieder im Krankenhaus? Sie lag auf einem kalten, harten Untergrund. Auf dem Fußboden, auf der Seite. Ein plötzlicher Impuls sagte ihr, dass sie sich nicht bewegen konnte. Panik, ein Adrenalinstoß. Sie versuchte, die rechte Hand an ihr Gesicht zu bringen, aber das war nicht möglich, denn ihre Handgelenke waren hinter ihrem Rücken zusammengebunden. Sie war gefesselt, und zwar nicht nur an den Händen, sondern auch an den Füßen.

Sie rief um Hilfe, doch aus ihrer Kehle drang nichts als ein heiseres Krächzen.

Sie öffnete die Augen und stellte fest, dass das keinen Unterschied machte – ihre Welt blieb schwarz. Ihre Augen mussten verbunden sein. Sie rieb ihr Gesicht seitlich am Oberarm und spürte einen Stoffstreifen rund um ihren Kopf, aber sie konnte ihn nicht hoch genug schieben, um darunter hervorlugen zu können. Kein noch so kleiner Lichtstrahl drang unter ihre Binde.

Die nächtlichen Ängste hoch tausend.

Sie kniff die Augen fest zusammen, meinte ein Baby weinen zu hören – Luke. Alex tauchte in der Ferne auf. Er rannte von ihr weg, schnappte sich Luke, und sie war nicht in der Lage, den beiden zu folgen. Sie biss sich auf die Innenseite der Wange. Der Schmerz ließ sie nach Luft schnappen.

Sie horchte. Die Stille wurde zu einem eigenen Geräusch, das in ihren Ohren klingelte, beharrlich pulsierend, im Einklang mit dem Rhythmus ihres Blutes in den Adern. Die einzige Möglichkeit, den Ohrwurm auszublenden, bestand darin, sich auf das Geräusch ihres eigenen Atems zu konzentrieren. Sie musste sich bewegen, also rollte sie sich von der Seite auf den Rücken, wobei sie sich die Arme quetschte, dann drehte sie sich weiter auf die andere Seite. Der Fußboden war kalt. Hüfte und Schulter, auf denen sie gelegen hatte, schmerzten.

Marni zog die Beine an und verlagerte das Gewicht, wobei sie sich langsam in eine sitzende Position kämpfte. Jetzt konnte sie sich vorbeugen und den Kopf auf die Knie legen. Sie holte ein paarmal tief Luft, dann ging es ihr etwas besser. Sie konnte wieder klarer denken. Wenn sie es schaffte, in die Hocke zu gelangen, könnte sie vielleicht herausfinden, wo die Tür war.

Der Gedanke schockierte sie – wie schnell sie sich mit der fatalen Situation abfand, in der sie steckte. Wo zum Teufel war sie? Wer hatte ihr das angetan? Die Furcht war wie eine eiskalte Dusche, deren Strahl in ihre Haut stach. Ihr Feind war weder die Dunkelheit noch die Stille. Der Feind war der Jemand, der sie hierher verschleppt hatte.

Das konnte nur einer gewesen sein. Paul.

Nein, das war unmöglich.

Sie schrie erneut um Hilfe, und diesmal war ihre Stimme laut und deutlich zu vernehmen. Sie schrie ungefähr eine

Minute lang, dann hielt sie abrupt inne und lauschte in der Hoffnung, Schritte zu hören. Doch was, wenn Paul zu ihr kam? Sofort bereute sie, dass sie sich bemerkbar gemacht hatte.

Wenn er nicht für diese Entführung verantwortlich war – wer zum Teufel würde ihr sonst so etwas antun? Und vor allem warum?

Es war kalt. Und so dunkel. Sie hatte schrecklichen Durst. Sie war allein. Nicht mehr lange, und sie würde Insulin und etwas zu essen benötigen, und zwar in der richtigen Reihenfolge. Sie hatte Angst, denn sie wusste nur zu gut, wozu Paul fähig war.

Während der nächsten Stunde schlurfte sie in der Hocke durch ihr Gefängnis, tastete sich an den Wänden entlang, um sich einen ungefähren Überblick zu verschaffen. Der Raum war groß, und sie stieß gegen verschiedene Möbelstücke, darunter zwei Stühle. An einer Wand befand sich ein Türrahmen mit einer Tür. Marni zog sich hoch auf die Knie, dann gelang es ihr, sich mit einer Schulter gegen das Türblatt zu drücken und hochzustemmen. Als sie endlich auf beiden Füßen stand, drehte sie sich um und tastete mit ihren auf dem Rücken zusammengebundenen Händen nach der Klinke. Es gelang ihr, sie runterzudrücken und zu ziehen. Nichts. Sie drückte probehalber dagegen. Ebenfalls nichts. Abgeschlossen.

Enttäuschung machte sich in ihr breit. Ihre Blase erleichterte sich. Heißer Urin rann ihre Beine hinab und durchweichte ihre Jeans, der strenge Geruch stach ihr in die Nase.

Marni ließ sich auf den Fußboden sacken und fing an zu weinen.

51

Rory

Der Chef stürmte in die Einsatzzentrale, noch blasser, als er von Natur aus war. Sein Atem ging stoßweise.

»Nichts?«, fragte er Rory.

Rory schüttelte den Kopf. »Die Fahndung ist doch gerade erst rausgegangen.«

»Was ist mit den Überwachungskameras?«

»Wir fangen gleich damit an, das Material zu sichten.«

»Kommen Sie, Rory, Sie wissen genauso gut wie ich, dass unsere Chancen, sie zu finden, von Minute zu Minute geringer werden.«

Das war Rory durchaus klar, und er war sich noch anderer Tatsachen bewusst. Je mehr Zeit zum Beispiel verstrich, desto größer war die Wahrscheinlichkeit, dass sie die gesuchte Person tot auffinden würden. Die Überwachungskameras konnten ihnen nur Aufschluss darüber geben, dass sich Marni Mullins zu der und der Zeit an dem und dem Ort befunden hatte, aber nicht darüber, wo sie jetzt war. In Anbetracht des Zustands, in dem sich der Chef im Augenblick befand, hielt Rory es allerdings für besser, diese Weisheiten für sich zu behalten.

»Angie!«, wandte sich Francis an seine Kollegin. »Ich

habe hier eine Liste mit Telefonnummern, die Thierry Mullins für mich notiert hat – Freunde, Familienmitglieder und andere Personen, die sie angerufen haben könnte. Gehen Sie sie bitte für mich durch und finden Sie heraus, ob irgendwer eine Ahnung hat, wo sie stecken könnte.«

Angie holte sich die Liste, kehrte an ihren Schreibtisch zurück und griff zum Telefonhörer.

»Was ist mit dem Jungen?«, fragte Rory. »Weiß er nichts?«

»Thierry ist zu ihm gefahren und gibt uns Bescheid, sollte Alex etwas wissen.«

»Ihre Schwester weiß nichts«, sagte Burton und wählte die nächste Nummer auf der Liste.

Rory klickte eine Datei auf seinem PC an, und die Aufnahmen der Verkehrsüberwachungskamera an der Gardner Street erschienen auf dem Bildschirm. Francis warf einen Blick über seine Schulter. Bedauerlicherweise war die Kamera so eingestellt, dass der Eingang zum Celestical Tattoo gerade außerhalb ihrer Reichweite war.

»Verdammt – das bringt uns gar nichts.«

»Werfen wir trotzdem mal einen Blick darauf«, sagte Rory, der ganz ruhig blieb. »Wenn sie sich zu Fuß auf den Weg gemacht hat – ganz gleich, wohin –, dann müssten wir sie jeden Augenblick die Straße entlanggehen sehen. Sollte sie die andere Richtung eingeschlagen haben, dürfte sie von einer der anderen Kameras aufgezeichnet worden sein, spätestens an der Ecke zur North Road.«

Rory spielte die Aufnahmen ab. Er begann um neunzehn Uhr, zu dem Zeitpunkt, an dem Thierry Marni vom Krankenhaus aus angerufen hatte. Ein paar Passanten waren auf der Straße zu sehen, doch die meisten Geschäfte und Cafés hatten bereits zu. Ab und an fuhr ein Wagen vorbei.

Die Gardner Street war eine schmale Einbahnstraße, in der überwiegend Halteverbot herrschte, wodurch sie freie Sicht auf die Gehsteige und Eingänge hatten.

Francis zappelte nervös hinter ihm herum. Sie sichteten die Aufnahmen mehrere Male, zoomten die Fußgänger heran, um festzustellen, ob sich Marni unter ihnen befand, aber von ihr war keine Spur zu entdecken. Wie Rory erwartet hatte, bot ihnen das Material keinen brauchbaren Hinweis.

»Was ist mit der North Road?«, drängte der Chef. »Können Sie den Film von der Kamera Gardner Street/Ecke North Road laden?«

Sie gingen die Aufnahmen der entsprechenden Kamera eine weitere halbe Stunde durch und wünschten sich verzweifelt, Marni wäre darauf zu sehen.

»Es ist, als habe sie sich in Luft aufgelöst«, sagte Francis.

»Könnte sie den Laden durch die Hintertür verlassen haben?«

»Nein, die Tür war von innen mit einem Vorhängeschloss gesichert. Sie muss vorn rausgegangen sein. Spielen Sie das Material noch einmal ab, Rory, und notieren Sie sämtliche Nummernschilder.«

Zwei weitere Stunden verstrichen, die sich allerdings sehr viel länger anfühlten.

Francis tigerte nervös in der Einsatzzentrale auf und ab, bellte Fragen an das Team in den Raum und telefonierte mit Thierry. Alex wusste nichts, auch keine andere der Personen, die Thierry angerufen hatte.

»Gibt's was Neues, Rory?«

»Noch nicht, Chef. Ich habe die ersten drei Wagen überprüft. Sie sind alle von hier, nichts Verdächtiges.«

Die entscheidenden ersten Stunden waren längst verstrichen, und sollte man Marni tatsächlich entführt haben, wurden ihre Überlebenschancen von Minute zu Minute geringer.

»Chef?«

»Ja?«

»Der da«, sagte Rory und deutete auf einen kleinen weißen Lieferwagen. »Hier steht, dass er auf eine Mietwagenfirma zugelassen ist.«

»Okay, los geht's.«

Francis stürmte aus der Einsatzzentrale, wobei er beinahe mit einem Uniformierten zusammengestoßen wäre, der gerade hereinkam.

»Inspector Sullivan?«

»Ja?«

»Das ist gerade am Empfang abgegeben worden.« Er hielt eine rote Tasche mit Schulterriemen in die Höhe. »Ein Mann hat sie nach der Sperrstunde in einer Seitenstraße der Gardner Street gefunden. Es sieht so aus, als gehörte sie der vermissten Frau, dieser Marni Mullins.«

Die letzte Information war überflüssig – Francis erkannte die Tasche sofort.

Als der Officer ihm die Tasche reichte, klingelte darin ein Handy. Francis ließ sie auf den nächsten Schreibtisch fallen und durchwühlte sie auf der Suche nach dem Telefon. Thierrys Name blinkte auf dem Display. Francis wischte über den grünen Hörer.

»Marni? Nein. Wer ist dran?«, hörte er Thierry mit panischer Stimme, gepaart mit einem Anflug von Hoffnung, fragen.

»Hier spricht Francis Sullivan. Marnis Tasche wurde in

der Gardner Street gefunden und gerade bei uns abgegeben.«

»Merde, merde!«

»Wir haben eine Spur. Ein Mietvan ist um kurz nach neunzehn Uhr die Straße entlanggefahren. Die Autovermietung ist am Cannon Place. Sie macht um sechs Uhr auf – wir treffen uns dort.«

Er wollte gerade auflegen, als Thierry sagte: »Warten Sie.«

»Was gibt's?«

»Sind ihre Medikamente in der Tasche?«

»Welche Medikamente?« Francis zog die beiden Hälften der Tasche weit genug auseinander, um deren Inhalt inspizieren zu können.

»Sie ist Diabetikerin. Sie braucht Insulin.«

»Das wusste ich gar nicht.«

»So gut kannten Sie sie nun auch wieder nicht.«

Ganz unten in der Tasche entdeckte Francis einen kleinen Beutel mit medizinischen Utensilien. Er nahm ihn heraus und fragte: »Was passiert, wenn sie ihn nicht bei sich hat?«

»Wenn sie ihre Blutzuckerwerte nicht kontrolliert, ist es nicht unwahrscheinlich, dass sie in der nächsten Zeit entweder schwer unterzuckert oder überzuckert.«

»Und was passiert dann?«

»Dann fällt sie ins Koma.«

52

Francis

Während Francis fuhr, telefonierte Rory. »Bei der Autovermietung geht keiner dran, Chef. Die haben anscheinend noch nicht geöffnet.«

»Versuchen Sie's weiter.«

Sie mussten nicht weit fahren, und die Straßen waren leer. Francis trat aufs Gas und aktivierte das Blaulicht.

»Ich benötige eine Auskunft über den Mieter folgenden Vans …« Rory hatte endlich jemanden ans Telefon bekommen und gab das Kennzeichen durch. »Polizei. Wir vermuten, dass der Wagen bei einem Verbrechen benutzt wurde.« Er schwieg, dann beendete er den Anruf mit einem Schwall von Kraftausdrücken. »Scheiß-Datenschutz! Wir brauchen einen richterlichen Beschluss. Der Typ schaut anscheinend zu viele Krimis im Fernsehen.«

»Er hat natürlich recht – leider«, sagte Francis. »Trotzdem hoffe ich, dass er sich kooperativ zeigt, wenn wir ihm unsere Dienstausweise zeigen.«

Er fuhr viel zu schnell die Old Steine hinunter, dann nahm er einem anderen Wagen im Kreisverkehr die Vorfahrt. Marnis Tasche mit den Medikamenten flog auf dem Rücksitz von einer Seite zur anderen. Ein zorniger Vauxhall-Fahrer drückte auf die Hupe, doch Francis raste bereits die Kings Road parallel zum Meer entlang.

»Hat Hollins sich schon gemeldet?« Francis hatte ihn beauftragt, die Halter der anderen Fahrzeuge, die sie über die Bilder der Überwachungskameras ausfindig gemacht hatten, zu befragen, ob ihnen irgendetwas Außergewöhnliches aufgefallen sei, aber er bezweifelte, dass etwas Brauchbares dabei herauskommen würde.

»Nein, Chef. Er ist erst vor zehn Minuten von zu Hause losgefahren, und er hat einen weiteren Weg als wir.«

»Mist! Ich frage mich wirklich …«

»Was?«

»… ob das Ganze wirklich vorbei ist.«

»Aber Kirby sitzt hinter Schloss und Riegel. Es gibt keinen Hinweis darauf, dass sie einen Komplizen hatte. Ich sehe einfach keinen Zusammenhang zu Marni Mullins' plötzlichem Verschwinden.«

Francis schüttelte den Kopf. »Ich habe ein schlechtes Gefühl, Rory.«

Die weiße Prachtfassade des Grand Hotels zog an ihnen vorbei, dann trat Francis auf die Bremse und bog mit quietschenden Reifen auf den Cannon Place ein. Die Autovermietung lag am oberen Ende der Straße. Francis hielt an, wobei er halb die Einfahrt zu dem kleinen Hof blockierte, auf dem die Mietwagen geparkt waren. Sie sprangen aus dem Auto und stürmten zur Bürotür. Von drinnen drangen die Geräusche einer heftigen Auseinandersetzung zu ihnen heraus.

»*Putain!* Du sagst mir jetzt sofort, wer bei euch einen weißen Van angemietet hat«, hörten sie eine unverkennbare Stimme schimpfen. *Thierry.*

»Das darf ich nicht.« Die zweite Stimme klang erstickt.

Als Francis und Rory das Büro der Autovermietung betraten, sahen sie auch, warum. Thierry hatte einen jungen Mann mit beiden Händen am Kragen gepackt und zerrte ihn praktisch über den brusthohen Tresen.

Rory zog den tobenden Franzosen zurück und drückte ihn gegen die Wand. Der Mitarbeiter der Autovermietung sackte keuchend gegen den Tresen. Laut Namensschild hieß er Amit.

Francis zückte seinen Dienstausweis und streckte ihn dem jungen Mann entgegen.

»Herrgott, das ging ja schnell. Ich habe Sie doch gerade erst angerufen.« Amit schnappte nach Luft.

Francis tauschte einen irritierten Blick mit Rory. »Moment mal, wir haben *Sie* angerufen.«

»Ich hab den Notruf gewählt, weil dieser Kerl hier reingeplatzt ist und mich bedroht hat.«

»Ich will wissen, wer den Van gemietet hat!«, brüllte Thierry.

»Das darf ich Ihnen nicht sagen, Sir«, hielt Amit, nun etwas weniger eingeschüchtert, dagegen, da er auf die Unterstützung der beiden Polizisten zählen konnte.

»Mund halten«, befahl Rory knapp. »Überlassen Sie das uns, Mullins.«

Francis wandte sich Amit zu. »Ich muss wissen, wer diesen Van gemietet hat, und zwar sofort.« Er schob ein Blatt Papier über den Tresen, auf dem er die Angaben zur Fahrzeugzulassung notiert hatte. »Wir haben Grund zu der Annahme, dass der Wagen gestern Abend in eine Entführung verwickelt war.«

Der junge Mann starrte auf das Blatt Papier, unsicher, wie er sich verhalten sollte.

Francis wedelte mit seinem Dienstausweis vor Amits Gesicht herum. »Es handelt sich um einen Notfall. Womöglich ist das Leben einer Frau in Gefahr.«

Im Hintergrund entstand ein kurzes Gerangel, dann riss sich Thierry von Rory los und stürmte zum Tresen. »Das Leben *meiner Frau* ist in Gefahr.«

»Es tut mir leid«, sagte Amit. »Ich habe lediglich die Vorschriften befolgt.«

Francis warf Thierry einen warnenden Blick zu. »Das ist auch richtig so. Aber jetzt geben Sie uns bitte die Informationen, die wir benötigen.«

Amit wandte sich seinem Computer zu und tippte auf ein paar Tasten. »Ja, da ist es. Der Wagen wurde an eine IT-Gesellschaft namens Algorithmics verliehen. Sie haben ihn für mehrere Wochen gemietet.«

»Haben Sie eine Adresse?«, hakte Rory nach.

Draußen vor der Autovermietung heulte eine Sirene, Sekunden später stürmten zwei Constables in Uniform herein.

»Was geht hier vor? Haben Sie uns angerufen?«, wollte der ältere der beiden Uniformierten wissen, während er misstrauisch Francis, Thierry und Rory beäugte.

Francis zückte seinen Dienstausweis zum dritten Mal. »DI Sullivan.«

»Entschuldigung, Sir«, sagte der Polizist. »Wir haben einen Notruf erhalten. Jemand fühlte sich bedroht.«

»Wir haben die Situation bereits geklärt. Vielen Dank, dass Sie gekommen sind.«

Die beiden Polizisten nickten und zogen sich zurück.

Amit reichte Francis einen Ausdruck. »Das ist die Adresse des Unternehmens.«

Francis las sie laut vor. »Gorse Avenue, East Preston. Wo zur Hölle ist das denn?«

»East Preston? Ein Stück außerhalb von Littlehampton«, sagte Rory. »Hausnummer?«

»Sechzehn«, antwortete der DI.

»Auf geht's«, drängte Thierry.

»Vielen Dank, Amit«, sagte Francis, als sie sich zur Tür wandten.

»Ich hoffe, Sie können die Dame retten!«, rief Amit ihnen nach.

Kaum saß Francis hinter dem Lenkrad, hörte er, wie sich die Tür hinter ihm öffnete. Er drehte sich um und sah Thierry, der auf den Rücksitz glitt. »Was zum Teufel machen Sie da?«

»Ich komme mit.«

»Nein. Auf keinen Fall. Das ist Polizeisache.«

»Ich werde nicht aussteigen, das können Sie vergessen. Und jetzt fahren Sie schon los!«

»Drei ist besser als zwei«, befand Rory. »Wer weiß schon, was wir dort vorfinden?«

»Genau das macht mir Sorgen«, sagte Francis und legte den Gang ein.

»Am Wasser entlang, dann auf die A 259«, sagte Rory. »Blaulicht?«

»Blaulicht.« Francis nickte. »Bitte anschnallen.«

Er drückte das Gaspedal durch und schickte ein stummes Gebet gen Himmel oder vielmehr ein Flehen. Er würde jeden Handel eingehen, nur um Marni in Sicherheit zu wissen.

53

Marni

Hatte sie geschlafen oder war sie lediglich in eine Art Dämmerzustand gefallen? Schwer zu sagen, und im Grunde war es auch egal. Jetzt war Marni wach, der harte Fußboden machte ihr zu schaffen, eine drückende Decke aus kalter Luft erschwerte jede ihrer Bewegungen. Sie stank, und ihre Jeans war klamm und feucht. Ihr war übel, und sie hatte Hunger, obwohl ihr die Furcht den Appetit nahm.

Wie schon zuvor kämpfte sie sich in eine sitzende Position. Schlagartig wurde ihr schwindelig, gelbe Punkte tanzten vor ihren verbundenen Augen. Sie hatte jegliches Zeit- und Raumgefühl verloren, und sie sah keine Möglichkeit herauszufinden, wie lange sie schon hier war. Sie wusste nicht mal, ob es Tag war oder Nacht, wusste nur, dass sie etwas zu essen und Wasser brauchte, und – noch dringender – Insulin.

Marni holte tief Luft und schrie aus voller Lunge um Hilfe, dann holte sie erneut Luft und rief ein weiteres Mal. Luft holen, rufen, Luft holen, rufen – bis ihr schwindelig wurde und sie sich hinlegen musste.

Ihre Gedanken wirbelten wild durcheinander; kurz hatte sie das Gefühl, ohnmächtig zu werden. *Sollte sie anfangen, an ihrem eigenen Arm zu knabbern wie eine Ratte in der Falle? Könnte sie ihre Haare essen, sich selbst in die Wange beißen?* Die Vorstellung, einfach bewusstlos zu werden, war verführerisch, weshalb sie sich zusammenriss und sich dagegen wehrte, zumal sie die Gefahren kannte, die ein diabetisches Koma mit sich brachte, genau wie die einer lang anhaltenden Unterzuckerung. *Es wäre mit Sicherheit leichter, einfach wegzutreten.*

Plötzlich hörte sie ein Geräusch, laut, nach der langen Zeit absoluter Stille, wie das Peitschen eines Schusses, was sie schlagartig ins Bewusstsein zurückholte. Nein, das war kein Schuss, das war lediglich die Tür, die aufgestoßen wurde. Unter ihrer Augenbinde konnte sie eine dünne helle Linie ausmachen – offenbar war das Licht angegangen.

»Hilfe!«, krächzte sie.

Schritte kamen auf sie zu.

»Helfen Sie mir. Ich brauche Wasser und etwas zu essen.«

Sie versuchte, sich hochzurappeln. Eine Hand legte sich auf ihre Schulter. Marni zuckte zusammen. Die Hand drückte sie zurück auf den Boden.

»Pscht.«

Sie versuchte, sich gegen die Hand zu wehren, aber ihr fehlte die Kraft dazu.

Ihr Kopf wurde angehoben und in eine stützende Armbeuge gelegt, dann spürte sie die runde Öffnung einer Plastikflasche an ihren Lippen. Sie trank dankbar. Wunderbar kaltes Wasser. Das Schlucken tat weh, aber das Wasser tat so gut, dass sie beinahe geschluchzt hätte vor Dankbarkeit. Sie trank, bis ihr Durst gestillt war, aber die Flasche blieb an ihren Lippen, also trank sie weiter.

Aber warum nahm ihr die Person, die ihr zu trinken gab, nicht die Fesseln oder die Augenbinde ab?

Sie drehte den Kopf weg vom Wasser und hörte, wie die Flasche auf den Fußboden gestellt wurde.

»Ich bin Diabetikerin. Ich brauche Essen. Ich brauche Insulin.«

Der Arm wurde zurückgezogen, Schritte entfernten sich.

Wessen Arm? Wessen Schritte? Es war ein seltsames Gefühl, völlig abhängig zu sein von einer unbekannten Person, deren Absichten sie nicht kannte. *War es möglich, dass Paul diese Person war?*

»Warum machen Sie mich nicht los? Warum helfen Sie mir nicht?«

Die Tür schloss sich, die Schritte klangen gedämpft. Die Person auf der anderen Seite der Tür entfernte sich. Panik stieg in ihr auf. Sie hatte das Gefühl, sich übergeben zu müssen, fürchtete, das Wasser, das sie gerade getrunken hatte, zu erbrechen. Wer immer da gerade bei ihr gewesen war, war der Entführer, nicht ihr Retter. Ihr Kopf drehte sich, ihre Welt drehte sich. Der Boden unter ihr neigte sich. Marni fing an zu hyperventilieren.

Die Tür öffnete sich erneut, die Schritte kehrten zurück. Der Mann – der Gang klang irgendwie männlich –, zog sie hoch in eine sitzende Position. Etwas Weiches, Zuckriges wurde gegen ihre Lippen gedrückt. Sie nahm einen kleinen Bissen. Ein Doughnut? Er schmeckte nicht gerade frisch, trotzdem verschlang sie ihn mit Heißhunger, ohne auf die Marmelade zu achten, die ihr übers Kinn lief. Es würde zehn, fünfzehn Minuten dauern, bis die Glukose ihren Blutzuckerspiegel erhöhte, trotzdem machte sich Erleichterung in ihr breit.

Als sie den letzten Bissen geschluckt hatte, ließ der Mann sie sitzen, mit dem Rücken gegen die Wand gelehnt.

Sie konnte hören, wie er im Zimmer umherging, doch sie konnte nicht herausfinden, was er tat. Was würde als Nächstes geschehen? Wie standen ihre Chancen, ihm zu entkommen? Sollte sie versuchen, eine Verbindung zu ihm aufzubauen, und ihn anflehen, sie freizulassen?

»Danke für das Essen«, sagte sie und leckte sich den restlichen Zucker von den Lippen.

Er erwiderte nichts.

»Wer sind Sie? Was wollen Sie von mir?«

Immer noch keine Antwort.

»Bitte lassen Sie mich gehen. Ich habe Ihr Gesicht nicht gesehen, ich weiß nicht, wer Sie sind. Bitte tun Sie nichts, was Sie nachher vielleicht bereuen.« Sie hasste die Furcht, die sich beim Sprechen in ihre Stimme stahl.

Die Stille wurde durchbrochen von einem wohlbekannten Geräusch. Das Klappern einer Klinge, die in gleichmäßigem Rhythmus über einen Wetzstein gezogen wurde. Die Furcht schnürte ihr die Kehle zu.

»Bitte …«, stieß sie mühsam hervor.

»Marni, ich werde ganz bestimmt nichts von dem bereuen, was ich mit dir anstellen werde.«

Er sprach langsam, gedehnt. Die Stimme kam ihr bekannt vor. Sie hatte sie schon einmal gehört, aber wo? Paul gehörte sie nicht, der hatte einen französischen Akzent.

»Bitte machen Sie mich los. Sie hatten Ihren Spaß, aber jetzt sollten Sie mich gehen lassen.«

Das Messer wurde weiterhin rhythmisch über den Wetzstein gezogen.

»Was haben Sie mit mir vor?«

Das Geräusch verstummte. Marni hielt den Atem an.

»Was ich vorhabe? Ich dachte, das sei offensichtlich.«

Die Stimme.

Die Schritte kamen auf sie zu.

»Da du hier sowieso nicht lebend rauskommst, brauchst du das hier nicht.« Er zog ihr die Binde vom Gesicht. Marni schnappte nach Luft, als er ihr ein paar Haare ausriss.

Nach Stunden in völliger Dunkelheit war sie geblendet. Sie schloss fest die Augen und wartete, bis die weißen Blitze verschwunden waren, dann schlug sie die Lider langsam auf, senkte den Kopf und schaute auf den Fußboden. Unter ihren Füßen war glatter, polierter Beton. Auf einmal wurde sie sich ihrer feuchten, stinkenden Jeans bewusst.

Sie drehte den Kopf zur Seite und sah ein weiteres Paar Füße. Neue Sportschuhe, kaum getragen, dazu eine zu lange Baumwollhose, die Falten an den Knöcheln warf. Langsam ließ sie ihre Augen am Körper des Mannes hinaufgleiten – seine Beine waren leicht krumm, seine Hose an der Taille zu eng, der Bauch hing über den Bund. Er trug ein schwarzes Poloshirt mit einem Firmenlogo, das sie noch nie zuvor gesehen hatte. Sein Arm war tätowiert mit einem Motiv, das sie gerade erst fertiggestellt hatte. Ihre Augen begegneten sich. Steve lächelte auf sie herab, und sie spürte, wie ihr ein eisiger Schauder über den Rücken lief.

Ach du liebe Güte!

»St-Steve?«

Steve? Der Computer-Nerd mit dem Tiger-Tattoo?

Das Adrenalin ließ ihren Blutzucker in die Höhe schnellen.

»Die schöne Marni. Jetzt gehörst du ganz allein mir.«

Er wandte sich abrupt von ihr ab und kehrte an einen Tisch zurück, auf dem sie ein Messer und einen Wetzstein liegen sah.

Die Angst ließ ihren Mund trocken werden. Sie versuchte, etwas zu sagen, aber sie brachte kein Wort zustande.

Instinktiv versuchte sie, sich von ihren Fesseln zu befreien, aber dann hielt sie inne. Jeder Fluchtversuch wäre vergeblich. Sie schaute sich um und prägte sich ihre Umgebung ein. Rationales Denken funktionierte nicht länger, die Angst hatte das Ruder übernommen.

Sie war in einem großen, rechteckigen Raum gefangen, größer, als sie gedacht hatte. Es gab keine Fenster – waren sie etwa unter der Erde? Die Wände waren mit etwas Schwarzem verkleidet – eine Hightech-Verkleidung, wie sie sie aus Aufnahmestudios kannte. Schallisoliert. Ihre Adern gefroren zu Eis. Die Decke war ein Albtraum aus Aluminiumrohren und Verteilernetzen. An einer der kürzeren Seiten des Rechtecks befand sich eine weiße Leinwand, davor standen zwei dick gepolsterte Sofas aus tiefrotem Samt. Ein Privatkino.

Aber das war nicht alles. Hinter den Sofas erstreckte sich eine Reihe von sieben auf Hochglanz polierten Betonsäulen bis in die Mitte des Raumes, jede davon etwa eins zwanzig hoch. Marni blinzelte, dann sah sie noch einmal genauer hin. Ihr Blick wanderte von einer Säule zur nächsten. Galle stieg in ihrer Speiseröhre auf und brannte in ihrer Kehle. Auf jeder Säule stand ein Gestell aus dickem poliertem Silberdraht, glänzend im grellen Licht. Die Gestelle waren geformt wie menschliche Körperteile – ein Arm, ein Bein, ein Torso, ein Kopf. Eins, das größer war als die übrigen, stellte einen ganzen Körper dar. Vier der Drahtgestelle waren nackt, doch die restlichen drei waren überzogen mit Stücken aus weichem, buttrigem Leder. Tätowiertem Leder.

Marni widerstand dem Drang, sich zu übergeben, als ihr bewusst wurde, was genau sie da vor sich sah.

Das Leder war Menschenhaut. Die Haut von Giselle Connellys Arm mit dem detailgenauen Biomechanik-Tattoo. Evan Armstrongs Torso mit dem polynesischen Motiv, ein Bein, das sie nicht kannte, mit einem eleganten Pfauenaquarell. Menschliche Haut, zu Leder verarbeitet, präpariert und zur Schau gestellt.

Der Raum drehte sich. Marni sackte zur Seite.

»Ah, wie ich sehe, weißt du meine Sammlung zu würdigen. Verblüffend, nicht wahr?«

»Du? Aber das sind die Stücke, die Sam Kirby präpariert hat.«

»Selbstverständlich. Ich habe sie in Auftrag gegeben. Sie hat für mich gearbeitet.«

Das machte keinen Sinn. Marni konnte es nicht fassen.

»Und du, Marni Mullins, du wirst das schönste Exponat von allen.«

Er ging zu ihr, und sie drückte sich mit dem Rücken gegen die Wand. Als er vor ihr stand, bückte er sich und näherte sein Gesicht dem ihren. Marni begann zu wimmern. Er küsste sie sanft auf die Lippen, dann drückte er ihr vorsichtig ein zusammengefaltetes Tuch auf Mund und Nase. Der Äther durchdrang ihre Atemwege. Ihre Welt wurde schwarz.

54

Rory

Rory hatte schon zu viele Einsatzfahrten durch Brighton hinter sich, um ein nervöser Beifahrer zu sein. Doch das war, bevor er mit Blaulicht und Francis Sullivan am Steuer durch die Stadt raste. Sie hatten den Cannon Place kaum verlassen, als er in einem waghalsigen Manöver einem Lieferwagenfahrer auswich, der hinter den offenen Türen des Laderaums hervortrat.

Thierry beeilte sich, seinen Gurt anzulegen.

»Herrgott, Chef, das Fahrtraining haben Sie aber schon absolviert, oder?«

Francis konzentrierte sich stirnrunzelnd auf die Straße vor ihm. Unmittelbar darauf steckten sie hinter einem Minibus fest. Francis schaltete die Sirene ein.

»Nun überholen Sie schon«, drängte Thierry.

Endlich wurde der Minibusfahrer langsamer und wich auf den Gehsteig aus.

»Los jetzt!«, rief Thierry.

Francis drückte das Pedal durch, und sie schossen mit Blaulicht die Straße entlang Richtung Hove, das Meer zu ihrer Linken, die gerade zur Geschäftigkeit erwachende Stadt zu ihrer Rechten.

»Rory, versuchen Sie's bei Hollins.«

Rory rief den DC an und hörte einen Augenblick lang schweigend zu. Hollins hatte den Halter des ersten Wagens befragen können, der auf den Bildern der Überwachungskamera zu sehen war.

»Ein Vater, der seine Töchter nach der Schule vom Schwimmunterricht abgeholt hat«, berichtete er, nachdem er das Gespräch beendet hatte. »Er sagt, der Schwimmlehrer könne bestätigen, dass die Mädchen bei ihm eingestiegen sind. Hollins glaubt nicht, dass er etwas mit der Entführung zu tun hat.«

»Was ist mit dem zweiten Wagen?«

»Hollins ist auf dem Weg zum Halter.«

Francis trat auf die Bremse, als ein BMW vor ihnen unvermittelt ausscherte. Rorys Handy segelte in den Fußraum, Thierry fluchte leise auf Französisch. Francis stellte die Sirene erneut an und überholte.

»Sind Sie sicher, dass wir zu der richtigen Adresse fahren?«, fragte Thierry.

»Nein«, sagte Francis. »Ganz und gar nicht. Aber es ist die beste Spur, die wir haben.«

»Das macht Sinn«, pflichtete Rory ihm bei. »Wenn man jemanden entführen will, ist ein Van einfach besser geeignet als eine Limousine. Auch der Zeitpunkt scheint zu passen.«

»Merde!«

Rory konnte nicht sagen, ob dieser Kommentar dem Fahrstil des Chefs galt oder der Tatsache, dass sie lediglich einem Bauchgefühl nachgingen. Im Grunde war es auch egal. Alles, was zählte, war, dass sie die Adresse fanden – und, viel wichtiger, Marni.

Sie nahmen die Brücke über den River Adur. Danach wurde die Straße breiter und verlief schnurgerade. Es herrschte so gut wie kein Verkehr, trotzdem ließ Francis das Blaulicht an und raste wie ein Verrückter Richtung East Preston.

»Ist es noch weit?«, fragte er Rory.

Rory warf einen Blick auf sein Smartphone. »Laut Karte vier bis fünf Meilen, aber wir müssen noch durch Worthing.«

Auch die kleine Küstenstadt machte sich für den Tag bereit, und plötzlich trafen sie auf eine Kreuzung nach der anderen. Die Anspannung der Insassen stieg merklich, als Francis den Wagen geschickt durch eine Reihe von Hindernissen manövrierte.

»*Putain!*« Thierrys Fluchen wurde lauter. »Wo haben Sie Ihren Führerschein gemacht?«

Das Blaulicht vorne an der Windschutzscheibe blinkte, die Sirene heulte, damit die anderen Verkehrsteilnehmer wussten, dass sie kamen. Endlich schienen sie das Schlimmste hinter sich zu haben, hatten Worthing und Goring passiert. Vor ihnen lag eine zweispurige Strecke.

»Am dritten Kreisel links.«

Die Abfahrt führte nach Süden, zurück in Richtung Meer. Als Francis erneut beschleunigte, entdeckte Rory ein Stück vor ihnen rot blinkende Lichter. Ein Warnsignal ertönte.

»Ein Bahnübergang, Chef.«

»Ich weiß. Das sehe ich.«

»Die Schranken schließen.«

»Ich weiß.«

»Das werden wir nicht schaffen.«

Francis antwortete nicht. Stattdessen drückte er das Gaspedal bis zum Anschlag durch.

Vor ihnen senkten sich die Schranken weiter herab.

»Frank! Bleiben Sie stehen! Sofort!« In Rorys Stimme schwang Panik mit. Er umklammerte das Armaturenbrett so fest, dass seine Fingerknöchel weiß hervortraten, und drückte sich in den Sitz zurück.

»Nein, nein«, jammerte Thierry voller Entsetzen.

»Das schaffen wir nicht, verfluchte Scheiße!«, brüllte Rory.

Die Schranken schlossen, und es sah ganz danach aus, als würde Francis diese Tatsache ignorieren und sie einfach durchbrechen.

Ohne an die Konsequenzen zu denken, fasste Rory instinktiv nach dem Lenkrad und zog es mit einem Ruck auf sich zu. Mit der anderen Hand griff er nach der Handbremse. Francis versuchte, ihn wegzustoßen, aber Rory hatte das Überraschungsmoment auf seiner Seite. Mit einem ohrenbetäubenden Kreischen geriet der Wagen außer Kontrolle und schlitterte seitlich gegen die niedrige Mauer eines an die Straße grenzenden Parkplatzes. Der Zug raste mit dröhnender Hupe vorbei. Rory ließ das Lenkrad los und sackte gegen die Rückenlehne. Erst jetzt merkte er, dass sich der Airbag vor ihm aufgeblasen hatte.

Er sah zu Francis hinüber, der mit seinem Airbag kämpfte. Als es ihm nicht gelang, ihn aus dem Lenkrad zu reißen, versuchte er, den abgewürgten Motor anzulassen. Er sprang auf Anhieb an, und Francis legte den Rückwärtsgang ein. Das Blaulicht funktionierte noch. Die Schranke war nach wie vor geschlossen. Das Warnsignal kam Rory noch lauter vor als vor ein, zwei Minuten.

Rory drehte sich auf seinem Sitz um.

»Alles okay?«, fragte er Thierry.

Thierry stieß einen Schwall Schimpfwörter hervor, mit denen Rory nichts anfangen konnte. Wenigstens war er am Leben und bei Bewusstsein. Aus einem seiner Mundwinkel lief Blut. Anscheinend hatte er sich seitlich auf die Lippe gebissen.

Francis setzte den Wagen zurück und wendete, sodass sie wieder in die richtige Richtung blickten. Das Warnsignal verstummte, die roten Lichter hörten auf zu blinken. Die Schranken hoben sich, und Francis trat aufs Gas.

»Nennen Sie mich nie wieder Frank.«

55

Marni

Marni spürte beides gleichzeitig – Schmerz und Kälte. Stechender Schmerz durchzuckte ihre Handgelenke und Schultern – sie schienen ihr ganzes Gewicht zu tragen. Enge Fesseln schnitten in ihre Handgelenke. Ihre Arme waren hoch in die Luft gereckt und unnatürlich verdreht. Ihre Hände fühlten sich an wie Eisklötze, waren so gut wie taub, der lange Schnitt in ihrem linken Oberarm brannte. Ihr Nacken pochte vor Schmerz, als sie den Kopf hob. Sie stand aufrecht da, an irgendetwas festgebunden, und sie fror erbärmlich. Sie spürte die kalte Luft auf ihrer Haut. Überall. Als ihr klar wurde, dass sie nackt war, riss sie die Augen auf. Schlagartig verdrängte die Angst alle anderen Gefühle.

Sie war noch immer in Steves Kellerkino, gefesselt an ein Schrägkreuz, das auf eine der Wände gerichtet war. Alles, was sie sehen konnte, war das schallisolierende Gummimaterial, ein paar Zentimeter von ihrem Gesicht entfernt. Steve hatte sie nackt ausgezogen, als sie bewusstlos war, und sie an diese Vorrichtung gefesselt. Ein unbekannter, blumiger Duft stieg ihr in die Nase. Er stieg von ihrer Haut auf, und plötzlich wurde ihr klar, dass sie so fror, weil ihre Haut feucht war. Gott bewahre, dass er sie gewaschen hatte! Der Gestank nach Urin war weg, doch sie würgte bei der Vorstellung, wie seine Hände über ihren Körper strichen.

Sie fühlte sich benommen. Der Doughnut hatte sie vor einem Unterzucker bewahrt, aber ohne weitere Nahrung hätte sie bald keine Energie mehr. Sie wusste, dass es nicht lange dauern würde, bevor die schwarzen Punkte vor ihren Augen zu tanzen begannen und sie erneut das Bewusstsein verlieren würde.

Vielleicht wäre das besser.

Im Raum war alles still. Die Angst gab ihr das Gefühl, jeden Moment in die Ohnmacht abzugleiten, aber der Schmerz hielt sie davon ab. Sie stellte sich auf die Zehenspitzen, um den Druck auf ihre Arme zu mindern. Ihre Hände fingen an zu brennen, als zumindest ein bisschen Blut zurückfließen konnte. Sie überlegte, was sie über Steve wusste – wenn er denn tatsächlich so hieß. Sie hatte über zwanzig Stunden mit dem Motiv an seinem Arm verbracht, und sie versuchte, sich zu erinnern, worüber sie mit ihm gesprochen hatte. Er hatte sich sehr für Tattoos und den Prozess des Tätowierens interessiert, aber das war nicht ungewöhnlich für die Leute, die zu ihr kamen. Mit Schmerzen hatte er nicht gut umgehen können, auch dies war nicht auffällig. Er hatte ziemlich viel über sich selbst gesprochen, doch leider wollte ihr nicht mehr einfallen, was genau er ihr erzählt hatte. Sie erinnerte sich nur, dass er in der Computerbranche beschäftigt war – langweilig –, ansonsten war es stets um seine Ansichten gegangen – wie er über dieses und jenes dachte, warum seine Meinung eher zutraf als die der anderen. Mit einem Schauder dachte sie daran zurück, wie er sie nach Evan Armstrongs Leiche gefragt hatte, obwohl er doch ganz genau wusste, was dem Mann zugestoßen war.

Mitgefühl hatte er in ihren Gesprächen nicht gezeigt. Nicht dass sie sonderlich darauf geachtet hätte. Erst jetzt, im Rückblick, wurde ihr bewusst, wie egozentrisch er geklungen hatte. Damals hatte sie ihm höchstens mit halbem Ohr zugehört und sich auf ihre eigentliche Aufgabe konzentriert.

Wie könnte sie dieses Wissen nun zu ihrem Vorteil einsetzen? Wie konnte sie ihn dazu bringen, sie gehen zu lassen?

Sie hörte, wie die Tür aufging, und ihr drehte sich der Magen um. Schritte kamen auf sie zu, dann erschien er in ihrem peripheren Gesichtsfeld. Er lächelte, aber es war kein richtiges Lächeln, eher ein anzügliches Grinsen.

»Du bist so schön, Marni, es ist beinahe eine Schande, diesen perfekten Körper zu verstümmeln, aber dein Tattoo wird die Krönung meiner Sammlung sein.«

Marni stockte das Blut in den Adern, und sie zerrte unweigerlich an ihren Fesseln.

Er trat zu ihr und strich ihr mit der Hand übers Rückgrat.

»Pscht.« Seine Stimme war so dicht an ihrem Ohr, dass sie schauderte.

»Bitte, Steve …«

»Bitte, was?«

»Bitte lass mich gehen. Ich kann dich weiterhin tätowieren. Ich könnte dir ein atemberaubendes Backpiece machen. Du musst das nicht tun.«

»Ich weiß, aber ich tue es trotzdem. Ich muss meine Sammlung vervollständigen, weil dieses dämliche Weib versagt hat.«

Plötzlich schwang Ärger in seiner Stimme mit, was Marni noch mehr Angst einjagte.

»S-Sam Kirby?« Sie durfte nicht zulassen, dass ihre Stimme zitterte.

»Sie sollte mir die Tattoos besorgen und anschließend verschwinden. Ich habe sie schließlich gut dafür bezahlt.«

»Sie ist verhaftet worden.«

»Ich weiß. Ich bezahle ihren Anwalt.«

Marni musste ihn in ein Gespräch verwickeln. Es würde ihm schwerer fallen, sie zu töten, wenn er sie auf einer menschlichen Ebene wahrnahm. Doch in der jetzigen Situation konnte sie kaum Mitgefühl erwarten. Er musste erkennen, dass es für ihn von Vorteil war, sie am Leben zu lassen. Für den Bruchteil einer Sekunde fragte sie sich, ob wohl jemand nach ihr suchen würde. Thierry hatte sie abholen wollen – bestimmt hatte er die Polizei informiert.

Entschlossen schob sie die Gedanken an Rettung beiseite. Sie musste sich selbst helfen. Ihr ging die Zeit aus, ihr Blutzucker sackte erneut in den Keller.

»Und jetzt muss ich die Aufgabe ohne sie zu Ende bringen.«

»Das musst du nicht, Steve. Die Stücke, die du hast, genügen.«

»Das ist nicht die ganze Sammlung. Die Polizei hat einige Teile von der Stone Acre Farm mitgenommen, und außerdem liegt mir am meisten an deinem Tattoo. Und an Thierrys.«

Marni fing an zu zittern. Wenn sie dem Ganzen nicht bald ein Ende bereiten und abhauen könnte, würde dieser Irre erst sie und anschließend ihren Ex-Mann umbringen. Sie dachte an Alex und spürte, wie ihr das Herz brach.

»Weißt du denn, wie man das macht? Wie man die Haut vom Körper trennt und präpariert? Kannst du das auch ohne den Tattoo-Dieb bewerkstelligen?«

Sie nahm an, dass ihre Worte ihn wütend machen würden, und sie sollte recht behalten.

»Natürlich kann ich das allein bewerkstelligen. Ich habe Sam beim Häuten zugesehen, habe zugesehen, wie sie die Häute gerbt. Um das zu können, muss man nicht unbedingt Raketentechnik studiert haben.«

»Nur eins, Steve: Wenn du mein Tattoo nimmst, ruinier es bitte nicht.«

Er strich ihr langsam mit den Händen über den Rücken. Sie drückte sich gegen das hölzerne Schrägkreuz, aber sie konnte sich seiner Berührung nicht entziehen.

»Marni, vielleicht sollte ich es dir erklären. Der menschliche Körper ist ein Kunstwerk an sich. Vor allem deiner. Doch indem man eine Tätowierung hinzufügt, hebt man ihn auf eine andere Ebene. Tattoos sind lebende Kunstwerke, warm, wenn man sie anfasst. Keine andere Kunstform hat die Dynamik eines Tattoos.«

»Aber genau die hast du getötet. Den tätowierten Häuten, die du hier ausstellst, fehlt jegliche Dynamik. Das widerspricht doch genau dem, was du gerade gesagt hast!«

»Wenn Menschen sterben, sterben die Tattoos mit ihnen. Sie verrotten, genau wie der Rest des Fleisches. Indem ich die Häute abziehe und präpariere, bewahre ich großartige Kunstwerke. In Japan macht man das mit den Tätowierungen der Yakuza. Die haltbar gemachte Haut ist der lebendigen überlegen.«

»Aber nur du tötest deswegen Menschen! In Japan wartet man darauf, dass sie eines natürlichen Todes sterben.«

»Kunst ist wichtiger als ein Menschenleben, das weiß ich, seit ich ein Kind war. Der menschliche Körper ist das ultimative Kunstwerk der Natur, und wenn wir es mit unserer eigenen Kunst verzieren, vergrößert sich die Schönheit noch. Kunst muss die Zeit auf eine Art und Weise überdauern, wie es den Menschen niemals gelingen wird. Kunst ist rein und wahrhaftig, während Menschen lügen, prahlen, Unzucht treiben. Ich bewahre das, was von Bedeutung ist, und verwerfe das, was nicht zählt. Ich erschaffe die ultimative Kunstsammlung. Sicherlich verstehst du das, Marni. Du bist doch selbst eine große Künstlerin.«

Prätentiöser Scheiß!, hätte sie am liebsten gerufen, aber sie wusste, dass sie ihn bei Laune halten musste.

»Wenn du mich umbringst, wird niemand mehr von meiner Kunst profitieren.«

»Ein weiterer Vorteil deines Todes. Mein Tattoo wird ein noch selteneres, kostbareres Objekt.«

»Da liegst du falsch, Steve. Und du tust das Falsche.«

Sie spürte die Wucht seines Schlages, noch bevor sie seine Faust aus dem Augenwinkel kommen sah. Er traf sie seitlich an der Schläfe. Sternchen explodierten vor ihren Augen.

Steve entfernte sich. Das Blut dröhnte in ihren Ohren. Sie konnte nicht mehr hören, was er tat. Ihr ging die Zeit aus. Tief atmen. Langsam, nicht zu schnell. Nicht hyperventilieren. Der Schmerz strahlte wellenförmig von der Stelle aus, an der seine Faust sie getroffen hatte. Sie biss sich auf die Lippe, um ihm entgegenzuwirken, und schmeckte Blut.

Das konnte nicht das Ende sein. Sie hatte noch so viel vor im Leben, und das würde sie sich von diesem elenden Bastard nicht nehmen lassen. Irgendwie musste sie es schaffen, hier rauszukommen. Irgendwie.

»Entschuldige, wenn ich dir wehgetan hab, Marni.« Er stand wieder neben ihr. »Das hier wird dir guttun.«

Er drückte ihr etwas Weiches ans Gesicht, eine kühle Liebkosung.

»Wa-was ist das?«

»Das?« Er strich ihr damit über die Wange. »Das ist Evans Tattoo, Evans Haut.«

Marni zuckte zurück. Es fühlte sich an wie superweiches Fensterleder.

»Sam hat gute Arbeit geleistet. Sie war so begabt, und jetzt war alles umsonst.«

Marni spürte, dass es ihr körperlich immer schlechter ging. Speichel sammelte sich in ihrem Mund. Als sie einatmete, stieg ihr der Geruch des Menschenleders in die Nase, kräftig, ganz ähnlich dem von Schweinsleder. Sie würgte, schluckte saures Erbrochenes, das ihr hochgekommen war. Es brannte in der Kehle. Sie biss die Zähne zusammen und presste die Lippen aufeinander, fest entschlossen, ruhig zu bleiben.

»Deine Haut wird sogar noch weicher sein, wenn ich sie bearbeitet habe«, sagte er. »So weich, so schön.«

Seine andere Hand strich wieder über ihren Rücken. Sie spürte, wie er den Umriss ihres Tattoos nachfuhr.

»Ach Marni, es fällt mir so schwer, mich zwischen dir und deinem Tattoo zu entscheiden. Keine Ahnung, was ich lieber möchte. Du bist für mich etwas ganz Besonderes, du bist die Schöpferin wunderbarer Kunstwerke. Meine anderen Opfer haben Kunst auf ihren Körpern getragen, aber nicht in ihren Köpfen. Du dagegen bist die Personifizierung von Kunst an sich. Eine Schöpferin und ein lebendes Kunstwerk von ungeheurer Schönheit. Aber wenn ich dich am Leben lasse, wirst du mich verraten. Sosehr ich dich auch will – und ich will dich wirklich –, trauen kann ich allein der Kunst auf deinem Körper.« Er fasste in ihr Haar und riss ihren Kopf nach hinten, damit er ihr direkt in die Augen blicken konnte. »Was bedeutet, dass du sterben musst, meine Liebe.«

56

Francis

Trotz einer riesigen Delle an der Beifahrerseite seines Dienstwagens raste Francis mit unverminderter Geschwindigkeit durch die schmalen, scharfkurvigen Straßen des kleinen Dorfes. Auf dem Rücksitz saugte Thierry schweigend an seiner Lippe, während Rory die Karte von East Preston auf seinem Smartphone studierte, um die kürzeste Route zur Gorse Avenue ausfindig zu machen.

»Links in die Vicarage Lane.« Mit quietschenden Reifen bog Francis viel zu schnell um die Ecke. »Rechts in die Fairlands einbiegen … bei der Sea Road links …«

Zwei junge Mütter, die plaudernd ihre Kinderwagen über den Gehsteig schoben, blieben mit offenem Mund stehen, als der Wagen mit Blaulicht an ihnen vorbeischoss. Auf der Sea Road musste Francis eine Vollbremsung einlegen, weil er um ein Haar eine Katze erwischt hätte.

»Allmächtiger«, murmelte Thierry.

Endlich erreichten sie die Gorse Avenue.

»Blaulicht aus«, sagte Rory. »Fahren Sie langsamer.«

Die Gorse Avenue, die zu beiden Seiten von großen Häusern gesäumt war, führte ins Leere – eine Sackgasse der reichen Leute, mit großen Grundstücken, Wintergärten, Tennisplätzen und Outdoor-Pools. Die Anwesen an der südlichen Seite der Straße grenzten an den Strand, und man konnte sich gut den Gin-und-Jaguar-Lebensstil ihrer Bewohner vorstellen.

»Ich dachte, wir suchen nach einer Geschäftsadresse«, sagte Francis.

Rory zuckte die Achseln. »Vielleicht ein Privatunternehmer, der seine Firma von zu Hause aus führt.«

Nach der rasanten Fahrt von Brighton hierher kam es ihnen beinahe surreal vor, langsam und geräuschlos durch die Welt der Privilegierten zu gleiten. Sie begegneten keinem einzigen anderen Wagen, nirgendwo waren Fußgänger zu sehen, die Gärten waren menschenleer.

»Das ist es«, sagte Rory, »die Nummer sechzehn. Auf der rechten Seite.«

Er deutete auf ein ausladendes modernes Gebäude, das völlig fehl am Platz wirkte zwischen den edwardianischen Villen und Art-déco-Häusern, an denen sie vorbeifuhren. Mit Stahl verkleidet, scharfen Kanten und geschwungenen Stützpfeilern, schien es keine Fenster zu haben – zumindest nicht zur Straßenseite hin. Francis blieb vor dem Nachbargrundstück stehen. Er wollte auf keinen Fall das Überraschungsmoment zerstören, indem er in die Auffahrt einbog.

»Wie sollen wir vorgehen, Chef?«, wollte Rory wissen.

Francis seufzte und rieb sich das Gesicht mit den Händen.

»Kommt drauf an, ob jemand zu Hause ist. Wir haben keinen Durchsuchungsbeschluss, also müssen wir nach Vorschrift vorgehen. Thierry, Sie warten hier.«

»Einen Scheiß werde ich tun! Ich komme mit Ihnen.«

»Nein. Das hier ist Polizeisache.«

»Marni ist meine Frau. Sie muss dringend ihren Blutzucker kontrollieren.«

»Ex-Frau«, korrigierte Francis. Was war das nur mit den beiden? Nicht zum ersten Mal fragte er sich, warum die zwei sich wohl hatten scheiden lassen.

Er stieg aus. Rory und Thierry ebenfalls. Thierry hatte den kleinen Beutel mit Marnis Diabetes-Zubehör bei sich.

»Okay. Keine Attacken, weder physisch noch verbal, keine theatralischen Einlagen.« Er warf Thierry einen strengen Blick zu. »Wir halten erst mal Ausschau nach dem Van.«

Sie gingen die Straße entlang. Hier gab es keine Gehsteige, nur sauber gemähten Rasen. Bei der Nummer sechzehn bogen sie in die Auffahrt ein. Ein blassblauer Aston Martin parkte deutlich sichtbar vor dem Haus.

»Dem Kerl scheint es gut zu gehen«, murmelte Rory.

Von dem Van war keine Spur zu sehen, aber an einer Seite des modernen Baus entdeckten sie eine Garage. Das Tor war geschlossen. Francis deutete darauf, und sie änderten die Richtung.

Rory versuchte, das Tor zu öffnen. »Abgesperrt.«

Francis bog um die Ecke zur Seite der Garage. Ein Plattenweg führte zu einer Seitentür, deren obere Hälfte aus Glas bestand. Er spähte hinein. Hinter einer zerlegten Harley konnte er einen kleinen weißen Lieferwagen entdecken. Er sah genauso aus wie der auf den Aufnahmen der Überwachungskamera, doch er konnte ihn nur von der Seite sehen, nicht aber die Nummernschilder, um seinen Verdacht bestätigt zu wissen.

Rory trat hinter ihn. »Das ist der Wagen, definitiv. Das *muss* er einfach sein.«

»Das denke ich auch. Es ist Zeit, Mr. … Wie war noch gleich der Name des Eigentümers?«, fragte Francis.

»Harrington. Steven Harrington«, antwortete Rory und tippte etwas in sein Smartphone ein. »Laut Google ist er der Besitzer von Algorithmics, des Unternehmens, das den weißen Van angemietet hat.«

Schweigend kehrten sie zur Vorderseite des Hauses zurück und gingen zur Haustür. Auf einem kleinen silbernen Namensschild stand »Algorithmics«, darunter befand sich der Knopf für eine Sprechanlage. Francis drückte darauf.

»Es tut uns leid. Heute ist die Firma nicht besetzt.« Eine Roboterstimme, weiblich. »Für ein persönliches Gespräch wählen Sie bitte die unten genannte Rufnummer.«

Francis schaute nach unten. In die Metalleinfassung der Sprechanlage war eine Nummer eingraviert.

»Soll ich anrufen?«, fragte Rory.

»Nein. Warten Sie hier, falls doch jemand auftaucht. Ich sehe mich kurz um und rufe anschließend Verstärkung.«

Francis verschwand um die Hausecke, dicht gefolgt von Thierry. Als sie an der Seite des Gebäudes entlanggingen, kam der Garten in Sicht – eine schmucklose Rasenfläche, dahinter, in etwa fünfzehn Metern Entfernung, der Sandstrand. Vor der Rückseite des Hauses befand sich eine Betonterrasse, die nicht so aussah, als würde sie je benutzt, denn es stand kein einziges Möbelstück darauf. Francis entdeckte einen Balkon im ersten Stock, der noch größer war als die Terrasse, doch auch darauf stand nur ein einziger Stuhl, von dem aus man aufs Meer hinausblicken konnte. Anders als die Vorderseite des Hauses bestand die Rückseite so gut wie vollständig aus Glas, Stahl war hier kaum zu sehen. Francis musste unweigerlich an ein leeres Aquarium denken. Goldfischglasleben im Extremen – aber natürlich war niemand hinter den riesigen Fenstern zu sehen. Er fragte sich, ob der Strand privat war oder ob die Öffentlichkeit, mit Picknickkörben bewaffnet, von dort aus für ein, zwei Stündchen zusehen konnte, wie die Reichen ihre Sonntagnachmittage verbrachten.

Er sah durch die Fenster ins Innere des Gebäudes. Das Erdgeschoss bestand aus einem durchgehenden offenen Büro. Eine Reihe von im Halbkreis angeordneten Bildschirmen stand auf den dazugehörigen Schreibtischen, doch es gab nur einen einzigen, ergonomisch geformten Hightech-Bürostuhl. Arbeitete etwa nur eine Person für Algorithmics, die genug verdiente, um einen derart verschwenderischen Lebensstil zu finanzieren?

»Thierry, finden Sie heraus, ob eine der Türen im Erdgeschoss offen ist. Sollten Sie eine entdecken, geben Sie mir bitte Bescheid. Gehen Sie nicht allein ins Haus.«

Francis stieg die Stahltreppe hinauf, die zu dem Balkon im ersten Stock führte. Jeder Schritt wurde von einem leisen Klacken begleitet, weshalb er äußerst behutsam ging, denn sollte sich tatsächlich jemand im Haus befinden, wollte er möglichst nicht bemerkt werden. Der einzelne Stuhl auf dem Balkon war perfekt, um Sonnenauf- und -untergänge zu beobachten, daran bestand kein Zweifel, doch es war der Blick ins Haus, der Francis den Atem raubte.

Er legte die Hände an die Scheibe, um das Gleißen der frühen Morgensonne auszublenden, und starrte fasziniert ins Innere. Er wüsste nicht einmal, wie er es beschreiben sollte. Als Kunstinstallation? Als Standbild? Er sah jede Menge ausgestopfte Tiere, aber nicht in Glaskästen, wie er sie aus dem Naturkundemuseum kannte, das er als Kind besucht hatte, sondern ganz offen, mitten im Raum. Jemand hatte eine Schlacht nachgestellt, Tier gegen Tier, versehen mit menschlicher Kleidung und im verkleinerten Maßstab nachgebauten menschlichen Waffen. Die Roundheads gegen die Cavaliers. Hunde gegen Katzen. Ein Hase, der es mit einem Mungo aufnahm. Füchse, die gegen Schlangen kämpften. Ringende Großkatzen. Verwundete Tiere, aufgespießte Tiere, enthauptete Tiere. Zähne und Klauen, rot von Blut. Das Schlachtfeld war übersät mit abgetrennten tierischen Körperteilen.

Der Anblick war gleichermaßen faszinierend wie pervers und zeigte eindeutig, wie verquer der Geist sein musste, der eine solche Szenerie erschaffen hatte. Francis' Herz fing an zu hämmern, Furcht breitete sich in ihm aus. Nicht um sich selbst, sondern nacktes Entsetzen bei der Vorstellung, dass sich Marni irgendwo in diesem Haus befinden könnte, der Gnade der Kreatur ausgeliefert, die das hier zu ihrem Vergnügen erschaffen hatte.

»*Putain!*« Thierry, der neben Francis getreten war, schnappte nach Luft.

Francis legte einen Finger auf die Lippen, dann drückte er den Griff der Glastür herunter, durch die man vom Balkon ins Haus gelangte. Die Tür öffnete sich. Ohne zu zögern, trat er ein. Thierry folgte ihm.

Der Raum roch moderig und nach alten Pelzmänteln, Staubmäuse wuselten über den Fußboden. Seine Intuition sagte ihm, dass sie nicht allein im Haus waren. Es roch schwach nach Kaffee, und irgendwo verursachte ein offenes Fenster einen Luftzug. Francis streifte sich die Schuhe ab, um geräuschlos das Haus erkunden zu können. Sie schlichen durch den großen Raum und gelangten zu einem

Treppenabsatz, von dem aus eine Treppe nach oben führte und eine andere nach unten.

»Sie gehen nach oben, ich sehe mich unten um«, flüsterte er Thierry zu. »Rufen Sie, wenn Sie Hilfe brauchen.«

Thierry nickte. »Wir müssen sie finden. Ihr geht langsam die Zeit aus.« Er deutete auf Marnis Beutel, dann setzte er sich in Bewegung, um das nächste Stockwerk zu inspizieren.

Francis tappte geräuschlos auf Socken die Treppe hinunter. Zum ersten Mal während seiner Karriere bei der Polizei wünschte er sich, er trüge eine Waffe bei sich.

57

Marni

Marni holte tief Luft.

»Es gibt einen Weg, beides zu bekommen, Steve«, sagte sie und versuchte, ihre Stimme ein wenig atemlos klingen zu lassen, damit er nicht merkte, dass sie sich am liebsten übergeben hätte. Sie konnte selbst nicht glauben, was sie vorhatte, aber ihr Überlebensinstinkt war stärker.

»Wie meinst du das?« Seine Augen wurden schmal.

»Wie du schon sagtest: Meine Tattoos sind lebende Kunstwerke. Lass mich am Leben, und du kannst dich jeden Tag daran erfreuen. Du kannst sie berühren, und sie werden warm sein. Du kannst sehen, wie sie sich bewegen, wenn ich mich bewege. Stell dir vor, du hättest ein lebendes Ausstellungsstück in deiner Galerie.«

Steve sagte nichts. Offenbar ließ er sich diese Möglichkeit durch den Kopf gehen. Seine Atmung wurde schneller. Er strich ihr zärtlich über den Rücken, und diesmal verirrte sich eine seiner Hände zu ihrer nackten Brust.

Marni biss sich fest auf die Unterlippe, um den Würgereiz unter Kontrolle zu halten.

»Ich könnte dich da unten in einen Käfig stecken. Mein ganz privates Zootier. Die Vorstellung gefällt mir.«

»Ja«, stieß Marni hervor. Sie hätte nicht gedacht, dass es ihr jemals so schwerfallen würde, ein einzelnes Wort auszusprechen.

»Ich könnte dich jeden Tag lieben.«

Tägliche Vergewaltigung. War das wirklich eine bessere Option als der Tod?

»Das ist eine sehr clevere Idee, meine Liebe. Wir könnten das ein paar Tage lang ausprobieren und sehen, wie es funktioniert.«

Seufzend drückte er sich gegen ihren Rücken. Marni spürte, wie eine seiner Hände zwischen ihre Beine glitt, und zuckte zusammen, wobei sie sich die Hüfte an dem Holzkreuz stieß. Steve zog seine Hand zurück und schlug sie fest auf ihre Pobacke.

»Es würde niemals funktionieren«, sagte er mit gefährlich leiser Stimme, »weil du nicht wirklich mitmachen würdest. Ich müsste dich mit Argusaugen beobachten. Du würdest nur darauf lauern, mir zu entkommen, und das entspricht wohl kaum dem schönen Bild, das du zu zeichnen versuchst.«

»Aber wenn du mich am Leben lässt, bin ich dir so viel schuldig …«

»Einen Mitleidsfick? Verkauf mich nicht für blöd, Marni.«

Er trat zurück und wandte sich zum Gehen.

»Außerdem würde ich dann gar nicht mehr das hier auf deiner flaumigen Haut anwenden können.«

Sie hörte ihn kramen, dann war er wieder bei ihr. Sie wollte gar nicht sehen, was er geholt hatte, aber er würde es ihr ohnehin zeigen.

Das silberne Messer blitzte und gleißte, als er es im hellen Licht drehte und ihr nur ein paar Zentimeter entfernt vors Gesicht hielt. In die geschwungene Klinge waren komplizierte Wasserzeichen eingeprägt. Marni hatte so etwas noch nie zuvor gesehen.

»Sam hat mir alles über Messer beigebracht – welche Klingen sich am besten zum Schneiden eignen und welche zum Häuten. Das sind zwei grundverschiedene Prozesse, musst du wissen, und sie erfordern völlig unterschiedliches Werkzeug. Ich erzähle dir, wie ich vorgehen werde.«

Marni schloss fest die Augen und wünschte sich, sie könnte das auch mit ihren Ohren machen.

»Als Erstes umfahre ich mit dem Messer den Umriss des Hautstücks, das ich herausschneiden möchte. In deinem Fall den Umriss von deinem prächtigen Backpiece. Dazu verwende ich eine kurze, gerade Klinge, die ich anschließend gegen die hier eintausche.« Er hielt ihr das entsprechende Messer unter die Nase.

Halt ihn am Reden.

»Aber kennst du dich denn mit dem kompletten Prozedere aus?« Marnis Haut kribbelte. Es war ein grauenvolles Gespräch, obwohl es ihr womöglich das Leben retten konnte. »Erzähl mir von Sam und was du von ihr gelernt hast.«

»Sam ist eine begabte Taxidermistin. Ich kaufe seit Jahren Stücke von ihr – ich sammle ausgestopfte Tiere.«

Marni dachte an den alten Laden für Tierpräparate in der Nähe des Preston Parks. Früher war sie oft dorthin gegangen und hatte in die Schaufenster gestarrt, bevor der Laden geschlossen wurde.

»Sie wollte ihre Fertigkeiten erweitern, und schon bald entdeckten wir unser gemeinsames Interesse für Leder. Sie zeigte mir, wie sie Tierhäute präpariert, und wir überlegten, ob man dieses Verfahren auch bei Menschenhaut anwenden könnte. Anfangs war das Ganze nicht mehr als Geplapper, doch nach und nach begriff ich, dass sie tatsächlich bereit war, so etwas zu tun. Als ich ihr mitteilte, dass ich gern ein paar Tätowierungen sammeln würde, war sie ausgesprochen eifrig bei der Sache.«

Marnis Zunge klebte am Gaumen fest. Sie konnte kein Wort hervorbringen.

»Schade«, fuhr Steve fort. »Jetzt, da sie im Knast sitzt, muss ich den Job allein zu Ende bringen.« Er fuhr spielerisch mit der Messerspitze über das Holzkreuz. »Wenn ich das Tattoo von deinem Rücken entfernt habe, werde ich es in Kochsalzlösung einweichen und anschließend mit verschiedenen Chemikalien behandeln, die die Proteine in deiner Haut aufspalten und das Fett ausschwemmen.«

Eine Woge der Übelkeit spülte über Marni hinweg. Ihr wurde schwindelig, und sie spürte, dass ihr Blutzuckerspiegel gefährlich nach unten ging. Wenn sie ohnmächtig würde, wäre es schwierig, ohne die Zufuhr von Glukose wieder zu sich zu kommen.

Steve schwafelte weiter, aber sie konnte sich nicht auf das konzentrieren, was er sagte. »… verändert den pH-Wert … ein stumpfes Messer, um die Haare zu entfernen … Sam gebeten, mir die richtige Vorgehensweise beizubringen … nur für alle Fälle …« Ihr wurde schwarz vor Augen, aber sie war fest entschlossen, nicht wegzutreten. Sie biss sich auf die Innenseite ihrer Wange und schnappte vor Schmerz nach Luft.

»Das Wichtigste, was sie mir beigebracht hat, ist das richtige Schärfen eines Messers. Es ist eine äußerst heikle

Sache, die schärfste Klinge zu benutzen. Diese hier ist wie ein Diamant.«

Er nahm eine ihrer kalten, schlaffen Hände und drückte sie gegen das Holzkreuz. Noch ehe sie wusste, wie ihr geschah, zog er ihr das Messer über die Handfläche. Die Klinge war längst fort, als sie den Schmerz spürte.

»Siehst du?«, fragte er. »Schärfer als ein Skalpell. Und noch dazu präziser.«

Marni schluchzte. Sie konnte sich nicht länger zusammenreißen. Heißes Blut lief ihren Arm hinab.

Steve beobachtete es wie in Trance. Dann trat er vor, streckte die Zunge raus und leckte das Blut ab.

»Oh Marni«, keuchte er. Seine Stimme war belegt vor Erregung. »Ich glaube, es wird Zeit, dass der Spaß beginnt.«

58

Francis

Im Haus war es außergewöhnlich still. Rory wartete vorn auf Verstärkung, und Thierry war irgendwo im Obergeschoss. Francis hatte das Gefühl, komplett allein zu sein, nur das leise Summen der Klimaanlage durchbrach die Stille. Mit klopfendem Herzen ging er eine Treppe hinunter, um die Büroebene zu erkunden.

Die meisten Bildschirme waren abgeschaltet, aber einer war an und zeigte die Aufnahmen der Überwachungskameras vor dem Haus. Francis konnte Rory in der Einfahrt stehen und in sein Handy sprechen sehen. Am anderen Ende der Büroebene befanden sich mehrere Türen. Zwei von ihnen waren verschlossen, aber eine stand ein Stück weit auf. Er trat näher, um zu lauschen. Plötzlich zerriss der schrille Schrei einer Frau die Stille.

Marni!

Er war sich nicht sicher, ob sie es gewesen war, aber wer immer da geschrien hatte, brauchte Hilfe. Er stieß die Tür auf und fand sich an einem weiteren Treppenabsatz wieder. Von hier aus konnte er eine Frau stöhnen hören, dann die Stimme eines Mannes, aber er verstand nicht, was er sagte. Er zögerte. Er brauchte einen Plan, aber ohne eine Ahnung, was er unten vorfinden würde, war es schwierig zu überlegen, wie er vorgehen sollte. Er blickte die Stufen hinab und konnte unten eine weitere halb offene Tür erkennen. Wenigstens hätte er etwas Deckung, und er wäre in der Lage zu sehen, was vor sich ging, bevor er sich bemerkbar machte.

Verlier keine Zeit. Geh!

Er huschte die Treppe hinunter, so schnell er konnte, und betete zu Gott, dass man ihn nicht bemerken würde. Schon das Knirschen einer der Stahlstufen könnte katastrophale Folgen haben. Die Vorstellung, dass Marni diesem Irren, der das blutige Standbild der kämpfenden Tiere im ersten Stock zu verantworten hatte, auf Gedeih und Verderb ausgeliefert war, ließ sein Herz rasen und stärkte seine Entschlossenheit. Er hatte sich noch nie zuvor in einer Situation wie dieser befunden. Die Festnahmen, bei denen er dabei gewesen war, waren stets sorgfältig geplant und nur mit voller Rückendeckung vorgenommen worden. Gott, hoffentlich hatte Rory wirklich per Handy Verstärkung angefordert!

Er schickte ein stummes Stoßgebet zum Himmel, während er vor der unteren Tür stehen blieb, sich bekreuzigte und zum Zugriff bereit machte. Geräuschlos schlüpfte er in den Raum hinter der Tür.

Alles traf ihn gleichzeitig – Marni, an ein hölzernes Schrägkreuz gefesselt, die gegerbten, tätowierten Häute auf Drahtgestellen, ein Mann, der mit dem Rücken zu ihm stand und eine gebogene Klinge schwang, von der Blut tropfte.

»Stopp! Polizei!«

Der Mann drehte sich um und musterte ihn von oben bis unten.

Noch nie hatte sich Francis sehnlicher eine Waffe gewünscht. Wären doch nur Thierry und Rory bei ihm! Es war ein Fehler gewesen, sich aufzuteilen.

»Frank, bist du das?« Es war die Stimme der Verzweiflung, heiser und gebrochen.

»Ja, Marni.«

»Ach, wie süß«, sagte der Mann. »Ihr kennt euch ja. Nun, Frank, ich bin Steve. Erinnerst du dich? Wir sind uns in Marnis Studio begegnet.«

Er holte aus, die blutige Klinge sauste durch die Luft. Francis hatte mit einer Attacke wie dieser gerechnet, sprang zur Seite und ging hinter einer der Betonsäulen in Deckung. Steve knurrte wütend und änderte die Richtung, um Francis zu erwischen. Francis stürmte mit gesenkter Schulter gegen die Säule und stürzte sie um. Sie streifte Steves Hüfte, der eilig zur Seite sprang, sodass sie mit einem lauten Knacken auf dem Betonboden landete, ohne Schaden anzurichten. Das Silbergestell und seine kostbare Fracht schlitterten über den Boden und prallten gegen die gegenüberliegende Wand.

Marni verrenkte sich den Nacken, um mitzubekommen, was vor sich ging.

»Hilfe!«, kreischte sie.

Blitzschnell stürmte Francis zu Marni, um sie zu befreien, schnappte sich ein zweites Messer von einem niedrigen Tisch und schnitt eilig das Seil durch, mit dem einer ihrer Knöchel ans Kreuz gefesselt war, bevor Steve zu nahe kommen konnte. Wenigstens hatte er jetzt eine Waffe. Er richtete sich auf und hielt das Messer vor sich, während er in Verteidigungshaltung ging.

Brüllend vor Zorn griff Steve erneut an, diesmal von der

Seite, mit der linken Schulter voran, das Messer in der rechten Hand. Francis machte einen Schritt schräg nach vorn, um Steve den Kopf in die Mitte zu rammen. Sie stießen zusammen und landeten auf dem Fußboden. Steve fiel das Messer aus der Hand, aber er trat mit den Füßen um sich und landete heftige Tritte in Francis' Bauch, wobei er versuchte, ihn möglichst zwischen den Beinen zu treffen, um ihn außer Gefecht zu setzen. Francis schwang sein Messer, traf auf Steves Hosenbein und zerrte die Klinge mit Kraft so weit wie möglich nach unten, um maximalen Schaden anzurichten. Steve schnappte nach Luft und zog sich zurück, außer Reichweite. Francis musste das Messer aus Steves Wade ziehen, wenn er nicht riskieren wollte, es zu verlieren.

Beide keuchten vor Anstrengung. Es gelang Steve, sein Messer wieder zu fassen und sich aufzurappeln. Mit wildem Blick und geblähten Nüstern stürzte er sich auf seinen Gegner, der noch am Boden lag.

Francis nahm all seine Reserven zusammen und rollte sich herum auf alle viere. Steve warf sich auf den Rücken, und Francis spürte, wie das Messer durch sein Jackett schnitt. Völlig überraschend sprang er hoch, den Schmerz ignorierend, und stand vor Steve, der ihn perplex anstarrte. Francis nutzte den kurzen Vorteil des Überraschungsmoments und machte einen Schritt nach vorn, damit Steve nicht genügend Raum blieb, um auszuholen und ihm die Klinge in die Brust zu rammen. Dann fiel ihm das Messer in seiner eigenen Hand ein.

Benutz es! Nun setz das verdammte Ding endlich ein!

Aber er war nicht schnell genug. Steve hatte sein Vorhaben vorausgeahnt und stieß Francis kräftig gegen die

Schulter. Francis' Klinge fiel mit einem lauten Klappern zu Boden, gleichzeitig hörte er sein Schlüsselbein brechen. Sein rechter Arm war nun ein totes Gewicht, greller Schmerz schoss von seiner Schulter bis runter zum Handgelenk. Steve grinste aufgeregt und nutzte seinen Vorteil, indem er Francis mit dem Rücken gegen eine der leeren Betonsäulen drängte und ihm das Messer an die Kehle hielt.

»Willst du deine letzten Worte sprechen?«

Nichts lag Francis ferner, als eine Abschiedsrede zu halten. Er riss ein Bein hoch und rammte Steve das Knie in den Schritt. Das war zwar nicht die beste Taktik, aber immerhin hatte er die Klinge nicht mehr am Hals. Steve schnappte nach Luft und taumelte zurück, dann schaute er an sich herab und drückte die Hand auf seine blutgetränkte Baumwollhose, dort, wo ihn Francis zuvor mit dem Messer erwischt hatte. Sein Gesicht war grau, seine Augen blutunterlaufen.

Unbeholfen hob Francis mit der linken Hand das Messer auf, dann bückte er sich, um Marnis zweiten Fuß zu befreien, bevor er die Seile an ihren Händen durchschnitt. Ein Glück, dass das Messer so scharf war. Marni sackte zu Boden, kaum noch bei Bewusstsein.

»Fass sie nicht an!«, schrie Steve. »Sie gehört mir.«

Francis sah sich panisch um. Weder Marni noch er wären in Sicherheit, solange er Steve nicht unschädlich gemacht hatte. Ohne den Blick von dem anderen Mann zu wenden, fasste er das Messer mit seiner nutzlosen rechten Hand und zog sein Handy aus der Tasche, um die Schnellwahl für Rory zu drücken.

Besetzt.

Verdammt!

Er war ein ganzes Stück größer als Steve, ungefähr sieben, acht Zentimeter, was bedeutete, dass er eine längere Reichweite hatte. Nicht dass das viel wert war, jetzt, da er auf seine weitaus ungeschicktere linke Hand reduziert war. Allerdings war Steve schwerer als er und muskelbepackt, und er hatte einen niedrigeren Körperschwerpunkt. Wie könnte er auf Zeit spielen, bis Thierry eintraf? Der würde doch mit Sicherheit bald hier herunterkommen …

»Thierry?«, rief er.

Steve richtete sich wieder auf und näherte sich Francis in einem großen Bogen. Die Distanz zwischen den beiden Männern wurde immer geringer.

Stellte sich Francis ihm jetzt entgegen, würde er Marni schutzlos am Boden liegen lassen. Blieb er dagegen bei ihr, würde auch sie sich in Steves Reichweite befinden. Er rückte ein paar Zentimeter vor. Könnte er Steve von Marni fortlocken, oder wäre sie sein Hauptziel?

Seit sie auf den Boden gesackt war, hatte sie sich noch nicht bewegt. Er konnte sie nicht atmen hören, und es war zu riskant, sich umzudrehen, um nachzusehen, ob sich ihre Brust hob und senkte. Die langen Schnitte, die sich rechts und links von ihren Schultern über den ganzen Rücken zogen, bluteten noch immer – aus dem Augenwinkel konnte er sehen, wie sich eine rote Pfütze auf dem glänzenden Betonboden bildete. Sie brauchte dringend einen Notarzt.

Zu spät wurde ihm klar, was Steve vorhatte. Dadurch, dass er Thierry gerufen hatte, hatte Francis verraten, dass er nicht allein hier war, und das erwies sich als grundlegender Fehler. Steve lief nicht etwa davon, sondern sorgte stattdessen dafür, dass niemand hereinkommen konnte. Er knallte die Tür zu, drehte den Schlüssel um und steckte ihn in seine Tasche.

»Dein Eintreffen verändert alles«, stieß er wütend hervor und lehnte sich schwer atmend mit dem Rücken gegen die Tür, ohne das von Francis aufgeschlitzte Bein zu belasten. »Marni sollte die Einzige sein, die in diesem Raum umkommt, aber nun wirst auch du sterben.«

Blitzschnell ging Francis seine Optionen durch.

Lock ihn von der Tür weg. Ring ihn nieder. Nimm dir den Schlüssel.

Blieb ihm eine andere Wahl?

»Dann komm her, du Bastard!« Das war eine riskante Strategie, die ihn vielleicht das Leben kosten würde. Er musste darauf setzen, dass der Blutverlust Steves Reaktionen verzögern würde.

Leider war das nicht der Fall.

Steve stürzte sich auf ihn wie ein Besessener, die Klinge blitzte im grellen Licht. Er täuschte einen seitlichen Angriff an, Francis wich aus. Sie umkreisten einander, bis Francis nach vorn sprang und sich auf Steve stürzte.

»Billige Nummer«, knurrte Steve und ging hinter einem der Sofas in Deckung.

Francis rannte darauf zu, trat mit einem Fuß auf die Sofalehne und stieß sich vom Boden ab. Er hatte keinen Plan, aber wenn er nicht handelte, würden Marni und er sterben.

Ihre Körper prallten aufeinander, und beide gingen erneut zu Boden. Steve bekam Francis' rechten Arm zu fassen und riss ihn nach hinten. Ein stechender Schmerz durchfuhr Francis' Schulter. Ihm wurde schwindelig, aber es gelang ihm, Steves Arm mit dem Messer aufzuschlitzen. Steve ließ los und nutzte sein Gewicht, um Francis auf den Rücken zu drehen, dann setzte er sich rittlings auf ihn und drückte mit den Knien die Schultern des Inspectors auf den Beton, womit er dem ohnehin schon gebrochenen Schlüsselbein weiteren Schaden zufügte.

Francis wand sich unter ihm und versuchte, sich zu befreien. Mit dem linken Arm schlug er nach Steve, aber er konnte keinen richtigen Treffer landen.

Draußen wurde laut an die Tür gehämmert, Francis hörte aufgeregte Stimmen.

Steve erhöhte den Druck auf Francis' Schultern und drückte die geschwungene Klinge gegen seine Kehle.

»Du bist selbst schuld«, knurrte er. »Du hast die Kardinalregel verletzt und bist ohne Verstärkung hergekommen.«

Der Türgriff ratterte.

»Chef, sind Sie da drin?«

Francis versuchte zu antworten, aber Steve ersetzte das Messer durch seinen Unterarm und drückte ihm die Luft ab. Ein ersticktes Ächzen war alles, was Francis herausbekam.

Von der Tür her hörten sie ein dumpfes Geräusch.

Steve fuchtelte mit seinem Messer herum, das ihm aus der Hand glitt und kurz auf Francis' Brust landete, bevor er es wieder zu fassen bekam. Gleichzeitig spürte Francis, wie ihm sein Messer aus der Hand genommen wurde. Er drehte leicht den Kopf und sah Marni, die geräuschlos hinter Steves linker Schulter auf ihn zukroch, einen Zeigefinger auf den Lippen. Sie war leichenblass, ihr Gesicht glänzte vor Schweiß. Ihr ganzer Körper bebte, doch die Entschlossenheit in ihren Augen gab Francis Hoffnung.

Sie hob das Messer und machte sich bereit zuzustoßen.

Im selben Moment spürte Francis, wie der Mann auf ihm das Gewicht verlagerte und seinem Blick folgte.

»Ich hätte nie gedacht, dass ich das ein zweites Mal in meinem Leben tun müsste«, sagte Marni.

Ohne zu zögern stieß sie das Messer in Steves Brust, zog es ein Stück weit hinunter und wieder raus. Er rollte sich von Francis auf den Fußboden, um ihr zu entkommen, aber sie stürzte sich auf seinen Rücken und stach erneut zu. Steve drehte sich um und fing an, mit ihr zu ringen, doch in dem Moment rollte Francis gegen die beiden, um Marni von Steve zu schieben, bevor dieser mit seinem Messer nach ihr ausholen konnte. Der Fußboden war glitschig vor Blut. Francis verspürte einen entsetzlichen Schmerz und hörte das Übelkeit erregende Geräusch einer Klinge, die auf Knochen traf. Marni schrie.

Auf einmal flog die Tür auf, und Rory und Thierry stürmten ins Zimmer und rissen sie auseinander, wobei sie auf dem Blut ausrutschten. Thierry zog Marni in seine Arme, während Rory Steves Arm auf den Boden schlug, bis dieser das Messer losließ.

Francis' Brust brannte, als er den Kopf hob und an sich herabblickte. Sein Hemd war blutgetränkt. Er rappelte sich so weit hoch, dass er sich mit dem Rücken gegen die Seite eines der Sofas lehnen konnte. Marni lag reglos in Thierrys Armen, die Augen offen, die Augäpfel nach oben gedreht. Steve hielt seinen Nacken umfasst, zwischen seinen Fingern spritzte Blut hervor. Marni musste ihn beim zweiten Mal am Hals erwischt haben.

»Chef?«, fragte Rory.

»Ich lebe«, flüsterte Francis heiser.

59

Marni

Im Krankenhaus aufzuwachen wurde langsam, aber sicher zur unschönen Gewohnheit. Marni öffnete blinzelnd die Augen und sah sich um. Sie lag im selben Zimmer wie beim letzten Mal. Thierry hielt ihre Hand und lächelte sie liebevoll an, als er merkte, dass sie bei Bewusstsein war.

»Bringst du mich nach Hause?«, fragte sie krächzend. Ihr Hals fühlte sich an, als hätte sie eine ganze Packung Rasierklingen verschluckt.

»Keine Chance, Kleines. Und wehe, du lässt dich noch einmal auf eigene Verantwortung entlassen.«

Er hielt ihr einen Plastikbecher an die Lippen. Das Wasser war lauwarm und abgestanden, aber es schmeckte trotzdem wunderbar. Sie nahm mehrere gierige Schlucke, bevor er den Becher zurückzog.

»Langsam«, sagte er.

»Wie lange bin ich schon hier?«

»Zwei Tage. Du warst völlig unterzuckert, als sie dich hergebracht haben, außerdem hast du diverse Stich- und Schnittverletzungen. Die Messerspitze hat deine Milz erwischt.«

Noch während er sprach, merkte Marni, dass ihr ganzer

Oberkörper schmerzte. Vorsichtig hob sie die Bettdecke an, aber sie trug ein Krankenhausnachthemd, weshalb sie die Verletzungen nicht sehen konnte. Ihr Rücken fühlte sich völlig zerfleischt an, ihr linker Arm pochte grauenvoll.

»Sie haben dich operiert«, sagte Thierry. »Ich glaube, es war mehr als knapp, aber das wollten sie mir gegenüber nicht zugeben.«

Marni mochte es nicht glauben, aber sein Gesicht war todernst. Er sah besorgt aus. Sie schloss die Augen.

»Mum, wie geht es dir jetzt?«

Sie hatte gar nicht gesehen, dass Alex hinter Thierry an der Wand saß.

»Komm her, Alex.«

Er trat an ihr Bett und umarmte sie vorsichtig. Marni zuckte zusammen.

»Ich könnte tausend Jahre schlafen.«

»Dann haust du diesmal also nicht ab?«, fragte Thierry.

Sie öffnete die Augen und schüttelte den Kopf, dann verzog sie die Lippen zu einem Lächeln. Die beiden hier zusammen zu sehen, war ausgesprochen tröstlich, und Alex' warme Hand auf ihrer zu spüren, war das Schönste auf der ganzen Welt.

»Mum, wir haben uns Sorgen um dich gemacht. Jetzt spielst du aber nicht mehr Teilzeit-Detective, versprochen?«

»Versprochen.«

»Ich hab Hunger«, sagte Alex. »Aber wenn ich zurückkomme, würde ich gern die ganze Geschichte hören, und zwar von dir persönlich.«

»Selbstverständlich.« Thierry grinste. »Jetzt, da du weißt,

dass deine Mum okay ist, kannst du dich wieder den wichtigen Dingen zuwenden.« Er fischte etwas Kleingeld aus seiner Hosentasche. »Ich glaube, ich hab neben den Liften einen Snack-Automaten gesehen.«

Marni sah ihrem Sohn nach, der den Raum verließ, dann fing sie an zu sprechen.

»Auf keinen Fall darf Alex die ganze Geschichte erfahren.«

Thierry nickte. »Woran erinnerst du dich?«

»Ich war gefesselt. Steve und Frank haben gekämpft. Überall war Blut, so viel Blut.« Sie hielt die Luft an, dann stieß sie atemlos hervor: »Ist …?«

»Francis geht es gut. Steve weniger, aber er lebt. Was ist das bloß mit dir und den Messern?«

Er lächelte, wie er sie früher angelächelt hatte, bevor ihre Ehe in einem Sturm der Angst und gegenseitigen Schuldzuweisungen in die Luft geflogen war.

Ihre Augenlider wurden schwer, ihr ganzer Körper schien aus nichts anderem zu bestehen als aus Schmerz. Seufzend glitt sie zurück in die warme Umarmung des Schlafes.

Draußen war es schon dunkel, als sie wieder aufwachte. Die kleine Lampe an ihrem Nachttisch tauchte den Raum in dämmriges Licht. Ihr war kalt. Sie hatte die Bettdecke weggestrampelt, und das kurze Krankenhausnachthemd bedeckte sie kaum. Vorsichtig zog sie sich in eine sitzende Position hoch und schnappte vor Schmerz nach Luft.

Im selben Moment bemerkte sie eine dunkle Gestalt, die zusammengekauert in einem Sessel in der Ecke ihres Zimmers saß, und schrie erschrocken auf. Ihr Schrei ließ den, der da hockte, hochschrecken.

Panik durchflutete sie.

Das war doch nicht etwa …

»Thierry?«

Die Gestalt stand auf und trat ans Fußende von ihrem Bett.

»Ich bin's, Francis.«

Marni spürte, wie sie sich entspannte. »Frank«, sagte sie erleichtert.

Er setzte sich auf den Stuhl, den Thierry neben ihrem Bett hatte stehen lassen.

»Thierry hat gesagt, du seist wach, aber als ich kam, warst du wieder eingeschlafen. Ich wollte dich nicht stören.«

»Seit wann bist du hier?«

»Ich bin so gegen sieben gekommen.« Er warf einen Blick auf die Uhr. »Jetzt ist es kurz nach zehn.«

Er nahm ihre Hände in seine.

»Du hast mir das Leben gerettet, Marni. Wenn du nicht das Messer aus meiner Hand genommen und es auch benutzt hättest, wäre ich jetzt tot. Steven Harrington hätte mich umgebracht.«

Erinnerungen zuckten vor Marnis innerem Auge auf. »Aber du hast mir ebenfalls das Leben gerettet, Frank. Steve wollte mir soeben das Tattoo vom Rücken schneiden, als du eingetroffen bist.«

»Wir haben es gerade noch rechtzeitig geschafft.«

»Danke.«

»Du musst dich nicht bedanken, Marni. Ich habe dich im Stich gelassen. Mir hätte klar sein müssen, dass du noch immer in Gefahr warst.«

»Woher hättest du das wissen sollen? Sam Kirby saß in Untersuchungshaft.«

»Sie hat mir klar zu verstehen gegeben, dass die ganze Sache noch nicht vorbei war.«

Marni zuckte die Achseln. Es schmerzte höllisch.

»Werde ich mich dafür verantworten müssen?«, fragte sie, obwohl sie die Antwort im Grunde gar nicht wissen wollte.

Francis runzelte die Stirn. »Wofür?«

»Ich habe Steve niedergestochen. Was, wenn er stirbt?«

»Herrgott, Marni, das war Notwehr. Natürlich wirst du deshalb nicht vor Gericht gestellt. Du wirst bei Stevens Verhandlung als Zeugin aussagen müssen, aber das ist alles.«

»Du glaubst, ihm wird der Prozess gemacht?«

»Bevor ich hergekommen bin, habe ich mit seinem Arzt gesprochen. Er ist zuversichtlich, dass er sich wieder erholt, also gehe ich davon aus, dass er vor Gericht kommt. Man wird ihn wegen Mordes anklagen – auch wenn er die Opfer nicht selbst getötet hat, war er es, der die Verbrechen in Auftrag gegeben und Sam Kirby für sich hat arbeiten lassen hat, was es in den Augen der Richter nur noch schlimmer machen wird. Beide werden für sehr lange Zeit hinter Gitter wandern.«

»Du hast den Fall gelöst.«

»Selbstverständlich. Was hattest du denn erwartet?«

Beide lachten, und dann, völlig unerwartet, hob Francis eine ihrer Hände an seine Lippen und küsste sie. Das Lachen blieb Marni in der Kehle stecken und wurde von etwas anderem, weitaus Überwältigenderem, ersetzt. Ihre Augen begegneten sich.

»Es gibt da so ein altes Sprichwort«, sagte Francis leise, ohne den Blick abzuwenden. »Wenn man jemandem das

Leben gerettet hat, gehört man zusammen. Ich habe keine Ahnung, woher das Sprichwort stammt, aber ich denke, da ist etwas dran …«

»Dann glaubst du also, wir gehören zusammen?«

Er lächelte. »Könnte durchaus sein.«

»Wirklich?« Marni schürzte die Lippen. »Du gehörst zu mir?«

»Und du zu mir.«

»Das ist schön.« Sie lehnte sich in die Kissen zurück und schloss die Augen.

»Was denkst du, Marni Mullins?«

»Ich denke darüber nach, welchen Teil deines Körpers ich zuerst tätowiere.«

Francis blickte sie überrascht an. »Nein, nein, so funktioniert das nicht.«

»Doch.«

»Nein.«

»Du gehörst mir. Ich werde dich tätowieren. Ich werde etwas Schönes für dich aussuchen.«

»Nein.«

Marni tauchte die Nadeln in die schwarze Tinte. Das hier würde sie sehr genießen. Er nicht, aber das war nun einmal der Preis, den man für ein Tattoo bezahlen musste.

»Bereit, Frank?«

»Bereit wie immer.«

Sie tätowierte die erste schwarze Linie auf die blasse Haut seines Rückens und lachte.

»Autsch!«

»Na, du tapferer Inspector, wie fühlt es sich an, tätowiert zu werden?«

»Du kannst jetzt aufhören. Mir war nicht klar, dass das so schmerzhaft sein würde.«

Sie setzte ihre Arbeit fort.

»Keine Sorge. Du steckst das weg wie ein Profi.«

Dank

Ich schulde vielen Leuten großen Dank, die mich bei der Entstehung des vorliegenden Buches unterstützt und dafür gesorgt haben, dass *Der Tattoosammler* ins Leben gerufen werden konnte. Zwei Leute haben mir besonders geholfen, vor allem durch ihren unerschütterlichen Glauben an das Potenzial eines Drei-Minuten-Pitchs, der zu etwas weitaus Größerem werden sollte, sowie für die unermüdliche Unterstützung, die sie mir während des Schreibprozesses zuteilwerden ließen. Mein ewiger Dank gilt meiner wundervollen Agentin Jenny Brown von Jenny Brown Associates, die mir aufgrund ihrer Mitwirkung beim internationalen Krimi-Festival *Bloody Scotland* die Chance gab, meine Idee vorzustellen und mir anbot, mich zu vertreten, sollte es damit weitergehen. Die andere Person, bei der ich mich ganz besonders bedanken möchte, ist meine herausragende Lektorin Sam Eades von Trapeze – sie hat mich von Anfang an voller Geduld und Verständnis begleitet und das Beste und noch mehr aus mir herausgeholt. Danke – du hast es geschafft, mich zu einer besseren Autorin zu machen, indem du die Messlatte so hoch gelegt hast.

Ich schulde auch dem *Bloody Scotland Festival* großen Dank

dafür, dass ich mein Projekt als unbekannter Neuling vor einem nicht zu unterschätzenden Gremium von Verlegern und Agenten vorstellen durfte. Ich übertreibe nicht, wenn ich behaupte, dass diese drei Minuten auf der Bühne des Krimifestivals mein Leben verändert haben.

Dank und Bewunderung zolle ich meiner unerschütterlichen Korrektorin Sophie Wilson, die sich nicht ein einziges Mal darüber beschwert hat, dass sie Tausende von Geviertstrichen in Halbgeviertstriche und doppelte Anführungszeichen in einfache umwandeln musste – sei versichert, dass das beim nächsten Manuskript nicht der Fall sein wird. Sie hat mir außerdem dabei geholfen, größere Katastrophen zu vermeiden, indem sie mir Handlungslücken aufzeigte und die schlimmsten Fehler korrigierte. Herzlichen Dank auch an meinen zufälligen, mysteriösen Korrektor Mac, der all die Fehler behoben hat, die mir mit Sicherheit entgangen wären.

Ich möchte mich zudem bei unzähligen anderen Leuten bedanken, ganz besonders aber bei meinem ausgesprochen begabten Tattoo-Künstler Matt Gordon, der mir nicht nur den prächtigen Oktopus auf den Arm tätowiert hat, sondern mir in über fünfundzwanzig Arbeitsstunden einen Riesenberg an Informationen über diese Kunst und die Menschen, die sie betreiben, geliefert hat. Danke an Woody von der Brighton Tattoo Convention, nicht nur dafür, dass er mir bei meinen Recherchen geholfen und das Manuskript auf seine Authentizität hin geprüft hat, sondern auch dafür, dass er sich nicht beschwert hat, dass ich seine Messe für mein fiktionales Werk verwendet habe. Jess Stocker von Chapter XIII in Brighton hat mir erklärt, wie es ist, als Frau in einer Männerdomäne zu arbeiten und wie weibliche Tattoo-Künstler immer mehr Einfluss gewinnen.

Ganz besonders dankbar bin ich Superintendent (im Ruhestand) David Hammond von der Polizei von Staffordshire, der dafür gesorgt hat, dass mir bei meiner Schilderung der Polizeiarbeit keine größeren Fehler unterlaufen, außerdem Doktor Jo Harris von der Imperial College School of Medicine für die Beratung in medizinischen Angelegenheiten.

Ich danke Marion Urch von Adventures in Fiction, die mich unter ihre Fittiche genommen und mich zu der Autorin gemacht hat, die ich heute bin.

Nicht zuletzt haben viele meiner Kollegen, Freunde und Familienmitglieder meine Dankbarkeit verdient. Sie haben als Soundingboards fungiert, als Leser, Cheerleader und Lieferanten der nötigen Gin-Rationen, die dieses Unterfangen befeuerten. Ganz besonders bin ich meiner wundervollen Freundin Madeleine Mitchell dankbar für die vielen Stunden, in denen sie mit mir über den Plot, die Schreibtechnik und so viel mehr diskutiert hat, außerdem Crystal Hill Nanavati dafür, dass sie das Buch gelesen und mir immer wieder Mut gemacht hat. Ich danke auch den Mitgliedern meiner Lesegruppe, dass sie mich dazu gebracht haben, Dinge zu lesen, die ich gar nicht lesen wollte, und für ihre große Begeisterung über *Der Tattoosammler* – danke, Diana Barham, Amanda Hyde, Jo Harris und Sue Cunningham. Danke, Carol Ridler, dass du mir das Einsiedler-Cottage zur Verfügung gestellt hast, in das ich mich zurückziehen und den langen, kalten Winter über ungestört schreiben konnte – danke, dass du mich mit Gin versorgt und mich ermutigt hast. Ich möchte auch Caroline Wilkinson und

Niamh Paris für ihre Freundschaft und ihre Unterstützung während des Schreibprozesses danken. Und nicht zuletzt ein millionenfaches Dankeschön an Mark, Rupert und Tim für ihren anhaltenden Beistand und den festen Glauben daran, dass ich es eines Tages schaffen würde.

Wenn jemand hier hätte erwähnt werden müssen und ich das nicht getan habe, möge er bitte verzeihen – er kann sich meiner Dankbarkeit gewiss sein. Ich werde ihm einen großen Drink spendieren, sobald er mich darauf hinweist!

Lesen Sie weiter >>

LESEPROBE

Auf immer und ewig Ob du willst oder nicht

Du schlägst die Augen auf und etwas stimmt nicht. Du weißt nicht, was dir passiert ist. Du liegst in einem fremden Bett. In einem Krankenhaus. Neben dir steht dein Mann Tim, ein erfolgreicher Unternehmer. Er hat Tränen in den Augen, weil du – seine geliebte, perfekte Frau – am Leben bist. Du denkst, du hättest einen schweren Unfall gehabt. Doch dann sagt Tim: Wir haben jahrelang daran gearbeitet, dass ich dich wiederbekommen konnte …

Du entdeckst dein Leben wie mit fremden Augen. Du ahnst Gefahr, aber du weißt nicht, wo genau sie lauert. Du weißt nur: Du musst wachsam sein. Denn irgendwo in deinem schönen Haus, bei deinen Liebsten liegt der Grund dafür – der Grund, warum du vor Jahren gestorben bist.

1

Du hast wieder diesen Traum, in dem du am Lichterfest mit Tim in Jaipur bist. Rundum strahlt und funkelt alles, erleuchtet von Laternen, Feuerwerk, flackernden Kerzen. Innenhöfe schimmern wie Teiche aus Licht, Hauseingänge sind mit Mustern aus bunter Reispaste geschmückt. Die Luft ist erfüllt vom dunklen Dröhnen der Trommelschläge und dem hellen Klirren von Zimbeln. Von der wogenden Menschenmenge lässt du dich mitziehen zu einem Markt, wo Händler dir Platten voller Süßspeisen anbieten. Spontan bleibst du an einer Bude stehen, an der eine Frau wunderschöne hinduistische Muster auf Gesichter malt. Der Sandelholzduft der Pinsel vermischt sich mit dem beißenden Geruch von Feuerwerkskörpern und dem Aroma von Caju, gerösteten Cashewnüssen. Während die Frau mit raschen, versierten Bewegungen deine Haut bemalt, tanzt eine Gruppe junger Männer mit blauen Gesichtern vorbei, die muskulösen Oberkörper nackt. Kurz darauf kommen die Männer zurück, tanzen nur für dich, ernsthaft und konzentriert. Mit dem letzten Strich malt dir die Frau ein Bindi zwischen die Augen. Sie sagt, der rote Punkt zeige an, dass du eine Ehefrau bist, eine Frau, die über alles Wissen der Welt verfügt. »Aber ich bin gar nicht verheiratet!«, protestierst du erschrocken, weil du fürchtest, gegen irgendwelche einheimischen Regeln zu verstoßen. Doch dann hörst du Tims Lachen, siehst die kleine Schachtel, die er aus der Tasche zieht, und noch bevor er inmitten des Getümmels auf ein Knie sinkt, weißt du, dass es jetzt so weit ist, dass er es wirklich tun wird, und das Herz fließt dir über.

»Abbie Cullen«, beginnt Tim, »seit du in mein Leben gestürmt bist, weiß ich, dass wir zusammengehören.«

Dann wachst du auf.

Alles tut weh, am schlimmsten die Augen. Grelles Licht verursacht pochende Kopfschmerzen, dein Nacken ist steif, die Wirbelsäule fühlt sich wund an.

Maschinen surren und piepen. Ein Krankenhaus? Hattest du einen Unfall? Du versuchst die Arme zu bewegen, doch sie fühlen sich starr an, du kannst die Ellbogen kaum beugen. Mit Mühe gelingt es dir, dein Gesicht zu berühren.

Dein Hals ist komplett bandagiert. Du musst wirklich irgendeinen Unfall gehabt haben, erinnerst dich aber nicht daran. So was kommt mitunter vor, denkst du. Nach Autounfällen verlieren Menschen manchmal das Gedächtnis. Hauptsache, du lebst.

Hatte Tim am Steuer gesessen? Und war Danny bei euch?

Bei der Vorstellung, dass Danny oder Tim tot sein könnten, erschrickst du so sehr, dass du keine Luft mehr kriegst. Irgendetwas an der piependen Maschine hat eine Schwester herbeigerufen. Du siehst die Taille einer Frau in blauem Krankenhauskittel. Etwas wird reguliert, aber der Schmerz ist zu schlimm, um den Kopf zu bewegen.

»Sie ist aufgewacht«, murmelt die Frau.

»Gott sei Dank.« Tims Stimme. Er lebt also. Und ist sogar bei dir. Du bist unendlich erleichtert.

Dann beugt er sich über dich. Er trägt sein übliches Outfit – schwarze Jeans, graues T-Shirt, weiße Basecap –, sieht aber hager aus, und die Falten in seinem Gesicht wirken tiefer.

»Abbie«, sagt er. »*Abbie*.« Tränen glitzern in seinen Augen, was dich in helle Panik versetzt. Tim weint sonst nie.

»Wo bin ich?« Deine Stimme klingt rau.

»In Sicherheit.«

»Hat es einen Unfall gegeben? Ist Danny am Leben?«

»Danny geht es gut. Sei ganz ruhig. Ich erklär dir alles später.«

»Hatte ich Operationen?«

»Später. Ich versprech's dir. Wenn du dich kräftiger fühlst.«

»Ich fühl mich aber schon kräftiger.« Das stimmt wirklich: Die Schmerzen lassen nach, Benommenheit und Erschöpfung lösen sich auf.

»Es ist unglaublich«, sagt Tim, nicht zu dir, sondern zu der Schwester. »Absolut verblüffend. Sie ist es wahrhaftig.«

»Ich habe geträumt«, sagst du. »Von deinem Heiratsantrag. Es war so schön.« Bestimmt wegen der Narkose, sagst du dir. Da wird alles farbiger. Da gab es doch so eine treffende Wendung in irgendeinem Theaterstück. Wie lautete die noch gleich? Einen Moment lang kannst du dich nicht erinnern, aber dann, mit einem seltsamen, fast schmerzhaften *Klack*, fällt es dir ein.

Dass ich, wenn ich erwache, schrei und weine, weil ich wieder träumen möchte.

Tim stehen immer noch Tränen in den Augen.

»Sei nicht traurig«, sagst du zu ihm. »Ich lebe. Das ist doch das Wichtigste, oder? Wir sind alle drei am Leben.«

»Ich bin nicht traurig«, erwidert Tim und lächelt unter Tränen. »Ich bin glücklich. Menschen weinen auch, wenn sie glücklich sind.«

Das wusstest du eigentlich. Aber trotz der restlichen Benommenheit spürst du, dass diese Tränen nicht so sind, als würde alles wieder gut werden. Hast du deine Beine verloren? Du versuchst die Beine zu bewegen und spürst sie – schwerfällig und steif – unter der Decke. Gott sei Dank.

Tim scheint eine Entscheidung zu treffen.

»Ich muss dir etwas erklären, Liebste«, sagt er und ergreift deine Hand. »Das fällt mir nicht leicht, aber du musst es wissen. Was du da erlebt hast, war kein Traum. Es war ein Upload.«

2

Dein erster Gedanke ist, dass du halluzinierst, dass diese Situation hier der Traum ist, nicht die Szene mit dem Heiratsantrag. Was Tim da über technisches Zeug wie Mind Files und neuronale Netze redet, ist dir vollkommen unverständlich.

»Ich verstehe nicht, was du meinst. Willst du mir sagen, dass irgendwas mit meinem Gehirn nicht stimmt?«

Tim schüttelt den Kopf. »Nein. Ich sage dir, dass du *künstlich* bist. Eine künstliche Intelligenz mit Bewusstsein … geschaffen von Menschen.«

»Aber mir geht es gut«, erwiderst du verwirrt. »Schau, ich kann dir drei beliebige Sachen über mich erzählen. Mein Lieblingsgericht ist Salade Niçoise. Letztes Jahr war ich wochenlang sauer, weil meine Lieblingskaschmirjacke von Motten zerfressen wurde. Ich gehe fast jeden Tag schwimmen …« Du hältst inne. Deine Stimme kann deine zunehmende Angst nicht zum Ausdruck bringen, sondern klingt monoton und krächzend. Ähnlich wie die Stimme von Stephen Hawking.

»Die Sache mit der Jacke ist vor sechs Jahren passiert«, sagt Tim. »Ich habe sie aber behalten. Deine ganzen anderen Kleider auch.«

Du starrst ihn an und versuchst zu begreifen.

»Ich krieg das hier wohl gerade nicht gut hin.« Tim zieht einen Zettel aus der Tasche. »Schau mal – das hab ich für unsere Investoren geschrieben. Vielleicht ist das eine Hilfe.«

Häufige Fragen

1. Was ist ein Cobot?

Cobot ist eine Abkürzung für »Companion-Robots«, es handelt sich also gewissermaßen um einen künstlichen Gefährten. Forschungen mit Prototypen haben ergeben, dass die Anwesenheit eines Cobots die Trauer über den Verlust eines geliebten Menschen lindern kann, indem der Cobot Trost spendet, Gesellschaft leistet und emotional unterstützend wirkt.

2. Inwiefern unterscheiden sich Cobots von anderen Formen künstlicher Intelligenz?

Cobots werden mit der Fähigkeit zur Empathie ausgestattet.

3. Ist jeder Cobot ein Unikat?

Ein Cobot gleicht äußerlich dem verlorenen Menschen. Dessen Äußerungen in den Social Media, Texte und andere Dokumente werden zu einer »neuronalen Datei« zusammengestellt, in der die Eigenarten und Charakterzüge der Persönlichkeit enthalten sind.

Da steht noch viel mehr, aber du kannst dich nicht länger konzentrieren und lässt das Papier sinken. Nur jemand wie Tim kann auf die Idee kommen, dass eine Frage-Antwort-Liste in so einer Lage hilfreich sein könnte.

»Ja, das ist dein Beruf.« Deine Erinnerung kehrt zurück. »Du entwickelst künstliche Intelligenz. Aber das hat doch mit Kundenservice zu tun … Chatbots …«

»Das stimmt«, fällt Tim dir ins Wort. »An so was habe ich

tatsächlich gearbeitet, aber vor fünf Jahren. Deine Erinnerung reicht nur so weit zurück. Nachdem ich *dich* verloren hatte, musste ich mich vor allem mit meiner Trauer befassen. Es hat all die Jahre gedauert, dich so weit zu entwickeln.«

Es dauert eine Weile, bis du diese Worte verarbeiten kannst. *Verloren. Trauer.* Dir wird bewusst, was Tim dir da sagen will.

»Du willst mir sagen, dass ich gestorben bin.« Ich starre ihn an. »Also, ich als realer Mensch bin gestorben. Vor fünf Jahren. Und du hast mich irgendwie in dieser Form wieder zum Leben erweckt?«

Tim antwortet nicht.

Deine Gefühle sind verworren. Da ist Fassungslosigkeit, aber auch Entsetzen, bei der Vorstellung, was Tim durchgemacht haben muss. Zumindest musstest du das nicht miterleben.

Cobots werden mit der Fähigkeit zur Empathie ausgestattet.

Und Danny. Du hast fünf Jahre seines Lebens versäumt.

Beim Gedanken an Danny erfasst dich eine vertraute Wehmut. Eine Wehmut, die du dir sofort verbietest. Und beides – die Wehmut wie auch das Verbieten – fühlt sich so normal und *vertraut* an, dass es sich nur um deine eigenen Gefühle handeln kann.

Oder?

»Kann ich mich bewegen?«, fragst du und versuchst dich aufzusetzen.

»Ja. Zu Anfang wirst du dich ein bisschen steif fühlen. Vorsicht!«

Du stellst die Füße auf den Boden und versuchst, dich aufzurichten, aber deine Beine sind schwach. Tim hält dich gerade noch rechtzeitig fest.

»Erst einen Fuß, dann den anderen«, sagt er. »Langsam Gewicht draufgeben. So ist es besser.«

Er stützt dich am Ellbogen, als du vorsichtig zum Spiegel gehst.

Jeder Cobot gleicht äußerlich dem verlorenen Menschen.

Das Gesicht, das dir über dem blauen Kittel entgegenblickt, ist *dein* Gesicht. Aufgequollen, mit Blutergüssen und einem Abdruck unter dem Kinn, wie von der Kordel eines Huts, den Soldaten bei einer Parade tragen. Aber du bist es. Nichts Künstliches.

»Ich glaube dir nicht«, sagst du recht gelassen und bist plötzlich sicher, dass Tim Unsinn redet. Dass dein Mann – dein hyperintelligenter, dich liebender, aber zweifellos ziemlich obsessiver Mann – wahnsinnig geworden ist. Er hat schon immer zu viel gearbeitet, bis an seine Grenzen. Jetzt ist er offenbar komplett durchgedreht.

»Das ist erst mal schwer zu begreifen, ich weiß«, sagt er leise. »Aber ich werde es dir beweisen. Schau.«

Er greift in deinen Nacken, ertastet etwas unter deinen Haaren. Ein schmatzendes Geräusch, ein seltsames kaltes Gefühl. Dann wird deine Haut – *dein Gesicht* – abgestreift wie ein Taucheranzug, und darunter kommt ein harter, weißer Plastikschädel zum Vorschein.

3

Du kannst nicht weinen, merkst du. So entsetzt du auch bist, du hast keine Tränen. Daran wird noch gearbeitet, sagt Tim ruhig. Sprachlos starrst du dieses grauenhafte Ding an, das aus dir geworden ist. Ein Crashtest-Dummy, eine Schaufensterpuppe. Hinter deinem Kopf ein Bündel Kabel wie ein grotesker Pferdeschwanz. Tim zieht dir die Gummihaut wieder übers Gesicht, und du bist wieder du. Aber die Erinnerung an dieses scheußliche glatte Plastikwesen hat sich dir ins Gedächtnis gebrannt.

Falls du so was überhaupt hast. Und nicht nur ein neuronales Netz, oder wie man das nennt.

Du siehst im Spiegel, dass dein Mund offen steht, Ausdruck von Verblüffung. Und du spürst, wie winzige Mechanismen unter deiner Haut surren und deinen Mund in diese Position ziehen. Als du genauer hinschaust, merkst du auch, dass dein Gesicht nicht ganz echt wirkt, etwa so als habe man deinen Kopf nach einem Foto gestaltet.

»Lass uns nach Hause gehen«, sagt Tim. »Dort wirst du dich wohler fühlen.«

Nach Hause. Wo ist das? Du weißt es nicht mehr. Dann – *klack* – stellt sich eine Erinnerung ein. Dolores Street im Zentrum von San Francisco.

»Ich bin dortgeblieben«, fügt Tim hinzu. »Weil ich dort sein wollte, wo wir zusammen gelebt haben. Wo wir so glücklich waren.«

Du nickst benommen. Hast irgendwie das Gefühl, dass du Tim danken solltest, aber es geht nicht. Du bist wie gelähmt, starr vor Grauen.

Tim nimmt deinen Arm, führt dich aus dem Zimmer. Die Krankenschwester – falls sie überhaupt eine war – ist nirgendwo zu sehen. Quälend langsam bewegst du dich den Flur entlang und schaust dabei in andere Zimmer, in denen auch Patienten in blauen Hemden liegen. Eine alte Dame sieht dich mit trübem Blick an. Ein kleines Mädchen mit braunen Locken schaut zu dir herüber und beobachtet dich. Dir fällt auf, dass die Kopfbewegung seltsam ruckartig wirkt, wie bei einer Eule. Und im nächsten Raum ist kein Mensch untergebracht, sondern ein Hund, ein Boxer, der den Kopf auch so merkwürdig bewegt …

»Die sind alle wie ich«, sagst du, als du plötzlich begreifst. »Alle sind …« Wie war das Wort noch gleich? »*Cobots*.«

»Ja, aber sie sind ganz anders als du. Du bist einzigartig, sogar hier.« Tim schaut sich verstohlen um, hält deinen Ellbogen fester, drängt dich, schneller zu gehen. Du spürst, dass er noch immer etwas vor dir verbirgt; dass er dich nicht einfach so mitnehmen dürfte.

»Ist das hier ein Krankenhaus?«

»Nein. Mein Arbeitsplatz. Meine Firma.« Er legt dir die andere Hand auf den Rücken und schiebt dich vorwärts. »Komm. Draußen wartet ein Wagen auf uns.«

Du kannst nicht schneller gehen, deine Knie lassen sich kaum beugen, es kommt dir vor, als seist du auf Stelzen unterwegs. Doch als du an deine Knie *denkst*, wird es plötzlich ein wenig einfacher.

»Tim!«, ruft jemand aufgeregt. »Tim, warte!«

Erleichtert wegen der Pause, bleibst du stehen und siehst dich um. Ein stämmiger Mann, etwa so alt wie Tim, mit langen strähnigen Haaren eilt auf euch zu.

»Nicht jetzt, Mike«, sagt Tim in warnendem Tonfall.

Der Mann bleibt stehen. »Du nimmst sie mit? Jetzt schon? Hältst du das für eine gute Idee?«

»Sie wird sich zu Hause wohler fühlen.«

Der Mann beäugt dich besorgt. Auf seinem Sicherheitsausweis, den er an einem Band um den Hals trägt, steht DR. MIKE AUSTIN. »Sie sollte zumindest noch von meinem Psychoteam durchgecheckt werden.«

»Sie ist in Ordnung«, erwidert Tim entschieden und öffnet eine Tür zu einem großen Raum, in dem an langen Tischen circa vierzig Leute vor Bildschirmen sitzen. Jetzt hören alle auf zu arbeiten und starren dich an. Eine junge Asiatin hebt die Hände und beginnt langsam zu klatschen. Tim wirft ihr einen genervten Blick zu, und sie schaut wieder auf ihren Monitor.

Tim führt dich durch das Büro, in einen kleinen Empfangsbereich. Hinter dem Tresen prangt an der Wand leuchtend bunt der Spruch: IDEALISMUS IST NUR LANGFRISTIGER REALISMUS. Irgendetwas daran kommt dir vertraut vor. Du möchtest stehen bleiben und dir das genauer anschauen, aber Tim drängt dich weiter.

Draußen ist es gleißend hell. Du keuchst erschrocken und überschattest die Augen, während ihr an einem glänzenden Stahlschild mit der Aufschrift SCOTT ROBOTICS vorbeigeht. Die Initialen S und R haben die Form aufrecht gestellter Unendlichzeichen. Ihr steigt in den wartenden Toyota Prius. »In die City«, sagt Tim zu dem Fahrer, während du versuchst, deine sperrigen Glieder auf den Rücksitz zu manövrieren. »Dolores Street.«

Nachdem ihr beide eingestiegen seid, ergreift Tim deine Hand. »So lange habe ich auf diesen Tag gewartet, Abbie«, sagt er. »Ich bin so glücklich, dass du endlich da bist. Dass wir endlich wieder zusammen sind.«

Du merkst, dass der Fahrer dich im Rückspiegel neugierig betrachtet. Als der Mann losfährt, wirft er einen Blick auf das Firmenschild, dann wieder auf dich. Er scheint zu begreifen.

Und dann siehst du den Abscheu in seinen Augen.

Sie wohnt bei dir.
Du denkst, du kennst sie.
Doch du ahnst nicht, wozu sie fähig ist.

Die Journalistin Leah flieht vor ihrem alten Leben: Sie lässt ihre Heimat und ihren Job hinter sich und zieht mit ihrer besten Freundin Emmy in ein altes Haus auf dem Land. Das Zusammenleben klappt gut. Leah arbeitet tagsüber in der Schule, Emmy nachts an einer Rezeption. Doch dann stellt Leah eines Nachts fest, dass sie ihre Freundin seit Tagen nicht gesehen hat. Noch bevor sie Emmy als vermisst melden kann, wird in der Nähe eine brutal misshandelte junge Frau gefunden. Doch die Frau ist nicht Emmy – stattdessen sieht sie Leah zum Verwechseln ähnlich … Muss Leah nicht nur um Emmys, sondern auch um ihr eigenes Leben fürchten?

PENGUIN VERLAG

Jetzt reinlesen auf www.penguin-verlag.de